Diogenes Taschenbuch 24711

de
te
be

AF198548

RAFFAELLA ROMAGNOLO, geboren 1971 in Casale Monferrato, unterrichtet Geschichte und Italienisch an einem Gymnasium. Seit 2007 schreibt sie auch Romane – mit Erfolg. Sie wurde mehrmals für den Premio Strega nominiert und ihr Roman *Bella Ciao* wurde in zahlreiche Sprachen übersetzt. Raffaella Romagnolo lebt in Rocca Grimalda im Piemont.

Raffaella Romagnolo
Das Flirren der Dinge

ROMAN

Aus dem Italienischen von
Maja Pflug

Diogenes

Die Originalausgabe erschien 2021 bei Mondadori, Mailand,
unter dem Titel ›Di luce propria‹
Copyright © 2021 First published in Italy by Mondadori
This edition published in arrangement with Grandi & Associati
Die deutsche Erstausgabe erschien 2022 im Diogenes Verlag
Die deutsche Übersetzung des Mottos von Roland Barthes stammt
von Dietrich Leube: *Die helle Kammer. Bemerkung zur Photographie,*
Suhrkamp, Frankfurt 1989
Die deutsche Übersetzung des Gedichtes *Prati* von Antonia Pozzi
(Mailand 1931) besorgte Maja Pflug
Covermotiv: Gemälde von Christian Berard,
›Portrait of a Boy‹, oil on canvas
Foto © Gordon Roberton Photography Archive / Bridgeman Images

Für Ro

Veröffentlicht als Diogenes Taschenbuch, 2023
Alle deutschen Rechte vorbehalten
Copyright © 2022
Diogenes Verlag AG Zürich
www.diogenes.ch
30/23/36/1
ISBN 978 3 257 24711 4

Vielleicht ist das Leben wirklich
wie du es entdeckst in jungen Tagen:
ein ewiger Hauch, der
von Himmel zu Himmel
wer weiß welche Höhe sucht.

Doch wir sind wie das Gras auf den Wiesen
das den Wind über sich hinstreichen fühlt
und überall singt im Wind
und immer lebt im Wind,
aber nie genug wachsen kann
um diesen höchsten Flug aufzuhalten
oder von der Erde aufzuspringen
um sich in ihm zu ertränken.

Antonia Pozzi, Wiesen

All die jungen Photographen, die durch die Welt
hasten, weil sie sich dem Aktualitätenfang ver-
schrieben haben, wissen nicht, dass sie Agenten
des Todes sind.

Roland Barthes
Die helle Kammer. Bemerkung zur Photographie

You press the button, we do the rest.
Werbespruch der KODAK *Nr. 1 (1889)*

Viele Jahre nach dem Aprilmorgen, an dem alles begann, dachte der Fotograf Antonio Casagrande, als er sich, wie schon so oft, unerwartet mit dem Tod konfrontiert sah, dass das Leben immer unscharf ist.

Der Sonnenaufgang war genau wie der von damals, als ihn als Junge der unbändige Wunsch packte, ein Mann zu sein, und ihn nicht mehr losließ: klare Luft, schräg zwischen den Ästen einfallendes Licht, schwellende Knospen, prall, zum Aufplatzen bereit.

Zuerst verwirrte ihn der flammende Himmel, der so blutrot leuchtete wie ein Sonnenuntergang. Doch als dann unverzüglich die Helle des Tages triumphierte, tat Antonio Casagrande das, was er noch nie versäumt hatte, seit sein Meister ihm die rudimentären Anfangsgründe der Kunst beigebracht hatte: Schatten, Farben, Tiefe der Aufnahme und Kontrast messen. Aber das gewohnte, herrliche Gefühl von Kontrolle über die Schöpfung war nicht von Dauer. Was wichtig ist, sagte er sich in einer blitzartigen, hellseherischen Eingebung, was wirklich zählt, ist immer verschwommen.

Freitag, 26. April 1867,
zwischen Genua und Borgo di Dentro

In den ruhmreichen Tagen des feuchten Kollodiums, als man die Geschicklichkeit eines Illusionisten brauchte, um Abzüge von einem Glasnegativ zu machen, erkannte man nichtsnutzige Stümper sofort an den verwischten Ecken. Gespenstische Schatten, geheimnisvolle Nebel waberten um Brustbilder und Ganzkörperaufnahmen. Auf Pappe aufgezogen, um Kräuselungen zu vermeiden, wurden die Fotografien in mit Goldbuchstaben bedruckten Etuis oder in schweren, ledergebundenen Alben verwahrt oder gut sichtbar in kostbaren Rahmen aufgestellt, als handle es sich um Ölgemälde. Die Mischung aus Salz, Silbernitrat und Eiweiß, mit der das Fotopapier getränkt war, zersetzte sich rasch, und die Bilder nahmen eine wässrige, gelbliche Färbung an. Der Kunde war es dennoch zufrieden, da er ja sein Äußeres noch nie gesehen hatte, außer flüchtig im Spiegel.

Diese von Gespenstern heimgesuchten Porträts, diese Gruppenbilder von Familien, von Geistern belagert wie das Tischchen einer Hellseherin, waren eine Neuigkeit und große Mode, als Antonio Casagrande geboren wurde. Höchstwahrscheinlich in der Nähe des Hafens von Genua, vielleicht zwischen Sottoripa und Porta Soprana. Den genauen Ort kennt man nicht, weder die Straße, noch das Haus, den Hinterhof oder die Straßenecke, nur Tag, Monat und Jahr: 13. Juni 1855. So zumindest die Kartei des Ospedale Maggiore, genannt Pammatone, Abteilung Findelkinder.

Es war nicht möglich, in den Spalten »Vater« und »Mutter« anzugeben, welche Lenden ihn gezeugt und welcher Schoß ihn empfangen hatten. Beim Klingeln des Glöckchens, das einen Neuzugang ankündigte, setzte der Pförtner den Hebel des Rads in Gang und fand ein vor Schrecken graues Neugeborenes vor. Sofort fiel ihm das ins Nichts starrende Auge auf, die milchige Pupille, dann die hastig verknotete Nabelschnur, ein Zeichen für wenig Erfahrung, und zuletzt der raue, mit Blut und Fruchtwasser getränkte Stofffetzen, der den kleinen Körper vor dem nackten Holz schützte. »Genueser Tuch« hieß dieser Stoff gewöhnlich. In Amerika »Jeans«. Zeug für Schiffsjungen, Maschinisten oder Hafenarbeiter. Sonst nichts. Keine zwei Zeilen zur Begleitung, kein Medaillon, keine Brillantbrosche, weder ein Band mit Monogramm noch sonst irgendein Zeichen, das dem Neugeborenen – wie in den Romanen, die unter den Bogengängen hinter dem Pammatone an Ständen verkauft wurden – nach sechshundert Seiten ein reiches, glückliches Schicksal verheißen hätte. Nicht einmal ein Korb oder eine kleine Steppdecke. Auch deshalb blieb Antonio Casagrande nichts außer einem unbesiegbaren Gefühl von Leere im Rücken, einem leichten Schwindel, wie bei jemandem, der um Haaresbreite den Griff verfehlt, dazu die Antwort auf die schwierigste Frage: Wer bin ich eigentlich?

Zweifellos quält ihn diese Frage nicht beim Sonnenaufgang am Freitag, 26. April 1867. Es fehlen noch wenige Wochen bis zu seinem zwölften Geburtstag, und Antonio Casagrande verliert sich nicht in komplizierten Grübeleien. Auch verschwendet er keinen Gedanken auf das, was das Leben ihm gerade geschenkt hat. Endlich Lesen, Schreiben und Rechnen gelernt zu haben, zum Beispiel. Oder die Tatsache, dass er seit einigen Monaten nicht mehr mit vor Hunger knurrendem Magen zu Bett geht. Oder vor allem die Mission, den aufregenden Grund – *historisch!*, donnert der Meister –, aus dem sie die Reise angetreten haben.

Nichts von alledem beschäftigt seinen Geist: nur der warme, starke und aromatische Strahl, der aus den Eingeweiden des Mannes hervorsprudelt. Der überschwemmt seine Gedanken, verstört ihn, weckt seinen Neid. Wenn er zu Neid fähig wäre mit seinem spitzen Gesichtchen eines wachsamen, kleinen Tiers, den dünnen Armen dessen, der gerade noch an der Abteilung für rachitische Kinder vorbeigeschrammt ist, den Beinen, die knotigen Stecken gleichen in den zu weiten Hosen.

Wenn es Neid wäre, würde der Junge den Blick abwenden. Stattdessen genießt er das Schauspiel. Im Geist registriert er das Prasseln, wenn scharfe Spritzer den silbrigen Film auf den Steinen treffen, die der Meister am Abend zuvor um das Feuer angeordnet hat und die sich erwärmt haben, während sie beide auf dem Pritschenwagen schliefen.

Er würde ihn gern einholen, den Meister, es ihm gleichtun, das ist es. In ein paar Jahren vielleicht, wer weiß. Wird er auch einen so kräftigen Strahl haben? Einen unaufhaltsamen Strom? Eine so herrliche Pisse? Das wünscht er sich mehr als alle anderen Schätze, die der Mann sonst noch bei sich hat, mehr als die mit Arabesken bestickte Weste, mehr als die glänzende Messingtrompete. Mehr als den Rauschebart, der den Meister schon von Weitem ankündigt, struppig wie das Fell eines wilden Tiers: *Platz da, ich komme, hier bin ich.*

Zwar ist der Bart für Antonio eine fixe Idee, er sehnt ihn herbei, doch bisher nichts, eine Pfirsichhaut. Nur verkrusteter Rotz unter der Nase und der L-förmige Schmiss auf der linken Backe, unter der Binde, die sein blindes Auge schützt.

»Leck mich am Arsch, Michele«, denkt er jedes Mal, wenn seine Fingerkuppen die Narbe ertasten, die das kleine Klappmesser hinterlassen hat. Michele Casagrande, Jahrgang 1855, wie Antonio. Sie heißen alle Casagrande, die Bankerte aus dem Pammatone. Oder Dellacasa oder Dellàcà oder Diotallevi. Sie teilten dasselbe Stockbett – Michele oben, er unten –, bis der Gefährte schließlich einen Strohsack in der Hütte eines Viehhirten auf den Höhen fand. Mit dem Messer war er flink wie ein Maler mit dem Stift. Er verwahrte es unter der Matratze, zusammen mit seinem restlichen Arsenal: einer Schleuder, fünf eisernen Murmeln, einer Handvoll spitzer Steine und einem Schlagring, den er aus Seilresten angefertigt hatte, Knoten für Knoten. Ein Meisterwerk der Grausamkeit.

Antonio gab es zu der Zeit, als er im Pammatone lebte, nur einen, nur ihn, eingetroffen am Tag des Schutzheiligen der Kinder und der Prostituierten. Diesem Beruf ging vermutlich auch die Frau nach, die an selbigem 13. Juni 1855 zwischen Sottoripa und Porta Soprana niedergekommen war. Jung wahrscheinlich, vielleicht sogar Erstgebärende, in

Anbetracht der ungeschickt verknoteten Nabelschnur, die nun als Nabel wie eine Kichererbse auf seinem Bauch balancierte. Jung und wahrscheinlich allein. Vielleicht Waise, vielleicht ebenfalls im Pammatone aufgewachsen, eine der zahllosen Zeilen in den Registern vor der von Antonio Casagrande. Nicht alle kleinen Waisenmädchen sind ja als Helferinnen im Flügel für Syphiliskranke gelandet, nicht alle wechseln Binden und Umschläge, nicht alle haben den Schleier genommen. Wäscherin? Näherin? Tänzerin? Nutte? »Einfach eine billige Schlampe«, versicherte Michele Casagrande.

Quälende Bilder. Würde der Bart ihn zukünftig vor Übergriffen schützen? Antonio Casagrande ist davon überzeugt. Doch an diesem Morgen im April 1867, während die Frühlingsluft über die neugeborenen Blättchen streicht, verfliegt die Erinnerung an Michele Casagrande wie ein Traum beim ersten Licht. Und müsste er zwischen dem einen und dem anderen wählen, zwischen dem schönen Gesicht eines erwachsenen Mannes und einer so machtvollen Pisse wie der, die gerade ihr Lagerfeuer überschwemmt, würde Antonio Casagrande sich für die Pisse entscheiden.

Er wäre gern so groß wie der Meister, so stark wie der Meister, er wäre gern selbst der Meister. Er möchte die *Meisterlichkeit* aufsaugen wie ein Putzlappen die Nässe. Er ahnt nicht, dass dieser unbändige Wunsch, der sich in manchen Nächten in einen Albtraum verwandelt und ihn aufweckt, damit zu tun hat, dass bei seinem Eintrag im Register des Pammatone unter dem Stichwort »Vater« steht: »unbekannt«. Er wünscht sich nur, den großen, starken

Mann, den das Schicksal ihm zugedacht hat, weiter zu ergründen.

Er hat so lange auf ihn gewartet. Dutzende von Waisenknaben, Mengen von *Ausgesetzten,* Legionen von Bankerten nahmen den Weg in die Berge, aber er nicht. Die anderen würden Kühe melken, Lämmer schlachten, im Frühjahr Kartoffeln pflanzen, sie im Sommer ernten, im Herbst das Feld hacken und die Erde von Steinen befreien, im Winter Körbe flechten. Aber er nicht. Die Bauern kamen jede Woche hinunter in die Stadt, erst Markt und dann Pammatone, dort suchten sie sich die Besten aus und verhandelten über den Zuschuss.

»Mit diesen breiten Schultern wird er für zwei essen«, sagten sie zum Vorsteher.

»Mit diesen breiten Schultern wird er für zwei arbeiten«, erwiderte der Vorsteher, während er mit gerunzelten Brauen rechnete.

Sie wählten immer andere, auch wegen seinem blinden Auge. Dann kam der Meister. Gerade noch rechtzeitig, denn der Junge war schon elf Jahre alt. Auch wenn er nicht viel Ahnung von Zahlen hatte, wusste er, dass elf eins weniger als zwölf ist, und nach seinem zwölften Geburtstag würden sie ihn nicht mehr durchfüttern können. Sie würden ihn dem Leben in den grausigen Rachen werfen, und es würde ihn mit seinen Klauen zerfetzen: Hochmut, Trägheit, Wollust, Zorn, Völlerei, Neid, Geiz. So der Beichtvater bei Erledigung der wöchentlichen Pflichtübung.

Als der Meister den Saal betrat, wo Schulter an Schulter aufgereiht die Waisenknaben warteten, regnete und stürmte es draußen. Vor dem Tisch des Vorstehers tropfte das Wasser aus dem Kraushaar auf den Bart, die Schultern, den Bauch, die Stiefelspitzen und sammelte sich zu einer Pfütze auf dem Marmorboden. Er sah aus wie ein Ungeheuer.

»Für die Größeren gibt es keinen Zuschuss«, sagte der Vorsteher.

»Was schert mich der Zuschuss! Ich brauche einen Assistenten, kein Almosen, zum Donnerwetter!«

Er sah aus wie Blaubart.

Zwei Handbreit größer als die anderen, hielt Antonio die Augen auf die Pfütze gesenkt, die sich ausbreitete, *platsch*, *platsch*, die tropfnassen Stiefel, *platsch*, *platsch*, *platsch*. ›Da werde ich wieder putzen müssen‹, dachte er. Stattdessen wurde er ausgewählt.

»Er?«, fragte der Vorsteher.

Er. So ist das Leben. Blitzschnell packte er seine Sachen – welche Sachen? –, und dann los, hinaus auf die Gasse, Piccapietra, Porta Soprana, die schwarz-weiße Kathedrale San Lorenzo, immer hinter Blaubart her. Den Blick stur zu Boden gerichtet, um das Leben nicht herauszufordern, das in den Erdgeschossbehausungen, unter den Bögen, an jeder Kreuzung lauerte. Piazza Valoria Nummer 4, schwarzes Eingangstor, dunkle Treppen, hinauf und weiter hinauf und noch weiter hinauf bis zu einem gleißend hellen Dachboden. Drinnen ein Wirrwarr von Gläsern, Fläschchen, Flüssigkeiten, Truhen, Regalen, Akten, Büchern, Gefunkel, Spiegeln, Kerzenleuchtern, Fächern, Brokatvorhängen, Säulen, Palmen, Meeres- und Gebirgskulissen und einem Geruch wie nach Staub und Gewürzen. Und ein Spinnennetz von Schnüren, die von der Decke herabhingen. In einer Ecke ein Paravent, ein Feldbett und ein Nachttopf. Für ihn? Für ihn.

»Der Abort ist hier draußen. Gegessen wird einen Stock tiefer, bei Giuse. Frühstück, Mittag- und Abendessen. Hier ist der Arbeitstisch, hier das Lager und hier das Archiv. Ich schlafe da drüben. Die Apparate stehen dort hinten. Der Altan gehört zum Studio. Pass auf, dass du dich nicht zu weit vorbeugst, das Geländer fehlt.«

Keine Türen, keine Zimmer, nichts von all dem, was Antonio vom Pammatone gewöhnt war: Schlafsaal, Refektorium, Direktion, Kapelle, Hof, Waschraum, Sakristei, Männer-Krankenstube, Frauen-Krankenstube, Kinder-Krankenstube, Vorratskammer, Spezerei, und dann Reihen von Betten, Bänken, alten Holztischen. Im Dachboden an der Piazza Valoria weitete und verengte sich der Raum nur dank verschiedener Vorhänge.

»Gib Acht, der Kunde muss genau hierhin. Weder weiter hüben noch weiter drüben. An die Säule gelehnt, oder auch sitzend, er darf sich bloß nicht bewegen. Das Licht fällt durch das große Fenster direkt aufs Gesicht. Der Rest des Körpers bleibt im Schatten, so sieht er aus wie ein Papst auf dem Thron.« Dann zog der Meister abrupt an einem Vorhang, der dunkler und dicker war als die anderen. »Und hier ist das *Sancta Sanctorum*.« Das Allerheiligste. Ein weiterer Arbeitstisch tauchte auf, dem ersten gleich und ebenso vollgestellt mit Fläschchen und Schüsseln. Von einem Balken hing eine mit rotem Papier abgedunkelte Lampe herunter. »Merk's dir, Wunder sind wie Sünden: Sie geschehen im Dunklen.«

Antonio hatte kein Wort verstanden. Wo zum Teufel war er hingeraten? Was war das bloß für eine Werkstatt?

Von dem Tag an beobachtet er Blaubart unausgesetzt. Er will *ihn auswendig lernen,* so wie er das Einmaleins und das Alphabet gelernt hat. Vom Meister natürlich. Der Oger hat auf die Narbe unter seinem Auge gezeigt und darin ein L gesehen. Zack, ein Kniff in die Wange, und dann eine kleine Lektion: »L wie Lampe, Leber, Linse, Lupe, Lob. A-E-I-U-O. Die Vokale. Wiederhole.«

»Lob?«

»Lob. Wenn jemand zu dir sagt, gut gemacht. Los, wiederhole.«

»Wie Lob Gottes?«

Der Meister hat ungehalten geschnauft. Wenn man ihm gegenüber Gott, Heilige und Madonnen erwähnt, schnauft er, doch das wusste Antonio am Anfang nicht. Im Pammatone war Gott im Himmel und auf Erden und überall.

»Laster, Leere, List, Lore, Lues. A-E-I-O-U. Wiederhole.«

»Lues?«

»Lass gut sein, dafür bist du noch zu jung, hahaha. A-E-I-O-U. Wiederhole.« Und noch ein Kniff.

Antonio Casagrande will alles von ihm lernen, einfach alles. Sogar wie er geht. Er beobachtet ihn, prägt sich jede Einzelheit ein, schaut zu, wie er auf einen Zug eine ganze Flasche leert, ohne Atem zu holen, wie er so rülpst, dass die Tauben erschrecken, wie er Litaneien von Flüchen ausstößt, solche Obszönitäten, dass die Seeleute erbleichen, mit denen er abends am Hafen den Tisch teilt. Am Altan stehend, der auf die Dächer hinausgeht, im Blau und Orange des Sonnenuntergangs, sieht er ihn die Backen aufblasen, halb die Augen schließen und eine Trompete ansetzen, so golden wie die der Cherubim, um eine schmachtende, schmelzende Melodie zu spielen, bei der ihm die Tränen über den Rauschebart strömen. Er sieht ihn durch die Gassen marschieren, ein General beim Angriff: Mit königlichem Schritt und Trommelwirbel in der Brust stürmt er in das Bordell im Vico Falamonica oder das an der Piazza dello Amor Perfetto. Der Junge setzt sich auf die Stufen und wartet. Er genießt das bunte Treiben der Händler, Bettler, Marktschreier, Lumpensammler. Durchs offene Fenster hört er, wie die tiefe Stimme *»Libiamo, libiamo ne' lieti calici / che la bellezza infiora«* anstimmt und die Nutte antwortet *»Godiam, fugace e rapido / è il gaudio dell'amore«*, und dann lachen beide lauthals. Und er hört ihn knurren: »Ich habe es mir genau ausgerechnet!«, wenn jemand zu fragen wagt, ob er diesmal denn wirklich übergeschnappt sei.

»Ein leichtfertiges Unternehmen«, provozieren ihn Brüder, Schwestern, Nachbarn, Neugierige und Tagediebe aller Art. »Todsicher ein Reinfall«, schieben sie nach. Daraufhin faucht der Meister mit dröhnender Bassstimme: »Ausgerechnet bis auf den Centesimo, zum Donnerwetter!« Sein Gebrüll erstickt jede Diskussion.

Wie oft hat der Junge solche Szenen miterlebt? Seit sie die Stadt in Richtung Borgo di Dentro verlassen haben, gar nicht mehr: Was wissen die Leute auf dem Land schon davon, was ein so vornehmer Mann wie er im Kopf hat?

ALESSANDRO PAVIA

FOTOGRAF

PORTRÄTAUFNAHMEN UND FAMILIENBILDER

VEDUTEN UND VISITKARTEN

REPRODUKTIONEN VON JEDEM GEGENSTAND

Auf dem Land tragen die Frauen schwarze Kleider und Kopftücher, die ihre Haare verbergen, nicht etwa Reifröcke und Perlenschnüre. Die alten Männer tragen keinen Frack, stützen sich nicht auf Spazierstöcke mit Silberknauf, wandeln nicht an endlosen, vernebelten Nachmittagen mit langsamen Schritten auf den farbigen Granigliaplatten unter Bogengängen hin und her. Hier gibt es weder Bogengänge noch Graniglia, noch Mosaiken, noch marmorne Riesen, die Balkone tragen, noch Statuen von Wohltätern wie im Pammatone. Fünfundzwanzig Lire Vermächtnis garantieren eine Gedenktafel, fünfzig reichen für eine Büste, das Doppelte für eine stehende Figur und eine ungeheure Summe, die Antonio noch nicht ausrechnen kann, für eine Prachtstatue. Dazu noch Material, Transport, Montage, Bildhauer und Steinmetz.

Auf dem Land haben die Kinder Triefaugen und bronzefarbene Füße. Wenn sie den Wagen mit der Aufschrift FOTOGRAF sehen, ist es, als kämen die Gaukler. Sie können nicht lesen – Antonio erkennt sie sofort, abgründige Augen, vor Staunen halb offene Münder –, Buchstaben sind ihnen ein Rätsel, und doch erfassen sie das Wesentliche auf diese geheimnisvolle Weise, die bis vor Kurzem auch die seine war.

»Lack, Lese, Liste, Lupe, London. A-E-I-U-O. Wiederhole.« Und noch ein Kniff.

»London?«

»Geografie! Zum Donnerwetter, Geografie! Mazzini ist in London, London musst du kennen!«

Die Diskussionen darüber, was der Meister im Kopf hat, sind eher in der Stadt von Bedeutung, zwischen Piazza Fontane Marose, Soziglia und dem Sestiere di Prè. Dort versuchen sie, ihm Steine in den Weg zu legen. Unter irgendeinem Vorwand halten sie ihn an, verhören ihn, *verwarnen* ihn, bringen ihn *zur Vernunft*. »Dickkopf!«, schnattern sie. Er gibt nicht auf.

Sturer Kopf, ja, und ewige Pisse. Jetzt, da das Feuer fast erloschen ist und nur noch wenig Glut unter der perlgrauen Schicht glimmt, bis die Pfützen dann irgendwann überschwappen, zwischen Aschenhäufchen versickern, sich um verkohlte Holzreste schlängeln, jetzt läuft ein Rinnsal direkt auf Antonios Schuh zu. Zwölf Lire auf dem Markt an der Piazza Nunziata, dem besten der Stadt. Wäre schade, ihn zu beschädigen, ein Sakrileg, ein Fluch. Nie ein solches Paar Schuhe besessen. Überhaupt nie Schuhe besessen, höchstens Holzpantinen. Sie tun weh, reiben und pieksen am Knöchel wie Fischgräten im Hals, doch Antonio Casagrande nimmt es guten Mutes hin, denn er weiß, das ist sein persönlicher Rosenkranz. Auf die schmerzhaften Geheimnisse folgen immer die glorreichen. Das vergisst man nicht, wenn man jeden Abend Gebete gesprochen hat, seit man mit gefalteten Händen zu knien gelernt hat. Fünf mal zehn Avemaria plus das Pateravegloria dauerten eine Viertelstunde, wenn Pater Agostino, genannt »Blitz«, das Gebet leitete. Eine halbe Stunde, wenn Bruder Sebastiano dran war, der bei »g«, »p« und »d« zu stottern anfing. *»Ave*

Maria, g-g-g-grazia p-p-p-plena, d-d-d-dominus tecum.« Bruder Sebastiano wurde »Donner« genannt wegen der Fürze, die seine Aussprachebemühungen begleiteten. War es kein guter Abend, dauerte das Konzert vierzig Minuten. Gebete und Fürze, Fürze und Gebete. Im Nachthemd. Auf dem eisigen Fliesenboden. Die Knie in Flammen.

Vor der Werkbank des Schusters an der Piazza della Nunziata hatte der Meister nicht viele Worte gemacht: »Willst du vorankommen? Dann brauchst du Schuhe.«

Auch wegen dieses soundsovielten, grandiosen Beweises von »*Meisterlichkeit*« zwingt sich der Junge durchzuhalten. Am Abend massiert er seine Füße mit Walfett und reibt das Oberleder mit dem ein, was er hat, Kügelchen aus geschmolzenem Wachs oder Fischöl. Am Morgen ist der Geruch immer noch ekelerregend, und zwischen der Maddalena und San Lorenzo sind ihm die Katzen dicht auf den Fersen. Er schert sich nicht darum, denn Besorgungen zu machen ist seine vergnüglichste Aufgabe. Frische, frittierte oder eingesalzene Sardellen. Kichererbsenfladen in öligen Papiertütchen. Innereien, die Giuse dann mit Knoblauch, Essig und Petersilie in der Pfanne schwenkt. Kerzen. Olivenöl. Lampenöl. Notenpapier und dünnes, feinkörniges Papier für die Drucke. Eier zu zwei Dutzend: Das Eigelb wird verquirlt, gebraten und gegessen, das Eiweiß wird großzügig gesalzen und zu Schnee geschlagen. Was unter dem Schaum übrig bleibt, eine schön gelbe, durchsichtige Flüssigkeit, kommt dann in eine Schüssel. Einzeln legt man die Blätter darauf, lässt sie an der Oberfläche schwimmen wie Laub auf einem See. Eine Feinarbeit, für die man Pinzetten, Wäscheklammern, Geduld braucht. Im richtigen

Moment hebt man das Blatt hoch, lässt es abtropfen und hängt es zum Trocknen auf, bis der Dachboden sich mit großen, makellosen Schmetterlingen füllt, die beim ersten Lufthauch an den Schnüren tanzen. Es folgt ein letztes Bad in der Silbernitratlösung, aber das erledigt der Meister allein, eingeschlossen im dunkelroten Schein des *Sancta Sanctorum*, angetan mit Handschuhen und einer großen, alten Schürze aus steifem Leinen.

Und außerdem sind die neuen Schuhe so schön mit ihren winzig gestichelten Nähten – wie Ameisenstraßen – und den glänzenden Nieten rund um den ganzen Rand. Also zieht der Junge den Fuß schnell weg, um dem Strahl des Meisters auszuweichen. Doch dabei verliert er das Gleichgewicht, schwankt gefährlich, und sein leichtes Geplätscher – was bei ihm kommt, ist nichts gegen den Wildbach, der neben ihm braust – kurz, sein eigenes bisschen Pipi trifft haarscharf seine andere Schuhspitze. Eine Schande.

Der Meister merkt es jedoch nicht, sonst würde er in sein dröhnendes Gelächter ausbrechen und ihm mit einer Anspielung auf sein kleines Dingsda einen Klaps zwischen Hals und Nacken verpassen. Mit derselben Hand, mit der er sein Dings hält. Einen dieser Schläge ins Genick, bei dem du, wenn du ihn nicht erwartest, mit den Zähnen klapperst und das Lachen des Meisters donnernd anschwillt. Doch mittlerweile ist der Junge auf der Hut, und der Schlag kommt sowieso nicht.

Kinderpisse ist etwas anderes. Sie schmeckt nach Kohl und Zwiebel. Was den Urin von Michele Casagrande betrifft, könnte Antonio das jedenfalls bezeugen. Er stellt sich vor, dass das Pipi aller Bankerte aus dem Pammatone den gleichen Geschmack hat. Der Grund ist ja leicht verständlich, wenn man den Speiseplan betrachtet. Kohl, Zwiebeln, ein paar Kartoffeln, Kohl, Zwiebeln, eine Handvoll Bohnen oder Erbsen, Kohl, Zwiebeln, ab und zu ein Ei und süßen Brotauflauf, aber nur sonntags. Pisse zu trinken ist obligatorisch. Und schon bevor du sie runterschluckst – ausspucken unter Strafe verboten –, bevor du sie auf einen Zug runterkippst, als ob es Quellwasser wäre, hast du dich sowieso schon an die Pisse gewöhnt. Man lebt im Pisskohl. Man riecht ihn überall, vermischt mit dem Geruch von gelblichem Schweiß in den Laken aus kratzigem Leinen, von getrockneter Kotze und dem Gestank von Hintern, die nie sauber genug sind. Er verpestet die Aborte. Hängt in den Ecken. Tränkt den Strohsack. Im Winter, bei geschlossenen Fenstern, weil der Nordwind tobt. Im Sommer, wenn der Schirokko die Mauern aufheizt.

»Gleich nach dem Aufwachen pissen ist besser als vögeln«, sagt dagegen Blaubart jeden Morgen. Er tritt aus dem Abort auf der Etage an der Piazza Valoria, die Hosen halb aufgeknöpft, die Pranke drinnen, um die Angelegenheit zu ordnen, das Gesicht noch von der Nacht zerknittert. Und er sagt es auch jetzt, während er freudig die Welt mit seinen nächtlichen Säften besprengt, die Augen funkelnd im Grün der Kastanien, in Gedanken schon beim Reisetag nach Borgo di Dentro. »Besser als einen geblasen kriegen. Hahaha!«

Die herrliche Pisse des Meisters ist nicht das einzige Wunder, seitdem sie aufgebrochen sind. Antonio vermerkt die bedeutendsten Sachen in dem Übungsheft zwischen den

Vokalen, den Konsonanten und den vier Grundrechenarten. Er schreibt sich Wörter auf, die er noch nie gehört hat, und fügt die Bedeutung hinzu. »Eisenbahn« und »Lokführer«, zum Beispiel, denn nach Florenz sind sie mit dem Zug gefahren. Und »Vorzimmer«, denn Seine Majestät, Viktor Emanuel ii., ließ sie acht Tage lang warten, ehe er den Meister empfing.

»Angesichts der bevorstehenden Audienz würde ich an Ihrer Stelle die Dienste eines Barbiers in Anspruch nehmen«, hatte ein Beamter mit gezwirbeltem Schnurrbart vorgeschlagen, der dem König aus dem Piemont in die neue Hauptstadt gefolgt war.

Er war ein hagerer Typ, mit der stumpfen Haut der Leberleidenden. Er hatte sie in einem Salon voller Stuck und Kostbarkeiten empfangen und ihnen ausgerichtet, ja, Seine Majestät werde sie empfangen wie brieflich vereinbart, doch nein, nicht am selben Tag und auch nicht am folgenden, wann genau wisse man letztlich nicht. Das hinge von den Rebhühnern ab. Vielleicht auch von den Hirschen, Seine Majestät liebe die Großwildjagd. Die Großwildjagd und den Pinienwald von San Rossore. Nicht so sehr wie die Alpengipfel, nicht so sehr wie die Tannenwälder und Schneehöhen, nicht so sehr wie die nebelverhangenen Sonnenaufgänge in Pollenzo und Sommariva Perno. Doch Seine Majestät besitze das Temperament eines Soldaten und habe es verstanden, sich den Umständen anzupassen. Die ja die Folgen des unglücklichen Zwangsumzugs nach Florenz seien.

»Also?«

Also sollten sie eine Adresse angeben und auf ein Zeichen warten.

Acht Tage lang. Frühstück, Mittagessen, Abendessen und Bett in einer Locanda im Borgo San Frediano in Florenz. Ungesalzenes Brot, Schinken, *bistecca,* gesottener Kapaun, Kalbsleber, garnierte Rinderzunge und Rotwein aus Korbflaschen hatten die Taschen des Meisters geleert, sodass er sogar seine Uhrkette versetzen musste. »Der Zweck heiligt die Mittel. Machiavelli. Wiederhole. Lerne. Schreib es in dein Heft.«

Beim Frühstück sagten sie zu ihm: »Ach was, Hirsche. Rebhühner, von wegen. Höchstens das Rebhuhn, oder vielmehr die Rebhenne!« Sie war der Grund für die Verzögerung, die Geliebte des Königs. Schwarze Augen, schwarzes Haar. Butterweiche Lippen. Wohnhaft ohne Miete zu zahlen in der Villa Petraia der Medici und derzeit übersiedelt nach San Rossore. Geboren als Rosa Vercellana, wiedergeboren als Contessa di Mirafiori und Fontanafredda. Auch dort Stuck und Kostbarkeiten. Wurzelholz, Ebenholz, Tapeten mit Blumenmuster. Gobelins. Danaë, die auf Zeus wartet. Zeus, der in Form eines Goldregens erscheint und sie schwängert. »Zweimal!«, im speziellen Fall, ein Mädchen und ein Junge.

»Gobelin«, »Tapete«, »Zeus«. Antonio notierte, der Meister korrigierte. Das gastfreundliche Heft bot auch den Wörtern der Reichen Platz.

Beim Mittagessen ging es wieder los: »Wozu willst du bloß zum König, wenn der sich doch gewiss seinen Fotografen aus Turin mitgebracht hat? Genauso wie den Minister, den Sekretär, den Advokaten, den Kammerdiener, den Lakai, den Stallburschen, den Schneider, den Schuhputzer und den Schornsteinfeger. Nirgends kehren sie die Kamine so gründlich wie in Turin. Auch den Maler wird sich Seine Majestät mitgebracht haben, in Florenz, das weiß man ja, sind Künstler Mangelware!«

»Lakai.«

»Stahlbursche.«

»Nicht *Stahlbursche,* Stallbursche. Mit zwei L. Schreib's noch mal.«

Beim Abendessen dasselbe: »Wozu willst du bloß zum König, du mit deinem Republikaner-Bart?«

Der Meister erstarrte. »Eben, das wird ein historisches Ereignis. Das man später den Enkeln erzählen kann«, erwiderte er.

»Republikaner«: Einer, der die Republik will, also, dass das Volk die Macht hat.

»Was heißt das?«

»Das Volk soll herrschen, anstelle des Königs.«

Antonio riss die Augen auf.

»Mach nicht so ein Gesicht. Schreib ›Volk‹, großgeschrieben. Wie ›König‹. Nein, streich es durch und schreib ›könig‹ klein.«

»Und Ihr seid Republikaner?«

»Bis ins Mark.«

»Aber warum wollt Ihr dann zum König?«

»Auch Garibaldi hat sich mit ihm getroffen. Es ging nicht anders. Vorerst begnügen wir uns damit, dass wir Italien geeint haben, aber dann …«

Dann, was? Ein Riesendurcheinander, im Kopf des Jungen. Als man sie endlich rief, wurde er an der Schwelle des Casino Annalena aufgehalten, eines kleinen Gebäudes in den Boboli-Gärten. Das sei *unumgänglich.* Nur Alessandro

Pavia dürfe das persönliche Kabinett Seiner Majestät betreten. Jemand zeigte dem Jungen eine Marmorbank neben einer Buchsbaumhecke.

Ein herrlicher Ort: Grotten, kleine Tempel, Statuen, Mosaiken, Kletterpflanzen, Rosenstöcke, Bassins, Kolonnaden, Terrassen, Springbrunnen. Geometrisch angelegte Pfade, wie bei einem Kinderspiel, aber von den Großen gemacht: Das Casino Annalena und das Persönliche Kabinett Seiner Majestät befanden sich in einem Garten der Lüste.

Und wer weiß, wie wundervoll erst das Klo sein musste in dem Bordell, wo der König den Meister erwartete. Nachttöpfe aus purem Gold? Edelsteinfunkelnde Waschschüsseln? Seidenläppchen anstelle von Papier zum Arschabwischen? Antonio fantasierte die geschlagenen sechs Minuten, die die Audienz dauerte, wild drauflos, bis Alessandro Pavia mit einem breiten, monarchischen Lächeln auf dem Gesicht herauskam, das den ganzen Tag lang nicht mehr erlosch. »Große Sache! Große Sache!«, sagte er immer wieder.

Die Feierlichkeiten fraßen die letzten Ersparnisse auf, da der Meister jeden zum Trinken einlud, der Lust hatte, ein paar Worte über das »großartige Unternehmen« zu wechseln, von dem man sagen konnte, dass es heute »an einem Wendepunkt angekommen« war. Er lachte, die anderen tranken und stießen auf seine Gesundheit an. Auch Antonio war ein bisschen beschwipst, als sie bei Sonnenuntergang endlich in der Locanda eintrafen. Eine Nacht Schlaf, am nächsten Morgen würden sie mit dem ersten Zug nach Genua abreisen. Der Wirt passte sie an der Schwelle ab, die Stirn schweißnass.

»Ihr werdet erwartet«, sagte er und deutete nach innen. Neben dem Tresen stand aufrecht ein Soldat in tailliertem Waffenrock mit glitzernd dekorierten Epauletten, in der Hand ein Päckchen, auf dem im rauchigen Dämmer des Raums das Wappen des Königshauses schimmerte. Aus der Dunkelheit löste sich ein Mann im Gehrock. »Alessandro Pavia?«

Der Meister brachte kein Wort heraus, er hatte den stumpfsinnigen Ausdruck dessen, der zu viel getrunken hat. Der Junge nickte. »Vonseiten Ihrer Majestät, mit den besten Wünschen.« Und schon waren sie verschwunden. Pavia blieb mit dem Päckchen in der Hand stehen. An den Tischen, auf den rohen Bänken unnatürliches Schweigen. Kein Laut aus der Küche. Pavia legte das Päckchen also auf den Tresen, rückte die Öllampe näher heran, wischte seine Finger an der Weste ab und öffnete es. Ein Etui aus dunkelblauem Samt kam zum Vorschein. Antonio berührte ihn am Arm. »Nicht hier, lieber auf dem Zimmer«, sagte er mit dem Blick. Die ganze Welt ist Pammatone.

Der Meister war verblüfft. In dem Augenblick schien er der Junge zu sein. Die Gläser funkelten kalt. Acht, zehn Augenpaare starrten ihn aus der Dunkelheit an.

Im Schaukeln des Wagens gleicht Borgo di Dentro einem Schiff, das in einem Hügelmeer gestrandet ist. Ein Schoner, ein Zweimaster, die Zwillingsglocken der Oberkirche weiß wie Segel bei Sonnenuntergang.

Der Meister hält auf einem Platz am Ortsrand. Während sich der Junge um das vom Tagesmarsch erschöpfte Pferd kümmert, zieht er ein Blatt Papier aus der Tasche. Antonio kennt den Inhalt auswendig, wegen eines besonders schwierigen Übungsdiktats:

Leone Domenico, di Pietro – Halbpächter
Marchelli Bartolomeo, di Giacomo – Illusionist
Buffa Emilio, di Paolo – Barbier
Repetto Domenico, di Giuseppe – Landarbeiter

»Vier! In diesem elenden Kaff!«, sagt Pavia.

Der Junge hatte über das »h« in Marchelli gestöhnt, über das »bp« in Halbpächter und vor allem über *Il-lu-sio-nist.*

»Kann man nicht einfach ›Zauberer‹ sagen?«

»Zaubern ist kein Beruf.«

»Nein?«

»Es ist eine Tugend.«

Je mehr der Junge lernt, umso komplizierter wird das Leben. Er kennt schon die drei theologischen Tugenden auswendig – Glaube, Liebe, Hoffnung – und die vier Kardinaltugenden: Weisheit, Gerechtigkeit, Tapferkeit und Mäßigung. Er hat eine Schwäche für die Tapferkeit, sie erinnert ihn an Ritter und Fehden, eine sehr vage Vorstellung von der Bedeutung der Mäßigung. Ob er nun Zaubern hinzufügen muss? Und er hat auch noch andere Zweifel: »Emmilio« oder »Emilio«? Was bedeutet »Halbpächter«? Die schiefen Umrisse der Stadt schweben über ihnen.

»Zu uns beiden, Leone!«, sagt Pavia. Er steigt vom Kutschbock und springt mit einem Satz in den Wagen. Antonio hört, wie er herumkramt, Sachen verschiebt, umkippt, stolpert, dann einen Fluch und einen Jubelschrei.

»Junge!«

Von der Ladepritsche reicht er ihm Schüssel, Tuch, Spiegel, Seife und das Fässchen mit Wasser herunter.

»Los, waschen, es gibt keine Zeit zu verlieren.«

Das graue Reisehemd fliegt ins Innere. Die Brust ist struppiger als das Gesicht, die Achseln sind schwarze Höhlen.

Der Meister wäscht sich so, wie er alles macht: ohne Maß. Er taucht die behaarten Unterarme in das seifige Wasser, schüttet es sich mit vollen Händen auf Hals, Gesicht und Schultern, bis hinunter zu den Handgelenken, breit wie Kalbsknochen, während in der Schüssel bald lange, dunkle Haare schwimmen. Dann drückt er die Stirn in das Tuch, fährt sich rasch über den Oberkörper, schlüpft in das saubere Hemd, das sofort nasse Flecken bekommt. Dann Weste, Binder, Jackett. »Wie sehe ich aus?«

In den steifen Kragen gequetscht, gleicht sein Kopf dem eines großen, schwarzen, tropfenden Hundes. Die feuchten Ränder auf dem Hemd zieren jetzt auch die Jacke. Die Hosen sind noch grau vom Straßenstaub, mit großen Flecken schaumigen Wassers.

»Soll ich eine Bürste holen?«, fragt Antonio mit einem Blick auf die genagelten Stiefel, die der Meister immer trägt, wenn er auf dem Kutschbock sitzt. Der Staub und das Wasser aus der Schüssel haben sich zu einem glänzenden Matsch verbunden. Pavia zuckt die Schultern. »Diese Leute haben Italien geeint, Junge. Der Dreck auf dem Fußboden ist denen doch egal, glaubst du nicht?«

»Aber ist es nicht zu spät? Was wollt Ihr um diese Zeit noch tun?«

»Schluss mit im Freien schlafen«, antwortet Pavia,

während er den Anstieg hinauf ins Dorf beginnt. »Warte hier. Üb noch mal das Einmaleins. Oder schlaf, tu, was du willst. Ich wünsche dir jedenfalls schon mal einen schönen Abend.« Antonio folgt ihm mit dem Blick, bis die dunkle Gestalt im Borgo di Dentro verschwindet.

Das Pferd grast unter der Linde, an der er es angebunden hat. Nach der Waschorgie des Meisters gleicht der Platz einem Schlachtfeld. Der Junge schüttet das Seifenwasser in den Graben am Straßenrand, faltet das Tuch zusammen, bugsiert die Schüssel und das halb volle Wasserfässchen wieder auf den Wagen. Man wird Vorrat schöpfen müssen. Einen Augenblick überlegt er, ob er es sofort erledigen soll, der Wildbach ist nicht weit. Dann denkt er, dass er sich lieber nicht vom Wagen entfernen sollte. Er räumt das Innere auf, legt die Kleider zu den Kleidern und die Gerätschaften an ihren Platz. Er stapelt die Druckpressen und klemmt sie in einer Ecke fest, damit sie unterwegs nicht beschädigt werden. Er kontrolliert den Riemen, mit dem der erste Apparat an der Innenwand gesichert ist. Er überprüft, ob der zweite Apparat, der für die Visitkarten, gut in seinem schützenden Etui verstaut ist, die vier Objektive gegen mögliche Stöße gefeit. Die Ausstattungsstücke schiebt er in einer Ecke zusammen: die falsche Säule, das falsche Kapitell, die falsche Balustrade (anstrengend, sie vom Dachboden an der Piazza Valoria rauf- und runterzutragen). Er geht den Vorrat an albuminiertem Papier durch und die Sachen, die für die mobile Dunkelkammer nötig sind und die der Meister mitnimmt, wenn er draußen fotografiert: Alkohol, Äther, Schießbaumwolle, Kaliumiodid, Silbernitrat, Salz, Natriumthiosulfat.

Als er meint, dass alles schön ordentlich ist, nimmt er die Klappe ab und steckt sie in die Tasche. Wenn er allein ist, trägt er sie nie. Dann öffnet er den Kasten mit den wiederverwendbaren Glasplatten. In einer Ecke findet er sein Heft und den Bleistift. Er setzt sich auf die Ladepritsche, den Rücken an die Wagenwand gelehnt, die Füße auf der persönlichen Truhe des Meisters, das Heft auf den Knien. Er beginnt mit dem Vierer-Einmaleins, dann mit dem Fünfer. Beim Sechser-Einmaleins fängt er an, sich umzuschauen.

Im Pammatone blähte sich die Langeweile ganze Nachmittage lang zu Riesenblasen auf. Er erwägt, ein paar Platten zu polieren, aber es wäre kompliziert, auf die Schnelle ein Säurebad zusammenzustellen. Außerdem möchte der Meister bei seiner Rückkehr vielleicht sofort losfahren.

Auf die Truhe gestützt, sehen die neuen Schuhe wirklich bildschön aus: Leder auf Leder, Messing auf Messing. Antonio denkt, dass der flache Deckel sich als Schreibtisch eignen könnte. Bestimmt besser als die Schenkel, also verändert er seine Körperhaltung: Er kniet sich hin, Po auf den Fersen, Ellbogen auf der festen Fläche, den Bleistift in der Hand und das Heft vor Augen.

Doch so, mit den Schuhen an den Füßen, ist es nicht bequem. Er zieht sie aus und stellt sie auf die Truhe, in Sichtweite. Was für ein Wunder, diese Schuhe, den Pipifleck an der Spitze sieht man nicht mehr.

Er hockt sich wieder auf die Fersen, den Kopf über das Heft gebeugt. Was könnte er schreiben? Er lässt den Tag an sich vorüberziehen, das Erwachen im Morgengrauen, das Pissen aufs Feuer, das Frühstück mit Wurstresten vom Vorabend, die Fahrt über die Hügel. Kastanienbäume, Eichen, Lichtungen, Schafe, Kühe, Weinstöcke, der Bauernhof, wo sie um die Mittagszeit Pause gemacht haben. Bittere Kräutersuppe, geschmortes Huhn, zwei Eier pro Kopf und einen runden Käse für ein Familienporträt und eine Ganzkörperaufnahme des Erstgeborenen in langen Hosen. Dann noch zwei Bauernhöfe und noch vier Posen. Zehn Centesimi pro Aufnahme, Alessandro Pavia ist spendabel.

»Alessandro Pavia ist ein Dummkopf«, sagen Brüder, Schwestern, Nachbarn, Neugierige und Tagediebe aller Art.

Dann noch andere bemerkenswerte Dinge: eine dreibeinige Katze, ein Wolfsgerippe, ein Froschteich, aber kein einziges neues Wort. Die Langeweile kommt in Wellen. Weit und breit kein Buch, nicht einmal eine Zeitung, sonst könnte er etwas abschreiben. Besonders gut gefällt ihm die »Camera obscura. Universalzeitschrift über die Fortschritte der Fotografie«. Stöße davon liegen auf dem Dachboden an der Piazza Valoria! Die Zeitschrift enthält sehr viele Wörter, die der Junge nicht kennt, etwa »Daguerreotypie« und »Pyrogallol«. Der Meister kann sie ihm fast alle erklären. Einmal hat er an die Redaktion geschrieben und sein Rezept für ein Silberbad vorgeschlagen. Sie haben geantwortet, es handle sich ja nicht um eine großartige Neuigkeit, aber der Brief begann mit »Hochverehrter Herr Kollege«, und der Meister hat eine ganze Woche lang immerzu wiederholt hochverehrt hier, hochverehrt da. Sollte er die letzte Ausgabe wirklich nicht dabeihaben? Er konsultiert doch dauernd irgendwelche Handbücher, blättert in seinem Chemiekompendium. Die Zeitschriften müssen in der Truhe liegen, die aber abgeschlossen ist, und den Schlüssel trägt Pavia um den Hals. Normalerweise. Er nimmt ihn nie ab. Fast nie. Antonio konzentriert sich: Hat er ihn bei der Waschorgie gesehen? Er glaubt nicht. Ob der Meister ihn abgelegt hat? Und hat er ihn hinterher wieder umgelegt? Er glaubt nicht. Und wo könnte er ihn hingelegt haben? Wo ist der sicherste Platz?

»Also, Junge. Nehmen wir an, sie ist verheiratet«, hatte er einmal zu ihm gesagt, als er tief in der Nacht mit einem total schlafbedürftigen Gesicht heimgekommen war. »Und nehmen wir an, der Mann ist nicht zu Hause. Mitten im schönsten Geplänkel, sage ich, wo legst du da die Uhr hin?« Beim Sprechen ließ er die große Taschenuhr baumeln, die er benutzt, um die Dauer der Pose zu messen. Bald wurde sein Mund trocken, bald riss er ihn im Gähnen weit auf.

»Auf den Tisch?«, hatte Antonio auf seinem Feldbett mit schlaftrunkener Stimme geraten.

»Du Einfaltspinsel!« Und schon traf ihn ein Schlag in den Nacken, aber nur leicht. Der Meister hatte begonnen, sich auszuziehen. Jacke, Weste, Hemd, so, wie Pavia sich immer seiner Kleidung entledigt – indem er sie im Raum verstreut.

»Du armer Tropf! Wenn du die Uhr auf den Tisch legst und dann eilig davonlaufen musst, vergisst du sie bestimmt. Und weißt du, wo sie dann landet?« Die Stimme kam innen aus dem Nachthemd, der Kopf war im Kragen stecken geblieben, der mit einer Reihe kleiner Knöpfe geschlossen wurde.

»Wo denn?«

»In der Westentasche des betrogenen Ehemanns!« Der Meister hatte die Knöpfe gesprengt und ließ sich auf sein

Lager fallen. »Also, denk nach: Wo tust du die Uhr hin? Wo ist der sicherste Platz?«

Der Fotograf war eingeschlafen, bevor Antonio die Antwort einfiel. Die er jetzt, allein im Wagen, lächelnd vor sich hin flüstert.

»Im Schuh!« Vor dem Aufstieg nach Borgo di Dentro hat sich der Meister nicht umgezogen, er hat die schmutzigen Stiefel anbehalten.

»Im Schuh, ist ja klar! Da ist der sicherste Platz!«, wiederholt der Junge, während er zu der Ecke geht, wo er kurz zuvor Pavias Lederstiefel hat stehen sehen.

Den Schlüssel herausholen, ins Schloss stecken und die Truhe öffnen ist eines. Es ist das erste Mal, dass er sie von innen sieht. Sieht und berührt. Wird der Meister böse sein?

Ein einziges Tohuwabohu. Zusammengeknüllte Unterwäsche, die wer weiß wie lang schon dort liegt, ein Flachmann, ein Tabaksbeutel, eine kaputte Pfeife, eine verfilzte Decke, das dunkelblaue Etui des Königs – der Meister hat es immer dabei –, ein fleckiges Kissen, ein Fläschchen mit Borsäure, die Trompete, die Partituren, einige Bücher und ein kleiner Stoß von Heften der »Camera obscura«.

»Ich wusste es!«, sagt der Junge. Er will die Hefte herausziehen, als er bemerkt, dass darunter eine Glasplatte liegt. Ein Negativbild, acht Aufnahmen desselben Gegenstands, so wie sie aus der Kamera für die Visitkarten herauskommen. Die Platte gleicht denen, die der Junge gewöhnlich mit einer Mischung aus Schwefelsäure und Kaliumdichromat poliert, damit man sie wieder verwenden kann. Ob der Meister die vergessen hat?

Auf dem Speicher an der Piazza Valoria stehen gut drei

Kisten mit solchen Negativen. Aber das sind besondere Bilder, unverzichtbar für das Vorhaben: in einem Album die Bilder der tausend Freiwilligen zu versammeln, die sich in der Nacht vom 5. auf den 6. Mai 1860 in Genua Quarto auf der *Piemonte* und der *Lombardo* eingeschifft haben, unter dem Befehl des Generals Giuseppe Garibaldi.

Drei Tage nach seinem Umzug aus dem Pammatone hat ihm der Meister alles erklärt: »Am 11. Mai sind sie in Marsala im Königreich beider Sizilien angekommen. Um die Italiener vom bourbonischen Joch zu befreien, verstehst du? Tausend schlecht bewaffnete Freiwillige gegen ein echtes Heer, VERSTEHST DU?«

Antonio staunte. Die Glasplatten waren ordentlich nebeneinander aufgereiht. Die Trenner aus dünnem Holz. Die gestapelten Fächer im richtigen Abstand mit Stützen versehen. Das Register mit Namen und Platz in der Kiste. Konnte es im Chaos des Dachbodens noch etwas Verblüffenderes geben? Wer war Alessandro Pavia nun wirklich? Der Wirrkopf, der dreckige Unterhosen, Silberstaub und einen angebissenen Apfel ins selbe Fach legte, oder der, der ein solches Archiv entworfen und angelegt hatte?

»Und dann gewinnen sie – tausend gegen dreitausend – in Calatafimi und dann in Palermo: Wo Garibaldi hinkam, war sofort Revolution. Cavour machte sich in die Hose, das sag ich dir. Zum Schluss organisieren die hier noch im Handumdrehen die Republik, hahaha!«

Antonio hatte keine Ahnung von Garibaldi, Palermo oder Cavour. Im Jahr 1860 war er fünf und hatte nur eine Aufgabe: den Assistenten beizustehen, die den Ärzten assistierten, die den Kranken beistanden. Und einen einzigen

Gedanken: Michele Casagrandes hinterlistigen Attacken zu entgehen.

Die Tausend also. In jenem Frühling 1867 sind nicht alle in Pavias Kisten versammelt. Tausend minus die in der Schlacht Gefallenen, die an Krankheit Gestorbenen, die aus irgendeinem Grund Unerreichbaren. Im Augenblick waren es achthundertdrei im Visitformat, großartige, aus Paris stammende Neuigkeit, und in unterschiedlichsten Posen: Großaufnahme, Halbfigur, Ganzkörperaufnahme, in Zivil, in Uniform, in Hemdsärmeln, mit Hut, mit Mütze, mit Kragenspiegel, mit Medaillen, mit Umhang, mit Persianerkragen, mit Mantel, mit Schwert, mit Spazierstock, mit Papillon, mit Anarchistentuch. Achthundertdrei, die nach dem Besuch in Borgo di Dentro und der Foto-Sitzung mit Leone Domenico, dem Halbpächter, Marchelli Bartolomeo, dem Illusionisten, Buffa Emilio, dem Barbier, und Repetto Domenico, dem Landarbeiter, achthundertsieben sein werden.

Aber das, was Antonio in der Truhe gefunden hat, ist kein Negativ eines Soldaten. Er hat nur ein Kind vor Augen. Drei, höchstens vier Jahre alt. Es sitzt in einem Sessel mit gepolsterten Armlehnen, trägt ein langes Hemd, eine Art helle Kutte, die auf dem umgekehrten Bild natürlich dunkel aussieht. Man denkt an ein Büßerhemd. Der Junge erinnert sich an die Kutten, die die Findelkinder aus dem Pammatone bei Prozessionen oder Beerdigungen trugen, um bei den Reichen Mitleid zu erwecken und sie zu bewegen, durch eine Ablasszahlung ihre Seele zu reinigen.

Die acht Aufnahmen sind nicht identisch. ›Es hat sich bewegt‹, denkt Antonio und stellt sich vor, wie die Verschlüsse der Reihe nach klicken. Auf dem ersten Bild sitzt das Kind ganz still, vielleicht etwas angespannt, den Blick zu Boden gerichtet, sodass man die Augen nicht sehen kann. Bei der zweiten Pose sind die Augen geschlossen und die Finger – auf dem Negativ dunkel – scheinen sich in die Armlehnen zu krallen. Bei der dritten und vierten Pose dreht der Kleine das Gesicht einmal nach rechts, einmal nach links, als hätte ihn jemand gerufen. Dann folgen drei schlecht erkennbare Posen, vielleicht hat er sich weiter heftig bewegt. Das letzte Bild dagegen ist scharf: Der Junge reckt sich vor, als wollte er einen Satz zum Objektiv hin machen. Sein Ausdruck ist fassungslos. Er sieht den Betrachter mit aufgerissenen Augen an. Eine Pupille ist dunkel. Die andere – ohne jeden Zweifel –, die andere Pupille ist weiß.

Antonio fühlt einen Schauder im Nacken, die Haare stehen ihm zu Berge. Die Finger, die die Platte halten, werden feucht. Er kneift die Augen zusammen, *diese* Augen will er nicht sehen, er will nicht hinschauen, sieht aber trotzdem lauter wirre, schreckliche Bilder. Rauchschwarze Wolken, metallischer Himmel, riesige Wellen, ein kochendes Meer aus geschmolzenem Blei. Eisiges Grauen schnürt ihm die Luft ab. Er will die Platte weglegen, aber es ist zu spät, der Sturm hat ihn schon überrollt. Er fühlt Wasser auf sich, eiskalt, Wasser rundherum, überall. Und das bittere Salz auf den Lippen, auf der Zunge, im Hals. Übelkeit würgt ihn. Er möchte schreien, aber seine Stimme versagt. Das Wasser, das er in den Pupillen des Kindes gesehen hat, drückt wie Stein auf seine Lungen, schwer, immer schwerer, bis er ohnmächtig wird. Als er die Augen wieder öffnet, beugt sich der Meister über ihn, mit geballten Fäusten, das Gesicht so ernst wie noch nie.

San Fiorano Lodigiano, Villa Pallavicino Trivulzio, zwei Wochen früher. Der Haushofmeister spricht gedämpft. Der Wagen kann im Hof bleiben, er stört nicht, ein Diener wird sich um das Pferd kümmern. Der Marchese Giorgio ist verreist. Wenn sie mitkommen wollen, der General ist hier zu Hause. Stuck und Kostbarkeiten auch hier, gewiss, aber eine ländliche Atmosphäre. Blumenduft und Stallgeruch. Sie sollen nur hereinkommen, der General ist Frühaufsteher. Beide? Beide.

Der General empfängt sie in der Küche. Er ist im Schlafrock, tunkt Brot in eine Schale Milch. In Kürze wird er sechzig Jahre alt, und Antonio sieht all diese Jahre, auch wenn der Meister hinterher immer wiederholt: »Hast du gesehen, was für eine Figur? Hast du die Haltung gesehen?« Die Köchin stellt eine riesige Schale Milch vor Antonio hin.

Schweigend verzehrt der General sein Brot, Tropfen und Krümel im Bart. Alessandro Pavia bleibt stehen, wie ein Adjutant, der auf Befehle wartet. Er! Der Meister! Antonio kann es nicht fassen, diese Ehrfurcht eines Rekruten. Verlegen senkt er den Blick auf die Milch.

Nachdem er seine Schale leer gegessen hat, wischt sich der General mit dem Handrücken den Mund ab, unterdrückt den Schluckauf, der sich in einen Rülpser verwandelt, und beginnt dann, das auf dem Tisch liegende Album durchzublättern. Er betrachtet die Verzierungen, die Widmung, die Liste der Namen, die ersten Bilder. Antonio mustert ihn heimlich hinter seiner Tasse. Der Meister, eine Statue.

Ab und zu hält der General inne, berührt eine Gestalt, dann blättert er weiter. Auf der Hälfte angekommen, lässt er sich das Nötige bringen und schreibt ein Billett.

Mein lieber Pavia, danke für das überaus kostbare Album mit den Porträts der Tausend, meinen Waffenbrüdern.

Der Meister schwitzt. Antonio hat ihn noch nie so wehrlos gesehen. Das Billett ist kurz, kaum ist es geschrieben, hat der Junge seine Milch vertilgt. Die Köchin gießt ihm noch mehr ein.

Derweil erhebt sich der General, bindet den Morgenrock in der Taille fest und reicht dem Meister zuerst das Billett und dann die Hand. Pavia trocknet die seine an der Hose ab und schlägt ein. Dem Jungen kommt es so vor, als habe der General es eilig, die Sache zu beenden, doch der Meister scheint es nicht zu merken, nein, er stammelt sogar irgendetwas.

»Gehen wir«, möchte Antonio zu ihm sagen. »Gehen wir, seht Ihr nicht, dass er anderes im Kopf hat?« Aber er beschränkt sich darauf, die Augen zuzukneifen, und taucht das Gesicht in die Tasse.

Spontan ist Pavia diese Idee gekommen, beim Händedruck mit dem General, der an anderes denkt. Eine Eingebung des Augenblicks.

»Meine Hand?«

Antonio hört zu essen auf.

»Die Hand, die Italien geeint hat, General.«

Ein Porträt vorzuschlagen traut er sich nicht. Reimt sich

41

Meisterlichkeit auf Unterwürfigkeit? Als er daran zurück-
denkt, spürt der Junge einen leisen Verdruss.

»Antonio!«

Alessandro Pavia kniet neben ihm. Er nimmt ihm die
Platte aus den Fingern, legt sie in die Truhe, streicht ihm
über die Stirn.

Der Junge ist verwirrt. In der Hosentasche tastet er
nach der Augenklappe und setzt sie wieder auf. Er sieht,
wie Pavia sich entfernt und mit der Wasserflasche wieder-
kommt.

»Trink.«

Er versucht es gar nicht erst, er mag gar nichts schlucken.

Der Meister fixiert ihn, er wirkt besorgt. »Ich habe he-
rausgefunden, wo dieser Leone wohnt«, sagt er. »Heute
Nacht schläfst du schön, dann geht alles vorbei.«

Was alles? Was ist denn passiert? Der Meister starrt ihn
immer noch an. Der Junge zeigt auf die Platte. »Wer ist dieses Kind?«

»Und wenn es nicht vorbeigeht, suchen wir einen Arzt.«

»Wer ist dieses Kind?«

»Welches Kind? Ach so, ja. Das weiß ich nicht mehr, wie
sollte ich mich daran erinnern.«

»Einer aus dem Pammatone?«

»Ach so, ja, das ist Jahre her.«

Antonio strafft die Schultern. »Wie viele?«, fragt er.

»Mindestens zehn. Du bist es jedenfalls nicht, das steht
fest. Trink jetzt.«

»Aber vielleicht …«

»Vielleicht was? Kennst du ihn?«

Antonio schüttelt den Kopf. Unmöglich, sich an alle zu erinnern. Die Kleineren verschwimmen im Gedächtnis. Einige Namen, viele Giuseppe, viele Giovanni Battista. Und ein paar Einzelheiten: ein Spiel mit Holzklötzchen, Lieder, Kinderreime. Die Zeit genügte nicht, um Freundschaften zu schließen. Die meisten wurden zu einer Amme gegeben. Die anderen nahm irgendjemand mit, sobald ihre Schultern etwas breiter, ihre Beine länger und das Gesicht fester geworden waren. Und außerdem, »Freundschaft«, was für ein großes Wort. Feinde, würde er sie eher nennen. Alle aufgereiht im Zimmer des Vorstehers. *Mich. Nimm mich.* Wenn jemand erschien, der an einem Bankert und dem entsprechenden Zuschuss interessiert war, hatten alle den gleichen Gedanken im Kopf. *Bitte, mach, dass er mich nimmt.* Sie übergaben sich vor Anspannung.

Als ihm klar wurde, dass er wegen des blinden Auges sowieso nicht infrage kam, war er fast erleichtert. Er hörte auf, ins Bett zu machen, und begann zu überlegen, wie er die vielen Michelecasagrandes in Schach halten konnte, die seine Tage vergifteten. *Wenn ich hierbleiben muss, muss ich eine Art finden.* Und die Art war folgende: nicht auffallen, nicht die Initiative ergreifen, sich klein, ganz klein machen, verschwinden. Niemandem trauen. Nicht auf Provokationen antworten, stur weitergehen. Und vor allem: nicht die Binde abnehmen. Niemals, aus keinem Grund. Keine Schwäche zeigen. Sich nicht an einsame Orte vorwagen. Und sich ein Messerchen besorgen. Mit dem Messerchen üben. So jeden Tag, alle Tage bis zu dem gesegneten Morgen, an dem Alessandro Pavia die Schwelle des Zimmers des Vorstehers überschritt.

»Er? Wirklich er? Habt Ihr das Auge gesehen, ja?« Wie ein Verkäufer, der sagt: »Die Ware ist fehlerhaft, ich habe Euch gewarnt, kommt später nicht, um Euch bei mir zu beklagen.«

»Er, er.« Der Meister bei seinem ersten fabelhaften Beispiel von *Meisterlichkeit*.

»Es ist nicht nur das Auge, er ist auch ein bisschen … wild. Unglück verändert den Charakter.« Bei »wild« und »Unglück« hatte der Vorsteher die Stimme gesenkt. Aber nicht genug.

Der Meister hatte sie gehoben: »Ja, er, zum Donnerwetter! Wie oft soll ich es noch sagen?« Antonio hatte den Schauder der Enttäuschung bei den Bankerten gespürt.

Wild, ja, und wie. Jahrelange Übung. Die beste Strategie. Auch wegen dieser Wildheit, weil er immer mit gesenktem Kopf herumlief und es vermied, fremde Blicke zu kreuzen, hat Antonio jetzt Mühe, den vielen, die im Pammatone durchgekommen sind, ein Gesicht zu geben. Aber einen Jungen mit einer weißen Pupille wie der seinen hätte er bestimmt nicht vergessen.

»Leg dich hin, das Pferd versorge ich«, sagt der Meister, indem er die Steppdecke in der Mitte des Pritschenbodens ausbreitet. »Wir folgen dem Bach, dann kommt noch einer, da nehmen wir die Brücke nach links und fahren zwei Kurven hinauf. Leichter getan als gesagt. Du ruh dich aus.«

»Also zehn Jahre.«

»Was?«

»Das Foto von dem Kind.«

»Ja, ich hatte gerade die Lizenz für die Visitkarten erhalten. Hör auf, darüber nachzudenken. Es ist bloß eine

Platte wie alle anderen. Ich weiß nicht, warum sie noch in der Truhe ist. Morgen säuberst du sie. Jetzt leg dich hin.«

Zehn Jahre: Antonio wäre auf jeden Fall zu klein gewesen, um sich zu erinnern. War es denn möglich, dass sie mit ihm nie über ein Kind gesprochen hätten, das genauso ein Auge hatte wie das seine? Und wo war der Junge jetzt? Die Vorstellung, dass eines der anderen Waisenkinder ihm ähnelt, beunruhigt ihn. Er hat sich immer einzigartig gefühlt. Ein einzigartiger Riesenfehler, auf die Welt gekommen zwischen Sottoripa und Porta Soprana. Ein Unglück, das Rad am Pammatone ist die richtige Antwort dafür. Antonio hat seine Mutter immer verstanden. Warum sollte sie so einen Sohn behalten? Auch er hätte sich nicht behalten. Wenn sie aber zu zweit gewesen wären? Wenn er plötzlich dank einer unerwarteten Kapriole des Schicksals nicht mehr allein auf der Welt wäre?

Er hört, wie der Meister das Pferd anspannt und dann auf den Kutschbock steigt. Im geschlossenen Wagen zu reisen gefällt ihm nicht. Er kann nicht aufhören, an das blinde Kind zu denken, an dessen wütenden Blick und das Wasser, all das schreckliche Wasser, das ihm das Gefühl gegeben hat zu ertrinken. Und es ist noch nicht vorbei. Luft, er braucht Luft. Er öffnet das Fensterchen, das die Verbindung zur Außenwelt herstellt. Der Oberkörper des Meisters auf dem Kutschbock behindert die Sicht. »Wieso habt Ihr es überhaupt fotografiert?«

»Für das Pammatone. Bilder von den Waisenkindern. Und ich konnte die neue Kamera ausprobieren. Kinder gefallen jedem, dachte ich. Mit dem Erlös wurden Decken gekauft, es war ein harter Winter, schneidende Böen. Die Kinder hatten blaue Finger beim Posieren. Aber es hat nicht funktioniert. Die Leute sind böse. Jetzt tu, was ich dir gesagt habe, und leg dich hin, du bist blass.«

Antonio schließt das Fensterchen, bleibt aber stehen. Vielleicht reiche Kinder, denkt er, reiche Kinder gefallen jedem. Er macht das Fensterchen wieder auf. »Aber warum habt Ihr auch ihn fotografiert?«

»Schluss jetzt, Antonio. Leg dich hin. Warum hätte ich den Jungen nicht fotografieren sollen? Was ist denn besonders an ihm?«

Versteht der Meister wirklich nicht? Oder tut er nur so? Es wäre das erste Mal: *Meisterlichkeit* reimt sich auf Aufrichtigkeit. »Wenigstens die Binde hätte er doch tragen müssen. Die Leute drehen sich weg, wenn ich sie nicht aufhabe. Ganz bestimmt hätte niemand so ein Foto gekauft.«

Alessandro Pavia reißt abrupt an den Zügeln und hält den Wagen an.

»Wovon redest du?«

»Die Augenbinde, meine ich.«

»Hör zu. Du legst dich jetzt hin. Der Junge brauchte keine Binde. Deswegen bin ich sicher, dass du es nicht bist. Er sah sehr gut. Er war wie alle anderen: ein Teufel. Er konnte keine dreißig Sekunden auf diesem verdammten Sessel stillhalten.«

Der Junge fühlt eine Wut in sich aufsteigen wie nicht mal vor Michele Casagrande. Er stürzt zu der Truhe, holt die Platte heraus und kehrt zum Fensterchen zurück.

»Ach ja, er sah sehr gut? Schaut hin!« Er presst sie an die Öffnung.

»So zerbrichst du sie«, sagt der Meister ruhig. »Schau du hin.«

Der Junge senkt den Blick. Ihn schaudert, die Härchen auf seinem Arm sträuben sich. Der Gedanke, noch einmal diese verfluchte Platte anzuschauen, macht ihn schwindelig.

»Los, schau hin«, wiederholt der Meister ernst.

Antonio schluckt.

»Hör auf mich«, beharrt Alessandro Pavia. Es ist kein Befehl, eher ein Rat, und plötzlich vertraut ihm der Junge. Mit diesem großen Mann neben ihm, spürt er, wird ihm nichts Böses zustoßen. Er dreht die Platte zu sich um und betrachtet sie aufmerksam. »Aber«, sagt er. Gleich, die Pupillen sind genau gleich. Ist es möglich, dass er sich geirrt hat? Er wird noch blasser.

»Jetzt legst du dich hin, machst die Augen zu und schläfst. Es ist nicht mehr weit bis zur Cascina Leone.«

Einige Stunden später wacht Antonio in einem echten Bett wieder auf. Mondlicht fällt durch ein in die Mauer eingelassenes kleines Fenster. Im Halbdunkel erkennt er eine Kommode und ein Madonnenbildchen. Seine Kleider hängen an einem Nagel. Er trägt ein langes Nachthemd, das nicht ihm gehört. Während er schlief, muss in seinem Unterleib etwas passiert sein, er spürt Nässe zwischen den Beinen.

»Endlich.« Ein Flüstern im Dunklen. »Ich hatte schon Angst, du schläfst bis morgen.«

Antonio setzt sich auf und sieht sich um.

»Hier bin ich.« Die Stimme kommt aus der Ecke hinter ihm. Sie gehört einem Kind. Im ersten Moment meint Antonio, es sei der Bankert mit dem blinden Auge. Instinktiv ballt er die Fäuste. Doch der, der da im Schneidersitz auf dem Boden hockt, ist gar nicht so klein. Er hat einen Nagel in der Hand und ein handbreites Stück Schilfrohr. »Ist dein Fieber weg?«, fragt er.

»Wo bin ich?«, antwortet Antonio.

»In meinem Bett«, sagt der Junge, ohne aufzuhören, weiter an einem Loch in dem Schilfrohr herumzubohren. »Du hast geschlafen wie ein Stein. Ich schlafe nie so.«

»Nie?«

»Fast nie.«

»Und was machst du nachts?«

»Je nachdem. Gerade bastle ich eine Rohrflöte, aber ich kann sie nicht ausprobieren, sonst wecke ich alle auf. Wenn der Mond scheint, gehe ich raus.«

Antonio schaut aus dem Fensterchen: Der Mond ist eine runde, duftende Focaccia. »Heute Nacht bist du nicht rausgegangen«, sagt er.

»Ich musste bei dir Wache halten.«

»Warum?«

»Signor Pavia hat gesagt, du hättest dich furchtbar erschrocken und Fieber gekriegt. Bei der Ankunft hier warst du im Tiefschlaf.«

Und das Nasse zwischen den Beinen? Ob das eine Krankheit ist? Pipi ist es jedenfalls nicht. Pipi ist nicht so klebrig. »Wo ist der Meister jetzt?«

»In der Küche. Wird er uns wirklich fotografieren?«

»Deswegen sind wir hier.«

Das Kind macht ein verträumtes Gesicht, als würde es nach Wörtern suchen. »Und du kannst auch fotografieren?«

48

»Ich helfe ihm.«

Von draußen kommt ein Grunzen und dann ein Gemurmel. Nächtliche Geräusche des Meisters, und vielleicht von noch jemandem. Das Kind bohrt weiter an dem Schilfrohr herum. »Wichse«, denkt Antonio. Er hat im Pammatone davon gehört, aber klar ist es ihm nicht. Sich anfassen, fummeln, spritzen. Sechstes Gebot: Du sollst dich nicht unkeusch verhalten. Er hat keine klare Vorstellung, aber Kindern ist das gewiss nicht erlaubt. Er muss das Hemd säubern, bevor jemand etwas merkt. Plötzlich fühlt er sich nackt ohne die Augenbinde. Er erkennt seine Kleider am Fußende des Bettes, kramt in der Hosentasche, findet die Binde und setzt sie auf. »Wenn du willst, können wir rausgehen«, sagt er.

Das Kind hebt den Blick, und sein Gesicht leuchtet auf wie eine Nachtblume. Es versteckt den Nagel unter einer lockeren Fußbodenfliese, schiebt die Flöte in die Tasche seiner kurzen Hose. In der Kommode sucht es nach einem Pullover und streift ihn hastig über. Die Locken stehen ihm um den Kopf wie lauter kleine Schlangen. »Hier«, sagt es und hält Antonio, der sich gerade anzieht, eine Weste aus rötlichem Fell hin. Das Nachthemd hat Antonio fest zusammengeknüllt und unter die Decke geschoben.

»Katzenfell«, erklärt das Kind unterdessen. »Die Katze hieß Ratafià, und einmal haben wir sie gefunden, wie sie auf einem Schneehaufen schlief. Die Weste hält unheimlich warm. Holzschuhe stehen unter dem Bogengang.«

Sie gehen durch die Küche. Die Glut im Kamin verbreitet eine heimelige Wärme. Auf einer Matratze am Boden versperrt Alessandro Pavias massiger Körper den Raum zwischen Tisch und Wand. Die Türe quietscht, Antonio winkt ab, man brauche sich keine Sorgen zu machen: Der Meister schlafe wie ein Stein.

Der Mond zeichnet den Hof nach: Laubengang, Tenne, Stall, Hühnergehege, Holzschuppen, Misthaufen. Oben die offenen Münder der Scheune. Hoch auf dem Misthaufen thront das Aborthäuschen. Aus einem großen Berg wählt Antonio ein Paar Holzschuhe.

»Wie viele seid ihr eigentlich?«, fragt er.

»Je nachdem. Ich, Mama, Papa, manchmal meine Cousins und Cousinen, manchmal Onkel, Tanten und Großeltern. Ab und zu noch die Helfer. Bei Essen auch mal bis zu zwanzig. Heut Abend zwölf, mit euch beiden.«

Antonio dreht sich zu dem Haus um. Erdgeschoss, erster Stock, Dachboden, vier Fenster und zwei Luken alles in allem. Es scheint ihm unmöglich zu sein, dass es so viele Leute aufnehmen kann.

»Wir rücken zusammen«, sagt das Kind, dann stößt es einen Pfiff aus. Hinter einem Holunderbusch springt ein milchkaffeebraunes Hündchen hervor. »Das ist Rosmunda. Sie ist noch jung, aber ich richte sie ab«, sagt es ernst. Die kleine Hündin kauert sich ihm zu Füßen, schmachtend, bebend, fegt sie mit dem stumpfen Schwanz den Kies des Hofes.

»Für die Jagd?«

»O nein! Unmöglich: Sie frisst nur Obst, Gemüse und Käserinden. Und Trüffel. Das ist die Schwierigkeit: sie so weit zu bringen, die Trüffel *nicht* zu fressen. Mein Großvater Pietro sagt, mit Ausdauer könnte ich es schaffen. Er ist ein erfahrener Sucher.«

»Trüffel« ist ein neues Wort. Antonio wird den Meister fragen und es in sein Heft schreiben. Da er hier einen *Kleinen* vor sich hat, während er ein *Großer* ist, wird er sich nicht herablassen, ihn um eine Erklärung zu bitten. So läuft es im Pammatone. »Wie alt bist du?«, fragt er.

»Neun, im Mai. Und du?«

»Zwölf, im Juni.«

»Zwölf wäre ich auch gern«, seufzt das Kind. »Wie fühlt man sich da?«

Antonio zuckt die Schultern, als wollte er sagen: »Großartig, aber das kannst du nicht verstehen.« Wieder die Schule des Pammatone.

»Gehen wir?«, fragt das Kind. Rosmunda bellt zustimmend und stürmt auf das dunkle Unterholz zu, das den Hügel hinter dem Haus hinaufwächst.

Das Kind geht mit schnellem Schritt, Antonio bleibt ihm auf den Fersen. In seinem Kopf ziehen der Reihe nach Wölfe, Bären, Schlangen, Eulen, Käuzchen, Hexen und böse Geister vorbei, aber natürlich macht er den Mund nicht auf, aus demselben Grund wie zuvor, weil er *groß* ist und der andere *klein* und man sich unter keinen Umständen ängstlich zeigen darf.

Der Wald umgibt sie im Nu, das Kind folgt einem schmalen Pfad bergauf, den Antonio kaum erkennen kann. Knacken, Blätterrascheln, Schnalzen. Der Atem des Waldes mischt sich mit dem ihren. Rosmunda bleibt neben einem Baumstumpf, einem Stein, einer Wurzel stehen, dann läuft sie schwungvoll weiter. Niemand spricht. Das Herz braucht ein wenig Zeit, um seinen Rhythmus zu finden, doch als es so weit ist, hat Antonio schon keine Angst mehr vor Ungeheuern mit Stoßzähnen und anderen Schrecken, betört vom gedämpften Mondlicht zwischen den Zweigen.

»Da sind wir«, sagt das Kind nach ungefähr zwanzig Minuten. »Schau mal.« Der Wald öffnet sich auf eine Lichtung. In der Mitte ein riesiger Baum, der Stamm gespalten wie vom Axthieb eines Riesen. Die Einsamkeit des Baumes, die rosige Aura, die der Mond darum zeichnet: ein geeigneter Ort für einen Zauber, für einen Hexensabbat. Die Krone reicht bis zur Erde, man sieht rundherum nichts. »Im Oktober ist hier alles voller Nüsse.« Das Kind schiebt einen Zweig beiseite. Innen ist es wie in einer Hütte: das Dach aus Ästen, die Wände aus belaubten Zweigen, der Boden aus Wurzelgeflecht. Das Kind deutet auf eine dickere, und sie setzen sich.

»Du schläfst also nie«, sagt Antonio. Das Kind zieht die Rohrflöte aus der Tasche. Es schaut herum auf der Suche nach etwas Spitzem, um weiter zu bohren.

»Na ja, ein bisschen schon. Was hat dich denn gestern so erschreckt?« Es findet ein Steinchen und versucht, es in das mit dem Nagel gebohrte Loch zu stecken. Zu groß, passt nicht.

Antonio weiß nicht, was er antworten soll. Er hat eine Negativplatte in die Hand genommen, wie die, mit denen er jeden Tag umgeht (sie zu säubern ist ja die erste und heikelste seiner Aufgaben). Dabei hat er etwas gesehen, das nicht da war. Bilder. Wasser, Wellen. Schwer zu erklären. Dann nachts diese Sache zwischen den Beinen. Sehr lästig. Er mag überhaupt nicht daran denken und noch viel weniger darüber reden. Schon gar nicht mit einem *Kleinen*.

»Ich habe manchmal Albträume«, fährt das Kind fort und sieht sich dabei weiter um: Man bräuchte eine Ahle.

Vielleicht war es bei mir auch so was denkt Antonio. Ein Albtraum im Wachen. Gibt es das?

»Mama sagt, ich schlafe nicht, weil ich Angst vor den Albträumen habe. Aber es ist einfach nur, dass ich keine Lust zum Schlafen habe. Nachts ist es anders, alles ist ruhiger.«

›Vielleicht habe ich ja doch geschlafen und von einem Kind geträumt, das genauso ist wie ich‹, grübelt der Junge. ›Ich habe *mich* geträumt.‹ Statt ihn zu beruhigen, ängstigt ihn der Gedanke noch mehr. Dieses ganze Wasser. Das Gefühl zu ertrinken. Er will nicht dran denken, Schluss, aus.

»Ich bin gern allein«, sagt das Kind abschließend. Es steckt die Flöte wieder in die Tasche, es hat nichts Geeignetes entdeckt.

Im Osten geht die Nacht allmählich zu Ende. Die Vögel in den Nestern wecken sich gegenseitig, die Krone des Nussbaums scheint vor Ungeduld zu beben.

»Ich mag die Nacht auch gern«, sagt Antonio.

Im Pammatone schlafen nachts alle, Große und Kleine. Der Vorsteher, Pater Blitz, Bruder Donner. Auch Michele Casagrande. Niemand kommandiert dich herum, niemand fixiert dich, verarscht dich, bedroht dich mit einem Taschenmesser.

»Was hast du dir da am Auge getan?«

Der Junge erstarrt. »Ich bin so geboren«, sagt er. Die *Kleinen* sind immer neugierig.

»Siehst du nichts?«

»Nichts.«

Das ist nicht wahr. Wenn er sicher ist, allein zu sein, verschiebt Antonio die Binde auf das gute Auge und schaut zu, wie sich die Welt in ein milchiges Meer verwandelt. Es ist eine lebendige, pulsierende Helle. Der Meister hat ihm erklärt, dass Weiß die Summe aller Farben ist. Vielleicht sieht sein Auge also gar nicht wenig: Es sieht zu viel. Vielleicht ist sein Auge reines Licht. »Willst du mal hinfassen?«, fragt er.

Das Kind streckt die Hand aus, aber man merkt, dass es unsicher ist. Mit drei Fingern hebt es behutsam die Binde. Antonio hält das Lid geschlossen, dann, als er sicher ist, dass der *Kleine* es nicht erwartet, reißt er es plötzlich auf. Das Kind schreckt zurück, dann nähert es sich wieder, um genau hinzuschauen. Die *Kleinen* sind immer so leichtsinnig. Im ersten Licht hat Antonios blinde Pupille einen zartblauen Glanz.

»Sieht aus wie eine Perle«, sagt das Kind. »Bestimmt besitzt nicht einmal die Marchesa so wunderbare Perlen. Tut es weh?«

Die *Kleinen* stellen immer Fragen, die noch nie jemand gestellt hat.

Nein, weh tut es nicht. Es gehört zu dir, möchte Antonio sagen. Wie ein Bein, eine Hand, ein Arm. Du bist dein rechter Arm *und* dein linker, dein gutes Auge *und* dein blindes Auge. Negativ *und* positiv. Schwer zu verstehen, unmöglich zu erklären, und außerdem ist er das nicht gewöhnt. Er weiß nur, wie man sich verteidigt, das ganze Leben ist er schon auf der Hut. Doch diesmal hat er den Eindruck, es sei nicht nötig. Seltsames Gefühl. Die Geschichte von Atlas fällt ihm ein, die ihm jemand im Pammatone erzählt hat, und plötzlich fühlt er sich so leicht, als sei er derjenige, der soeben die Welt abgeworfen hat, die er auf seinen Schultern trug. Spontan strafft er den Rücken und hebt das Kinn. Gezwitscher, Kreischen, Flügelschlagen: Es ist, als wollte die Krone zum Flug ansetzen.

Nein, weh tut es nicht, und es ist auch nicht das, was die anderen denken: Marmor, Eisen, *Unglück*. Denen wie Michele Casagrande, dem Vorsteher, den Bauern, die immer die Bankerte mit zwei gleichen Augen vorzogen, möchte er zurufen: »Ihr irrt euch. Es ist reines Licht. Es ist eine Perle!« Diese Vorstellung gefällt ihm so gut, dass er eine Träne hochkommen spürt. Das hätte gerade noch gefehlt, vor einem *Kleinen* zu heulen anzufangen. Er rückt die Binde zurecht und steht ruckartig auf. »Gehen wir zurück?«, fragt er.

Rosmunda hört auf, an einem Stück Rinde zu nagen, und schlüpft durch den Blättervorhang, kaum zu bremsen. Auch das Kind steht auf. »Mama wird schon die Milch aufgesetzt haben. Darf ich dich noch eine Sache fragen?«, sagt es.

Hunger, sagt Antonios Magen. »Meinetwegen, aber dann gehen wir.«

»Schwöre, dass du dich nicht über mich lustig machst.«

»Ich mache mich nicht über dich lustig.«

»Was bedeutet ›Fotografie‹?«

Antonio lacht.

»Du hast geschworen.«

»Ich habe nicht geschworen.«

»Das ist ungerecht.«

»Ich mache mich nicht über dich lustig«, sagt Antonio.

»Schwöre es.«

»Ich schwöre.«

Das Kind wirft ihm einen prüfenden Blick zu, dann beschließt es, ihm zu vertrauen. »Also, was bedeutet Fotografie?«

Rosmunda ermahnt sie mit einem Winseln: Hatte es nicht geheißen, wir gehen nach Hause? *Hunger, Hunger, Hunger.*

Antonio nimmt den Ausdruck an, den der Meister hat, wenn er etwas Neues und Schwieriges erklärt wie »Goldtönung« oder »zweiprozentige Lösung«. »Am wichtigsten ist das Licht«, beginnt er.

Das Kind ist ganz Augen.

»Das Licht *macht hell*, verstehst du? Das heißt, ohne Licht sieht man nichts. Wenn Licht da ist, fängt der Apparat ein, was man sieht, und bannt es auf eine Glasplatte.«

Das Kind schaut wie jemand, der nichts verstanden hat. Antonio kratzt sich am Kopf. Man müsste wenigstens eine Fotografie bei der Hand haben. Ist es möglich, dass das Kind noch nie eine gesehen hat? Dieser Ort hier ist ja wirklich *am Arsch der Welt*. Und dann bräuchte man noch eine Negativplatte und die Flasche mit Kollodium und Silbernitrat und das albuminierte Papier und die Druckpresse und auch den Apparat mit den Objektiven und alles Übrige. Während er bei sich rekapituliert, was ihm der Meister alles beigebracht hat, fühlt er sich entschieden *groß*. Rosmunda versteht, dass vorerst niemand losmarschiert. Sie kehrt zu ihrem Rindenstummel zurück und setzt ihr Zerstörungswerk fort.

»Ich erklär's dir noch mal. Pass gut auf. Eine Fotografie ist eine Abbildung.«

»Eine Zeichnung?«

»Nein. Ein Bild von jemandem oder etwas.«

»Ein Gemälde?«

»Nein. Keine Farben, keine Leinwand, keine Pinsel.«

»Das verstehe ich nicht.«

»Du weißt doch, wie es ist, wenn man in den Spiegel schaut? Die Fotografie ist wie die Figur, die du darin siehst. Bloß ohne Farben. Auf Papier gedruckt. So klein. Du kannst sie in ein Album tun und ab und zu anschauen.«

»Das Spiegelbild.«

»Hm. Deins, oder das deiner Mutter. Alles kann man fotografieren: den Baum hier, das Blatt, Rosmunda, den Wald, euer Haus. Alles.« Das Kind hat wieder die Flöte herausgeholt und kratzt mit dem Fingernagel an dem Loch herum. »Sogar deine Hand, wenn du magst.«

Riesenstille im Kopf des Kindes. Die Spatzen veranstalten einen Höllenlärm, doch es achtet nicht darauf. Es ist sich nicht sicher, ob es verstanden hat. Es sieht eine Welt, in der sich alles einfangen und einsperren lässt wie die toten Blätter im Herbarium, das der Großvater angelegt hat, um ihm beizubringen, unter welchen Bäumen die besten Trüffel wachsen. Steineichen, Buchen, Linden, Haselnussbaum. Einmal eingefangen, könnte nichts mehr verschwinden. Seine Hand, die das Schilfrohr umklammert. Seine Hand als Großer, gelbe Schwielen wie bei seinem Vater. Seine Hand als Alter, dunkle Flecken, dünne Haut, erhabene Adern. Alle nebeneinander im Album, als wäre die Zeit nicht vergangen, als hätte die Zeit *aufgehört* zu vergehen. »Machst du dich nicht über mich lustig?«, wiederholt es.

»Nein. Es gefällt dir bestimmt. Allen gefällt es.«

Das Kind wirkt nicht überzeugt. »Nein, weil sich die anderen manchmal über mich lustig machen«, fügt es hinzu.

»Wer?«

»Je nachdem. Einige. Im Dorf. Auch in der Schule. Zwei Winter lang bin ich hingegangen. Sie sagen, ich bin komisch, weil ich nachts rausgehe.«

Antonio wird ernst. Der Unterricht im Pammatone war eine Qual. Deshalb lernte er nichts. »Ich mache mich nicht über dich lustig«, erwidert er. Die Herrschaft gehört dem Volk, aber die Leute sind böse. Die Baumkrone ist ein einziges Getriller, ein Gezänke, ein wildes Gepiepse. *Hunger, Hunger, Hunger.*

Sie verlassen den Schutz des Nussbaums. Vom Mond ist nur ein Hauch geblieben. Antonio löst die Binde, schiebt sie in die Tasche und lässt den Blick schweifen. Die vielen Nuancen von Grün, Blau, Braun und alle Farben der Welt glitzern in der Sonne. »Hör mal, wie heißt du?«, fragt er.

»Primo Leone. Und du?«

Verrückt vor Freude springt Rosmunda tänzelnd vor ihnen her.

»Antonio.«

»Antonio und weiter?«

›Antonio und Schluss‹, denkt der Junge, sagt es aber nicht. Zu kompliziert. »Und hör mal, Primo Leone. Was sind eigentlich Trüffel?«

Um elf Uhr morgens scheint im Hof der Cascina Leone ein großes Fest im Gange zu sein. Antonio zählt insgesamt siebenundzwanzig Personen, Erwachsene und Kinder, zum

Teil auf den wenigen vorhandenen Stühlen und zum Teil auf ein paar Baumstämmen sitzend. Sie tragen Filzhüte, Fliegen, gestärkte Kragen, mit Perlenkette oder Spitzenbesatz aufgefrischte Kleider. Und Schuhe oder Stiefeletten anstelle der Holzschuhe. Und Baumwollhandschuhe. Die Kinder sitzen auf dem Boden vor dem drei mal drei Meter großen Podest, ähnlich dem, das Gaukler bei der Kirmes aufstellen. Alle warten, und die Luft ist erfüllt von fröhlichem Geplapper.

»Siebenundzwanzig durch drei?«, fragt der Meister.

Antonio kneift die Augen zusammen und rechnet im Kopf. »Neun?«

»Richtig. Neun. Das heißt, zu viele.«

Ratlos betrachtet der Junge das Gedränge. Er zählt noch einmal, es bleibt bei siebenundzwanzig.

Gäbe es einen Vorhang, könnte man das Podest für ein Miniaturtheater halten. Den Hintergrund bildet ein Laken, das auf ein Gestell aus gekreuzten Pfählen gespannt ist. Zwei kleinere, auf Bretterrahmen aufgezogene Tücher reflektieren das Sonnenlicht und lenken es auf eine marmorierte Säule aus Pappmaché, die in der Mitte steht. Ein großer, dicker Schilfvorhang, mit wertvollen Posamenten gesäumt, hängt im Hintergrund und verdeckt ihn teilweise, die Anwesenden würden den Effekt wohl als »herrschaftliche Eleganz« bezeichnen. In einer Ecke des Podests türmen sich dagegen kreuz und quer gestapelt eine Balkonattrappe, ein gepolsterter Stuhl, ein Thron, ein Tischchen mit Brokatdecke, eine chinesische Vase, eine Gipsbüste, die an den König erinnert, und ein gerahmtes Porträt von Giuseppe Mazzini.

»Also machen wir Fünfergruppen«, sagt Pavia.

»Das geht nicht auf.«

»Den Rest, wie er sich ergibt.«

»Fünf auf einer Visitkarte? Ist das nicht zu eng?«

»Gut. Dann machen wir vier. Zwei Erwachsene und zwei Kinder. Die Großen hinten, die Kleinen davor. Sonst werden wir hier nie fertig.« Antonio nickt und beginnt die verschiedenen Gruppierungen zu erwägen.

Vor dem Podest ist auf einem Stativ ein Fotoapparat montiert, die Sonne im Rücken und die vier Objektive aus glänzendem Messing auf die Pappsäule gerichtet. Unweit steht auch die tragbare Dunkelkammer, ein Verschlag, der an einen Beichtstuhl erinnert: vorn ein schwerer, überlappender Vorhang; an der Rückseite anstelle des Gitters, das den Sünder vom Pfarrer trennt, eine rote Glasscheibe, hinter der man Fläschchen, Pinsel, Lappen, Gläser und kleine Wannen erahnt.

Alessandro Pavia kontrolliert zum soundsovielten Mal den Bildausschnitt, den großen Kopf unter das sackartige, an der Kamera befestigte, schwarze Tuch gesteckt. Dann richtet er sich wieder auf und sieht sich um. Die Platten für das Kollodium sind bereit, Antonio hat die Flasche schon in der Hand. Primo, ad hoc zum Helfer des Assistenten ernannt, hält einen Trichter. Luigina, Primos Mutter, sitzt auf einem Klotz neben dem Holzschuppen. Bei ihr ist ein Kind, barfuß, mit schmutzigen Fingernägeln und Rotznase, noch keine vier Jahre alt. Es klammert sich an ihren Rocksaum, verstört von dem Durcheinander. Es heißt Paolo – Paolino –, ist der Sohn eines Tagelöhners und wird öfter in der Cascina Leone verköstigt als bei sich zu Hause, einer Kellerwohnung mit zwei fensterlosen Zimmern im schwarzen Herzen von Borgo di Dentro.

Und dann gibt es noch Onkel, Tanten, Neffen, Nichten, Großeltern, Cousins, Cousinen, einen Barbier, einen Schuster, einen Böttcher, einen Schneider, eine Wäscherin, eine Strickerin und sogar eine Amme mit dem Säugling am Busen. Alles Angehörige der Familie Leone, verdammte Tat. Allein die Vorstellungen dauern eine halbe Stunde. Allerdings fehlt der Hausherr, der Anlass, aus dem sie eigenhändig die Ausrüstung vom Dachboden an der Piazza Valoria hinuntergeschleppt, den Wagen unglaublich hoch beladen, die Huren im Vico Falamonica und an der Piazza dello Amor Perfetto zurückgelassen, den Apennin überquert, auf der Straße geschlafen, zwei Tage lang *en plain air* gepisst und gekackt und widerliches Zeug gegessen haben.

»Mach schon, Leone! Das Licht ist genau richtig«, brüllt Pavia zu den Fenstern im ersten Stock hinauf.

Leone Domenico, Sohn von Pietro, aus Borgo di Dentro, Jahrgang 1835, Halbpächter, Freiwilliger, in Calatafimi dekoriert, Goldmedaille des Rathauses von Palermo: Worauf zum Teufel wartet er? Will er den Platz nicht, der ihm im Album zusteht?

»Album der Tausend«, so nennt es Pavia. Am Vorabend hat er bei Tisch erklärt, wie es gestaltet ist: Die Fotos im Visitformat, dazu die gesamte Liste der Teilnehmer und das aquarellierte Bild des Generals selbst; alles aufgezogen in einem richtig festen Einband, mit unzerreißbaren Bändern und hochwertigen Verzierungen. Die ersten Exemplare seien wunderbar geworden. Der König habe das seine schon bekommen (an diesem Punkt hat sich Pavia nicht zu lange aufgehalten, da ihm Leone ein eingefleischter Republikaner zu sein scheint). Garibaldi habe ein reich ausgestattetes Exemplar erhalten, mit kartonierten Umschlägen, die so angebracht seien, dass man die wenigen fehlenden Figuren nach und nach einfügen könne, wenn der Fotograf sie besorgt habe. Das bedeute, dass das Bild von Leone Domenico aus Borgo di Dentro an den General persönlich gesandt werde. Es bedeute, dass Leone Domenicos Gesicht später unten denen der »Waffenbrüder« eingereiht werde, die vom Scoglio di Quarto aufgebrochen seien. Ob Leone das klar sei? Ob er sich vorstellen könne, dass der General das Album durchblättere und bei seinem Gesicht innehalte?

Und sein Gesicht werde in jeder Gemeinde Italiens einen Platz erhalten, denn jede Gemeinde Italiens werde ein Exemplar des Albums wollen. »Hunderte, Tausende von Exemplaren!«, versicherte der Meister denen, die ihm zwischen Porta Soprana und Sottoripa den unvermeidlichen Bankrott prophezeiten. Aber Leone könne ganz beruhigt sein. Das Album sei besser als eine Büste, eine Statue, eine Steintafel, ein Gedenkbanner. Wie sollten denn alle tausend Freiwilligen auf ein Bild passen? Die Rathäuser würden wetteifern, um dieses Wunder der modernen Technik zu ergattern, diese Zauberei aus Eiweiß und Silbersalz. Es werde gewiss im kommunalen Ratssaal ausgestellt, in einem Schaukasten oder auf einem Buchständer wie dem, der auf der Kanzel die Bibel hält. Die Lehrer würden ihre Klassen hinführen. Die Väter ihre Söhne. Die Großväter ihre Enkel. *Ehrt das Antlitz dessen, der das Vaterland geehrt hat.* Pavia hat schon einen Brief im Kopf, den er an jede Gemeinde einschließlich Borgo di Dentro schicken will: *Sehr geehrter Herr Bürgermeister, hochverehrter Herr Bibliothekar, ich erlaube mir* etc. etc … *460 Lire, ein überaus vorteilhafter Preis* (geradezu lächerlich! Sechs Monate Miete für den Dachboden an der Piazza Valoria!) oder *eine regelmäßige Subskription: 12 Porträts alle 14 Tage für 7.75 Lire* oder *24 Porträts alle 14 Tage für 15 Lire* etc. etc.

Wenn gewünscht auch 6 *Porträts für 3 Lire.*

Oder *Einzelabzug zu je 60 Centesimi.*

Als Dreingabe: Das Bild der rechten Hand des Generals Giuseppe Garibaldi, *so wie sie aufgenommen wurde von oben genanntem Alessandro Pavia in San Fiorano in der Villa Pallavicino Trivulzio am 12. April 1867.*

Man wird Mühe haben, mit der Nachfrage Schritt zu halten. Dessen ist sich Pavia so sicher wie der Tatsache, dass die Sonne zuerst auf- und dann wieder untergeht, dass die Schatten kürzer werden, je höher sie steigt, dass Schießbaumwolle sich in Äther und Wasser auflöst und dabei Kollodium freisetzt. Das hat er Leone vor dem Zwiebelomelett erklärt. Und Leone wirkte interessiert, erkundigte sich genauer, fragte dies und das. Leone, der sich jetzt nicht blicken lässt. Worauf wartet er, zum Donnerwetter?

»Wir können ja nicht den ganzen Vormittag hier rumstehen!«

Antonio vertreibt sich die Wartezeit damit, dass er Primo den Inhalt der Dunkelkammer zeigt. Er verwendet die richtigen Wörter. Entwicklung, Jodid, Fixierung. ›Der Junge wird's zu was bringen‹, denkt Pavia. Dieser Leone dagegen macht ihn langsam nervös. Weiß der Halbpächter Leone überhaupt, dass selbst Napoleon III. sich im Visitformat hat ablichten lassen? Paris, Boulevard des Italiens, im Atelier von André-Adolphe-Eugène Disdéri, dem Erfinder der Methode: Der Kaiser erschien mit kaiserlichem Gefolge und bestand darauf, auf der Stelle verewigt zu werden. Der Kaiser! Während sich die besten Maler darum rissen, ihn zu porträtieren! Außerdem heißt es, seine Geliebte, die Comtesse von Castiglione, lasse sich ständig fotografieren, und nicht nur als Comtesse gekleidet. Eher entkleidet. Mit Blumen bedeckt. In großer Toilette. Maskiert. Als Herzkönigin. Sogar als Nonne im Büßergewand. Allüren, gewiss: Doch das ist der Lauf der großen Welt. Die Reichen beim Festschmaus und die Krümel für die Armen. Aber – Herrgott! – heute steht auch den Leones ein bisschen Schönheit zu! Und Leone hat Glück: Es gibt nicht viele professionelle Fotografen, die eine reguläre Lizenz besitzen. Pavia ist einer von ihnen. Nicht wie gewisse Pfuscher, die Ideen stehlen und die unschätzbaren Verdienste derer nicht anerkennen, die der Menschheit als Erste einen neuen Weg geebnet haben.

Und außerdem kostet es Leone nicht einen Centesimo. Etwas zu essen und eine Matratze für ein paar Tage, so lange, bis er auch die drei anderen Freiwilligen fotografiert hat, die aus diesem gottverlassenen Nest nach Marsala aufgebrochen sind. Dank dieser Männer hat Borgo di Dentro einen Platz in der Geschichte. Ist Leone das klar? Ist es all denen klar, die sich heute herausgeputzt hier eingefunden haben, als ob es das Fest des Schutzheiligen wäre? Pavia hat Gratisfotografien für die ganze Familie versprochen. Allerdings hatte er sich keine so zahlreiche Familie vorgestellt. Siebenundzwanzig durch drei ergäbe neun Posen. Pavia ist freigiebig. Siebenundzwanzig durch vier macht sechs Posen, bleiben drei übrig, also höchstens sieben Posen. Ist Pavia ein Tölpel? Wie auch immer, was die anderen denken, interessiert ihn nicht die Bohne. Es genügt, wenn Leone jetzt auf dem Podest erscheint und die Freundlichkeit hat, mit offenen Augen eine zumutbare, aber sowieso ganz kurze Zeit regungslos still zu halten Das Licht ist perfekt, der Apparat ist schnell und genau, er selbst hat die Objektive montiert, nach den Anweisungen, die er zusammen mit der Lizenz erhalten hat.

»Leone! Bald wird's Nacht!«

Das kommt vor. Und wie oft es vorkommt. Vor allem bei der Truppe. Einfache Soldaten, praktische Leute, Rucksack schultern und marschieren. Wie viele hat er buchstäblich vor die Kamera gezerrt. Handlanger, Fuhrleute, Kaffeekellner, Schnapsverkäufer, Matrosen, Drucker, Heizer, Frisöre, Schuster, Hafenarbeiter. Einhundertsechsundfünfzig allein in Ligurien.

Das kommt vor bei denen, die aufgehört haben zu kämpfen, das heißt, bei fast allen. Entlassen und ade. *Platz da, jetzt sind wir dran.* Und *wir* bedeutet, das reguläre Heer, Kragenspiegel, Handwerk, Karriere und die ganze Hierarchie, die Stufe für Stufe hinaufführt vom Trommler bis zu Seiner Majestät. Beim Gedanken an das, was war, schlagen die Freiwilligen von Quarto die Augen nieder. »Was gibt es da groß zu fotografieren?«, denken sie. Sie wollten Italien verändern, und Italien hat geantwortet: »Danke, gut gemacht, aber jetzt fort mit euch.« Das Fest ist aus, man geht nach Haus. Hacke, Kramladen, Werkstatt. Bestenfalls ein kleines Büro. Sie wollten die Republik und haben einen Sa-

voyer als König Italiens bekommen, *in saecula saeculorum* –
von Ewigkeit zu Ewigkeit, amen. Wer hätte das gedacht, zur
wilden Zeit des Säbels, beim glorreichen Angriff zu Pferd?

Die Wunde blutet noch, nicht allen passt es, sich in Positur zu stellen. Die Medaille reicht nicht, das – miserable –
Ruhegeld reicht nicht. In der Hauptstadt schon gar nicht.
Wenn sie nur könnten, würden sie die Rothemden in Ketten legen. Statt für den Sessel zu danken, den sie unterm
Hintern haben. »Scheiß-Mazzinianer«, murmeln sie hinter
verschlossenen Türen in der Regierung. »Mistige Republikaner, elende.«

»Signora Leone, könntet Ihr hinaufgehen, um ihn zu
überreden?«

Und wie viele wütende Ehefrauen. »Lasst uns in Ruhe«,
steht ihnen ins Gesicht geschrieben. Gewiss, die Frauen
verstehen nichts von Politik. Doch gilt das auch für Luigina Leone? Pavia sieht sie über den Kleinen gebeugt. Sie
flüstert ihm etwas ins Ohr, dann putzt sie ihm so liebevoll
die Nase, als hätte sie ihn selbst geboren. Auch sie redete
beim Essen mit und stellte Fragen. Er betrachtet ihr Gesicht, den Busen, die Hände: dreißig wird sie sein, schätzt
er, vielleicht etwas jünger, dann mustert er Primo, und die
Rechnung ist schnell gemacht: Domenico Leones Frau
war, als er sich beim Hauptquartier meldete, um sich einzuschiffen, ohne je das Meer gesehen zu haben, ein junges
Mädchen mit Kleinkind. Hat sie die Landwirtschaft alleine
weitergeführt? Hat sie jedes Mal gezittert, wenn der Briefträger zur Cascina Leone hinaufstieg? Heute Morgen trägt
sie ihr bestes Kleid und strahlt, aber innerlich, in ihrem
Herzen, wer weiß. Womöglich würde sie ihn am liebsten

verprügeln, den Freiwilligen Leone Domenico samt seinen neunhundertneunundneunzig »Waffenbrüdern«. Mit der Schaufel seinen Rücken bearbeiten, von wegen Medaillen. War es die Sache wirklich wert? Und wozu hat der ganze Schrecken gedient?

Im Hof rumort es. Die Leute haben einen halben Arbeitstag verloren und fragen sich, wie lange sie noch warten müssen. Antonio blickt den Meister an, als wollte er sagen: »Was tun wir jetzt?« Primo macht ein gelangweiltes Gesicht. Pavia klettert in den Wagen und kommt mit der Trompete in der Hand wieder heraus. In der Mitte des Podests beginnt er, aus voller Brust *Fratelli d'Italia* zu spielen. Wenn Leone wirklich überzeugter Anhänger der Republik ist, müsste es funktionieren. Der Meister ist einfach genial. Primo schließt die Augen, klopft mit der Fußspitze den Takt mit, lächelt, während er sich eine Posaune vorstellt, ein Flügelhorn, eine Flöte: Seit er die Dorfkapelle auf der Piazza gesehen hat, sind Blasinstrumente seine große Leidenschaft. Nach der Trüffelsuche, natürlich.

Nach der Hälfte hält Pavia inne: »LEONE! Muss ich dir das ganze Ständchen bringen?« Er winkt Antonio zu, »geh rein, mach ihm Beine«, dann spielt er zur Abwechslung den *Königsmarsch*. Falls er sich geirrt haben sollte und Leone doch ein treuer Anhänger Seiner Majestät war.

Antonio sieht Primo an. Sie deponieren die Flasche mit Kollodium und den Trichter auf dem Podest und sind schon an der Schwelle, als die Küchentür mit einem Schlag aufgeht. Domenico Leones massige Gestalt füllt die ganze Öffnung aus. Dunkle Hose, Schärpe um die Taille, Säbel an der Seite, rotes Hemd und rotes Halstuch.

Wie ein Windstoß haut er alles um, schlagartig herrscht Stille im Hof. Mag sein, dass Domenico Leone der einzige rot Gekleidete in einem Meer von Grau, Grün und Schwarz ist. Mag sein, dass die Uniform ihm noch passt wie angegossen und er wieder wie zwanzig aussieht. Mag sein, dass plötzlich alles nah, real, konkret erscheint: die Einschiffung, die Landung, die Schlacht, das Blut, der Tod.

Luigina steht auf. Alessandro Pavia lässt die Trompete sinken. Nacheinander erheben sich alle. Antonio und Primo treten beiseite. Hand auf der Parierstange, geht Domenico Leone auf das Podest zu. Paolino zupft Luigina am Rock, doch sie kann den Blick nicht von dem roten Hemd abwenden. Eine gute halbe Stunde hat sie gebraucht, um es mit dem glutgeheizten Eisen zu bügeln. Sie ist zufrieden: Das Ergebnis kann sich sehen lassen, ein Schauder fährt durch den Hof.

»Hierher«, sagt Pavia und geleitet ihn zur Säule. Er spielt nicht mehr den Spaßmacher und spricht gedämpft. Er zeigt ihm, wo er den Ellbogen aufstützen und wie er Arme und Beine halten soll, dann verschwindet er erneut unter dem schwarzen Tuch und regelt die Schärfe.

»Bewegt Euch nicht, es dauert nicht lang.«

Er eilt zu Antonio, der schon mit der Flasche Kollodium bereitsteht. Die Flüssigkeit tropft langsam auf die Glasplatte. Pavia kippt sie leicht, damit sich auf der Oberfläche ein gleichmäßiger Film bildet. Primo fängt den Überschuss mit dem Trichter auf und hält dabei den Atem an: Dieses durchsichtige Zeug stinkt ekelerregend.

Eine Handvoll Sekunden, und Pavia verschwindet in der Dunkelkammer. Er taucht die Platte in ein hohes Becken, das Silbernitrat enthält. Während die Komponenten reagieren, tritt der Fotograf wieder hinaus und reicht Antonio die Uhr. »Vier«, flüstert er ihm zu. Nach jeder Minute streckt Antonio einen Finger aus. Unterdessen überprüft der Meister noch einmal Einstellung. Rundherum herrscht tiefes Schweigen.

Bei der vierten Minute hebt Antonio die Hand, der Meister steckt die Uhr wieder ein, kehrt in die Dunkelkammer zurück, hebt die Platte aus dem hohen Becken. Der Kollodiumfilm ist jetzt hellgelb, opalisierend, hochempfindlich für die Sonnenstrahlen. Pavia verschließt die Platte in dem Holzkasten, läuft hinaus, schiebt alles in den Fotoapparat und aktiviert den Mechanismus. Die vier Objektive klicken nacheinander. Die Sonne trifft auf die Platte und belichtet sie. Man hört keinen Laut.

»Ihr dürft Euch wieder bewegen«, sagt der Fotograf zum Schluss. Mit den Augen sucht Domenico Leone nach Luigina. Pavia zieht den Holzkasten heraus und schlüpft wieder in die Dunkelkammer. Im rötlichen Licht taucht er die Platte in das Entwicklungsbad. Sekunden vergehen, und in der Flüssigkeit erscheinen acht gleich große Rechtecke, acht Marmorsäulen aus Pappe, acht Paar Hosen, acht Flecken, die der Jacke entsprechen, acht Säbel und achtmal der entgeisterte Ausdruck von Domenico Leone. Als auch der Zipfel des Halstuchs deutlich hervorzutreten scheint, spült Pavia die Platte ab und taucht sie dann in das Fixierbad.

»Junge!«, schreit er, und es klingt, als hätte er einen Bann gebrochen, das Stimmengewirr im Hof schwillt wieder an.

Auf einem sonnigen Plätzchen hinter dem Wagen hat

Antonio schon das Nötige für den Druck bereitgestellt. Wenn es sich um Garibaldiner handelt, überwacht der Meister jeden Schritt: ob das albuminierte Papier straff gespannt ist, ob die Platte gut aufliegt, ob die Schraubstöcke richtig am Rahmen festgeschraubt sind, ob das Sonnenlicht das Bild überall gleich stark trifft.

Der Rest ist Routine. Auf dem Podest anstelle der künstlichen Säule das Tischchen mit der Brokatdecke und der gepolsterte Stuhl. Luigina Leone nimmt Platz. Paolino schaut sie verzaubert an, während sie mit aneinandergelehnten Knien und im Schoß gefalteten Händen dasitzt. Domenico Leone steht hinter ihr, legt ihr die Hand auf die Schulter und hält dann nach dem Sohn Ausschau. Primo schwenkt den Trichter und schüttelt ernst den Kopf, nein, er muss jetzt arbeiten. Ernsthaft arbeiten, wie ein Großer, nicht etwa Maiskolben entblättern oder den Hühnerkäfig säubern.

»Bitte lächeln«, sagt Pavia, dann beginnt wieder die Prozedur mit Dunkelkammer, Kollodium, Silbernitrat, Scharfeinstellung, Aufnahmen, Entwicklung, Fixierbad, Druck.

»Weiter mit den anderen. Je vier«, sagt er zu Antonio gewandt. Der Junge richtet die Szene ein, kontrolliert die Zeit, regelt die Abfolge, lässt die Wartenden Schlange stehen, und so geht es ein paar Stunden lang, bis Primo sich an den Gestank des Kollodiums gewöhnt hat und die Angehörigen der Familie Leone ihre versprochene Fotografie bekommen haben. Der Schneider mit Zylinder, die Wäscherin mit Schal wie eine große Dame, aber alle blass und still vor diesem geheimnisvollen Klapperkasten aus Glas, Messing und Holz, glänzend wie die Kirchenbänke. Steifer als vor dem Altar. Pavia läuft mittlerweile der Schweiß herunter. »*Ite missa est!*«, schreit er der kleinen Menge am Ende zu. Die Frauen klappern schon eine Weile mit den Töpfen, aus der Küche duftet es nach gedünsteter Zwiebel.

»Ihr bleibt«, sagt er zu den beiden Helfern. »Und auch Paolino«, fügt er hinzu.

Die drei geben schon so ein schönes Bild ab: Antonio mit dem Kollodium in der Hand und der Piratenbinde über dem Auge, Primo mit dem Trichter, der aus seiner Tasche lugt, und der Kleine, der mit leuchtenden Augen hinter ihm hertrottet. Pavia sieht sie in Pose, dann überlegt er es sich anders.

»Du. Gib mir den Trichter. Such dir was aus, das dir gefällt.« Primo schaut ihn fragend an. »Ja, etwas, das dir gefällt. Für das Foto.«

Primo strahlt, also wird er auch sein Bild bekommen, und sogar allein! Nicht wie die anderen Kinder, die das Podest mit den Eltern teilen mussten. Allein wie Papa! Doch was soll er sich aussuchen? Im Geist geht er die wirklich wichtigen Sachen in seinem Leben durch: Rosmunda (aber sie kann nicht stillhalten), der Wald (den kann man ja nicht versetzen), die Nacht (hier braucht man aber Licht), seine Flötensammlung. Er hat mindestens zehn, die könnte er auf dem Tischchen aufreihen, aber irgendwie findet er, das ist zu wenig. Dann kommt ihm eine Idee. »Leiht Ihr mir die Trompete?«, fragt er.

Pavia durchbohrt ihn mit dem Blick. Wie es manchmal den Großen geschieht, sieht er ihn auf einmal als Erwachsenen. »Alle Achtung«, sagt er. Der Kleine klatscht in die Hände. »Ich, ich«, wiederholt er lachend.

Antonio holt das Instrument aus dem Wagen und reicht es Primo, dann wartet er mit der Flasche Kollodium in der Hand.

»Gib her«, sagt der Meister. Antonio ist verblüfft.

»Was wartest du? Mach schon, geh.«

Wohin? Wohin soll er denn gehen?

»Überprüfe die Einstellung.«

»Ich?«

»Wer denn sonst? Etwa Paolino?«

»Ich, ich, ich«, wiederholt Paolino.

»Willst du es schriftlich?«

»Ich, ich!« Paolino klatscht in die Hände.

Antonio spürt etwas, auf Magenhöhe, eine Wärme, die sich in einem Lächeln ausdrückt, und er möchte es zurückhalten, nie Schwäche zeigen, nie zu viel Freude, aber die Aufregung ist ein reißender Strom, er schafft es gerade noch bis zum Fotoapparat, dann das befreiende Lachen. Meisterlichkeit reimt sich auf Großherzigkeit. Primo steht in der Mitte des leeren Podests, nur er mit Alessandro Pavias Trompete vor dem weißen Hintergrund. Er nimmt sie in beide Hände, wie er es vorher gesehen hat, und bläst die Backen auf, als würde er spielen. »Ist es gut so?«, fragt er, die Wörter verschluckend.

»Nicht blasen, rühr dich nicht«, erwidert Pavia. Antonio lacht nicht mehr. Er nimmt die Binde ab und steckt sie in die Tasche. Es ist sein erstes Mal und er will ganz und gar dabei sein. Er schlüpft unter das schwarze Tuch und hantiert mit der Optik, bis Primos Bild ihm scharf vorkommt. Dann atmet er tief durch und stürmt hinaus. Der Meister erwartet ihn mit dem Kollodium und einer sauberen Platte,

Antonio hält sie, wie er es tausendmal gesehen hat. Der Meister gießt vorsichtig, der Junge arbeitet mit dem Handgelenk.

»Genug so. Warte, bis es ein bisschen anzieht. Ganz wenig.«

Dann verschwindet er in der Dunkelkammer und vollendet die ganze Prozedur, und gleich darauf – so scheint ihm – steckt er wieder den Kopf in den Apparat zur letzten Kontrolle. Er hält den Atem an. Acht aufeinanderfolgende Aufnahmen, acht Sekundenbruchteile, die das Licht braucht, um auf das Kollodium einzuwirken. Rasch trägt er die belichtete Platte in die rote Höhle der Dunkelkammer. Langsam erscheinen im Entwicklungsbad Bilder von Primo. Antonio kratzt sich an der Lippe, sucht ein Detail, so hat es ihm der Meister erklärt. Den Jackensaum? Die Stiefelspitze? Lieber die Tasten der Trompete. Als man ihre T-Form deutlich erkennt, legt er die Platte ins Fixierbad. Dann übergibt er sie dem Meister. Pavia braucht, so scheint es dem Jungen, ewig, bis er sagt: »Jetzt schau zu, dass du beim Drucken nicht alles ruinierst.«

»Ich, ich, ich«, piepst der Kleine am Rand des Podests.

»Paolino, zum Donnerwetter! Lass ihn mal fertig machen, danach fotografiert er dich«, knurrt Pavia, und da begreift Antonio zwei Sachen. Erstens: dass er es mit dem Kleinen noch mal probieren muss. Zweitens: dass die Platte, die der Meister ihm gerade zurückgegeben hat, *gut* geworden ist, wenn Pavia ihm eine zweite Aufnahme gewährt.

Doch Paolino ist eine ziemliche Herausforderung. Erst wählt er den Thron, dann die Säule, dann den Polsterstuhl und dann wieder den Thron. Und der Meister biegt sich

73

vor Lachen. »Das herrliche Leben des Fotografen, hahaha!«
Paolino zappelt auf dem Thron wie auf der Schaukel. Paolino will auch die Trompete, und unterdessen wandern die
Schatten und die Reflektorleinwände müssen verschoben
werden. Paolino kratzt sich, niest, gähnt, sagt »Ich muss
Pipi«, Paolino macht Pipi und versteht dann endlich, dass
er, wenn er fotografiert werden will – was immer das ist,
ein Foto –, dass er dann zu dem Apparat hinschauen und
stillhalten muss.

»Ganz, ganz still, Paolino«, sagt der Meister.

Also steckt Antonio den Kopf unter das schwarze Tuch,
um die Schärfe einzustellen. »Schau mich an, Paolino, schau
mich an, schau mich an«, flüstert er. Und fast, als hätte er
es gehört, dreht Paolino das Gesicht zum Apparat hin, und
sein Blick, der voller Leben ist, trifft durch die Linse eines
der Objektive direkt Antonios blindes Auge.

Es dauert den Bruchteil einer Sekunde, doch in dieser
Sekunde sieht der Junge schmutzige Bettdecken und Fieber
und Erbrochenes und Durst und rissige, blaue Lippen, die
sich öffnen, um ihn zu verschlingen, und drinnen ist Feuer
und Blut und ausgedörrte Zunge und Luftnot, keine Luft.

Er zieht den Kopf unter dem Tuch weg, sein Herz rast.
Das, was ihm am Vortag im Wagen passiert ist, war nichts
im Vergleich zu dem, was er gesehen hat, als er durch das
Objektiv Paolinos Blick kreuzte. Ein Sturm von Bildern,
Geräuschen, Gerüchen. Klagen. Katarrh. Scheiße, Pisse,
Fäulnis. Grauen. Grauen, das ihn an anderes Grauen erinnert. Hinter einer Tür, er war noch klein, spionierte heimlich, zu den Infektiösen durfte man nicht hinein, doch er
hatte das Verbot durchbrochen.

»Junge!«

Ein stechender Schmerz, eine glühende Stecknadel bohrt sich in seine Schläfen, während vor seinen Augen Bilder von Blut und Eiter tanzen wie ein unflätiger Karneval. Die Stimme des Meisters ist ein fernes Trommeln, die von Primo ein lästiges Kreischen. Antonio dagegen hat keine Stimme, bekommt keine Luft, er kneift die Augen zusammen, bis es schmerzt. Er sucht nach der Binde, er will nichts sehen, bloß nichts mehr sehen.

Genua, März 1872

Leer gleicht Alessandro Pavias Dachboden einem Exerzierplatz. Seit Tagen packt Antonio in den wenigen freien Momenten zusammen, lädt sich die Sachen auf die Schultern und stapelt sie vier Stockwerke tiefer im dunklen, nicht nur von menschlichen Gerüchen erfüllten Hauseingang. Schimmel, Fisch, Mäusepisse. Dann biegt er bald hier, bald dort, in eine der Gassen ein, liefert die Pakete ab und kassiert den ausgemachten Betrag. Für sich behält er nur das Nötigste. Die zwei Feldbetten, zum Beispiel, die in dem leeren Raum so verloren wirken wie er. Zwei, denn es könnte sein, dass er einen Schlafplatz untervermieten muss. Auch wenn in dem ebenerdigen Loch, in dem er ab morgen Nacht wohnen wird, nicht viel Platz ist. Vico Indoratori, drei Minuten zu Fuß vom Dachboden der Piazza Valoria entfernt, ein Zimmer, drei auf drei Meter, und dahinter noch ein winziges, feuchtes, dunkles Kämmerchen. Mit dem, was er im Augenblick verdient, kann er sich keine hellen Räume leisten. Auch wenn das nicht die Absprache war. Die zwei Feldbetten also, und die zwei Matratzen, die zwei Decken und die zwei Kopfkissen, ein Stuhl, die Waschschüssel mit dem Krug, ein paar abgelegte Kleider, die Uhr, ein Arbeitstisch, eine Kiste mit Glasplatten und der Apparat mit Stativ, der sich auch für das Fotografieren im Freien eignet. *Ruménta* – Schrott –, nach Meinung des neuen Chefs, der nur Genueser Dialekt mit ihm spricht. Und Antonio hat beschlossen, ›a *ruménta*‹ nicht wegzuwerfen.

Das Mittagslicht setzt die Scheiben in Brand, der weiße Vorhang bauscht sich kaum. Dahinter erahnt Antonio den Altan, hoch über den Dächern der Stadt. Die Wand ist von den grauen Umrissen der abgebauten und anderswo wieder aufgebauten Regale gezeichnet. Wer hätte sich so viel Platz vorstellen können? Zehn Tage, zehn Tage waren nötig, um auszuräumen, was noch übrig war, nachdem der neue Chef die gesamte Ausrüstung an Säuren und Pulvern, den Vorrat an Kollodium, die Stöße albuminierten Papiers, die tragbare Dunkelkammer, die Becken, die Objektive und fast alle Glasplatten abtransportiert hatte. In den Tagen des Umzugs eilte Antonio die Treppen hinauf und hinunter, beladen wie ein Maulesel. »*Gondón! Merdaieu! Galùscio!*«, schimpfte der Mann derweil. Er haderte mit Pavia, weil der ihn, so fand er, nach Strich und Faden beschissen hatte. Aber ein bisschen haderte er auch mit dem jungen Lehrling. Hatte man je einen einäugigen Fotografen gesehen?

Der neue Chef hat nie in Betracht gezogen, hier herauf umzuziehen. Sein Studio befindet sich zwar an der Piazza Valoria 4, und beim Zensus gilt der Mann als ›Nachfolger‹ des Fotografen Alessandro Pavia, aber in Wirklichkeit liegt die Werkstatt, wo Antonio den Dienst aufgenommen hat, in der Gegend der Strada Nuova, in einem Luxuspalast. Der Nachfolger sagt nicht ›Werkstatt‹, er sagt ›Atelié‹, er sagt: »Bitte sehr, hier meine Karte. Auf der Rückseite findet Ihr den Hinweis auf mein Atelié«, und zieht dabei den Hut, wie es Pavia nie eingefallen wäre. Je mehr Perlenreihen am Halse der Dame, umso tiefer verneigt er sich. Vor dem Vetter zweiten Grades eines Marchese hat Antonio gesehen, wie er dessen Knie mit der Stirn streifte.

Auch das Atelié befindet sich in einem Dachboden und geht auf einen Altan hinaus, ganz und gar vergleichbar mit jenem, der Antonios Blick erfüllt. Die gleichen Dächer, das gleiche Gezänk der Möwen, das gleiche Blau. Auf Licht kann man nicht verzichten, wenn man vom Fotografieren lebt. Doch im Unterschied zum Dachboden an der Piazza Valoria erreicht man das Atelié, indem man vier Treppenrampen mit Ausblick aufs Meer hinaufsteigt. Marmor, Handlauf, auf jeder Etage eine Büste oder eine bemalte Vase. »Ihr könnt es nicht verfehlen, es ist die Tür am Ende der *Prachttreppe*«, sagt er zu den Kundinnen. Bei Sonne schimmert im Marmor eine bläuliche Äderung *en pendant* mit dem Treppenläufer, der unter dem Schild ATELIER DE PHOTOGRAPHIE endet.

Kurz gesagt, im Vergleich zu dem Dachboden hat das Atelié ein ganz anderes Flair. Das Wartezimmer mit dem Capitonné-Sofa, der glänzende Fußboden, das Aufnahmezimmer mit der Ausstattung und den Kulissen, der Duft nach Bohnerwachs, das Dienstmädchen mit Handschuhen und Spitzenhäubchen, das feine Porzellan, das Schokoladenkännchen, die Bonbonschale. Das Dienstmädchen ist gleichzeitig auch Köchin, Wäscherin, Büglerin und *scâdin,* das heißt Bettwärmer. Hässlich wie die Sünde, aber verführerische achtzehn Jahre alt, beim Zensus Floriana; im Atelié, *Madmuasel Floran.* Hintergründe gibt es viele, in lebhaften Farben gemalt und auf bewegliche Staffeleien montiert, Antonio hat die Aufgabe, sie in Ordnung zu halten und den Kundinnen zu zeigen.

»*Messié Antuan* wird Euch die verschiedenen Möglichkeiten vorführen.«

Zeigen: nicht kommentieren oder beraten.

»Eine Ansicht des Hofs von Versailles würde Euren Teint ins rechte Licht rücken«, empfiehlt derweil der Nachfolger. Oder: »Die Palme würde Euch eine originelle exotische Aura verleihen.«

Messié Antuan trägt bei der Arbeit eine Uniform: Gehrock, Kinnriemen, weiße Handschuhe wie die von *Madmuasel Floran*, schwarzseidene Binde über dem Auge und Lackschuhe. Ein Totengräber erster Klasse.

»Die römischen Ruinen verlangten eine *mise* im imperialen Stil, fürchte ich.«

Die Uniform gehört dem Atelié, nicht *Messié Antuan*. *Messié Antuan* ist gehalten, sich jeden Abend in der Kabine – *u lêugo*, dem Abort – umzuziehen, bevor er das Atelié verlässt.

»Der Meerblick würde besser zu Eurer entzückenden Toilette passen.«

Alle fallen darauf herein, dann kommen sie mit Ehemännern, Liebhabern, Nachwuchs wieder, und die Geschäfte gehen glänzend.

Um diese Zeit, zwanzig Minuten vor dem Mittagsläuten und ohne die Unmenge von Zeug, die Antonio ausgeräumt hat, ist der Dachboden an der Piazza Valoria voller Licht. Die Stativkamera ist gar nicht so übel zugerichtet. Pavia benutzte sie selten, nur wenn der Kunde ein anderes Format wünschte als die Visitkarten. Antonio hat den Block repariert, der das Objektiv hält. Die in seinem Besitz verbliebenen Platten sind wenige, aber sie sind perfekt. Und außerdem kann er mit dem Kollodium besser umgehen als der Nachfolger, der, das hat Antonio sofort gemerkt, eine Menge vergeudet.

»Schöner Scherz, diese Scheiße!«, sagt der Junge laut.

Er wird anderswo erwartet und ist schon spät dran, kann sich aber nicht von dem Dachboden trennen. Die Stimme hallt von den kahlen Wänden wider.

»Hört Ihr mich? Schert Euch zum Teufel!«

Nie hat er so mit Pavia gesprochen. Er schließt die Augen, versucht, die Gesichtszüge des Meisters vor sich zu sehen – den struppigen Bart, die flammenden Augen –, aber es fällt ihm schwer. »Hättet Ihr mich nicht mitnehmen können?«, jammert er.

September des Vorjahrs. Bei Sonnenuntergang kam Pavia nach Hause, fegte die ewig herumliegenden Sachen vom Stuhl, setzte sich, schleuderte die Stiefel von sich, dann die Socken, begann seine Füße zu massieren und kreuzte schließlich die Fersen auf dem Rand des nächststehenden Feldbetts, die Arme über dem Bauch verschränkt, im Lauf der Jahre aufgebläht wie ein Kissen. »Ich hätte dir den Laden hinterlassen«, sagte er, die Wand, das Fenster zum Altan, den orangefarbenen Himmel, die langen Schatten fixierend. »Das Problem ist, dass ich Geld brauche, und zwar viel, damit ich hier verschwinden kann.«

Antonio schnitt gerade Papier für den Druck zu. Unentschieden, ob er die Petroleumlampe anzünden sollte, hob er den Blick, das Messer in der Hand.

»Der Nachfolger wird dir nicht gefallen. Schon den ganzen Tag schleift er mich durch die Gegend, um Papiere zu unterschreiben. Dann hatte ich noch ein paar Rechnungen zu begleichen. Jedenfalls habe ich dir eine Liste von Läden gemacht, die du meiden sollst. Ich möchte nicht, dass sie sich mit dir anlegen. Geizkrägen. Blutsauger. Der Drogist von Sottoripa ist der Schlimmste von allen. Halte dich von ihm fern. Der geröstete Kaffee drei Lire. Das Ein-Kilo-Päckchen, nicht etwa der ganze Sack. Und der Weinhändler von der Piazza Banchi, dieser Dieb, dieser Hurensohn. Halte dich fern, kapiert? Scheiße, ich spüre meine Füße nicht mehr. Mach nicht so ein Gesicht. Ich hab's dir doch gesagt: Ich brauche Geld.«

Antonio stand da, mit der Miene dessen, der versteht und doch nicht versteht, das Papiermesser halb erhoben.

»Und tu endlich das Messer weg, du wirst doch einen armen, gehetzten Mann nicht zu Hackfleisch machen wollen.« Pavia lachte, aber er lachte nicht wirklich.

Antonio legte die Klinge weg, als hätte er sich die Finger verbrannt. Er nahm einen Geruch wahr, den er vergessen glaubte, und es traf ihn hart, er musste sich an der Werkbank festhalten. Es roch nach Pammatone, hier, im Dachboden an der Piazza Valoria. Oder besser gesagt, nach dem Zimmer des Vorstehers – die Schlange, das Warten, die Antwort. Enttäuschung. Verlassenheit. »Wohin geht Ihr?«, brachte er mühsam heraus, doch innerlich dachte er: »Ihr verlasst mich?« Innerlich schrie er: »Und ich? UND ICH?«

Pavia sah ihn immer noch nicht an. Er stand auf und begann, barfuß durchs Zimmer zu gehen. Er wirkte seltsam, so dick auf nackten Füßen, ein schwankender Kegel, der gleich davonrollt. Er wühlte hier und da, bis er fand, was er suchte, einen Sack, verschlossen mit einer durch Metallringe laufenden Kordel. Er fing an, ihn mit Wäsche vollzustopfen, schob auch die Trompete und ein paar Partituren hinein. Dann verschwand er hinter dem großen Vorhang in der Dunkelkammer, und Antonio hörte, wie er in dem hantierte, was er ›das Geheimfach‹ nannte, das heißt, eine Schublade, die leicht klemmte. Das dunkelblaue Etui in der einen Hand und die Anstecknadel, die der König ihm in die Spelunke in San Frediano hatte bringen lassen, in der anderen, kam er wieder heraus. »Die hefte ich mir jetzt ans Revers. Hat man je einen Republikaner, nein warte, einen AGITATOR, einen REVOLUTIONÄR, zum Donnerwetter, hat man je einen TERRORISTEN mit dem Wappen Seiner Majestät herumlaufen sehen? Wenn ich sie mir am Jackenkragen befestige, lassen sie mich womöglich in Ruhe«, sagte er, indem er das Etui ablegte und sich die Nadel an die Brust steckte. »Vielleicht sperren sie dann jemand anders in die Zelle in Sant'Andrea.«

»Ich schick dich nach Sant'Andrea«, drohte der Vorsteher, wenn die Rohrstockschläge auf die Finger nicht genügten.

Im Halbschatten funkelte das herrliche Juwel im Glanz seiner Karate. Der Meister redete immer weiter. Antonio, verwirrt, nahm es nur teilweise auf. »Kannst du dir vorstellen, was hier draußen los ist? Wenn ich damit in den Gassen unterwegs bin? Wenn ich so aufgemacht die Osteria im Vico Palla betrete? Hahaha.« Er lachte, aber nicht wirklich. »Zu zehnt würden sie draußen auf einen warten. Her mit der Nadel, her mit der Kehle«, sagte er und fuhr sich unterm Kinn mit dem Daumen über den Hals. Dann löste er die Anstecknadel von der Jacke und zögerte ein wenig, als überlegte er, was er damit tun solle. In seiner großen Hand leuchteten die Edelsteine wie Blumen zwischen den Steinen. »Ich habe sogar erwogen, sie zu verkaufen, auf diese Weise könnte ich den Laden dir überlassen, aber wem soll ich sie verkaufen? Sie würden meinen, ich hätte sie gestohlen.« Er sprach halblaut, spielte mit dem Schmuckstück, blickte den Jungen immer noch nicht an. »Und sechzehn ist ja auch ein bisschen zu jung, um gleich einen ganzen Laden am Hals zu haben«, schloss er, schob die Nadel ins Etui und das Etui in den Sack.

Antonio zündete die Petroleumlampe an, griff nach dem Messer und begann, wieder Papier zuzuschneiden. »Du verstehst mich, oder?« Die Stimme des Meisters klang schrill.

Verstand Antonio?

Er verstand, dass die Atmosphäre in diesen Tagen angespannt war. Dass die Republikaner da draußen nicht mehr einfach Anhänger der Republik waren, mit der Geschichte vom Volk als Souverän und so. In Paris war eine Katastrophe passiert. »Kommune«, hieß sie, und die Ereignisse von Paris – rote Fahnen, Blut auf den Boulevards – hatten ihre Schatten bis in die engen Gassen von Genua geworfen. Er verstand, dass die Gespenster der auf den Barrikaden Ermordeten in diesem Augenblick hier waren, während die Schneide des Messers das Papier glatt durchtrennte. Er verstand, dass diese Sache mit der Kommune – bei der *tatsächlich* die Gewalt vom Volk ausgeht – nicht nur die Pariser betraf. Dass die Reichen Angst hatten. Dass die Zeitungen der Reichen das Feuer anfachten.

Und er verstand, dass die Angst wie eine plötzliche Nacht

war, dass man Weiß nicht mehr von Schwarz unterscheiden konnte, den Weizen nicht von der Spreu, die Republikaner von den Sozialisten, die Sozialisten von den Anarchisten, die Demokraten von den Umstürzlern. Nachts sind alle Katzen grau, und alle Armen sind Verbrecher, Mörder und Gottlose. Und er verstand, dass die Lage gefährlich war, weil von der Mole von Boccadasse bis zu den Höhen von Castelletto alle wussten, dass Alessandro Pavia, der Fotograf der Tausend, ein Republikaner war. Republikaner und noch dazu Garibaldiner. Und Garibaldi? Statt in aller Ruhe auf Cabrera Schattenfische zu angeln und Wildschweine zu jagen, war Garibaldi in Marseille und verteidigte die neue französische Republik. Der Junge stellte sich ihn unbeugsam und gebrechlich vor.

Verstand Antonio? Das Messer machte auf dem vom Eiweiß steifen Papier ein dumpfes, schabendes Geräusch. »Im Sant'Andrea bringen sie dir Manieren bei«, hörte er in seinem Kopf, als stünde der Vorsteher neben ihm und zischte ihm ins Ohr. Er verstand, dass der Meister verschwinden musste. Wenigstens eine Weile, bis die Wogen sich geglättet hätten. Er verstand, dass der Meister verduften würde. Doch warum nahm er ihn nicht mit?

»Neu anzufangen ist schon schwierig genug, zu zweit wäre es noch schlimmer.«

Antonio drückte fest zu, und das Messer glitt ihm aus der Hand und verletzte ihn.

»Verdammt«, murmelte er und hob den Daumen an die Lippen. Ein Blutstropfen fiel auf das Blatt.

»Zeig her.« Der Meister zog ein Taschentuch heraus. Antonio setzte sich auf das Feldbett und ließ sich den Daumen verbinden. »Die Miete ist für sechs Monate im Voraus bezahlt. Auch die Giuse. Aber Ende März musst du dir eine andere Bleibe und eine andere Köchin suchen.«

Der Junge schwieg. Insgeheim segnete er die schmerzende Wunde. Eine gute Ausrede für ein paar Tränen, falls er es nicht schaffen sollte, sie hinunterzuschlucken, wie er es im Pammatone gelernt hatte.

»Der Nachfolger wird dir acht Lire pro Woche bezahlen, ohne Kost und Logis. Du wirst als sein Assistent arbeiten. Acht Lire, denk daran. Sobald ich eine Bleibe gefunden habe, schicke ich dir die Adresse und etwas Geld, damit kannst du mir die Kisten mit den Platten der Tausend nachsenden.«

Die Petroleumlampe flackerte. Die Dunkelheit, die die Ecken verschluckt hatte, eroberte nach und nach die Mitte des Raums, bald würden sie darin untergehen. Das Blut durchtränkte das Taschentuch.

Der Meister hatte sein Hin und Her quer durch den Lichtkreis wieder aufgenommen und redete unentwegt weiter, doch Antonio hörte ihm nicht mehr zu. Er tastete mit der anderen Hand unter der Matratze und fand die Binde. Er legte sie auf das weiße Auge und band sie am Hinterkopf fest. Sie stank nach Staub.

»Er wird dir nicht gefallen, dieser Nachfolger«, wiederholte Pavia.

Die Tränen flossen nicht, die Welt sah wieder so trübe aus wie damals im Pammatone.

Von dem Moment an nahm er die Binde nur noch zum Schlafen ab. Oder um sie mit jener zu vertauschen, *très chic,* die Teil der Uniform war. Auch jetzt, auf dem fast leeren Dachboden, trug er eine ähnliche. Den mit der Post eingetroffenen Anweisungen folgend, schickte er die Kisten mit den Platten der Tausend drei Wochen nach Pavias Abreise nach Genf. »Viele Grüße aus der Schweiz, Heimat der Flüchtlinge und der Verfolgten«, hatte der Meister geschrieben und mit Alberto Paglia firmiert. Morgen Nachmittag wird sich Antonio um das kümmern, was noch übrig ist. Die Feldbetten heute umzuziehen wäre unmöglich, es herrscht zu viel Aufruhr in der Stadt. Eine nie gesehene Menschenmenge wird erwartet, doch morgen nach dem Mittagessen wird alles wieder normal sein. Und morgen Nacht wird er im Vico Indoratori schlafen. Er ist nur auf dem Dachboden vorbeigegangen, um die letzten Fotografien zu holen, die Pavia ihm vererbt hat. Sie liegen in einer großen Schachtel. Das erste Päckchen enthält zwölf Abzüge von *Garibaldis Hand,* handsigniert vom General. Der Meister hat ein Blatt mit der Bemerkung beigefügt:

Der Erlös soll den Familien der Garibaldiner in Schwierigkeiten zukommen (siehe Liste), Verkaufspreis 1 Lira pro Stück.

Antonio zerreißt die Liste der Bedürftigen, Pavia ist sehr großherzig, aber jetzt ist er derjenige, der Mildtätigkeit braucht, denn auf die Forderung von acht Lire nach den ersten sieben Arbeitstagen hat der Nachfolger als Antwort den Daumen der rechten Hand eingeknickt und nacheinander Zeigefinger, Mittelfinger, Ringfinger und kleinen Finger ausgestreckt: »*Unn-a, dôe, trae, quàttro.* Vier Lire und ab, marsch.«

Zweites Päckchen: dreizehn *Giuseppe Mazzini in London,* Halbporträt im Visitformat. Eine Lira fünfzig, verhandelbar. Innerlich verdoppelt Antonio den Preis unmittelbar. Wann bietet sich ihm je wieder so eine Gelegenheit? Die ankommenden Züge sind berstend voll. Die Hotels sind ausgebucht. Vor dem Bahnhof ein Gedränge wie bei der Messe im Dom. Die Bilder sind perfekt, und Mazzini ist entschieden mazzinisch: schwarz gekleidet, um die Trauer um das von Fremdherrschaft geknechtete Italien auszudrücken; und ernst, hager, die Stirn pulsierend von höchsten Gedanken.

Aus dem Kleiderhaufen, den Pavia ihm dagelassen hat, wählt Antonio eine alte Jacke mit tiefen Taschen: In die rechte schiebt er *Garibaldis Hand,* in die linke die Mazzini-Porträts. Ganz unten in der Schachtel liegen noch ein paar Überbleibsel: sechs Bilder eines kleinen Mädchens mit Riesenschleife im Haar (die Mutter hat die Abzüge nie abgeholt); drei überbelichtete Aufnahmen eines vom Kap Horn zurückgekehrten Matrosen; eine unterbelichtete Aufnahme einer dreistöckigen Torte, die nur unter größten Schwierigkeiten bis auf den Altan hatte transportiert werden können, ohne Schaden zu nehmen; ein Abzug des Waisenknaben aus dem Pammatone, dessentwegen er in Borgo di Dentro Fieber bekommen hatte. Bei der Rückkehr nach Genua hatte Antonio die Platte allein entwickelt. Er hatte die Lösungsmittel gemischt, die Proportionen variiert, verschiedene Bäder ausprobiert und mit Gold- und Platintönungen experimentiert, die in der Zeitschrift »La Camera Oscura«

empfohlen wurden. Aber das Ergebnis war immer gleich: absolut normale, identische Pupillen. Nach fünf Jahren schaudert es ihn noch immer.

Die Zeit rast. Erst will er das Bild in die Schachtel zurücklegen, dann hält er inne und schiebt es in die Innentasche der Jacke. Eine Idee geht ihm durch den Kopf. Das Foto mag ja beunruhigend sein, aber es ist scharf. Genaue Umrisse, ausgewogene Schatten, klares Sujet. Wie konnte er nur nicht eher daran denken?

Er verlässt den Dachboden, nimmt immer zwei Stufen auf einmal, will gerade zur Haustür hinausspringen, als er einen Umschlag am Boden liegen sieht, adressiert an *Alessandro Pavia Fotograf*. Mit Stempel vom Vortag, aufgegeben in Borgo di Dentro. Auf der Rückseite hat jemand angefügt: *Sofort, ich bitte Euch!* Doch Antonio hat keine Zeit, er muss sich beeilen, steckt den Brief in die Westentasche zu dem Bild des Waisenknaben und stürmt hinaus in die Gassen.

Es ist Punkt zwölf Uhr, als er die Schwelle des Bordells im Vico Falamonica überschreitet. Er ignoriert das Schild, HEUTE MACHEN WIR UM 16 UHR WIEDER AUF, durchquert den Vorraum mit den Bänken, der Kasse und der Konsole mit Toilettenseifen und Handtüchern, widersteht der Versuchung, ein paar von den in einem Korb aufgehäuften Kärtchen in Ankerform einzustecken. Geruch nach angebratenem Knoblauch, Tabak, Parmaveilchen. Er geht durch die Flügeltür, schlüpft in den schmalen Gang, der um ein paar Kurven zur Küche führt, und bleibt an der Tür stehen. Barfuß, ungeschminkt, verstrubbelt nehmen ihm die sieben Mädchen den Atem.

»Jetzt kommst du?!«, sagt eine dicke Frau.

Die Mädchen verstummen. Antonio schaut auf seine Füße. Er hätte doch seine Schuhe putzen können, denkt er. »Du bist zu spät«, fährt die Frau fort. Ohne Make-up ist sie nicht wiederzuerkennen. »Zuspätkommer mag ich nicht.« Schürze, ausgetretene Latschen, in der Hand einen mit Tomatensugo verschmierten Kochlöffel: Wo ist Madame Carmen geblieben? »Hast du mich gehört? Du und ich, wir hatten eine Verabredung. Ich mag keine Leute, die Verabredungen nicht einhalten. Verschwinde!«

Antonio reißt sich zusammen. »Aber es ist doch nur eine halbe Stunde!«, murrt er.

»Eine halbe Stunde kostet hier drin fünf Lire, alles klar?«, sagt sie. Die lackierten Fingernägel gleichen Krallen.

»Ich habe Euch ein Geschenk mitgebracht«, sagt der Junge.

Die dicke Frau schwenkt den Kochlöffel über dem Töpfchen auf dem Ofen. Sie fixiert ihn ernst. »Na, dann lass es mal sehen, das Geschenk.« Die Mädchen verpassen keine Silbe. Antonio fühlt ihre Blicke auf sich. Die zerknitterten Nachthemden und die Abdrücke der Kopfkissen auf den Gesichtern bringen ihn mehr in Verlegenheit als Spitzenwäsche und Schminke. Er greift mit der Hand in die linke Tasche, dann überlegt er kurz und entscheidet sich für die rechte. *Giuseppe Mazzini in London* kann er nicht so verschwenden, nicht heute, nicht bei dem Gedränge, das in der Stadt herrschen wird. Er holt eine Aufnahme von *Garibaldis Hand* heraus und reicht sie ihr. »Das wären zwei Lire, doch für Euch mache ich eine Ausnahme und überlasse sie Euch für die Hälfte.«

Mit zusammengekniffenen Augen mustert die Frau die Unterschrift. Als sie begreift, worum es sich handelt, lächelt sie kurz. »Du bist schlauer als dein Meister. Aber da braucht es wenig. Möchte eine von euch die Hand von General Garibaldi? Fünf Finger, fünf schöne, große, patriotische Finger. Der Kleine hier gibt sie her für ›einmal *einfach*‹«, sagt sie.

Die Mädchen lachen, Antonio fühlt, wie sein Gesicht glüht. Sie allerdings ist schon wieder ernst. »Wenn wir um halb zwölf verabredet sind, stehst du um halb zwölf auf der Matte, klar? Für diesmal soll's durchgehen, aber dass mir das nicht wieder vorkommt. Jetzt such dir einen Stuhl.«

Der Junge schluckt, sieht sich um, da ist nur ein wackeliger Hocker, er zieht ihn an den Tisch heran und setzt sich vorsichtig. Noch nie war er mit so vielen Frauen zusammen. Sie tuscheln untereinander, während die Chefin die Pasta abgießt, sie in eine Schüssel kippt und auftischt.

Antonio isst schweigend, den Kopf über den Teller gebeugt, den ihm jemand hingestellt hat. Aus dem Augenwinkel beobachtet er die weißen Hände, die schmalen Handgelenke, die Haut, durchsichtig wie die Schleier, die die Mädchen gleich anziehen werden. Sie sprechen über Kleider, Hütchen, Frisuren, sagen »Musselin«, »Taft« und »Chignon«, und Antonio könnte wirklich nicht erklären, worüber sie reden, aber dieses lächelnde Gezwitscher gefällt ihm. Die Erregung des großen Tages weht über den Tisch wie eine sachte Brise. Welchen Weg wird der Zug nehmen? Um wie viel Uhr soll man losgehen? Wo soll man sich am besten niederlassen, um den Aufmarsch zu genießen?

Ohne den Blick von den Makkaroni mit Sugo zu heben, geht Antonio im Geist den Weg durch, der vom Bahnhof an der Piazza Principe zur Piazza della Nunziata hinunterführt, dann wieder zum Sestiere di Portoria ansteigt, Porta Pila und den Fluss Bisagno erreicht und schließlich den Hügel bis zum Friedhof von Staglieno hinaufklettert. Welcher Vorsprung, welcher Aussichtspunkt, welche Terrasse könnte sie alle zusammen aufnehmen, wie Konfekt in einer Etagere aus Kristall?

»Um Viertel vor vier verschwindest du. Haben wir uns verstanden?«, sagt die dicke Frau, indem sie ihm eine zweite Kelle Makkaroni auf den Teller schüttet. »Jetzt iss schon, verdammt noch mal, du bist ja so dünn wie ein Hering.«

Das Bordell hat sieben Zimmer und ein Mädchen pro Zimmer. Die Mädchen heißen nicht Anna, Maria oder Margherita. »Dein Name gehört dir, du bist nicht gezwungen, ihn zu benutzen«, sagt Madame Carmen zu jeder Neuen und tauft sie dann auf den Namen des Zimmers, in dem sie arbeitet. An jeder Türe befindet sich ein Schildchen, damit sich der Kunde nicht irrt. Wenn einer nicht lesen kann, wuchtet Madame Carmen ihren breiten Hintern aus dem Stühlchen neben der Kasse und geht vor ihm her, mit den Witwenschleiern wedelnd, die ihre Uniform sind. Ist der Kunde ein Stammgast, oder handelt es sich um einen Angestellten oder einen Studenten, kurz, um einen, der lesen kann, kassiert Madame Carmen den Obolus und reicht ihm Seife und Handtuch. »Man erwartet Euch in Jaffa«, sagt sie. Oder: »Ihr könnt nach Galata hinaufgehen.« »Richtung Famagusta, dritte Türe links.«

Madame Carmens echter Name lautet Rosetta. Vor dreißig Jahren auf dem Hügel hütete sie die Ziegen und ihre sieben Geschwister. Sie hatte einen Liebsten, den Kommandanten Pietro Migliavacca, der mit der Brigg *Giovinezza* Holz und Gewürze zwischen dem Marmarameer und Gibraltar hin und her transportierte. In jedem Hafen vertraute er dem Postdienst herzzerreißende Karten an, die Rosetta Wochen, ja Monate später erhielt. Sie las sie heimlich, das hatte sie allein gelernt, mit einer ABC-Fibel und den Heiligenbildchen, die der Pfarrer verteilte. Sie las und hütete Ziegen, mit Frostbeulen an den Fingern, neben der aus dem Leim gegangenen Mutter, im Schmutz des Düngers. Nachts träumte sie von Datteln, Pfeffer, Zimt.

»Sevilla ist im ersten Stock, gleich nach Galata.«

»Trapezunt ist die letzte Tür ganz hinten.«

Als der Kommandant Migliavacca zu schreiben aufhörte, verließ Rosetta die Herde, verließ Mutter, Vater und Geschwister, wanderte zu Fuß nach Genua, dann zum Hafen, dann zum Büro des Reeders. Die *Giovinezza* war ordnungsgemäß in den Hafen zurückgekehrt. Der einzige angeheuerte Migliavacca war ein einfacher Matrose. Die Notizen des Bootsmannes besagten, dass er im Hafen von Piräus wegen Diebstahls verhaftet worden war, und beschrieben ihn als »arbeitsscheu«, »lasterhaft« und sogar als »Dichter«.

Rosetta blickte aufs Meer und erwog, ins Wasser zu gehen. Sie blickte aufs Gebirge und erwog, sich in einen Abgrund zu stürzen. Ihr blieben nur die Gassen. Sie nahm den Witwenschleier, malte sich Augen und Fingernägel an und begann, auf den Strich zu gehen.

Viele fanden eine noch nicht zwanzigjährige Witwe aufregend, mit einer Taille, die man mit zwei Händen umfassen konnte, und einem Arsch, der einem Fesselballon glich. Rosetta, die Witwe, hatte noch nie so viel Geld gesehen. Bei einem Wucherer an der Piazza delle Oche, der sich die Lektionen in natura bezahlen ließ, lernte sie rechnen. Schreiben lernte sie bei einem Literaturprofessor, der Petrarca rezitierte, während er sie entkleidete. Viele fanden es aufregend, in der Finsternis der Gassen eine zu vögeln, die lesen, schreiben und rechnen konnte.

Einige Jahre später, als die dreißig näher kam, maß die Witwe Rosetta ihren Taillenumfang und stellte fest, dass er nicht mehr der des Mädchens war, das mit bitterer Kräutersuppe und Kastanien aufgewachsen ist. ›Scheiße‹, dachte sie. Bald würde das Alter sie überwältigen. Daraufhin kippte sie die Vase aus, die sie auf dem höchsten Regalbrett verwahrte, zählte ihre Ersparnisse, mietete eine Vier-Zimmer-Wohnung im Vico Luna, richtete sie ein, wie es sich für ein Bordell dritter Klasse geziemt, und wurde Madame Amaranta. Durchgehend geöffnet von zwei Uhr nachmittags bis Mitternacht. Günstige Preise. Siebzig Centesimi für die fünf Minuten eines *einfachen*, eine Lira für einen *doppelten*. Ein Drittel der Einnahmen für Madame Amaranta und zwei Drittel für die *Signorine*. An Kunden mangelte es nicht: fünfzig, sogar sechzig am Tag, für jedes der Mädchen natürlich. Zu Stoßzeiten, wenn Schiffe anlegten, die eine lange Seefahrt hinter sich hatten, half auch Madame Amaranta, den Verkehr zu bewältigen. Zwischen einer Nummer und der nächsten hatte sie sich angewöhnt, kandierte Mandeln und Rosinen zu knabbern. Die Vase genügte nicht mehr, um die Ersparnisse zu fassen, und sie begann, in Wertpapiere zu investieren, die von drei verschiedenen transatlantischen Schifffahrtsgesellschaften ausgegeben wurden, alle mit Sitz in Genua.

An ihrem vierzigsten Geburtstag war ihr Taillenumfang weiter gewachsen, doch es kümmerte sie nicht mehr. Dank der Zunahme des Passagierverkehrs Richtung Amerika florierte auch ihre Rendite. Daher übersiedelte sie mit ihrem Bordell in die Räume am Vico Falamonica, wählte eine für ein Bordell zweiter Klasse passende Einrichtung, verdoppelte das Personal und nannte sich Madame Carmen. Nun gibt sie sich nur noch in außergewöhnlichen Fällen einigen treuen Kunden hin, die, gealtert wie sie selbst, am Ende einer sündteuren *halben Stunde* nur einmal in sie eindringen und dabei die Illusion der Jugend mehr genießen als den Akt als solchen.

Wenn ein Mädchen beschließt zu gehen, oder schlimmer, wenn einer sie ansteckt und der Gesundheitsinspektor, der alle zwei Wochen vorbeikommt, sie ins Pammatone schickt; wenn dieses miese Schwein von Gesundheitsinspektor, anstatt der Erfahrung von Madame Carmen und ihrem Sassafras-Absud und den Salben auf der Basis von Quecksilber zu vertrauen, die bei der französischen Krankheit Wunder wirken; wenn dieser hirnlose Quälgeist von Gesundheitsinspektor das Mädchen in ein Zimmer sperren lässt, wo alle viel kränker sind als sie, dann weint Madame Carmen ein bisschen, stellt eine neue ein und wechselt das Schild an der Tür. Panama, Karibik, Paraná. Die Brigg *Giovinezza* fürchtete die Stürme auf der Höhe der Azoren nicht, und dem Dichter Pietro Migliavacca mangelte es nicht an Inspiration, als er ihre Augen eines wilden Tieres mit Kakaobohnen verglich.

»Wenn wir für heute nur Trapezunt machten?«, schlägt Antonio mit vollem Mund vor. Die Makkaroni sind heiß und köstlich. Eine Sünde, sie so hastig runterzuschlingen, aber bei all dem, was er tun muss, bedeutet Viertel vor vier einen teuflischen Wettlauf mit der Zeit. Trapezunt ist eine Brünette mit breiten orientalischen Backenknochen und langen schwarzen Locken, die nach Honig duften. Die würde Antonio, wenn er es sich erlauben könnte, auch für sich aussuchen.

Madame Carmen wirft ihm einen scharfen Blick zu. »Überleg es dir gut. Welche ziehst du vor?«

Zum zweiten Mal spürt Antonio flammende Röte im Gesicht. Diese Sache gestaltet sich allmählich schwieriger als vermutet.

»Steh auf, Junge. Wähle. Jaffa, mit diesen hübschen Titten wie kleine Melönchen? Galata mit ihren langen Schenkeln? Oder Malaga? Fass sie ruhig an: eine Haut wie Seide. Oder vielleicht Tabarce mit ihrem festen, kleinen Arsch?« Die Mädchen zeigen sich kichernd. Wie ein fliegender Händler auf dem Markt preist Madame Carmen die Ware an. »Möchtest du vielleicht lieber Sevilla? Es heißt, sie habe Goldhände. Oder die weichen Lippen von Famagusta? Oder Trapezunt, genauso schmal wie du, mein kleiner Hering? Ein Brüstchen von ihr würde perfekt in deinen Mund passen.«

Antonio hört zu kauen auf. »Sie gefallen mir alle«, sagt er, Sugotröpfchen versprühend.

»Quatsch! Deine Favoritin!«

Antonio senkt den Blick wieder und flüstert.

»Lauter! Ich habe nichts gehört!«

»Trapezunt«, sagt er.

»Ich wusste es. Jetzt sag mir, wer dir *nicht gefällt*.«

»Aber sie gefallen mir alle«, erwidert der Junge atemlos.

»Schluss mit dem Quatsch. Heraus mit der Sprache: Welche möchtest du ausrangieren?«

Antonio beginnt zu schwitzen. Wenn sie wenigstens aufhören würden, ihn so anzuschauen, schön und gefährlich wie Katzen. »Galata«, wirft er hin. Ohne wirklichen Grund. Aber sie ist so groß, neben ihr würde er sich noch kleiner fühlen.

»Gut, dann beginnen wir mit Galata. Du iss die Pasta auf und wisch dir den Mund ab. Galata, geh dich fertig machen. Auch die anderen. In zehn Minuten im kleinen Salon.«

Die Idee, man braucht es kaum zu erwähnen, stammte von Madame Carmen. Antonio hatte die Frau drei Wochen zuvor außerhalb der Öffnungszeiten aufgesucht. In der Tasche trug er einen an sie gerichteten Brief von Alessandro Pavia aus Southampton, Großbritannien. Sie hatte den Brief gelesen und in die Schublade gelegt. Dann hatte sie ihn lange angesehen. »Dein Meister schifft sich nach Amerika ein, und du bist zu dünn.«

Antonio hatte geschwiegen.

»Komm mit.« Der kleine Salon lag zwei Etagen höher. »Eignet der sich zum Fotografieren?«

»Kann man ihn heller machen?«, hatte er gefragt. Madame Carmen hatte den Saum des ersten Vorhangs genommen und ihn aufgezogen. Es war zwei Uhr nachmittags, ein schöner, klarer Tag, und das Sonnenlicht überflutete den Teppich mit dem Blumenmuster. Das Zimmer ging nach Süden, mit Fenstern auf beiden Seiten. Und als die Frau nacheinander die schweren Vorhänge beiseiteschob, kamen die Sesselchen, das Tischchen mit den Likören, die Tapete mit Rosenranken zum Vorschein.

»Ich möchte, dass sich das Mädchen dorthin setzt«, fuhr Madame Carmen fort und deutete auf eine rotsamtene Chaiselongue, die an der Wand stand. Antonio berechnete die Stellung der Kamera auf dem Stativ und nickte. »Also, Junge, hör mir gut zu. Du brauchst Geld, ich brauche Geld. Du musst essen, ich bin über vierzig, mit fünfzig will ich ein Bordell erster Klasse. Schluss mit Handlungsreisenden und Zweiten Offizieren. Ich will Leute mit echtem Geld. Feste. Musik. Luxusmädchen. Auch eine Schwarze und eine mit Mandelaugen. Drei Viertel für mich und ein Viertel für sie. So funktioniert das. Die Räume habe ich schon gefunden. Aber es ist eine große Investition. Also hör mir zu: Du machst die Fotografien, ich übernehme die Kosten und bringe die Bilder unter. Den Preis mache ich. Je nach Mädchen, Foto und Kunde. Dir bezahle ich fünf Lire pro Aufnahme.« Sie fragte nicht: »Einverstanden?« Sie stellte keine Fragen, sie gab Befehle.

Fünf Lire pro Foto – das war für Antonio die Vorsehung, die Pater Blitz immer nach dem heruntergeratterten abendlichen Rosenkranz für die Herde des Pammatone beschworen hatte. Im ersten Augenblick schien ihm alles einfach zu sein. Einfach und aufregend: Was ist schon dabei, nackte Mädchen zu fotografieren? Bezahlt werden, und zwar gut, um bildschöne nackte Mädchen abzulichten. Aber jetzt, da der Augenblick gekommen war, jetzt, da alles bereit war, die Kamera auf dem Stativ montiert und daneben die kleine Werkbank mit dem Kollodium und hinter einer Tapetentür verborgen die Dunkelkammer; jetzt, da Galata an der Tür zu Madame Carmen sagte: »Passt es so? Oder soll ich lieber den Makramee-BH anziehen?«, jetzt möchte Antonio am liebsten davonlaufen.

Madame Carmen mustert die Kleidung, die das Mädchen gewählt hat: ärmellose Camisole, Korsett, das die Taille mit perlfarbenen, gekreuzten Bändern einschnürt, weite Unterhosen mit Spitzenbesatz, weiße Strümpfe mit Strumpfhalter über dem Knie, dazu Atlaspantoffeln mit entzückendem Absatz, dünn wie ein Stilett. Die Haare zu einem langen schwarzen Zopf geflochten. Sie platziert Galata auf der Chaiselongue, den Oberkörper zu drei Viertel gedreht, zupft ihr den Ausschnitt zurecht, damit man die Linie zwischen den Brüsten sieht, lässt sie das Kinn heben.

»Das ist es noch nicht. Steh mal auf«, sagt sie. Mit einer Sicherheitsnadel, die sie aus ihrer Schürzentasche hervorgekramt hat, rafft sie die Camisole im Rücken zusammen. Die Titten tauchen auf wie makellose, glattgeschliffene Klippen aus dem Meer, der Warzenhof dunkel auf dem Weiß der Spitze. Madame Carmen mustert sie noch einmal, schiebt ihr die Hand unter den linken Busen und holt die erdfarbene Brustwarze heraus. »So«, sagt sie. Sie lässt Galata wieder Platz nehmen. »Streck sie nur raus.« Sie legt den Zopf in den Spalt, eine Schlange, die zwischen den Felsen hinabgleitet, dann dreht sie sich zu Antonio um. »Worauf wartest du?«

Regungslos steht der Junge neben dem Apparat, völlig hingerissen.

»Sag bloß, du hast noch nie einen Busen gesehen.«

Er würde am liebsten die Treppe hinunter abhauen.

Er und seine Erektion, die er gewaltig und unaufhaltsam wachsen fühlt.

Madame Carmen schüttelt den Kopf. »Hier draußen findest du, was du brauchst. Zweite Türe links«, sagt sie mit einem Blick auf seine im Schritt gespannte Hose. »Tu, was du tun musst, aber schnell. Wir können nicht den ganzen Nachmittag auf dich warten.«

Antonio bahnt sich einen Weg zwischen den Mädchen, die sich hinter dem Apparat drängeln. Geruch nach Frau, Puder, Vervaine. Er möchte im Boden versinken, sich auflösen, verdampfen.

Die Kammer ist voller Frauensachen, die Antonio noch nie gesehen hat und jetzt nicht untersuchen kann. Es gibt auch einen Krug, eine Schüssel und ein Handtuch, er bedauert, es zu beschmutzen, aber was bleibt ihm anderes übrig? Schnell bringt er es hinter sich, wäscht sich und leert die Schüssel durch das Fenster zum Innenhof aus. Er hofft, dass unten niemand vorbeigeht, aber wieder bleibt ihm nichts anderes übrig. Die Vorstellung, das Wasser mit dem Sperma in der Schüssel zu lassen, in der sich Madame Carmens sieben Mädchen waschen, ist ihm sterbenspeinlich.

Als er in den Salon zurückkehrt, hat er den Kopf frei. Er weicht den Blicken aus und schlüpft unter das schwarze Tuch, um die Schärfe zu kontrollieren. »Schau ins Objektiv«, sagt er zu Galata gewandt. Dann geht er zur Werkbank mit dem Kollodium. Die Mädchen hinter ihm beobachten ihn schweigend. Mit flinken Händen bereitet er die Platte vor. Sobald alles fertig ist, sagt er »Bleib so«, drückt auf den Auslöser, misst mit Pavias Uhr die Zeit und verschwindet dann in der Dunkelkammer. Noch vor drei Uhr ist das Negativ entwickelt und in den Druckrahmen montiert.

»Wir haben noch Zeit für eine weitere Aufnahme«, sagt er zu Madame Carmen. Er hat zu schwitzen aufgehört, auch die Stimme kommt sicher heraus. Er betrachtet die Mädchen, konzentriert sich auf die Kontraste und die Farben: die rosige Haut in der glänzenden Wäsche, das flammende Rot eines Haarschopfs, ein Paar schiefergraue Augen. Er ist mit Leib und Seele bei der Arbeit. Das Negativ von Galata ist perfekt. Der Abzug wird ebenso sein. Fotografieren ist das Wichtigste, das ihm im Leben passiert ist.

»Famagusta, du bist dran«, sagt Madame Carmen. Antonio braucht ein paar Minuten zur Vorbereitung der Platte, dann geht er zur Kamera. Das Mädchen liegt auf der Chaiselongue, den Kopf auf dem gebeugten Arm, ein Bein locker an der Rückenlehne, das andere auf den Teppich gestützt. Von der Taille aufwärts ist sie nackt, die Titten klein und fest, die Brustwarzen wie schwarze Trauben. Aus der Tiefe der Schürzentasche zieht Madame Carmen einen Gummiphallus heraus, das Mädchen schiebt ihn zum Mund, die Lippen zu einem übertriebenen Kuss gespitzt. Sie sieht aus wie ein kleines Mädchen mit einem großen Zuckerstab.

»Dass man auch den Mund gut sieht«, sagt Madame Carmen. Antonio nickt und will unter dem Tuch verschwinden, als er hört, wie das Mädchen flüstert: »Bitte, es macht mir Angst.« Die Frau schnauft ungehalten und verdreht die Augen zur Decke. »Sie fragt, ob du das Ding abnehmen kannst.«

Antonio löst den Knoten und steckt die Binde in die Tasche. Das blinde Auge mit der perlweißen Pupille lässt das

Mädchen zusammenzucken, doch Antonio kümmert sich nicht darum und konzentriert sich unter dem Tuch. »Sieh mich an«, befiehlt er.

Famagusta probt ein schelmisches Lächeln, doch Antonio trifft hinter dem Glas ein Blitz. Und dann, in diesem Blitz, sieht der Junge, wie die Haut schuppig wird, die Schamlippen aufquellen und eitern, Grinde über Arme und Beine kriechen, die Krankheit in sie eindringt und Blasen wirft, erst fest, dann weich und weißlich, er sieht die Blasen aufplatzen und den Kopf vor Schmerz zerspringen, die Leber vergrößert und die Nieren geschunden, die Lungen ohne Luft und die Knochen aus Glas. Er sieht die Erschöpfung, die Ermattung, das Fieber, er sieht das Ende. Und am Ende steht das Pammatone, ohne Zweifel, eindeutig das Pammatone, die Abteilung für Syphilitiker. Keuchend kommt Antonio unter dem Tuch hervor. Madame Carmen blickt ihn ernst an, das Mädchen lässt den Gummiphallus fallen.

Antonio schließt die Augen und atmet tief durch. Ein-, zwei-, dreimal. »Ein Schwindelanfall«, sagt er dann.

Fotografieren ist sein Beruf. Seit jenem ersten Mal in Borgo di Dentro hat er nie mehr aufgehört. Pavia ließ ihn üben, mit Gegenständen und Babys, Teekannen und Kommunionskindern, Obstschalen und Neugeborenen, drinnen und draußen. Bei extremen Lichtverhältnissen stellte er ihn auf die Probe, im Morgengrauen, bei Sonnenuntergang und im Gegenlicht. Die Kunden trauten so einem Jungen nicht? Nach den Posen mit Antonio tat Pavia so, als würde er sie noch einmal selbst fotografieren. In der Dunkelkammer eingeschlossen, wartete er eine entsprechende Zeit, entwickelte die Platten aber nicht. Er sparte am Silbernitrat und übergab den Kunden Antonios Aufnahmen. Niemand hat sich je beklagt.

»Es geht mir gut. Setz dich wieder in Positur.«

Was immer mit ihm los sein mochte, er will die Sitzung nicht unterbrechen. Dieser Auftrag ist ein Geschenk Gottes. Bei dem Nachfolger zu bleiben heißt zu verhungern. Außerdem ist Fotografieren seine Arbeit, verdammt noch mal. Schon seit Jahren. Und es hat keine weiteren »Unfälle« gegeben. Die Platte mit dem Jungen aus dem Pammatone, die er zufällig in Pavias Koffer gefunden hatte, dann das Foto mit Paolino in der Cascina Leone und jetzt, fast fünf Jahre später, Famagusta. Die ihn verblüfft anstarrt.

»Trapezunt, hol ein Glas Wasser«, sagt Madame Carmen.

Antonio fährt sich mit dem Taschentuch über die Stirn. Der Schmerz pocht in seinen Schläfen. So wie damals, nachdem er Paolino fotografiert hatte und der Schmerz so unerträglich geworden war, dass er sich einen ganzen Nachmittag ins Bett legen musste. Er will nicht unterbrechen, weiß aber, dass er sich sputen muss. »Kein Wasser. Du schau in die Kamera«, sagt er, zu Famagusta gewandt. Seine Stimme zittert. Er hört Gekicher in seinem Rücken. Die Mädchen missdeuten die Lage. Er denkt, besser so. Besser, sie meinen, er sei erregt als zu Tode erschrocken.

Das Mädchen hat die Pose wieder eingenommen. Venus, die ihre schwellenden Lippen benetzt und dann um den Gummiphallus legt. Die Sonne wandert, Antonio verschiebt den Vorhang, damit ein schräger Strahl nicht auf der Stirn des Mädchens glänzt. Der Schmerz in den Schläfen nötigt ihm einen Schluchzer ab. Er schließt die Augen, legt zwei Finger an die Nasenwurzel, gibt vor, sich zu konzentrieren, verscheucht die entsetzlichen Bilder, die er gesehen hat. Fotografieren ist seine Leidenschaft, wiederholt er sich. Dann schiebt er den Kopf in den schwarzen Sack. Er senkt das Lid über das blinde Auge, und als er sicher ist, dass es gut geschützt ist und Famagustas Blick nicht eindringen und ihn überwältigen kann, regelt er die Schärfe. Venus, die mit dem Mund Liebe macht. »So, bleib so«, sagt er. Die Stimme zittert noch ein bisschen. Die ahnungslosen Mädchen kichern weiter.

Um halb fünf steht er vor dem Eingang zum Krankenhaus des Pammatone. Der Schmerz pocht immer noch explosiv in seinen Schläfen. Die zehn Lire, die er mit den zwei Fotografien von Galata und Famagusta verdient hat, brennen in seiner Hosentasche. Ungläubig befühlt er sie mit den Fingern. Mit diesem kleinen Schatz – »das ist nur der Anfang«, hat Madame Carmen gesagt –, mit dieser Glücksverheißung fühlt er sich bereit, die Schwelle zu übertreten.

Zum ersten Mal, seit Alessandro Pavia beschlossen hatte, dass er einen Assistenten brauchte, und ihn weggeschleppt hat, kehrt Antonio nun ins Pammatone zurück. Die majestätische Eingangshalle, die Marmortreppe, der Hof mit den drei Stockwerke hohen Palmen, der Himmel ein meerblaues Rechteck. Dann der Uhrturm und die Kolonnade. Achtundzwanzig Säulen aus dunklem Marmor halten das weiße Kreuzgewölbe. Darunter in der Kühle die aufgereihten Büsten auf Ständern und der Wald von Wohltäterstatuen.

Viele Jahre zuvor rezitierte Pater Blitz, während er mit

großen Schritten den Hof durchmaß, statt der Abendandacht die Abfolge von Herzögen, Grafen, Markgrafen und Edelleuten, die von ihren Gedenkplätzen herab wachten: über die Findelkinder und die kleinen Waisenmädchen, über die Aussätzigen, Schwindsüchtigen, Epileptikerinnen, Tollwütigen und Skrofulösen, über die Blut verlierenden Schwangeren und die schamhaften Gebärenden ohne Ehemann oder Familie. Der kleine Antonio, zu einem Botengang unterwegs, trottete neben ihm her. Er spürte das ganze Gewicht der doppelten und dreifachen Familiennamen, der marmornen Kleidung, der starren, pelzgesäumten Umhänge, der bewegungslosen Faltenwürfe, der steifen Gehröcke.

Er wuchs heran. Zwei Ärzte, ein Chirurg und ein Phlebotomist, hatten verkündet, dass dem blinden Auge nicht zu helfen sei. Und je größer er wurde, umso mehr lief er treppauf, treppab durch das Hospital. Er ging den Hinterhalten von Michele Casagrande aus dem Weg und eilte dorthin, wo Hilfe gebraucht wurde, wo dringend ein Medikament geliefert oder ein Armvoll schmutziger Wäsche fortgetragen werden musste. Von der Krankenstation zur Verwaltung, von den unterirdischen Lagern zum Anatomiesaal und zur Waschküche. Er machte sich nützlich. »Überaus nützlich«, sagte Pater Blitz, die Litanei der großen Männer aus Marmor unterbrechend. »Unentbehrlich!«, und doch kam niemand, um ihn mitzunehmen. Kein Bauer, kein Schäfer oder Händler: Niemand konnte ein einäugiges Kind brauchen.

Daher stellte er sich vor, dass es diese Kolosse mit ihren Admiralshüten, Magisterhüten und steinernen Lockenperücken waren, die ihn zurückhielten. Alle mit der Stirn zum Firmament gewandt und dem stolzen Blick dessen, der nicht so leicht ein so *nützliches* Kind hergeben würde. Und die großen Damen erst, so gesittet, so demutsvoll. So gleichgültig, so taub für seine Gebete. »Lasst mich gehen«, dachte er. Aber sie, nichts, verschränkte Arme, Spitzen und steinernes Herz. Angefangen bei Bartolomeo Bosco, dem Gründer, *anno domini* 1423, gelobt sei er auf immer und ewig. Und dann die Durazzo, die Saluzzo, die Serra, die Spinola, die Doria, die Raggio, die Cambiaso. Die Damen Pallavicino, gelobt sei der Allerhöchste. Gefängniswärter, das waren sie.

Und jetzt, während er mit den Taschen voller Münzen zum Waisenflügel hinstrebt, freut er sich über diese erloschenen Blicke. »Ich habe euch ausgetrickst«, flüstert er. Er geht rasch, erhobenen Hauptes und Hände in der Tasche, keine Spur der Wildheit, die er als Kind mit sich herumschleppte wie eine Schnecke ihr Haus. Er durchquert den Hof, von dem er geglaubt hatte, er könne ihn nicht verlassen, vergisst den stechenden Schmerz in den Schläfen, den Famagustas Anblick in ihm ausgelöst hat, und genießt das Schauspiel: das Hin und Her der Bediensteten, die Spezerei, die Gerüche, den über den Tresen gebeugten Apotheker, die Regale voller Fläschchen mit Laudanum, bemalten Keramikgefäßen mit Mutterkornpilz, Arnika, Belladonnaextrakt, schwarzem Bilsenkraut. Dann den botanischen Garten, die Krankenstation, die Bettenreihe, die man durch die geöffneten Fenster erahnt, das Geflatter der Nonnen, das Kommen und Gehen derer, die ein wenig Ruhe suchen. Wer weiß, ob es hier jemanden gibt, der ihn von diesen seltsamen Visionen heilen kann. Er bezweifelt es. Und außerdem könnte er im Handumdrehen in der Abteilung für Geistesgestörte landen. Gott bewahre. Schließlich ist er nicht deshalb hier. Jedenfalls nicht direkt. Während er noch darüber nachdenkt, überrascht ihn eine Stimme von hinten: »Antonio?«

Er hat Mühe, das Männchen wiederzuerkennen, das zu ihm spricht und, nachdem es ihn von Kopf bis Fuß gemustert hat, freudig in die Hände klatscht. »Antonio! Welche Überraschung! Komm mit«, sagt es, vor ihm hergehend.

Auch drinnen ist alles anders. Nein, alles ist, wie es war, bloß ein bisschen abgenutzter: der Saal mit dem Nussbaumtisch, die Sessel für die Ehrengäste, das Archiv mit den Karteikarten der Findelkinder. Doch nichts ist so, wie der Junge es in Erinnerung hat: Der Saal ist kein Saal, sondern ein Zimmerchen, es kommt ihm unmöglich vor, dass hier die Waisenkinder aufgereiht standen; der Tisch ist kleiner als die Werkbank, die er von Pavia geerbt hat; die Sessel sind drei verschiedene alte Stühle und das große Archiv ist ein klappriger Karteikasten mit Schubladen. Doch die wahre Überraschung ist er, der Vorsteher. Antonio erinnert sich an einen stattlichen, überaus eleganten Mann mit finsterer Miene, gerunzelten Brauen, die Hände zur Ohrfeige bereit. Aber der Beamte, der ihm einen Sessel hinschiebt und sagt, »Setz dich, setz dich, erzähl mir von dir«, ist kleiner als er, der Gehrock ist an den Ellbogen abgewetzt, die Krawatte ist gelb vom zu vielen Waschen. Mit seiner gekrümmten Nase und den spärlichen, zurückgekämmten Haaren gleicht er einem Vogel, der auf dem Stuhl auf der anderen Seite des Nussbaumtischs hockt.

»Gut siehst du aus. Ein bisschen dünn, aber gut. Und auch der Bart, man sieht die Narbe gar nicht mehr, du wirkst wie ein Mann, wie alt bist du jetzt? Sechzehn, stimmt's?«

»Siebzehn im Juni.«

»Und bist du immer noch bei dem Garibaldiner? Der hatte ja einen Rauschebart!«

Antonio lächelt. Er kann sich nicht erinnern, das in diesem Raum je getan zu haben. »Mein Meister ist letztes Jahr abgereist. Nun bin ich Assistent bei einem anderen Fotografen«, erwidert er.

»Ein moderner Beruf, sehr zukunftsträchtig.«

Antonio greift mit der Hand in die Innentasche seiner Jacke, schiebt den aus Borgo di Dentro gekommenen Brief beiseite und zieht die Fotografie des Kindes heraus. »Die hat Pavia vor vielen Jahren gemacht, aber ich habe sie entwickelt«, sagt er und hält sie dem Vorsteher hin. »Ich habe auch lesen und schreiben gelernt. Ich habe ein Heft mit Wörtern vollgeschrieben«, fügt er errötend hinzu.

Der Vorsteher lächelt breit unter der gebogenen Nase. »Bravo! Ausgezeichnet!«, sagt er. Ein Seevogel, einer von denen, die einen ganzen Fisch verschlingen können. Dann nimmt er das Foto und betrachtet es. »Einer von uns, nicht wahr?«

»Erkennt Ihr ihn?«

Der Mann hält das Pappkärtchen bald näher, bald weiter weg. Er kneift die Augen zusammen, und die Brauen wölben sich. Ist das der Ausdruck, der Antonio als Kind so erschreckte? Der angestrengte Blick eines Kurzsichtigen, der sich nicht mit dem Kneifer abfinden kann?

»Das Bild ist in der Sakristei aufgenommen. Das erkennt man an der Holztäfelung«, erklärt Antonio.

»Ich entsinne mich, es war eine Idee des Garibaldiners«, sagt der Vorsteher. Dann steht er auf, wendet sich zum Karteischrank, blättert einige Sekunden, zieht eine Akte heraus. »Genau«, murmelt er. Dann zu dem Jungen gewandt: »Im Alter von knapp drei Jahren adoptiert.«

»Wisst Ihr, wo ich ihn finden kann?«

Der Vorsteher sieht ihn neugierig an. »Wieso interessiert er dich?«

Antonio würde gern die Wahrheit sagen, nämlich: »Ich glaube, er hat auch so ein Auge wie meines, auch wenn der Meister das Gegenteil behauptete. Und wenn er auch so ein Auge hat, ist er vielleicht mein Bruder. Und wenn er mein Bruder ist, will ich nach ihm suchen. Und wenn ich ihn finde, finde ich vielleicht auch meinen Vater und meine Mutter.«

So in einem Atemzug gesagt, Auge-Bruder-Familie, klingt die Wahrheit in Antonios Kopf hervorragend. Doch laut ausgesprochen wäre sie nicht mehr so rund und glitzernd wie in seinen Gedanken, das weiß er, sie würde zerbröckeln und nicht standhalten, sie würde niemanden überzeugen, am allerwenigsten den Vorsteher. Deshalb sagt er nur: »Alessandro Pavia würde ihm gern das Foto zukommen lassen.«

»Ich fürchte, das ist unmöglich«, erwidert der Vorsteher. Dann überlegt er kurz. »Der Familie, eventuell«, setzt er hinzu. Er schaut noch einmal in die Akte. »Das Kind wurde von einem Matrosen adoptiert. Einem Paar mit einer Tochter. Die Mutter konnte keine Kinder mehr bekommen.«

»Sie haben ein einäugiges Kind adoptiert?«

»Es war nicht einäugig.«

»Seid Ihr sicher?«

Der Vorsteher blättert die Papiere von vorne durch. »Es hatte keine Beeinträchtigungen.«

Antonio blickt auf seine Hände. »Also hatte der Meister recht«, denkt er. Und dass er sich damit abfinden muss: An dem Tag auf dem Wagen vor den Toren von Borgo di Dentro hat er sich alles nur eingebildet. Offenbar ging es ihm nicht gut, tatsächlich hat er ja dann Fieber bekommen.

»Wir hatten ihn Marco getauft. Soweit ich weiß, hat der Matrose ihn nicht umbenannt. Hier ist die Adresse der Familie, wenn du willst, schreibe ich sie dir auf.«

Nein, das will er nicht, dieser Marco ohne Beeinträchtigungen, dieser Bub mit ganz normalen Augen interessiert ihn nicht. Plötzlich möchte er nur noch gehen. Welch dumme Idee, ins Pammatone zurückzukehren, das ist ja nicht sein Zuhause. Er hat kein Zuhause. Dieser Marco ist nicht sein Bruder. Er hat keine Brüder, er hat niemanden, auch Pavia hat ihn verlassen, er ist allein, er muss sich allein durchbeißen, das muss er einsehen. Die Schläfen beginnen wieder zu pulsieren wie wild.

»Die Familie wird sich darüber freuen. Fotografien von Waisenkindern sind selten«, fügt der Vorsteher hinzu.

Ein Bediensteter klopft an die Tür und schaut herein: »Noch eine«, verkündet er.

»Um wie viel Uhr?«

»Vor zehn Minuten.«

Der Vorsteher wirft einen Blick auf die Standuhr gegenüber. »Keine Papiere?«

»Nein, keine.« Der Bedienstete zieht sich zurück.

»Das dritte Neugeborene in vier Tagen. Alles Mädchen. Das Rad dreht sich, Antonio. Ich muss jetzt los.« Der Vorsteher gibt ihm das Foto zurück. »Armer Marco. Wir tun, was wir können, und dann … Aber dir geht es gut, darüber bin ich wirklich froh.«

Antonio steht auf, er weiß nicht, wie er sich verabschieden soll, er kann doch nicht einen Diener andeuten wie als Achtjähriger. Verlegen streckt er dem Mann die Hand hin, der schüttelt sie mit Nachdruck. »Besuche mich wieder, ich will, dass du mir noch mehr von dir erzählst. Dein Erfolg ist unser Lohn.«

Erfolg? Welcher Erfolg? Der Junge steht verdutzt da, während der Vorsteher die Tischschublade öffnet, ein Blatt herauszieht, das denen in der Kartei gleicht, und zu schreiben beginnt. Bis er merkt, dass Antonio immer noch da ist. »Wolltest du mich noch etwas fragen?«

Antonio schüttelt den Kopf und geht zur Tür. Das Zimmer wird ihm allmählich zu eng, er muss sich erneut in die Gassen stürzen, er hat doch zu tun, hat keine Zeit, sich mit diesem dummen Zeug aus der Vergangenheit abzugeben. Er ist allein, hat niemanden und muss sich damit abfinden, das Leben geht weiter, »der Erfolg wird mein Lohn sein«, denkt er; dreizehn *Giuseppe Mazzini in London* hat er zu verkaufen, wenn er die nicht zwischen heute und morgen an den Mann bringt, ist er wirklich ein Tölpel, wie der Meister immer sagte. Er hat die Hand schon auf der Klinke, als ihn ein plötzlicher Gedanke aufhält. »Was ist ihm zugestoßen?«, fragt er.

Der Vorsteher hebt den Kopf nicht vom Karteiblatt. *Ein-*

gangsdatum: Samstag, 16. März 1872. Heilige Märtyrer Hilarius und Tatianus. Seine Schrift ist weich, die Tinte malt zierliche Kringel beim »M«, beim »Z« und beim »R«.

»Diesem Marco, meine ich. Was ist ihm zugestoßen?«

Der Mann antwortet nicht, ganz mit dem Ausfüllen beschäftigt. Mit dem Kinn macht er ein Zeichen, als wollte er sagen: »Warte, lass mir einen Moment Zeit.« In der Stille des Büros hört man nur das Kratzen der Feder auf dem Papier. *»Zeit des Eingangs: fünf Uhr post meridiem. Vorname: Ilaria. Nachname: Casagrande.«* Alle heißen sie Casagrande, die Waisenmädchen des Pammatone. Dann endlich hebt er den Blick. »Marco? Er ist auch zur See gefahren.«

Antonio hält den Atem an. Im Wagen vor den Toren von Borgo di Dentro hat er Meerwasser und riesige Wellen gesehen, bevor es ihm schlecht wurde. Er fühlt, dass er blass wird. Ein Schauder überläuft ihn, dann wird seine Stirn feucht. »Warum habt Ihr ›armer Marco‹ gesagt?«

Der Vorsteher sieht ihn befremdet an. »Alles in Ordnung? Musst du dich kurz setzen?«

Antonio schüttelt den Kopf. »Warum ›arm‹?«

Der Vorsteher taucht die Feder ein, streift sie am Rand des Tintenfasses ab. »Weil er vor sechs Monaten ertrunken ist«, antwortet er. Dann fügt er bei dem Stichwort ›Mutter‹ das »u« für ›unbekannt‹ hinzu.

Antonio geht und schließt die Tür hinter sich. Was bedeutet das? Was zum Teufel hat sein blindes Auge in Pavias Platte gesehen?

Die letzten Sonnenstrahlen erhellen einen Winkel des Hofs. Er kann keinen Schritt tun. Erneut betrachtet er das Foto des Waisenknaben und sieht ein Kind, das nur will, dass endlich Schluss ist mit dem Stillhalten und dem Gestank nach Kollodium. Nur ein Kind. Kein Wasser, keine Wellen. Er schiebt die Binde beiseite, kneift das gute Auge zu, versucht, das Bild mit dem blinden Auge zu betrachten, da ist aber nur die gewohnte milchige Helle.

Die Worte des Vorstehers schwirren in seinem Kopf herum wie lästige Insekten. *Keine Beeinträchtigung. Matrose. Ertrunken.* Die Gedanken verheddern sich, und das Pochen in den Schläfen hilft nicht, klar zu denken. Der Abzug sagt ihm nichts mehr, auch das Gefühl der Rührung, als er ihn an diesem Morgen in der Schachtel wiederfand, zusammen mit *Giuseppe Mazzini in London* und *Garibaldis Hand,* ist verschwunden. Doch die Vorstellung, ihn wegzuwerfen, erscheint ihm unerträglich, daher verstaut er ihn wieder in der Innentasche. Erneut streift er den Brief aus Borgo di Dentro.

Gewöhnlich macht er es so: Er steckt die Post für Pavia ungeöffnet in einen Umschlag und schickt sie an die letzte Adresse, die der Meister ihm mitgeteilt hat. Doch der Zusatz »Sofort, bitte!« macht ihn misstrauisch. Was tun? Selbst wenn er den Brief direkt bei der Post aufgäbe, würde er bis nach Southampton einen Haufen Zeit brauchen. Und wenn Pavia dann schon nach Amerika aufgebrochen wäre? Mit den Augen sucht Antonio nach einer freien Bank und setzt sich, dann öffnet er den Umschlag, überfliegt die ungeübte Schrift, schließt ihn wieder, schaut auf die Turmuhr und macht sich auf den Weg. Er hat keine Zeit mehr, um über die Sonderbarkeiten seines blinden Auges zu grübeln. Ihm bleibt weniger als eine Viertelstunde, um den Bahnhof an der Piazza Principe zu erreichen.

Sechs Tage zuvor, am Sonntag, 10. März 1872, gegen halb zwei Uhr nachmittags, während Antonio gerade einen der vier Fotoapparate des Nachfolgers polierte, starb Giuseppe Mazzini.

Es heißt, er sei Anfang Februar unter dem Namen Giorgio Brown, Nationalität Engländer, Beruf Kaufmann, in Pisa eingetroffen und bei seinem Freund Rosselli Nathan in der Via della Maddalena Nr. 38 abgestiegen.

Die Gerüchte sind widersprüchlich. Manche erzählen, die Polizei habe die wahre Identität von Giorgio Brown aufgedeckt und sei kurz davor gewesen, ihn zu verhaften, nur der Tod habe Mazzini vor dem Kerker bewahrt. Andere behaupten, es handle sich um eine von der Polizei selbst ausgestreute Nachricht, da der sterbende alte Verschwörer sie bis zuletzt an der Nase herumgeführt habe.

Und der Klatsch ist uferlos. Die einen sagen, von den Schergen der Regierung verfolgt, sei er bei seiner Schwester Antonietta in Genua untergeschlüpft, und diese habe auf Anraten ihres Beichtvaters die Haustür verrammelt. Andere dagegen schwören, von der Schweiz aus habe sich Mazzini-Brown, vielleicht schon fiebernd, sofort nach Pisa begeben, um in den Armen von Sara Levi Rosselli zu sterben, verheiratete Nathan, Mutter von zwölf Kindern, elf davon mit Moses Nathan und eines, Ernesto, mit Mazzini gezeugt. Doch auch Letzteres könnte eine Falschmeldung sein, von den Monarchisten in Umlauf gesetzt, um den großen Republikaner anzuschwärzen.

Es scheint jedenfalls so, als habe der Maestro in den letzten Wochen vor seinem Tod an Schlaflosigkeit, Verdauungsstörungen, anhaltendem Erbrechen und an einer Bronchitis gelitten, die ihn nachts mit ihrem Gerassel plagte, es habe wie das Gurren einer Ringeltaube geklungen. Zudem sagt man, gegen Ende sei noch eine lästige Schluckstörung hinzugekommen, der Patient habe gar nichts mehr hinuntergebracht, weder Festes noch Flüssiges. Und daraufhin sei zuletzt eine Lungenentzündung mit furchtbar hohem Fieber ausgebrochen. Man habe alles versucht, heißt es, doch die zahlreichen Heilmittel, mit klingender Münze aus Rosselli Nathans Börse bezahlt, hätten nichts ausrichten können. Weder die gewöhnlichsten wie Blutegel und Senfpflaster noch die riskantesten: Kreuzblumenwurzel, Brechwurzelextrakt, Veilchensirup mit Schildlauszusatz.

Einige versichern außerdem, dass Sara Levi Rosselli Nathan ihn in der Todesstunde in den weiß-schwarz karierten Schal gehüllt habe, der drei Jahre zuvor den Leib des sterbenden Patrioten Carlo Cattaneo gewärmt hatte, und dass die engsten, in aller Eile an sein Lager gerufenen Anhänger ihn in diesem erinnerungsträchtigen Schweißtuch vorfanden. Andere dagegen behaupten, das mit dem karierten Schal sei eine Idee der berühmten Florentiner Fotografen Alinari gewesen, die man ins Haus Rosselli Nathan bestellt hatte, um den Leichnam zu porträtieren, und die dafür sorgten, dass das Gesicht des Maestros einen angemessenen Kontrast zu dem einfarbigen Kopfkissen und Laken bildete.

Gewiss ist, dass Mazzinis Generalstab angesichts des Leichnams und bei dieser Welle von Tratsch verstummt sein musste. Leute, die in Mailand gegen die Österreicher, in Neapel gegen die Bourbonen und in Rom gegen Papst und König gekämpft hatten; Leute, die, Dolch an der Seite, Jahre voller Geheimsitzungen und abenteuerlicher Fluchten, falscher Pässe, chiffrierter Botschaften, Gefängnis und Folter hinter sich hatten, mussten so etwas wie einen Knall hören, ein Einstürzen von Trümmern. ›Und jetzt?‹, werden sie gedacht haben, ohne es zu sagen, während der zweifarbige Schal wie ein Leuchtturm das Wachsgelb des toten Fleischs erhellte. Unmöglich, den Blick abzuwenden, unmöglich, nicht den Biss der verlorenen Jugend zu spüren, das Rollen des Lebens, das – gemein und gleichgültig – schneller voranschritt als ihre unkoordinierten, atemlosen Bemühungen.

Die Erschütterung dauerte nur einen Augenblick, da die Pisaner in Massen herbeiströmten und auf die Schnelle eine Aufbahrung im Erdgeschoss organisiert werden musste. Durch die Fenster im ersten Stock sah man die Prozession: Beamte, die das Büro vorzeitig verlassen hatten, Ladenbesitzer, Verkäufer, Professoren, Volkschullehrerinnen mit Kreidespuren auf den Tellerröcken. Die königlichen Carabinieri überwachten die Lage, die ins Gedränge gemischten Polizisten in Zivil schickten Berichte an die Präfektur.

Und so, indem sie die Augen vom Leichnam abwandten und die Menschenmenge betrachteten, mussten sie auf die Idee gekommen sein. Und von der Idee zum Plan und vom Plan zu seiner Ausführung war es ein kurzer Schritt für diese Männer, denen es nicht an Mut und Sinn fürs Praktische mangelte – Köhler, Freimaurer, Garibaldiner, Verschwörer wie der Maestro selbst –, für diese an Proklamationen, an Denkschriften und an Schießpulver gewöhnten Männer war es ein kurzer Schritt.

Punkt eins: Begräbnisfeierlichkeiten in Genua, republikanischste Stadt Italiens und Geburtsort des Maestros.

Punkt zwei: Überführung mit der Eisenbahn. Dem der modernen Zeit angemessenen Verkehrsmittel, wie ja auch die Botschaft des Maestros noch aus der Gruft die allermodernste bleibt. Es handhaben wie die amerikanischen Demokraten sieben Jahre zuvor mit Abraham Lincoln: Trauerzug von Washington nach Springfield, Illinois, über Baltimore, Philadelphia, New York, Buffalo, Cleveland, Cincinnati, Indianapolis und Chicago. Jede Etappe eine Trauerkundgebung, Tränen, ein Fest. Es handhaben wie im Jahr zuvor mit dem Leichnam des großen Ugo Foscolo, Dichter und Vater des Vaterlands, vor einem halben Jahrhundert im Exil gestorben: von London nach Frankreich, nach Belgien, nach Deutschland, in die Schweiz und dann nach Florenz. Zuletzt begraben in der Kirche Santa Croce neben Michelangelo, Machiavelli und Galileo Galilei.

Punkt drei: eine lange Rundfahrt, auch wenn man via La Spezia abkürzen und in wenigen Stunden in Genua eintreffen könnte. Doch nein: von Pisa nach Lucca, Pescia, Pistoia, Bologna, Modena, Reggio, Parma, Piacenza, Alessandria und zuletzt Genua, Bahnhof an der Piazza Principe. Halb Italien, die Hälfte des ganzen, geeinten Landes, das der große Traum des Maestros war. Damit das souveräne Volk ihm huldigen kann. Jede Etappe ein Lamento, eine Blaskapelle, ein Schwenken der Trikolore. Also die Komitees benachrichtigen, die Arbeiter-Hilfsvereine, die Freimaurerbrüder. Damit sie in den Bahnhöfen und entlang der Geleise den würdigen Empfang vorbereiten. In Bologna den Dichter Giosuè Carducci (gute Kontakte zu den demokratischen Zeitungen) benachrichtigen. Sorge tragen, dass eine Depesche General Garibaldi erreicht, wo immer er auch abgeblieben sein mag. Wenn er teilnähme, wäre es ein Triumph. Und vor allem: dass die Regierungspolizei sich damit abfindet. Mazzini mag tot sein, aber seine Anhänger sind lebendiger denn je.

Punkt vier: um jeden Preis vermeiden, am 14. in Genua einzutreffen, dem Geburtstag des Königs, der den Maestro gezwungen hat, durch halb Europa zu ziehen. Das Fest soll allein dem großen Republikaner gelten. Daher die Zeiten gut kalkulieren. Der Genueser Arbeiterverein soll für Sonntag, 17. März, den Empfang, die Aufbahrung und die Begleitung zum Friedhof von Staglieno organisieren.

Punkt fünf war am schwierigsten: dass das Souveräne Volk den Maestro so sehen kann, wie ihn die zuhauf herbeigeeilten Pisaner gesehen haben. Dass die Menge die Gesichtszüge, das würdevolle Antlitz, den klaren Blick, die *Lebendigkeit* des Denkens in der Majestät des Todes erkennen kann. Kurz, dass der Maestro sich unversehrt zeigt, wie auch seine Botschaft etc. etc. … Am Dienstag, 12. März, wies der Leichnam allerdings die ersten Anzeichen von Verwesung auf.

Die Lösung kam dem resolutesten aller Mazzinianer in den Sinn, die ans Totenbett geeilt waren: Dr. Agostino Bertani, Leibarzt des Maestro, Republikaner, Abgeordneter der extremen Linken, Gründer und Redakteur der »Gazzetta medica di Milano«, ehemaliger Chirurg im Gefolge Garibaldis, Facharzt für Cholera sowie für Hieb- und Stichwunden.

Und diese Lösung ist so verblüffend, dass die Menge vor dem Bahnhof an der Piazza Principe vor Erwartung und Staunen zu wogen scheint, als Antonio Casagrande am

Samstag, 16. März 1872, um halb sechs endlich abgehetzt vom Pammatone her am Ort der Verabredung eintrifft.

Den Blick zu Boden gerichtet, boxt er sich durch. Begegnet ihm jemand mit anständigem Schuhwerk, zieht er einen *Giuseppe Mazzini in London* heraus und flüstert, »Drei Lire, Sonderpreis, nur heute«, doch niemand scheint ihn ernst zu nehmen. Er versucht es mit »Eine Lira zwanzig Centesimi«, und das Ergebnis ändert sich nicht. Sie sind alle hier, um den Maestro *unversehrt* zu sehen, was sollen sie mit einer Fotografie anfangen?

Der Brief, den Domenico Leone, der Garibaldiner, den sie in Borgo di Dentro fotografiert hatten, an Alessandro Pavia geschrieben hat und den der Junge auf der Bank im Pammatone überflogen hat, war voller Großbuchstaben und Unterstreichungen:

> *Ich warte vor dem* Haupteingang. *Wenn Ihr bis* Halb Sechs *nicht auftaucht, heißt das, dass Ihr meine Nachricht* Nicht *erhalten habt oder es Euch* Unmöglich *ist, dann suche ich eine andere Lösung für die Nacht und wir sehen uns beim Trauerzug.* Es Lebe Italien!

Am Haupteingang angekommen, sieht der Junge sich um, erkennt aber niemanden. Eine Alte schubst ihn grob beiseite, ein Typ im Gehrock tritt ihm auf den Fuß, ein kleines Mädchen sucht nach der Mutter, zwei dicke Tränen glitzern an den Wimpern, ein schmaler Junge hängt sich an seinen Ärmel. Antonio schubst ihn schroff weg, dann hält er überrascht inne. »Primo?«, sagt er. Domenico Leones Sohn ist hochgeschossen und gertenschlank.

»Du bist ja ein Mann geworden!«, antwortet der Junge. Dann, zum Vater: »Er hat Antonio geschickt!«

Es folgen Umarmungen und hastige Erklärungen. Sie versuchen, in den Aufbahrungsraum einzutreten, doch das Gedränge ist zu groß, und dann sagt jemand, die Ausstellung sei unterbrochen, ein Problem sei aufgetreten, vielleicht könne man Mazzini morgen noch einmal sehen, und so führt der Junge sie zum Dachboden an der Piazza Valoria.

Bei dem Gedanken, für einen der Tausend zu kochen, setzt die Giuse ihr breitestes Lächeln auf. Sieben Zähne zwischen oben und unten, mit kurioser Symmetrie verteilt, scheinen vor Begeisterung und Speichel zu strahlen, als Antonio ihr drei von den zehn Lire in die Hand drückt, die er bei Madame Carmen verdient hat. »Zeigt mir, was Ihr könnt«, sagt er, wie Pavia zu sagen pflegte, wenn er wollte, dass sie etwas Gutes einkauft. Primo schaut ihn beeindruckt an.

Eine Stunde später kehrt die Giuse mit Lebensmitteln beladen zurück, stellt sich an den Herd und hört gar nicht mehr auf, Garibaldi hier, Garibaldi da zu sagen, während sie Oktopus mit Kartoffeln, Tintenfisch mit Kräutern, Gemüse und Kabeljau mit Kapern und Oliven serviert. Satt, besoffen von Worten, steigen die drei auf den Dachboden hinauf und schlafen sofort ein, Domenico Leone in dem Bett, das Pavia gehört hatte, die zwei Jungen teilen sich das andere Bett Kopf an Füßen.

Einige Stunden später erwacht Antonio allein. Sein Kopfschmerz ist weg. Domenico atmet schwer. Keine Spur von Primo. Durch das zum Altan geöffnete Fenster kommt ein Hauch feuchter Wind herein. Der Junge streift ein Hemd über und tritt hinaus. Es ist dunkel, die Sterne wie Zuckerkörner. Im Osten, jenseits der schläfrigen Silhouette des Hügels, ein Lichtspalt, schmal wie eine Fischgräte. Primo sitzt auf dem Dachgesims, die Beine baumeln über der Leere.

»Was machst du da? Komm runter, das ist gefährlich!«, flüstert Antonio. Wie oft hat Pavia ihn davor gewarnt. »Das Geländer fehlt, zum Donnerwetter!«, raunzte er, wenn der Junge nur andeutete, auf die erste der drei Stufen steigen zu wollen, die die Fläche vom Rand trennen.

Primo wendet sich um und sieht ihn an, als erkenne er ihn nicht wieder, dann dreht er ihm wieder den Rücken zu.

Antonio schaudert, und nicht nur wegen der Feuchtigkeit der Nacht. »Komm her, verdammt, es sind vier Etagen!«

Primo antwortet nicht.

Antonio weiß nicht, was er tun soll.

Hineingehen und Domenico wecken oder die drei Stufen hinaufsteigen, zu Primo gehen und ihn hineinzerren? »Los, komm schon«, brüllt er halblaut.

Primo beachtet ihn weiterhin nicht. Er hat die Arme am Körper angelegt, die Handflächen auf den Rand gestützt. Antonio setzt den Fuß auf die erste Stufe. »Komm sofort runter oder ich hole dich«, flüstert er. Primo dreht sich nicht um.

Pavia wetterte gegen den Hausherrn: »Wenigstens ein kleines Geländer, verdammt, wenigstens zwei Bretter, zum Donnerwetter!« Antonio war gerade erst aus dem Pammatone gekommen und betrachtete das Dachgesims, als wäre es die Schwelle zur Hölle. Jetzt steigt er noch eine Stufe hinauf. Unten auf der Gasse miaut eine Katze, ein Wagen holpert über das Pflaster, eine Möwe kreischt, eine andre antwortet. Geräusche der Nacht, die zu Ende geht. Er steigt die letzte Stufe hinauf. Vier Stockwerke weiter unten hastet jemand vorbei, die Absätze klappern in der Dunkelheit.

Primo dreht sich um, legt den Zeigefinger auf die Lippen. Dann klopft er mit der Hand auf das Gesims, als wollte er sagen »Setz dich neben mich«.

Pavias Stimme muss sich irgendwo verloren haben, denn Antonio hört sie nicht mehr. Er geht in die Hocke, die Hand auf Primos Schulter gestützt, und setzt sich auf den Rand, die Beine im Leeren. Rundherum Dachziegel, Schornsteine, gespannte Leinen, mondhelle Wolken.

Wortlos zeigt Primo nach Osten: Die Lichtgräte schwillt in der Mitte an. Die Katze schweigt, die Möwe segelt ohne einen Laut, der Himmel explodiert langsam in stillem Glanz. Primo lächelt, als hätte er beim Kartenspiel einen geheimen Treffer gezogen.

Antonio schließt die Augen und öffnet sie wieder. Immer noch Ziegel, Schornsteine, Möwen, Altane. Ein im Dunkeln vergessenes Laken vibriert im ersten Licht. Das gekräuselte Meer glitzert plötzlich in der Ferne wie ein Spiegel. ›Die letzte Nacht‹, denkt er. ›Die letzte Nacht auf dem Dachboden des Meisters ist die schönste.‹

Frühmorgens gehen Antonio, Domenico und Primo auf den Patrizierstraßen zum Bahnhof an der Piazza Principe: Strada Nuova, Strada Nuovissima und Strada Balbi. Frauen in Schwarz, Männer mit Trauerflor am Arm, Alte, Kinder:

Alle bewegen sich in die gleiche Richtung, scharen sich hier und da zu Gruppen von Freunden und Bekannten. Das rote Hemd des Garibaldiners öffnet überall eine Bresche, wie das Flammenschwert des Erzengels.

Das Gedränge vor dem Bahnhof ist beeindruckend. Trikoloren, Banner der Arbeiter-Hilfsvereine, Standarten der Heimkehrer der Schlachten von Mentana und Porta Pia, Schilder aus dem gesamten Genueser Land schwanken unstet über Hunderten von Köpfen. Primo zählt mindestens drei Musikkapellen, alle dabei, eifrig ihre Instrumente zu stimmen oder das Repertoire zu proben. Unmöglich festzustellen, wo sich der Sarg befindet, oder gar bis dorthin vorzudringen, um endlich den Leichnam des Maestros zu sehen.

Domenico erspäht eine Gruppe von Rothemden mit einer zerschlissenen Trikolore und geht rasch darauf zu. Antonio will ihm folgen, doch Primo hält ihn zurück. »Müssen wir unbedingt mit?«, fragt er.

Unter seinen Waffenbrüdern wirkt Domenico wie ein Jugendlicher. Lächeln, Umarmungen, Schulterklopfen.

»Fürchtete der General sich wirklich nicht vor den Gewehrkugeln?«, sagt Primo, Giuses gedehnten Tonfall nachahmend.

Antonio lacht, auch er hat allmählich genug von Angriffen zu Pferd und denkwürdigen Unternehmungen. »Aber den Toten will ich sehen«, antwortet er.

Primo nickt. »Warte hier auf mich.« Antonio sieht, wie er zu seinem Vater geht und dann mit fröhlichen Augen zurückkehrt. »Wir sind frei«, liest er auf seinen Lippen.

»Wie hast du ihn bloß herumgekriegt?«

»Ich habe gesagt, während des Umzugs würde ich dir helfen, die Feldbetten in die neue Wohnung zu tragen. Um dich für die Störung zu entschädigen«, antwortet Primo mit der schlauen Miene dessen, der nicht die geringste Absicht hat, den Sonntag mit Möbelrücken zu verbringen. »Um vier Uhr treffen wir uns wieder hier. Wir haben einen Haufen Zeit«, schließt er zufrieden.

»Für den Umzug reicht es.« Antonio steuert auf eine dunkle Gasse zu, die zum Meer hinunterführt. Die Hände in den Taschen, tritt Primo zu ihm. »Du, das war eine Ausrede.«

»Ach, du meinst, ich soll allein damit zurechtkommen?«

»Mmm.« Primo sieht sich um. »Können wir nicht einen Rundgang machen?«

»Ich will unbedingt den Toten sehen.«

»Aber ohne Trauerzug. Der Tote und Schluss.« Der Junge blickt zu dem Fries hinauf, der die Bläue durchschneidet.

Antonio dreht sich nach Domenico um. »Eigentlich müssten wir mit ihm gehen. Schau ihn an, bist du denn gar nicht stolz?«

»Hör zu. Dir fehlt dein Vater vielleicht. Ich habe mehr als genug davon«, sagt er und marschiert los. »Du mach, was du willst, ich gehe.«

Die Gasse ist voller Leute, die aus der anderen Richtung heraufkommen. Antonio ist verwirrt. Er hebt die Hand, um Domenico zuzuwinken, doch der ist zu beschäftigt, um es zu bemerken. Er befühlt die Münzen, die ihm vom Vortag noch in seiner Tasche klimpern, geht Primo nach und überholt ihn. »Dann versuch mal, mit mir Schritt zu halten, mein Kleiner.« Er weicht einer Gruppe Studenten mit Trikolore-Band im Knopfloch aus.

Im Nu erreichen die beiden das großartige Ensemble der Commenda di San Giovanni im Stadtviertel Prè und gleich danach Piazza Caricamento. Primo ist starr vor Staunen. Die Palastfront im vollen Licht, die aneinandergereihten Läden, der Duft nach Holz, Pech, salziger Luft. Antonio dagegen blickt sich verwundert um. Es herrscht nicht das gewohnte Treiben. Keine wartenden Pferdewagen, keine auf zweirädrigen Karren balancierenden Fässer, keine Schubkarren, keine prallen Jutesäcke mit Getreide, Kaffee, Tabak und sonstigen Waren, die man aus jeglicher Weltgegend herbeischaffen kann auf die langen Molen, die sich vom Seehafen aus wie Klauen ins Mittelmeer strecken. Ponte Spinola, Ponte Reale, Ponte della Mercanzia.

Auf der Piazza lungern nur ein paar Tagediebe herum, eine Gruppe Köhler, erkennbar an ihren schwarzen Fingernägeln und der Standarte, sowie einige kleine Familien, die zum Trauerzug eilen. Ansonsten alles still, alles geschlossen, auch die Kioske der Aniswasserverkäufer – dazu hätte er Primo gern eingeladen –, auch die Stände mit Meeresfrüchten – er hätte ihn lebendige Seeigel probieren lassen –, auch die Frittierbuden und die Bänke der Spediteure. Keine Spur von dem Karren mit Verdeck, der die Eisblöcke transportiert. Das Häuschen mit den öffentlichen Aborten steht da, verlassen und nutzlos. Auf dem Panoramaweg über dem Säulengang am Meer sieht man niemanden. Und das ist an einem schönen Märzsonntag das Allerseltsamste.

»Gehen wir«, sagt Antonio, biegt in den Portikus ein

und steigt die Treppe zur oberen Etage hinauf. Die Sonne blendet, Primo schirmt die Augen mit den Händen ab. Die Segelboote am Ankerplatz. Die Lastkähne. Die leichte, stetige Neigung der Masten, der Gangspille, der Seilwinden und Flaschenzüge. Ein leiser Wind streicht durch diesen Wald aus Holz und Metall und lässt alles glänzen: die eingeholten Segel, die Takelage, die schon polierten Planken, die schützenden Wachsplanen über der Ladung, die Fahnen. Und das Meer ist überall, drinnen, draußen, jenseits, ein Lichtvorrat, der sich um die zwei Jungen ausbreitet.

»Und du wolltest zum Trauerzug«, sagt Primo verzaubert.

»Ich will nur den Toten sehen.«

»Uff. Du bist aber stur. Warum interessiert der dich so?«

Antonio weiß es nicht, er interessiert ihn, und Schluss. »Alle reden davon. Im Pammatone habe ich viele Tote gesehen, aber vielleicht ist der hier besonders«, wirft er hin.

Und da Primo keine Ahnung hat, was das ist, beschließt Antonio hier, zum zweiten Mal in zwei Tagen ins Pammatone zurückzukehren, von dem er sich jahrelang ferngehalten hatte.

Also laufen sie einige Gassen hinauf, so eng, dass man mit ausgestreckten Armen zu beiden Seiten die Häuser berührt, vorbei an fauligen, stinkenden kleinen Plätzen, manchmal atemberaubenden Ausblicken auf prächtige Paläste, Fassaden aus behauenen Steinquadern und reich geschmückte Portale. Ab und zu bleibt Primo stehen, die Nase in der Luft, betrachtet einen gewölbten Türsturz, eine steinerne Maske, eine Madonna in einer Nische, ein Wappen in lebhaften Farben, einen heiligen Georg mit dem Drachen, einen von Pfeilen durchbohrten heiligen

Sebastian, eine Fensterfront mit gedrehten kleinen Säulen. »Wahnsinn«, sagt er dann. »Wahnsinn, Wahnsinn, Wahnsinn.« So etwas hat er noch nie gesehen, nicht alles zusammen, Gestank und Glanz, Scheiße und Schönheit.

Die Stille ist unwirklich. »Wo sind sie bloß alle hin«, fragt sich Antonio, obwohl er die Antwort schon weiß. Unten an der Porta Soprana hat man den Eindruck, als habe ein Erdbeben die Stadt erschüttert, sie heftig geschüttelt und alle Einwohner dorthin getrieben.

»Da lang«, sagt Antonio.

Der vom Arbeiterbund Ligurien organisierte Ordnungsdienst hält den Durchgang zur Piazza San Domenico und entlang der Via Giulia frei, wo der Trauerzug defilieren wird. Viel dürfte nicht fehlen, nach dem Geräusch zu urteilen. Die Jungen boxen sich zum Straßenrand durch, warten, dass der Aufpasser woanders hinschaut, rennen hinüber und befinden sich auf der Seite vom Pammatone. Gleich darauf stehen sie vor dem Eingang.

»Warte hier«, sagt Antonio. Er geht auf einen Kiosk an der Ecke zu. Primo mustert das Tor, dann die Piazzetta rundum. Auf einer Säule sieht er die Statue eines Jungen, der einen Stein wirft. Er lächelt breit, geht hinüber und setzt sich auf den Sockel. Nach ein paar Minuten kehrt Antonio mit einer riesengroßen Tüte zurück.

»Der Platz gefällt mir«, sagt Primo mit einem Blick auf die Statue.

Antonio tut so, als wollte er den Packen werfen wie einen Stein. Bei Primos besorgtem Gesicht muss er lachen. »Los, wir essen.« Das Papier duftet nach Öl und Salz. Gebackener Fisch, Gemüse im Teigmantel, Fladen aus Kichererbsenmehl. Ein königliches Mahl. »Also bist du gar nicht arm«, sagt Primo mit vollem Mund und fettigen Fingern.

»Nein, ich bin steinreich. Komm, ich zeig dir meinen Palast.«

Das Pammatone wirkt stiller als gewöhnlich. Sind etwa auch die Kranken zum Trauerzug gegangen? Antonio lächelt bei dem Gedanken. Bestimmt hat der Vorsteher die Bankerte hingeschickt, in Reih und Glied. Auch die Mädchen, die kleinen Gesichter frisch gewaschen, die Fingernägel geschnitten, die Haare sorgfältig gekämmt in der Hoffnung, Herzen und Brieftaschen zu rühren.

»Also bist du hier geboren. Schön hier.« Primo mustert den Hof, die Palmen, die Statuen.

Antonio antwortet nicht. Er betrachtet einen der steinernen Gefängniswächter, einen Brignole oder einen Spinola, er hat die Litanei von Pater Blitz vergessen. Blinder Blick, Faltenwurf, Spitzbart, Halskrause. Ähnelt er dem Leichnam Giuseppe Mazzinis?

Versteinern war nämlich die Lösung, die Dr. Agostino Bertani den Mitstreitern vorgeschlagen hatte, die ans Totenbett des Maestros geeilt waren. Nicht einfach einbalsamieren, mit Entleerung der Eingeweide und Verwendung von Salben und ätherischen Ölen und ähnlichen Mixturen. Keine überholten Techniken, die die Aufbahrung des Leichnams nur für einige Tage gestatten. Die moderne Wissenschaft hat riesige Fortschritte gemacht. Man kann am Gewebe arbeiten, härten, was weich und saftig ist, Skelette und Knorpel auf die Art verstärken, in der physikalische und chemische Prozesse seit uralter Zeit Pflanzen und

Tiere verwandelt und intakt konserviert haben. Versteinert eben. Farne, Muscheln, kleine Eidechsen. Also Mazzini versteinern. Seine Gestalt verewigen. Und durch den Körper den Gedanken verewigen, den Plan, die Botschaft etc. etc.

Der Mann, den man gerufen hat, um das Wunder zu vollbringen, ist Professor Paolo Gorini aus Lodi, Akademiker, Geologe, Biologe, Physiologe, Mathematiker und bekannter Fachmann für Konservierung, Einbalsamierung und Härtung tierischer Substanzen für Intarseure, Furnierer und Drechsler.

An Beweisen seines Engagements für die republikanische und demokratische Sache fehlt es nicht. Sein Geschick bezeugen berühmte Akademiker Frankreichs und Italiens sowie Experimente erstaunlicher Wirksamkeit, die der Freund Bertani den Genossen aufzählt:

- Eine hervorragende Brühe, gekocht aus dem Fleisch eines acht Monate zuvor geschlachteten Ochsen, der mit einer innovativen, von Gorini selbst erfundenen Technik konserviert wurde.
- Ein Tabaksbeutel aus einem Kuheuter, das an der Drehscheibe bearbeitet wurde, und andere hübsche Ziergegenstände, die aus der Leber und den Sehnen des Tiers gewonnen wurden. Ein Tischchen mit Menschenfüßen. Herzen junger Mädchen und Eicheln von Jünglingen, hart wie Marmor.
- Verschiedene versteinerte Tierchen, von denen einige, entzückende, vor zwei Jahren bei der Ausstellung in Lodi gezeigt wurden: ein Ferkel, eine große Kröte, ein Fisch, eine Schlange und drei Kätzchen.

»Pippo wird sein Meisterwerk sein«, hatte er abschließend gesagt.

Gorini hatte sich bereits am Dienstagmorgen, 12. März, ans Werk gemacht, keine achtundvierzig Stunden nach dem Tod. Weg mit den Augen, da sie runzlig werden, besser zwei Glaskugeln. Weg auch mit dem Gehirn, das nach Gorinis Erfahrung häufig zu Brei wird. Dann Stunden um Stunden eine geheime Lösung ins Gewebe einspritzen, wobei Bertani assistierte. Jede Menge Desinfektionsmittel in den Bleisarg, der für den Transport diente. Da dieser aber schlecht verlötet war, lief an der Endhaltestelle die Flüssigkeit aus und verbreitete einen unschönen Geruch nach Nekrose.

Andererseits handelt es sich bei der Versteinerung um eine Arbeit, die Wochen, ja Monate dauern kann. Bertani hatte nicht gelogen, Gorini hatte die Schwierigkeiten nicht verborgen. Bei den ersten übel riechenden Schwaden hatte Mazzinis Generalstab daher entschieden, dass die Ausstellung auf den ersten Jahrestag des Todes des Maestros zu verschieben sei. Das souveräne Volk würde sich vorerst damit begnügen, den Leichnam durch die Glasscheibe zu erahnen, die extra auf dem Sarg angebracht worden war.

Das kann Antonio nicht wissen, als es ihm endlich gelingt, Primo aus dem Pammatone rauszuzerren, um Giuseppe Mazzinis Leiche zu folgen.

Will man sich nicht dem Trauerzug anschließen, gibt es nur eine Möglichkeit: vorauszueilen. Der Engpass an der unweiten Porta Pila könnte die ideale Stelle sein, um einen raschen Blick auf den Sarg zu werfen. Der Sockel der Säulen, die den Bogen tragen, ist sehr hoch, und von dort vielleicht, mit ein bisschen Glück … Doch als die beiden Jungen in die Nähe des Tors gelangen, erkennen sie, dass die Idee wohl doch nicht so gut ist. Wie sollen sie die Säule erreichen? Ein Menschenmeer versperrt den Durchgang, und rund um das Monument ist der Ordnungsdienst sehr engmaschig.

»Versuchen wir's«, sagt Primo. Sie boxen sich zum Sockel durch, eingezwängt zwischen einem Zöllner in Uniform und einer Signorina mit Strohhütchen.

Geplauder, Komplimente und kleine Schreie verstummen, sobald der Zug naht und die Musik die Straße überschwemmt. Als die Kapelle die Schwelle der Porta Pila überschreitet, hält Primo den Atem an. Niemand spricht, niemand drängelt, auch die Männer des Ordnungsdienstes ziehen sich mit gesenktem Kopf in einen Winkel zurück. Der Zöllner nimmt die Mütze ab, die Signorina hält sich ein besticktes Taschentuch an den Mund.

Der Kapellmeister trägt eine schwarze, glänzende Uniform. Er geht langsam, mit gleichmäßigem Schritt. Die Musiker in Sechserreihen lassen ihn nicht aus den Augen. Es ist allen klar, dass diese feierliche, herzzerreißende Melodie, dieser langsame Marsch, der verstummen und die Augen feucht werden lässt, bewirkt, dass alle Herzen im Einklang schlagen und alle Gedanken ein einziger Gedanke sind. Kurzum, es ist sonnenklar, dass diese Musik eins ist mit dem Kapellmeister, mit seinem kadenzierten Schreiten, damit, wie er den Rücken kerzengerade und das Kinn hoch hält.

Der Sarg kommt gleich anschließend. Antonio stößt Primo mit dem Ellbogen an, der erwacht aus seiner Versunkenheit, verschränkt die Finger und beugt sich vor, um dem Freund zu helfen, auf den Sockel zu steigen. Zu schnell, als dass die Männer des Ordnungsdienstes eingreifen könnten, befindet Antonio sich oben, genau, als der Sarg unter ihm vorbeizieht. Ihn schaudert. Unter der Binde beginnt das blinde Auge zu pulsieren. Unwillkürlich schiebt er sie beiseite und Grauen überfällt ihn. Noch einmal. Wie bei Famagusta. Noch einmal, verdammt.

Primo interessiert der Sarg nicht. Er dreht sich zur Kapelle um, die sich entfernt, verfolgt das rhythmische Schreiten der Musiker in der letzten Reihe. Sie bewegen sich genauso, exakt genauso wie der Kapellmeister. In dem Augenblick löscht er den Vater, löscht Garibaldi und die Garibaldiner, Mazzini und die Mazzinianer, löscht alles aus, was er sein müsste und nicht ist, so sehr er sich auch bemüht.

Ein Kerl vom Ordnungsdienst packt Antonio am Hosensaum, zwingt ihn, herunterzusteigen und versetzt ihm eine schallende Ohrfeige. Die Signorina mit dem Strohhütchen erstickt einen Schrei, der Zöllner tritt empört zur Seite.

Antonio reagiert nicht. »Noch einmal«, denkt er immer wieder. Primo nimmt ihn am Arm und zieht ihn aus dem Gedränge fort. »Ich habe alles verstanden«, sagt er, reibt die Hände aneinander und kann nicht stillhalten. »Alles, alles habe ich verstanden, alles.«

Antonio hört nicht zu. Das Auge unter der Binde sticht unentwegt. Was er durch das Glas gesehen hat, ähnelt weder einem Brignole noch einem Spinola, und auch nicht dem *Giuseppe Mazzini in London*, den er in der Tasche trägt und feilzubieten vergessen hat. ›Das Auge ist nicht blind‹, denkt er. ›Das Auge ist *verrückt*.‹

»Die Musik!«, sagt Primo.

Antonio schaut ihn an, hört ihm aber nicht zu. »Was ist aus Paolino geworden?«, fragt er.

Primo versteht nicht, was er meint.

»Aus dem Kind, das in der Cascina Leone dabei war«, beharrt Antonio.

»Diphterie. Voriges Jahr. Aber was …? Hör mal. Ich habe etwas unglaublich Wichtiges entschieden, das will ich nur dir erzählen.«

Antonio hört nicht zu. Der Schrecken äußert sich im Zittern der Hände, im Schweiß, der ihm den Rücken hinunterrinnt. Was er gesehen hat, als er den versteinerten Mazzini anschaute, ist dasselbe wie das, was er gesehen hat, als er Paolino und Famagusta fotografierte. Dasselbe wie das, was er beim ersten Mal gesehen hat, im Wagen des Meisters, als er die Platte des Waisenkindes aus dem Pammatone anstarrte.

»Musik! Musik werde ich studieren!«, sagt Primo, in die Hände klatschend.

Was Antonio gesehen hat, was er mit dem verrückten Auge durch das Objektiv des Fotoapparats sieht, ist der Tod.

1880–1896

Sonntag, 13. Juni 1880, am Tag des heiligen Antonius, Schutzpatron der kranken Kinder und der Prostituierten, eröffnet Madame Carmen mit überraschendem Vorsprung gegenüber dem Termin, den sie sich vorgenommen hatte, ihr Bordell erster Klasse.

Es war in einem eleganten Haus auf den Höhen von Genua untergebracht, fern von allem Klatsch der Altstadt und in einer geschlossenen Kutsche bequem zu erreichen. Im Erdgeschoss, in dem Tag und Nacht von kristallenen Wandlampen erhellten Salon, gingen ein livrierter Butler und zwei in der Tugend der Verschwiegenheit geschulte Kellner zwischen Sofas, Whist-Tischchen und farblich zu den Vorhängen passenden Sesseln umher. In einer Ecke des Saals gab es eine Bühne, wo an sechs von sieben Abenden vor dem Halbmond einer winzigen, blank gebohnerten Tanzfläche ein kleines Orchester spielte. Stehend, einen perlenden Kelch zwischen den Fingern, oder lässig auf dem Sofa sitzend, glichen die Mädchen beliebigen wunderschönen Mädchen in einem schicken Lokal in Paris oder Biarritz. Nur der Saum war ein wenig kürzer und der Ausschnitt ein bisschen tiefer, als es der Anstand gebot.

Im ersten Stock hielt Madame Carmen Zimmer für jeden Geschmack bereit: *Boudoirs* mit damastbezogenen

Wänden, in denen Stöhnen, Jubilieren und im ehelichen Alkoven verbotene Worte von Pelzen und Teppichen verschluckt wurden; Zimmer, ganz Spitzen und Schleier, unschuldig wie Pralinenschachteln, ideal für echte oder vermeintliche Initiationen; Räume mit Spiegeln, glitzernd wie der Brillantring am Finger der rechtmäßigen Gattin; Kämmerchen, ins Dämmerlicht unsichtbarer Duftlampen getaucht, mit Weihrauch und Spezereien aus tausendundeiner Nacht voller Wunder. Im zweiten Stock war die Raumaufteilung komplizierter, mit Geheimgängen, Fensterchen, durch die man sehen und gesehen werden konnte, Separees für diskrete Begegnungen unter Gentlemen, die man durch ein Labyrinth von Türen und verwinkelte Ecken erreichte. Hinter einer verriegelten Pforte befand sich auch ein düsterer, zellenähnlicher Raum, die Wände dunkelrot gestrichen, mit Pritsche, Ketten und unterschiedlich großen Peitschen für Liebhaber dieses Genres. Nur im obersten Stock herrschte eine beruhigende, bürgerliche Atmosphäre: Auf der einen Seite des Treppenabsatzes lag das Appartement der Puffmutter; auf der gegenüberliegenden Seite, geschützt von einem Gittertürchen, die Reihe der Privatzimmer der Mädchen.

Sie waren alle neu, doch Madame Carmen nannte sie weiterhin Jaffa, Trapezunt, Biskaya oder Gibraltar. Ebenso die Zimmer. Neben dem Etikett an der Tür Messingbeschläge in Form von Fischen, Algen, Korallen, Steuerrudern und Ankern. Sogar die Angeln des Eingangs waren extra von einem französischen Handwerker hergestellte, schmiedeeiserne Seesterne. Das Schild war klein, halb verborgen unter der Glyzinienkaskade, die die Fassade schmückte,

Neptun reizt mit dem Dreizack eine schmachtend hinge-
streckte Sirene, und darunter die Buchstaben L.V., Lady
Violet: die vierte Metamorphose von Rosetta der Witwe-
Madame Amaranta-Madame Carmen.

Das wahre Fest hatte in Wirklichkeit am Tag davor statt-
gefunden: Meeresfrüchte, *pan brioche* mit frischer Butter,
Törtchen *mignon,* gefüllt mit Schlagsahne. Burgunder und
Champagner in Strömen. Nur die Mädchen, die Hausherrin und Antonio Casagrande, der so, einen Tag im Voraus,
auf seinen fünfundzwanzigsten Geburtstag anstieß. Und
es war eine Abschiedsfeier: Billige Pornografie passte nicht
zum exklusiven Salon von Lady Violet.

Satt, leicht beschwipst, schoben die Mädchen am Ende
des Abends zwei Sofas zusammen, um für ein letztes ge-
meinsames Foto zu posieren, Antonio als Einziger be-
kleidet. Er schaltete sämtliche Lampen im Raum ein in
der Hoffnung, dass sie für die Aufnahme ausreichten, und
nahm in der Mitte der Komposition Platz, in einer Hand
den Knopf des Selbstauslösers, die andere auf dem spitzen
Knie der zuletzt Gekommenen, einer Abessinierin, die ihr
Gazellenbein um seine Wade geschlungen hatte. Er war kein
Junge mehr und noch viel weniger ein kleiner *Hering,* obwohl Madame Carmen ihn hartnäckig weiterhin so nannte.

Während das Licht Brüste und Brustwarzen aufs Kollodium bannte, rechnete Antonio zum x-ten Mal erneut
nach: Seit der ersten Aufnahme von Galata im *déshabillé*
waren mindestens fünfundsiebzig Prostituierte vor dem
Objektiv der Standkamera vorbeigezogen, die Pavia ihm
hinterlassen hatte. Fünfundsiebzig, in unterschiedlichen
Posen, das machte insgesamt ungefähr tausenddreihun-

dertfünfzig Abzüge, die ihm, zum Preis von fünf Lire pro Stück, ermöglicht hatten, acht Jahre lang dreimal am Tag zu essen, sich von dem Nachfolger zu verabschieden, die Ausstattung zu erneuern, einen Dachboden mit Altan zu mieten, der auf den Hafen hinausging, und ein sehr viel auffälligeres Schild anzubringen als das von Lady Violet.

ANTONIO CASAGRANDE

FOTOGRAF

GRUPPENBILDER FAMILIENPORTRÄTS

VEDUTEN VISITKARTEN

REPRODUKTIONEN VON JEDWEDEM GEGENSTAND

Arbeit, Arbeit, Arbeit: das wurde sehr bald sein fixer Gedanke. Nach dem Abschied vom Nachfolger nahm er die Binde ab. Passte der Welt sein Gesicht nicht? Kein Problem. Wenn er den Kopf unter das schwarze Tuch steckte, kniff er die Lider über der weißen Pupille zusammen. Vergaß er es einmal? Kein Problem. Sollte das verrückte Auge doch sehen, was es wollte, Antonio konzentrierte sich derweil auf das Wesentliche: genug Geld für das Ofenholz und die Bäckerrechnung in der Tasche zu haben.

Er fotografierte Männer und Frauen, Junge und Alte, Wickelkinder und herausgeputzte Achtzigjährige. Manchmal erahnte sein verrücktes Auge ihr Ende, manchmal nicht. Monate verstrichen, ohne dass es geschah, und dann plötzlich zwei oder drei Episoden an einem Tag. Ohne jede Logik, zumindest konnte Antonio keine darin erkennen. Und nie handelte es sich um eine deutliche Vision: Die Bilder flimmerten unscharf durcheinander, manchmal wurde ihm übel davon, oder er nahm unangenehme Gerüche wahr (Laudanum, Schießpulver, Erbrochenes) oder Töne (Schluchzen, rasselnder Katarrh). Hinterher schlimme Kopfschmerzen und schlechte Laune, die nur mühsam verging.

Das Geheimnis dieser Visionen stürzte ihn jedenfalls immer in große Verwirrung. Manchmal schützte er eine Verpflichtung vor und verabschiedete den Kunden rasch. Oder er stieß einen Fluch aus, der den Kunden so entsetzte, dass dieser seinerseits umgehend das Weite suchte. Sonst konnte es sein, dass er noch einen Rat bekam: »Achtung vor den Abgründen«, »Haltet Euch von den Mauleseln fern«, »Meidet die Trattoria am Anstieg Santa Caterina, sie könnte Euch zum Verhängnis werden«. Und der Ruf des *einäugigen* Fotografen, ein komischer Kauz zu sein, wuchs mit seiner Klientel.

Schwierig, mit diesen gespenstischen Gesichten zu leben. Einige Jahre zuvor – Lady Violet hieß noch Madame Carmen und das Geschäft mit der Pornografie kam gerade richtig in Schwung – hatte Antonio beschlossen, sich an einen gewissen Dr. Koch zu wenden, in den Gassen berühmt für seinen ausdauernden Umgang mit dem Tod, insbesondere für seine Fähigkeit, Gespenster zu fotografieren.

Sein Atelier lag im Vico Casana. Ruhelose Geliebte und untröstliche Witwen suchten ihn auf und hofften, den Geist des Verblichenen einzufangen. Antonio legte sich in der Nähe auf die Lauer: Er sah sie verschämt hineingehen und verstohlen wieder herauskommen, unter dem Arm einen Packen, der ganz nach einem Foto mitsamt Rahmen aussah. Das Hin und Her von Frauen in Trauer überzeugte ihn, dass dieser Koch sein Metier verstand; wahrscheinlich besaß auch er die »Gabe«, oder war mit dem Fluch belegt, zu sehen, was andere nicht sehen; und offenbar hatte er diese Gabe so im Griff, dass er einen Beruf daraus gemacht hatte.

Dr. Koch empfing im dritten Stock. Antonio erschien früh am Morgen. Ein hünenhafter Assistent in cremefarbenem Kaftan, Pantoffeln an den Füßen und Turban auf dem Kopf, empfing ihn.

Das Medium dagegen war westlich gekleidet. Es war ein kleiner, wohlgenährter Mann. Rund der von der Weste umspannte Bauch, rund der vom Hemdkragen eingeschnürte Hals, rund die dicken, stumpfen Wurstfinger und rund der Zwicker, ähnlich denen der Ärzte, die Antonio im Pammatone kennengelernt hatte.

Er ließ ihn in seinem Büro Platz nehmen. Und vor dem dunklen Tisch, einem Totenkopf mit perfektem Gebiss, einem kleinen Herzmodell aus Bakelit und einem Diplom der Universität Basel unter Glas vergaß Antonio augenblicklich die vorbereiteten Sätze, die ungefähr so hätten lauten sollen: »Guten Tag, Herr Kollege, auch ich sehe Gespenster, kannst du mir erklären, wie man sie auf die Platte bannt?«

Eingeschüchtert, verwirrt von seinem eigenen Unbehagen, genervt von dem Assistenten, der riesig und regungslos hinter ihm stand, sagte Antonio das Erste, was ihm in den Sinn kam, und zwar, dass er seinen Bruder, einen jungen Matrosen, bei einem Schiffbruch verloren habe; er fühle ihn jeden Tag neben sich, sein Geist quäle ihn und flüstere ihm ständig ins Ohr: »Antonio! Antonio! Rette mich!« Er fügte noch hinzu, dass ihm niemand glaube, dass ihn sogar seine Mutter für verrückt hielt. Konnte Dr. Koch ihm helfen?

»Da seid Ihr am richtigen Ort«, erwiderte der Mann. Sein

Stimmchen bildete einen merkwürdigen Kontrast zu seinem wohlgenährten Äußeren. Antonio dachte an eines dieser fetten, brummenden Insekten, eine Schmeißfliege, eine Hummel. Dr. Koch nahm den Zwicker ab, kniff die Augen zusammen und massierte sich mit zwei Fingern die Nasenwurzel. Dafür, dass er ein Schweizer aus Basel war, sprach er mit auffällig ligurischem Akzent. »Wir wenden hier die von Professor Gutenberg in Leipzig erprobte Technik an. Wenn das Gespenst da ist, fangen wir es ein und halten es auf einem Bild fest. Ich werde Euch einen Druck aushändigen, den Ihr Eurer ungläubigen Mutter zeigen könnt.« Er holte Atem, setzte den Kneifer wieder auf. »Wenn wir mit Dr. Gutenbergs Technik keinen Erfolg haben, heißt das, es gibt kein Gespenst und folglich seid Ihr verrückt. In dem Fall wird Amir Euch ein Fläschchen mit einem Heilmittel aushändigen, das Ihr dreimal am Tag einnehmen müsst, ein exzellentes Präparat von Dr. Sokolov aus Moskau, Leibarzt des Zaren und mein Briefpartner seit drei Jahrzehnten.«

So viele Komplikationen hatte Antonio nicht erwartet. Doch allmählich wurde die Sache spannend. Mit einer jähen Bewegung schob Dr. Koch den Stuhl zurück und trippelte aufgeregt zum Kleiderständer. Amir half ihm in den Kittel. Dann glitt der Mann mit dem Turban auf seinen Pantoffeln lautlos wieder hinter den Kunden, legte ihm die Pranken auf die Schlüsselbeine und drückte nach unten. Er drückte, war schwer. Antonio schluckte.

Dr. Koch näherte sich mit einem Schneidermaßband in der Hand, das aus einer Kitteltasche zum Vorschein gekommen war. Er vermaß seinen Kopf, als sei Antonio zum Hutkaufen gekommen. Mit der Geschwindigkeit eines Taschendiebs ließ er das Metermaß wieder verschwinden, zog ein flaches Stäbchen heraus, packte Antonios Kiefer, zwang ihn, den Mund zu öffnen, und schob es ihm in den Hals. Amir drückte fester denn je. »Seid Ihr etwa dem Alkohol zugetan?«, fragte der Arzt.

Antonio trank nur bei Madame Carmen. Ein paar Gläser einmal in der Woche schienen ihm nicht genug, um sich als Alkoholiker zu bezeichnen. Daher verneinte er, sobald Dr. Koch das Stäbchen herauszog, hatte aber den Eindruck, dass der Arzt gar nicht zuhörte. Mit zusammengekniffenen Äuglein tastete er seine Schädelknochen ab. Stirn, Schläfen, Hinterkopf. Dabei gab er Amir Zeichen, wonach der den Druck erhöhte oder verringerte.

»Aber ...«, setzte Antonio an.

»Pst!«, machte Dr. Koch. Er hatte ihm die Daumen unter die Augenhöhlen gelegt und schien überaus konzentriert die Bindehaut zu untersuchen. Zuletzt befahl er Amir loszulassen.

»Keilbeinrand in Ordnung«, sagte er. Von Nahem erinnerte er wirklich an ein Insekt mit Brille. Der helle Flaum auf seiner Oberlippe vibrierte vor Zufriedenheit.

»Keinerlei Anzeichen von Dolichozephalie oder, Gott bewahre, von Brachyzephalie.« Er stockte bei einem plötzlichen Gedanken und legte Antonio erneut die Fingerspitzen auf den Nacken.

»Atlas- und Axis-Gelenke im Lot. Gute Ausgeglichenheit ist ein großes Glück.«

»Sehr gut«, erwiderte Antonio. Er hatte keine Ahnung, wovon Dr. Koch redete. »Und das Gespenst?«, warf er hin.

Der Mann ignorierte ihn. Er zog den Kittel aus, reichte ihn Amir, strich die Revers seiner Jacke glatt, rückte den Kneifer zurecht und sah Antonio mit einem durchdringenden Blick an. »Nach der Untersuchung, die ich soeben durchgeführt habe, seid Ihr nicht verrückt.« Bei dem Wort »verrückt« seufzte er leise, fast als bedauerte er es. »Doch den unanfechtbaren Beweis haben wir erst, wenn wir das Bild Eures Bruders einfangen. Ihr wartet solange im Vorzimmer. Ich muss nur die Maschine in Gang setzen. Eine genaue Replik der von Professor Gutenberg aus Leipzig, mit einem Zusatz meiner Erfindung, der den Prozess beschleunigt. Ein System, von dem Ihr vielleicht schon gehört habt, es wurde beim Internationalen Wettbewerb in Straßburg ausgezeichnet.«

»Es stand in allen Zeitungen«, setzte Amir hinzu. Dass er sein Italienisch in den Gassen zwischen Prè und Annunziata gelernt hatte, war eindeutig.

»Es wird Euch zehn Lire kosten. Habt Ihr zehn Lire, ja?«, schloss Dr. Koch mit einem kurzen Schlag auf den Steg seines Kneifers.

Das Vorzimmer grenzte an einen Raum, der Antonio – durch die offen stehende Tür – wie ein ganz gewöhnliches Aufnahmezimmer vorkam, mit einer Standkamera und einem Hintergrund aus vergilbter Leinwand. Dr. Koch und Amir schlossen sich darin ein. Er hörte sie hantieren und wurde neugierig. Das Geräusch einer Platte, die in die Kamera gleitet, das *klick* des Verschlusses, der aufgeht und das Licht hereinlässt, dann der Verschluss, der wieder zuschnappt. Zu rasch. »Unterbelichtet«, dachte Antonio. Wieder Gerappel, eine weitere Platte, *klick-klack*. Auch unterbelichtet, urteilte Antonio bei sich. Nach einigen Minuten erschien Amir, um ihn zu rufen. An den Füßen trug er ein Paar Holzpantinen.

Von Dr. Koch keine Spur. In einer Ecke schwankte der schwere Vorhang einer Dunkelkammer. Ein bis zur Decke reichender Schrank bedeckte zwei Wände. Durch die großen, auf den Vico Casana hinausgehenden Fenster überflutete das Morgenlicht ein Podest, den Hintergrund und einen Sessel mit abgewetzten Armlehnen. Gegenüber ein Stativ und eine Kamera, die Antonio als ziemlich alt einschätzte. Der Geruch nach Weihrauch stieg einem zu Kopf.

»Spricht er mit Euch?«, fragte Dr. Koch, der aus der Dunkelkammer heraustrat.

Antonio verstand nicht, die Augen gerötet von dem aromatischen Qualm. »Kann man das Fenster öffnen?«, bat er.

»Euer Bruder, meine ich. Spricht er mit Euch?«

War es möglich, dass dieser Dr. Koch nie auf Fragen antwortete? »Könnt Ihr ihn nicht fotografieren, wenn er nicht spricht?«, erwiderte er verärgert.

Der kleine Mann hob ruckartig den Kopf. Das Kinn zeigte zur Decke, die Augenbrauen waren empört hochgezogen.

»Fotografieren?«, sagte er, als sei es eine Beleidigung. »FO-TO-GRA-FIE-REN? Der Apparat, den Ihr seht, ist ein Juwel spiritistischer Technik. Präsentiert bei der Weltausstellung von Philadelphia 1876, das einzige Exemplar in ganz Italien!«

Amir nickte mit verschränkten Armen, die Augen halb geschlossen.

»Ich habe keine Zeit zu verlieren. Also, spricht Euer Bruder im Augenblick mit Euch?« Erneut wartete er die Antwort nicht ab, drehte sich auf dem Absatz um und schlüpfte in die Dunkelkammer. Er kam mit zwei hölzernen Plattenhaltern wieder, die ganz und gar denen glichen, die auch Antonio verwendete. »Spricht er Euch ins rechte oder ins linke Ohr?«, fragte er, indem er erst einen, dann den anderen Arm hob.

Antonio fing an zu begreifen. Er tat so, als konzentrierte er sich, senkte den Blick. Waren das nicht Amirs Pantoffeln, die da unter einer angelehnten Schranktür hervorlugten? »Ins rechte«, antwortete er.

Dr. Koch reichte eine der Platten seinem Assistenten, der sich zur Dunkelkammer wandte.

»Nein, wartet, ins linke.« Ihm war eine Idee gekommen, wenn sie stimmte, konnte er sich doch gleich ein wenig amüsieren.

»Was jetzt: ins rechte oder ins linke?« Dr. Koch wurde ungeduldig. Amir hielt verunsichert inne. Was sollte er nun tun?

»Nein, nein, ins rechte. Eigentlich sowohl ins rechte als auch ins linke«, fügte Antonio hinzu.

Der Assistent blickte bald zum Kunden, bald zum Arzt. In der Bewegung verrutschte der Turban. Über der Schläfe fiel eine lange dunkle Strähne herunter. Aus dem Kragen des Kaftans dagegen streckte sich eine Tintenkralle. Angesichts der beträchtlichen Größe der Tätowierung fragte sich Antonio, wie lange Amir wohl die Gastlichkeit der heimischen Gefängnisse genossen hatte.

»Wir werden ihn auf jeden Fall einfangen. Immer vorausgesetzt, dass Ihr nicht verrückt seid«, sagte der Arzt. Amir verschwand hinter dem Vorhang.

»Setzt Euch in den Sessel. Holt schön tief Luft, die Ausdünstung, die Ihr riecht, wird die Vision deutlicher machen.« Ein metallisches *tack, tack,* dann ein Plätschern: Antonio erriet, dass der Zuchthäusler-Assistent das Entwicklungsbad vorbereitete.

»Schaut ins Objektiv! Und konzentriert Euch auf Euren Bruder!«, herrschte Dr. Koch ihn dann an, während er den Auslöser eine Zeit lang gedrückt hielt, die Antonio korrekt fand. Anschließend übergab er die belichtete Platte dem Assistenten und führte Antonio zur Tür. »Der Matrose ist da. Ich habe ihn gesehen. Ihr seid nicht verrückt. Morgen früh könnt Ihr das Bild abholen. Zahlung im Voraus«, sagte er an der Schwelle.

Einige Minuten später, während er den Vico Casana hinunterging, amüsierte sich Antonio damit, sich den Abzug vorzustellen: in der Mitte er selbst im Sessel, die Gestalt deutlich, eine weiche Abstufung von Goldbraun bis Rotviolett, falls der Zuchthäusler etwas von Tönung verstand. Daneben eine über ihn gebeugte Figur, die ihm etwas ins Ohr flüsterte. Ein Bild mit verschwommenen Umrissen, ahnungsweise Amir ähnlich, aber ohne Kaftan und mit Holzpantinen an den Füßen, wie sie die Matrosen trugen. »Schöner Einfall«, sagte er sich.

Er stellte sich das Sortiment im Schrank vor: Reifröcke, Militäruniformen, Ausgehkleider, Fracks und sicherlich Bettlaken für die Gespenster, Ketten und Totenköpfe wie der auf dem Tisch im Atelier. Die langen Haare des Zuchthäuslers würden perfekt die wirren Mähnen zu früh gestorbener junger Frauen darstellen. Und wer weiß, wie die zwei mit den Gespenstern von Kindern zurechtkamen. Benutzten sie Puppen? Schöner Einfall und schöne Gaunerei: dieselbe Platte, doppelt belichtet. Eine Figur unterbelichtet, unkörperlich; die andere perfekt. Zum ersten Mal in seinem Leben hatte er zehn Lire verschwendet, aber der Erfindungsreichtum von Dr. Koch verdiente eine Belohnung. Und außerdem, was tat dieser summende Gauner denn Böses? Er erfüllte Wünsche. Zum Preis von zehn Lire bekam jeder, der über die Schwelle zum Atelier im dritten Stock des Vico Casana trat, was er wollte. Jeder außer ihm, der unter dem schwarzen Tuch der Kamera tatsächlich Gespenster sah.

Falls er je in Versuchung geraten war, sich an Hellseher und Wahrsagerinnen zu wenden – im Bauch von Genua so zahlreich wie die Nutten; falls er sich je die zum Kreis vereinten Hände auf dem dicken Tuch eines wackeligen Tischchens vorgestellt hatte; falls er je die Anwandlung gespürt hatte, sie zu beschwören, *seine* Toten – den ertrunkenen Matrosen oder Paolino aus Borgo di Dentro –, die Hochstapelei von Dr. Koch hatte ihn für immer davon geheilt.

Doch das Problem blieb, und ab und zu, wenn ihn eine der Visionen besonders entsetzte, fühlte Antonio den Drang, sich jemandem anzuvertrauen. Aber wem? Der Vorsteher war ein Jahr nach Mazzinis Begräbnis gestorben. An einem Schleimfieber, gegen das die ganze Wissenschaft des Pammatone nichts ausrichten konnte und den Todeskampf nur verlängerte. Aber davon abgesehen: Hätte er den Mut gehabt, ihn um Rat zu fragen? Offen mit ihm zu sprechen? »Erinnert Ihr Euch an den Jungen auf dem Foto? Ich habe ihn ertrinken sehen. Nein, nicht auf dem Boot. Auf dem Foto.« Wie hätte der Vorsteher reagiert? Die Abteilung für Geistesgestörte war etwas, woran Antonio lieber nicht dachte.

Sich an einen Pfarrer zu wenden war nicht angebracht. Da bestand die Gefahr, dass er das Böse beschwor, zum Evangelium griff und einen Exorzismus probierte. Eine sinnlose Belästigung, fand Antonio. Messerstechereien, Diebereien, von der Skrofulose zerfressene Kinder und bleichsüchtige Mädchen: eine Runde durch die Hafengassen genügte, um zu merken, dass der Teufel zu viel zu tun hatte, um Zeit damit zu vergeuden, ihm seltsame Visionen in das verrückte Auge zu schieben.

Natürlich gab es noch Madame Carmen. An einem Novemberabend, an dem ein erstaunlicher Wolkenbruch die Gassen in graue Sturzbäche verwandelt und die Kunden zu Hause festgehalten hatte, beschloss Antonio, ihr alles zu erzählen. Es fehlte nicht mehr viel bis zur Eröffnung des Bordells erster Klasse und das im Vico Falamonica war äußerst renovierungsbedürftig. Von seinem Dachboden aus hatte Antonio das Unwetter kommen sehen. In Windeseile hatte ein Wirbelsturm aus Salzwasser und heftigen Böen die Stadt in eisige Dunkelheit gehüllt. Daraufhin hatte Antonio eine Öljacke übergezogen, war auf die Straße gelaufen und zwischen Blitz und Donner und Regenschauern, so heftig wie Ohrfeigen, durch die Flut hinaufgewatet bis zu dem Bordell.

Das Dach war eine Katastrophe, man musste die Lücken stopfen und Töpfe und Schüsseln aufstellen, wo es hineinregnete. Die Mädchen wrangen Lappen aus und eilten treppauf, treppab, um die Eimer auf die Straße zu leeren. In einer Rumpelkammer lagerte Madame Carmen Holzbretter, die im Erdgeschoss an Türen und Fenster genagelt wurden. Eine elende Arbeit, aber es bestand die Gefahr, dass der Sturzbach, der von den Hügeln Schlamm, Exkremente und Schrott zum Meer hin schwemmte, ins Haus eindrang, die Teppiche durchtränkte und die Einrichtung zerstörte. Antonio packte kräftig zu und verschloss die Öffnungen. Gegen Abend ließ das Gewitter noch immer nicht nach. Er blieb zum Essen. Erschöpft und voll Schrecken vor der wüsten Nacht, die sie erwartete, gingen die Mädchen früh zu Bett. Zu zweit blieben sie am Küchentisch zurück. Das kam sonst nie vor in dem großen Reigen, der Madame Carmens Leben war, und Antonio begann, mit dem Saum der Tischdecke zu spielen.

»Milch?«, fragte die Frau.

»Ich bin doch nicht krank.«

Sie antwortete mit einem Schulterzucken. Sie füllte ein Töpfchen, stellte es auf die Ofenplatte, holte eine Flasche Cognac heraus, goss je einen Fingerhoch in zwei Tassen, füllte sie mit der heißen Milch auf und reichte ihm eine davon. »Trink, kleiner Hering. Und dann spuck's aus, was du mir zu sagen hast.«

Ein Knall erschütterte die Scheiben. Das Universum schlug auf die Pauke beim hexenhaften Scharfblick dieser Frau. Antonio fühlte sich ertappt und reagierte pikiert.

»Wieso denkt Ihr, dass ich Euch was zu sagen habe?«

»Ich gebe dir fünf Minuten. Die Zeit, um die Milch auszutrinken. Dann gehe ich schlafen.«

Antonio erzählte ihr alles, von Anfang an und der Reihe nach, in allen Einzelheiten, die Wellen, die den Jungen aus dem Pammatone verschlungen hatten, das Fieber, das Paolino dahingerafft hatte, und auch der Eiter, die Grinde und die Fieberfantasien, die in seiner Vision Famagustas Ende kennzeichnen würden. »Wohin ist sie verschwunden? Arbeitet sie für jemand anderen?«

Das Licht war spärlich, die Petroleumlampe erhellte kaum die Gesichter und die Hände auf den Tassen.

»Sie ist vor zwei Monaten gestorben«, erwiderte Madame Carmen.

Antonio schwieg. Der Regen hämmerte an die Fensterläden.

»Sie ist so gestorben, wie du es beschrieben hast.« Sie flüsterte, hauchte mit niedergeschlagenen Augen: »Sie hieß Maria Giovanna.« Sie war nicht mehr sie selbst. Madame Carmen, die Madame Carmen, die Antonio kannte, war ganz Fleisch und Blut. Dann plötzlich fand sie die gewohnte Verve wieder. »Die Milch ist alle. Es regnet zu stark, um hinauszugehen. Such dir ein Sofa. Gute Nacht.«

Antonio hielt sie mit einem Händedruck auf. »Was soll ich tun?« Draußen ein Höllenspektakel.

»Hör zu«, antwortete sie, den Druck erwidernd. Doch dann sagte sie nichts. Im flackernden Licht glichen ihre Augen zwei Knöpfen. Sie ließ seine Hand los. Dann fuhr sie sich mit verschränkten Händen übers Gesicht, tauchte wieder auf. »Den Tod gibt es nicht«, sagte sie.

»Redet keinen Unsinn. Und außerdem sehe ich ihn.«

»Solange du am Leben bist, lebst du. Das ist schon Fluch genug.«

In dem Moment zerriss ein Blitz den schwarzen Himmel. Die Küche glänzte im kalten Licht. Vielleicht lag es am Gewitter, oder an seinem verrückten Auge, doch in diesem Moment sah Antonio sie nackt, mehr als nackt. Die Haut mit unzähligen hellen und dunklen Fleckchen übersät, die schmalen Knochen des Brustkorbs und darinnen die Lungenflügel, die sich öffneten und schlossen wie Blüten, und das weiche, klopfende Herz. Eine Süße, eine Weichheit, die Antonio nicht vermutet hätte. Er sah den zarten und geheimen Teil, für den Beruf jeden Morgen mit Marmor und Metall kaschiert, nur manchmal blitzt etwas davon auf, sichtbar nur für jene, die darüber hinausschauen können bis in Madame Carmens Obsessionen, die Manie des Meeres, die hartnäckige Trauer. Und die nicht mehr jungen Glieder, den schlaffen Bauch umspielte ein schimmerndes, lebhaftes Licht, wie ein Brautschleier, eine durchsichtige Hülle aus reinster Energie. Es wäre ein Augenblick gewesen, die Hand auszustrecken und sie dort zu berühren, wo sie am innigsten und schutzlosesten war, wo sie Rosetta war und Schluss, die kleine Rosetta, Rosetta, die die Ziegen hütet, Rosetta, die lesen lernt, indem sie Liebesworte buchstabiert.

Der Raum versank wieder in Dunkelheit. Auf den Blitz folgte ein weiterer Donner. Oben stieß eines der Mädchen einen Schrei aus. Die Vision war verschwunden, Madame Carmen war wieder sie selbst, Fleisch und Blut und Geld. Antonio fühlte, dass er den Augenblick verpasst hatte. Dass, wenn er nur …, dass, hätte er nur …, die kleine Rosetta ihm vielleicht das große Geheimnis des Todes hätte offenbaren können, den er sah, er allein. Doch von der kleinen Rosetta war keine Spur zu erkennen in der dunklen Gestalt, die seelenruhig in den Flur einbog, mit ihren schwarzen Schleiern wedelte und ihm zuwinkte. »Denk nicht daran, hör auf mich, denk nicht daran.«

Wen sonst konnte er um Rat bitten? Alessandro Pavia sandte Postkarten aus New York, New Jersey, New England, New Orleans. »Hier ist alles *new*«, schrieb er. »Pack deine Lumpen ein und komm nach Amerika.«

Auch Primo Leone schrieb aus Borgo di Dentro. Er habe Notenlesen gelernt, könne eine Blockflöte von einer Pikkoloflöte unterscheiden und Klarinette spielen. Tagsüber arbeite er in den Weinbergen des Marchese, nachts gehe er auf Trüffelsuche. Mit dem Erlös habe er sich einen in Saffianleder gebundenen Band Partituren gekauft. Arien, Märsche, vor allem Tanzmusik. Er habe eine Liebste. »Ich komm runter nach Genua, und wir treffen uns«, versprach er. »Ich komm nach Genua, und wir essen rohe Seeigel.« Doch er kam nie.

Und als Primo Leone endlich mit seiner inzwischen zu seiner Frau gewordenen Liebsten an der Hand bei Antonio im Dachboden erschien; als Antonio sah, wie er, ein erwachsener Mann, auf den Altan hinaustrat, ihn mit großen Schritten durchmaß, gestikulierte und rief: »Hier, genau hier, hier machen wir das Foto, umgeben vom Himmel«; als sie antwortete: »Aber … so?« und die Augen niederschlug und schamvoll errötete; und als Primo ihr die Hand auf den gewölbten Bauch legte und erwiderte: »Aber sicher! Genau so! Dass man den Bauch auch gut sieht! Mach schon, Antonio, drück ab!«; da hatte Antonio nur noch den Mut, die Binde ganz fest über das verrückte Auge zu legen und auf den Auslöser zu drücken. Zum Teufel mit seiner Gabe, zum Teufel mit seinem Fluch: Dieser Tag war ein Freudentag.

Kurzum, es gab niemanden, dem er sich anvertrauen konnte. Und das, was ihn bedrückte, war kein Geständnis, das er in einem Brief ablegen konnte. Zu hoch das Risiko, missverstanden zu werden. Alessandro Pavia würde Madame Carmen schreiben, sie solle ein Auge auf den Jungen haben. Und auch wenn Primo Leone sich von Magie nährte – das Geheimnis der Nacht, der Zauber der Blechblasinstrumente, das Wunder der Liebe –, war er bereit, sich der schwarzen Magie zu stellen?

»Zaubern ist eine Tugend«, hatte der Meister einmal gesagt. Jedes Mal, wenn sein verrücktes Auge das Unsichtbare sah, dachte Antonio daran. Doch ist seine Gabe wirklich eine Tugend? Wozu dient sie? Wem? Und warum hat ausgerechnet er sie? Fragen, die Kopfzerbrechen machen.

Mit der Zeit lernte Antonio Casagrande daher, seine Visionen zu akzeptieren, wie man ein kürzeres Bein hinnimmt: ein Schaden, der einen nicht am Gehen hindert. Und so, einen Schritt nach dem anderen, hatte er sich acht Jahre nach Giuseppe Mazzinis Begräbnis in Lady Violets glanzvollem Salon wiedergefunden, verwöhnt wie der einzige Sohn in einer Familie aus lauter Frauen.

Sie fütterten ihn, streichelten ihn, zogen ihn liebevoll ein bisschen auf. Im Vico Falamonica war es häufig so. Nahrung und Wärme, einmal pro Woche, am Ruhetag, an dem fotografiert wurde. *Familie* für den Waisenjungen aus dem Pammatone, der keine Familie kannte, weder ihre Wonnen noch ihre Qualen. Auch deshalb verweilte Antonio Casagrande noch nach der Gruppenaufnahme. Er konnte sich nicht von dem Sofa und dem Knie der Abessinierin losreißen. Er betrachtete die alte Standkamera. »Dieser Juniabend ist nicht verloren«, dachte er. Sie würden für immer dort auf das Sofa gebannt sein, die bernsteinfarbene Haut des Mädchens, die aufreizende Pracht der anderen, das halbe Lächeln der stolzen Madame Carmen. Die Zeit anzuhalten ist der kleine, flüchtige Trost dessen, der mit Silbernitrat und albuminiertem Papier umgehen kann. Und keine Zeit ist besser verwendet als die, die nötig ist, um die Belichtung zu messen. So überlegte er. Jede Aufnahme ein Wunder. Ein Bollwerk gegen den Verfall. Eine Beleidigung für den Tod. O ja. Zeigte sich der Kerl deshalb? Weil er es wagte, ihn herauszufordern?

»Es trocknet ein.« Madame Carmen hatte gelernt, dass das feuchte Kollodium nicht wartet. Sie blickte ihn vorwurfsvoll an, den Finger auf ihn gerichtet wie gewöhnlich. Doch sie war nicht mehr dieselbe, Antonio musste es akzeptieren. Madame Carmen gab es nicht mehr. Das Bordell im Vico Falamonica gab es nicht mehr. Die Einrichtung zum Trödler und die Schlüssel zum Hausherrn. Antonio hatte geholfen, alles zu zerlegen.

Er erhob sich widerwillig. Er trat zur Kamera, um sein Handwerk auszuüben. War er nun der offizielle Fotograf der Firma oder nicht? Und jetzt, da sich die Mädchen allmählich wieder fassten, jetzt, da er gleich zum letzten Mal eine Platte mit ihren einladenden, nackten Körpern entwickeln würde und das Fest sich dem Ende zuneigte wie eine Kerze, die verlöscht, fühlte Antonio das ganze Gewicht dieses Endes.

»Trauerbesäufnis?«, fragte ihn später Madame Carmen, als sie ihn zur Tür begleitete. Und dann: »Schau deine Jacke an, du siehst aus wie ein Landstreicher.«

Antonio ließ den Blick über den Messingknauf, über die Intarsie aus kostbarem Holz, über die Glyziniendolden schweifen, die bald verblühen würden.

»Und schneide dir endlich den Bart ab. Und kauf dir ein neues Hemd.«

Genua unter ihnen war eine Stickerei aus Licht.

»Hier ist kein Platz für mich, Madame Carmen«, erwiderte er und schob die Fäuste in die Hosentaschen. Er schaffte es einfach nicht, sie Lady Violet zu nennen.

Vom tiefschwarzen Meer wehte der Duft nach Salz und Jasmin herauf. Die Frau zog den Schal enger um sich. »Kleiner Hering«, sagte sie. Antonio sah eine Träne zwischen ihren Wimpern glänzen. »Für dich ist es hier gratis. Und jetzt hau ab, sei so gut.«

Das, wovon der Fotograf Antonio Casagrande geglaubt hatte, es sei für immer vorbei, ging überraschend glanzvoll wieder los. Wie schon im Vico Falamonica stieg er am Montag, dem Ruhetag, zu den Mädchen hinauf, und sie aßen gemeinsam zu Abend. War er danach einmal bis zum Morgen mit einer von ihnen zusammen, passte Madame Carmen ihn auf der Schwelle ab: »Du wirst dich doch nicht verliebt haben?« Die Fäuste immer tief in den Taschen, die Jacke immer ein wenig abgewetzt, schüttelte Antonio den Kopf und ging davon.

»Die Liebe ist ein Reinfall«, schrie sie ihm hinterher. Und jedes Mal ermahnte sie ihn, sich ein Paar neue Schuhe oder einen anständigen Hut zu kaufen. Und den Bart abzuschneiden, verdammt.

»Kauf dir wenigstens einen Spiegel. Siehst du nicht, dass er allmählich weiß wird?«, fügte sie zwölf Jahre später hinzu, im Oktober 1892, als sie ihn nach einer Nacht mit einer Rothaarigen, die in jenen Wochen ein Staatsoberhaupt und etliche Reeder um den Verstand brachte, zur Tür begleitete. Es war ein herrlicher Morgen, und Madame Carmen trug ein perlfarbenes Kleid, das ihrer Figur schmeichelte. Die Haare waren zu einem grau melierten Chignon aufgesteckt, geschmückt mit einer kostbaren Spange. Ihre zweiundsechzig Jahre sah man ihr nicht an.

»Ihr habt die Trauer abgelegt«, sagte Antonio.

»Altwerden ist Scheiße. Rasier sofort diesen verdammten patriotischen Bart ab. Italien, ob schön oder hässlich, ist ja jetzt gemacht.«

In diesen Tagen war die ganze Stadt verrückt nach der Ausstellung, die Christoph Kolumbus gewidmet war. Vierhundert Jahre zuvor, den Bug nach Westen gewandt, hatte der Genueser Admiral seine Haut, seinen Ruf und die zwei Millionen Gold-Maravedìs aufs Spiel gesetzt, die die Spanische Krone und der Banco di San Giorgio investiert hatten, um auf dem Seeweg Cipangu und Cathay zu erreichen. Falls der Coup gelingen sollte, hätte er damit venezianische Kaufleute und türkische Zöllner matt gesetzt. Doch die Berechnungen waren falsch, Japan lag nicht da, wo es hätte sein sollen, von den goldenen Dächern, die Marco Polo beschrieben hatte, keine Spur. Statt Gold, Silber, Diamanten, Pfeffer, Zimt, Muskatnuss und Nelken hatte Kolumbus bei seiner Rückkehr nach Sevilla sieben Eingeborene und einen

Papagei mitgebracht. Dennoch war es großartig gelaufen, wenn man berücksichtigt, was die Unternehmung für die europäischen Bankiers und Kaufleute in den folgenden vier Jahrhunderten abgeworfen hatte. In Genua feierte die ganze Welt das Risiko.

Zauberkünstler und Gaukler improvisierten Vorstellungen zwischen den Pavillons, die im Bisagno-Tal aufgestellt worden waren. Zweiundzwanzigtausend Quadratmeter, zweitausendneunhundertzweiundsechzig Aussteller, dreihundertfünfzigtausend Lire von der Kommune bereitgestellt, plus die Einnahmen aus der kolumbianischen Lotterie, plus die Beiträge der privaten Investoren. Mehr als eine halbe Million zahlender Zuschauer bei den historischen Umzügen, den Theateraufführungen, der Achterbahn, beim neapolitanischen Eis, dem Schweizer Bier, dem Spiegelkabinett, dem Leuchtbrunnen, dem Aquarium mit den Tauchern, der Drahtseilbahn, dem hydraulischen Aufzug, der Galerie der Arbeit und der endlosen Reihe von Kongressen: der Seerechtler, der Sozialwissenschaftler, der Historiker, der Turnlehrer, der Taubstummenerzieher, der Grundschullehrer, der Buchhalter. Und dann gab es noch die Sporthalle des Turnvereins Liguriens, die Segel-, Dampf- und Ruderregatten, die internationalen Fechtturniere, die Schießbuden, die Wettbewerbe im Taubenschießen, die Trab- und Galopprennen. Dazu das Konzert-Café Eldorado, die Pavillons Erhart und Florin, den Fesselballon, das eiförmige Restaurant, das sie natürlich »Ei des Kolumbus« getauft hatten: dreitausend Meter Leinwand, sechsundzwanzig Meter hoch, vier Etagen und sechzehn Fenster. Eine einmalige Erfahrung.

Dafür eilten sie aus der halben Welt nach Genua. Rumänische Würdenträger, deutsche Delegationen, englische Lords, südamerikanische Militärs. Lady Violet hatte neue Mädchen einstellen müssen, mit doppelten, am Samstag dreifachen Schichten. Sogar Ihre Majestäten Umberto I. und Margherita von Savoyen waren mit der königlichen Yacht eingetroffen, eskortiert von den Panzerkreuzern *Andrea Doria, Duilio* und *Lepanto*. An der Reede hatten sie die fünfundzwanzig Militärschiffe besichtigt, die von nah und fern gekommen waren, von Frankreich bis Japan, von Griechenland bis Argentinien. Sie hatten die Werkhallen besucht, die Werften, die Heime, die Kollegien, das Pammatone.

»Mach die Augen auf, kleiner Hering. Sieh dich um, es sind tolle Leute unterwegs. Nimm dir ein Beispiel«, drängte Madame Carmen, während sie ihre Augen gegen die schon hoch stehende Sonne abschirmte.

Sich umsehen? Antonio tat nichts anderes. Er arbeitete wie besessen. Vorbei die Zeit der sperrigen Standkameras, der Visitkarten, des schwarzen Tuchs und der tragbaren Dunkelkammern. Um gute Fotos zu machen, genügte es nun, sich einen Apparat wie den von Laverne anzuschaffen, den Alpiniste von Enjalbert mit seinem Magazin für zwölf Aufnahmen, den Detective Nadar, die Kodak Nr. 1 oder den Cinégraph Français, eine kleine Handkamera, die Antonio im Jahr zuvor erworben hatte. Sie wog sehr wenig, man befestigte sie an der Brust statt auf dem Stativ, man regulierte die Schärfe dank eines oben angebrachten Suchers, man drückte den Auslöser, und im Bruchteil einer Sekunde bannte das Licht das Bild auf mit Silbersalzgelatine beschichtete Glasplatten. Und die konnte man schon fertig kaufen. Sehr bequem. Das war etwas anderes als das feuchte Kollodium. Obwohl Antonio dann und wann doch mit einem Hauch Nostalgie an die Vergangenheit dachte: die Kunst, die Bestandteile zu mischen, das Ritual, das Warten, das Maß, die Handfertigkeit. Jetzt genügte es, die Platte in den Halter zu schieben und abzudrücken. Alle, die sich so einen Apparat leisten konnten, wie er ihn um den Hals trug, nannten sich »Fotografen«. Sie täuschten sich gewaltig, die Ärmsten, dachte er dann. Was wussten sie schon davon, wie das Licht arbeitet? Wie man es bändigen muss und wie schwer es sich einfangen lässt? Auch die Macht der Zeit kannten sie nicht und die tausend Schattierungen von Chiaroscuro, mit denen die Geduld jene belohnt, die zu warten verstehen. Ahnungslos liefen sie durch die Gegend und rafften Bilder zusammen wie nimmersatte Kinder. Eine Völlerei. Wo blieb das Staunen? Die Verzauberung, die einen verwundert die Augen aufreißen lässt? Jetzt reduzierte sich die ganze Angelegenheit auf eine Vierzigstelsekunde. Bei korrekter Belichtung sogar weniger. Schnappschüsse nannte man das, und es war eine Hexerei, die nur der begreifen konnte, der die lange Lehrzeit des feuchten Kollodiums hinter sich hatte.

Jedenfalls hatte Madame Carmen recht, während der laufenden Ausstellung durfte er seine Zeit nicht mit müßigen Erinnerungen vergeuden. Zwischen den Pavillons fehlte die Arbeit nicht. Kleinfamilien auf Ausflug, große Männer, die den Augenblick zu verewigen wünschten, Aussteller, die Werbung für sich machen wollten, bizarre Typen, merkwürdige Objekte. Drucke, die sich später gut verkaufen würden.

»Und such dir eine Frau.«

»Eine Frau?« Antonio war verblüfft.

»Eine Frau.«

»War die Liebe nicht ein Reinfall?«

»Wer spricht denn von Liebe. Du bist siebenunddreißig, hast einen Beruf gelernt und weiße Haare im Gesicht. Bald werden dir auch welche aus der Nase und aus den Ohren wachsen. Worauf wartest du?«

Es gab keine Antwort. Manche werden schon als Ehemänner, Väter, Großväter geboren. Er nicht. Erschüttert begriff er, dass der Aufschwung damals vor so vielen Jahren vor derselben Tür, unter derselben Glyzinie, die inzwischen so knorrig geworden war wie eine Faust, kein Neubeginn, sondern ein Stillstand gewesen war.

»Wenn der Zirkus um die Ausstellung vorbei ist, mache ich den Laden zu und heirate. Du bist der Erste, der es erfährt, kleiner Hering.«

»Ihr.«

»Ich.«

»Warum?«

»Ich habe es satt zu arbeiten. Und ich bringe eine gute Mitgift ein«, antwortete Madame Carmen, auf das Haus, das Bordell und die Mädchen anspielend. »Die große Welt ist voller Witwer. Sie werden Schlange stehen.«

An jenem Abend ging Antonio zu Fuß heim zu seinem Dachboden mit Blick auf den Hafen. Er zweifelte nicht daran, dass Madame Carmen ihre Absicht verwirklichen würde. Eingezwängt zwischen den neuen, am Rand des Zentrums emporgeschossenen Häusern führte die Pflasterstraße bald steil, bald in großen Stufen zum Meer hinunter und zwang ihn, seinen Schritt zu verändern. »Das Leben rast«, dachte er. Madame Carmen heiratet, die Mädchen werden ein anderes Bordell finden, Alessandro Pavia schreibt, dass er bald zurückkommt. Primo Leone spielt Klarinette in der Dorfkapelle von Borgo di Dentro. Wenn nötig, auch Saxofon oder Pauke. Seine Liebste, Ehefrau und Mutter geworden, hat ihm drei Kinder geschenkt. Sie haben sie Anita, Giuseppe Garibaldi und Nino Bixio genannt. Die Namen hat Großvater Domenico ausgewählt, aber Primo hat die Kinder gezeugt. Das Leben der anderen rast.

Also beschloss er, auf Madame Carmen zu hören. Er ließ sich bei einem Schneider in Carignano ein paar Anzüge anfertigen. Für den Bart und die Haare wandte er sich an einen Barbier in der Altstadt. Im Nu fegte ein Bediensteter das weg, was ihn jeden Morgen vor dem Spiegel an seinen Meister erinnert hatte. Die mit der Zeit verblasste, L-förmige Narbe, eines von Michele Casagrandes Meisterwerken, sah man fast nicht mehr. Elegant und parfümiert machte er sich auf die Jagd nach einer rechtmäßigen Gattin.

In seinem Atelier erschien bald darauf eine Schneiderin aus Albaro, ein Schmetterling mit Kulleraugen. Sie wünschte ein Foto für ihre vor zwei Jahren im Heimatdorf zurückgelassenen Eltern, die ihr so sehr fehlten. »Könnt Ihr mich schön dick darstellen?«, fragte sie und musterte mit aufgerissenen Augen das Durcheinander des Dachbodens. »Um ihnen eine Freude zu machen«, setzte sie hinzu, sich mit dem behandschuhten kleinen Finger eine Träne abtupfend.

Sie sah aus wie eine Figur aus einem Ausschneidealbum,

die bei der ersten Berührung zerknitterte. Antonio reichte ihr eine Puderdose und einen Wattebausch und zeigte auf einen Paravent mit chinesischem Muster. »Da gibt's einen Spiegel.«

Die kleine Schneiderin begriff blitzschnell und kam mit vom Rouge geröteten Wangen wieder hinter dem Paravent hervor, das naturfarbene Baumwollkleid gespannt über Busen und Hüften. Auf dem Foto würde sie großartig aussehen, eine *Bella Rosin,* eine Sopranistin aus dem Teatro Carlo Felice.

Antonio erbot sich, ihr das Foto nach Hause zu bringen, und tat dann, was er in diesen Fällen für angebracht hielt: Er reichte ihr den Arm zum sonntäglichen Spaziergang, begleitete sie zu den Ständen der Ausstellung, kaufte ihr gezuckerte Getränke und Pralinen, überreichte ihr die Püppchen, die er an der Schießbude gewann, schickte ihr Rosensträuße und Bonbonschachteln. Nach fünf Wochen und einer beträchtlichen Anzahl von Geschenken hatte die kleine Schneiderin immer noch nicht aufgehört, ständig Mama und Papa zu erwähnen und dabei traurig zu werden. Doch am schlimmsten war, dass sie sich noch kein Küsschen hatte geben lassen. Antonio beschloss, dass es ein höllisches Leben sein würde, noch länger darauf zu beharren.

Dann machte er einer Lehrerin den Hof. Sie war groß, schlank, athletisch und energisch, kannte sich mit Anatomie, Physiologie und Hygiene aus. Sie trug kein Korsett, weil sie meinte, von den Stangen eingeschnürt werde die Wirbelsäule an Elastizität verlieren. Jeden Morgen erhob sie sich bei Tagesanbruch und marschierte die Seepromenade auf und ab, bis die Schulglocke läutete. Nach dem Unterricht ging sie in den Turnverein, stemmte Hanteln, übte Seilspringen, nahm Schwebebalken, Überschlag, Sprossenwand in Angriff. Sie praktizierte Bogenschießen. Ging zum Bergsteigen. Ihr größter Kummer war, dass Frauen nicht in den Italienischen Alpenverein eintreten durften. Ihr Traum war, Hochrad zu fahren. Sie machte Liebe wie eine Turnerin auf dem Sprungbrett, bemaß die Geste, den Schwung, den Atem. So ging es drei Monate, dann ließ Antonio, völlig erschöpft, sie ohne Bedauern in den Armen eines englischen Offiziers zurück, der einige Wochen zuvor gelandet war und im Turnverein mit Feuereifer ein neues Ballspiel propagierte, genannt *football*.

Danach war eine Wäscherin an der Reihe, die das Laster hatte, den Kunden die Wäsche zu stehlen. Es folgte eine bildschöne Zigarrenarbeiterin, die sich allzu sehr geneigt zeigte, ihre Reize mit den Kollegen aus der Tabakmanufaktur zu teilen. Dann kamen eine hysterische Stickerin und die Tochter eines berühmten Patissiers, auch sie Konditorin und sehr naschhaft, nicht nur in Bezug auf Bonbons. Es lief wunderbar, bis sie eine Begegnung zu dritt vorschlug, mit ihrer Zwillingsschwester. Nicht dass Antonio, der ja seit seinem sechzehnten Lebensjahr in Madame Carmens Bordell ein und aus gegangen war, keine Erfahrung gehabt hätte. Aber die verdoppelte Gier bewog ihn, sich anderswo umzutun. Unterdessen schrieb Madame Carmen aus Paris und Monte Carlo, Ansichtskarten ohne Unterschrift, die ihn jedes Mal verblüfften:

Marquis, Schloss (klein, feucht), Mäuse wie im Vico Falamonica, hat Mundgeruch.

oder:

*Bankier (behauptet er), verrückt nach Roulette, gro-
ßer Furzer.*

und drei Monate später:

*Magistrat, sieht gut aus, trinkt nur Wasser, so geizig,
dass man vor Scham im Boden versinken möchte.*

Dann plötzlich ein mit Schleifen und Engelchen verzier-
tes Kärtchen. Eine gewisse Madame Rosa Bernard Morel
ehelichte einen Diplomaten mit drei Nachnamen. Hand-
schriftlich hatte Madame Carmen noch hinzugefügt: »*Et
toi, petit* Hering?«

Sie hatte sogar Französisch gelernt. Teufel von einer Frau.
Die Nachricht von ihrer Hochzeit versetzte ihn in Aufruhr. Vielleicht war er zu anspruchsvoll, vielleicht hätte die
Wäscherin, einmal verheiratet, aufgehört mit dem Wäsche-
stehlen. Vielleicht hätte die hysterische Stickerin sich beruhigt. Vielleicht hätte es mit der Konditorin funktioniert.
Ein Leben voller Mandeln, Schlagsahne und Schwanzlut-
scherei. Doch je länger er darüber nachdachte, umso weniger konnte er sich entscheiden: Für den Waisenjungen aus
dem Pammatone war »Familie« ein außerordentlich ernstes
Wort.

Die gute Nachricht war, dass Alessandro Pavia, während
Antonio Casagrande eine Frau suchte, nach Italien zurückgekehrt war. Nun hatte der Meister nichts mehr zu befürch-

ten. Wozu Republikaner jagen? Polizisten und Carabinieri hatten andere Sorgen. Mazzini war tot, Garibaldi ebenfalls, sogar der republikanische Dichter Giosuè Carducci schrieb Oden an die Königin. Die Bedrohung der gesetzlichen Ordnung keimte anderswo: Der sozialistische Schimmel überzog die Fabriken, die kommunistische Krankheit verbreitete sich in den Arbeitervorstädten, die anarchistischen Bombenleger traten in Kneipen und Arbeiter-Freizeitheimen auf. »Klassenkampf! Revolution!«, tönten sie von ihren improvisierten Bühnen auf den Dorffesten. Und außerdem ging Pavia auf die siebzig zu, es wäre schwierig gewesen, ihn mit einem aktiven Verschwörer zu verwechseln.

Die schlechte Nachricht war, dass der Meister beschlossen hatte, sich in Mailand niederzulassen. »Hier ist die Welt«, schrieb er.

»Die Welt und eine verwitwete Schwester«, kommentierte Madame Carmen aus Paris, wo sie die Nachmittage damit verbrachte, in ihrem Salon die Gattinnen hoher Tiere zu unterhalten oder an den Tischchen verspiegelter Confiserien *tarte tatin* und *macaron* zu verspeisen. Aus dem Bordell von Lady Violet in Genua war ein vornehmes Wohnhaus geworden, in dem nüchterne Beamte der Königlichen Präfektur und keusche Gymnasiallehrer lebten. Aber die Frau, die so viele peinliche Geheimnisse hütete, korrespondierte mit der halben Stadt und verfehlte nicht, ihn mit Nachrichten zu versorgen. »Er will die Magd im Haus, kleiner Hering. Die Magd *und* das Haus. Im Alter ist dein Meister schlau geworden.«

In der Tat hatte Pavia in einem zentralen Viertel von Mailand einen Laden eröffnet, direkt unter der Wohnung seiner Schwester, am Corso di Porta Romana 129. Scharen von Kunden, ausgezeichnete Geschäfte, Berühmtheiten: Das erzählte er seinem ehemaligen Assistenten. Dann wurden die Briefe seltener. Als Antwort auf seine detaillierten Berichte über die Genueser Signorine und die neuesten Erfindungen der Fotografietechnik hatte Antonio eine kurze Nachricht, ein paar Ansichtskarten und zuletzt ein Billett erhalten:

Liebe Grüße aus Mailand.

Keine lauten Töne, Ausrufezeichen oder Schnörkel, die der Welt die gewohnte Herrlichkeit des Meisters verkündeten. Nüchterne Schrift. Tantenmäßige Förmlichkeit. Was war aus dem Fotografen der Tausend geworden?

Ratlos hatte Antonio das Billett zusammengefaltet, »Was haltet Ihr davon?« auf die Rückseite geschrieben und das Ganze an Madame Rosa Bernard Morel, rue de Grenelles 7, Paris, geschickt. »Nichts wie hin, Hering«, war die umgehende Antwort per Telegramm gewesen. Antonio hatte ein paar Sachen, die man für einige Urlaubstage braucht, in einen kleinen Lederkoffer geworfen und war abgereist.

Es war Anfang April 1896. Am Hauptbahnhof von Mailand empfing ihn ein übel riechendes, hastiges Gedränge. Antonio überquerte den Vorplatz, erkundigte sich nach dem Weg, erreichte die Kolonnaden und wanderte eine Allee mit prächtigen Eingängen, glitzernden Cafés und Luxushotels entlang bis zum Portikus des Teatro alla Scala. An das Gewirr enger Gassen gewöhnt, kam ihm alles außerordentlich groß vor. Die Nase in der Luft, bog er in die Galleria Vittorio Emanuele ein, bezaubert von dem erstaunlichen Gebäude aus Glas und Eisen, dem Gold, den Stuckaturen, und stand dann auf der Piazza del Duomo. Sie kam ihm vor wie ein Appellplatz. Die riesige, reich verzierte Fassade, der Kreis der Palazzi, die Reihe der Bogengänge, die Reiterstatue von Vittorio Emanuele, die Palmen: unmöglich, alles mit einem Blick zu erfassen.

Der Laden des Meisters war allerdings nicht so großartig, wie Alessandro Pavia ihn Brief für Brief beschrieben und wie Antonio Casagrande ihn sich in seinem Dachboden über dem Hafen vorgestellt hatte. Am Corso di Porta Romana 129 hing ein von der Feuchtigkeit morsches, hölzernes Schild, das kaum noch lesbar war:

ALESSANDRO PAVIA

FOTOGRAF DER TAUSEND

UNTERRICHT FÜR ANFÄNGER ZU GEMÄSSIGTEN PREISEN

PLATTEN, ALBEN, VERSCHLÜSSE, KARTONAGEN,

PROBEN UND CHEMISCHE ANALYSEN

Nur ein Schaufenster. Schmutzig, dunkel, voller verstaubter Gegenstände. In einer Ecke ein Stoß vergilbter Hefte, die Seiten mit Eselsohren.

»Ist es gestattet?« Antonio schob die Eingangstür auf. Ein Klangstab erzeugte einen metallischen Ton. Er ging zwei Schritte hinein und wiederholte noch einmal lauter: »Ist es gestattet?« Der Laden lag im Halbdunkel. Es roch ungelüftet und nach Arznei. Er nahm ein Geräusch wahr, als befände sich jemand im Nebenzimmer. Er wartete, aber nichts geschah. Also begann er sich umzusehen.

Der Raum war kleiner, als man von außen vermutete. An einer Wand stand ein Tisch voller Schnipsel und Holzstäbchen. Drei hohe Regale nahmen die anderen Wände ein. Es gab Platten, Bücher, Fläschchen, vergilbte Abzüge von Garibaldi zu Pferd, Mazzini in Denkerpose, ein Brustbild von Vittorio Emanuele. Die Trompete des Meisters. Antonio bemerkte auch eine Kamera für Visitkarten, die auf einem Stativ balancierte. Das schwarze Tuch zeigte einen auffällig geflickten Riss.

Erneut ein Knarzen, wie von einem bewegten Möbelstück.

»Störe ich?«, fragte Antonio.

Keine Antwort.

»Ich suche den Inhaber.«

Zwölf-Uhr-Läuten. Sollte der Meister zum Mittagessen ausgegangen sein? Und wer war da im Nebenzimmer? Ein Assistent? Nein, eher nicht. Antonio hatte den Eindruck, dass seit Langem kein Kunde mehr hier gewesen war. Während er über die Umstände nachdachte, öffnete sich klirrend die Eingangstür. Eine Frau um die sechzig trat herein, in einer Hand einen Teller, der mit einem zweiten Teller zugedeckt war. Mit der freien Hand drehte sie den Schlüssel um und schloss die Tür von innen ab. Als sie ihn bemerkte, machte sie einen Schritt rückwärts, und aus dem wackelnden Teller schwappte ein bisschen Suppe.

»Ich suche Herrn Pavia«, sagte Antonio, den Hut ziehend.

Die Frau stoppte die Flüssigkeit mit einem Finger, den sie an die Lippen führte, während sie den Besucher musterte. Sie taxierte die Handschuhe, den Anzug, den Mantel, den Lederkoffer. Da sah Antonio sich mit ihren Augen – sie trug ein dünnes Wollkleid, Schürze, Schultertuch und Pantoffeln – und fühlte sich plötzlich unwohl. Unwillkürlich fasste er sich ans Kinn, nach dem Bart tastend, den er Jahre zuvor auf die Ermahnungen von Madame Carmen-Lady Violet hin abgeschnitten hatte. Hatte er sich in einen Bürger verwandelt? In eine Kopie des Nachfolgers? Wer weiß, ob der Meister ihn erkennen würde.

»Der Laden ist geschlossen«, sagte die Frau streng, die Hand wieder auf dem Teller, der als Deckel diente. »Meinem Bruder geht es nicht gut, er kann nicht arbeiten und kann Euch nicht bezahlen.«

Daraufhin begriff Antonio, dass er einem Gläubiger glich. »Ich will kein Geld«, sagte er rasch. »Ich komme aus Genua. Ich war sein Assistent.«

Der Gesichtsausdruck der Frau entspannte sich kaum. Sie trat an den Tisch, stellte den Teller ab, holte aus einer Schublade einen Löffel, eine Serviette und einen Lappen, den sie auf dem Tisch ausbreitete, mit dem Teller in der Mitte. »Wartet hier«, sagte sie.

Sie verschwand hinter einem Türchen, das Antonio in der Dunkelheit übersehen hatte. Er hörte sie sprechen, argumentieren, lauter werden.

»Er will Euch nicht sehen«, sagte sie, als sie zurückkam.

Antonio war verwirrt. »Ich bin doch extra hergefahren«, erwiderte er.

»Mein Bruder ist sehr krank«, setzte die Frau hinzu. Irgendwo hatte sie noch ein Glas und eine Flasche herausgezogen. »Jetzt muss ich ihm zu essen geben und ich habe nicht viel Zeit.«

»Vielleicht hat er nicht verstanden, wer ich bin.«

»Er weiß, wer Ihr seid. Vor einigen Wochen hat er mich gebeten, Euch zu schreiben, und ich habe es getan.«

»Aber er will mich nicht sehen.«

»Wie gesagt, er ist sehr krank.«

»Dann komme ich eben später wieder.«

»Er will Euch nicht sehen, Signor Casagrande.«

›Sie irrt sich‹, dachte Antonio. Sie ist müde, alt, arm und sie irrt sich. Wahrscheinlich hat der Meister es nicht verstanden. Der Meister hat ihn aus dem Pammatone gerettet. Der Meister hat ihm Lesen und Schreiben beigebracht Er hat ihm seine erste Platte in die Hand gegeben und gesagt: »Jetzt bist du dran.« Diese Frau irrt sich ganz bestimmt.

»Ich werde warten«, erwiderte Antonio.

»Er will Euch nicht treffen.«

»Das muss ein Missverständnis sein.«

»Keinerlei Missverständnis.«

»Unmöglich.«

»Ich muss Euch bitten, jetzt zu gehen.« Sie zog ein langes Gesicht und hatte die Stimme dessen, der keine Wörter mehr hat.

Antonio sah sich erneut um. Unter einem Staubschleier wellten sich schon wer weiß wie lang Bögen von albuminiertem Papier. Die Tinte auf dem Etikett der Entwicklungssalze war verblasst. Ein *Bart des Generals Garibaldi nach der Schlacht von Bezzecca* – ein Büschel ausgebleichter Haare – vertrocknete unter Glas. »Ich bestehe darauf.« Antonio stellte seinen Koffer auf den Boden. Er würde nicht so nach Genua zurückkehren, ohne ihn zu sehen, ohne mit dem Meister zu sprechen.

Die Frau setzte sich an den Tisch. Antonio dachte an einen aufgeriebenen Soldaten. »Ich muss ihm zu essen geben. Die Suppe wird kalt, und ich habe keine Zeit zu verlieren. Wenn ich aufhöre, haben wir hier nichts mehr zu essen«, sagte sie.

»Lassen Sie mich das machen.« Antonio zog den Mantel aus, suchte einen Haken zum Aufhängen und deckte die Suppe ab. In einer erdfarbenen Brühe schwammen Nudelfäden und ein paar dicke Bohnen. Er ergriff den Teller, tauchte den Löffel hinein und ging auf die Türe zu, hinter der sich der Meister befinden musste. Die Frau stützte die Ellbogen auf die Tischplatte und presste die Hände an die Schläfen.

In dem Kämmerchen hatte Antonio Mühe, sich an das Dunkel zu gewöhnen. Der Mief war stärker, offenbar hatte der Meister aufgehört, sich zu waschen.

»Ich bringe Euch das Essen«, sagte er zu niemandem. Dann sah er ihn. Er saß in einem Sessel, eine dicke Decke auf den Knien wie nicht einmal im Winter. Der Bart war starr und schmutzig und verbarg das, was vom Bauch noch übrig war. Nicht mehr der Planet, um den das Universum einst kreiste, sondern ein leerer Sack, der am Rippenbogen hing. Die Haare, lang und schütter, klebten an der Stirn. Brennend wie Fackeln die Augen, voller Schrecken, die Angst schien sein ganzes Gesicht aufzufressen, der Mund stand offen, die hängende Unterlippe entblößte das nackte Zahnfleisch. Der Gestank reizte den Hals. Antonio hielt den Atem an. »Die Suppe wird kalt«, sagte er dann.

In einer Ecke stand ein Hocker, er rückte ihn nah an die Armlehne des Sessels, setzte sich, nahm einen Löffel voll

Suppe und hielt ihn dem Meister hin. Der klappte ruckartig Augen und Mund zu. »Verschwinde«, murmelte er.

»Die Suppe wird kalt«, wiederholte Antonio. Einen langen Moment hielt er den Löffel in der Schwebe. Dann öffnete der Meister die Lippen und schloss sie um den Löffel. Ein Speichelfaden verlor sich im Bartgestrüpp. Der Meister versuchte, das Rinnsal zu stoppen, doch die Hand zitterte. Antonio zog ein Taschentuch heraus und wischte es ab. So machte er es im Pammatone, wenn er beauftragt wurde, sich um jemanden im Saal der Unheilbaren zu kümmern. »Schmeckt's?«, fragte er.

Der Meister antwortete nicht. Aus seinem rechten Auge rann eine Träne. Antonio trocknete auch die und fütterte ihn dann weiter.

»Zum Abendessen komme ich wieder«, sagte er, als der Teller leer und die Speichelreste abgewischt waren.

Er fand ein Zimmer in der Nachbarschaft, traf eine Absprache für die Mahlzeiten und kehrte am Abend zurück und dann am folgenden Morgen und so fort, die ganzen vierzehn Tage, die der Todeskampf dauerte.

Im Obergeschoss nähte die Schwester zu Hause für die Familien des Viertels. Jeden Morgen kam sie herunter, machte zum Lüften die Tür zur Straße weit auf und leerte den Nachttopf. Mit einem feuchten Läppchen fuhr sie ihrem Bruder über Gesicht und Hände. Sie kochte für ihn, und Antonio fütterte ihn.

Einige Tage nach seiner Ankunft besorgte der ehemalige Assistent einen Zuber, füllte ihn mit lauwarmem Wasser, entkleidete den Meister und badete ihn. Danach schnitt er ihm Bart und Haare, parfümierte ihn mit Kölnischwasser und zog ihm frische Unterwäsche an. Der Meister sagte weiterhin kein Wort.

Ab und zu schaute auch eine Nichte im Laden vorbei. Sie steckte den Kopf in das Kämmerchen herein, wo der Kranke döste. Im Sessel. Denn das Feldbett in der Ecke, sagte seine Schwester, drücke ihm die Lungen ab. Die junge Frau deutete einen Gruß an, ließ Apfelmus mit Zucker da oder gekochtes Kastanienpüree und ging eilig wieder davon. Auch ein paar Gläubiger erschienen. Wenn es um wenig ging, um die Rechnung des Bäckers oder des Gemüsehändlers, bezahlte Antonio sie aus seiner eigenen Tasche.

Wenn er nicht mit dem Meister beschäftigt war, kümmerte er sich um den Laden. Die Schwester ließ ihn machen. Er staubte ab, putzte, wischte nach und warf weg, was nicht mehr brauchbar war. Er erkannte den großen Koffer wieder, in dem der Meister die Negativplatten der Tausend aufbewahrte. Sie waren alle da und noch einige mehr. In einer Schublade fand er das blausamtene Etui, das der König dem Fotografen der Tausend in die Schänke im Borgo San Frediano hatte schicken lassen. Leer, auf dem seidenen Futter der Abdruck der Brillantbrosche. Auf einem Regalbrett fand er auch das Register, das der Meister während der Arbeit an dem Projekt benutzt hatte. »Modellalbum« nannte er es. Nun platzte es aus allen Nähten, quoll über von eingefügten Blättern, Zeitungsausschnitten, hineingeklebten und gefalteten Zusätzen. Bei jedem Garibaldiner waren Name, Nachname und Beruf vermerkt, wann und wo das Foto aufgenommen worden war, aber auch Hochzeiten, Kinder, Krankheiten, Trauerfälle. Das ganze Leben, mit

Bleistift am Rand, so wie es der Meister im Lauf der Jahre rekonstruiert hatte. Und Kohleskizzen, wenn das Foto fehlte, und Billetts und Postkarten, und sogar Bilder von Totenmasken und in manchen Fällen Nachrufe. Einer prangte auf der ersten Seite, weit weg von dem Verstorbenen, auf den er sich bezog: »Eine Beerdigung ohne religiöse Symbole, in jungfräulicher Erde, wo keine Gefahr bestand, neben einem früher dort begrabenen Jesuiten zu landen.« Antonio stellte sich vor, wie der Meister mit Schere und Leim hantierte, und betrachtete das Album als Testament.

Neben dem Bild von Domenico Leone im Rothemd häuften sich die Anmerkungen des Meisters, ein Zeichen, dass er, wie Antonio, einen regelmäßigen Briefwechsel aufrechterhalten hatte.

> *Primo Leone (Sohn) heiratet Angela Maria Bruni –*
> *Mai 1879.*
> *Anita Leone (Enkelin), geboren in Borgo di Dentro –*
> *Juni 1880.*
> *Giuseppe Garibaldi Leone (Enkel), geboren in Borgo*
> *di Dentro – September 1882.*
> *Nino Bixio Leone (Enkel), geboren in Borgo di Den-*
> *tro – November 1883.*

Andere Seiten waren voller Anmerkungen. Ein Fuhrmann mit sieben Kindern. Ein Metzger, mit dreißig an Lungenentzündung gestorben. Ein Journalist, der sich im Pferdehandel einen Namen gemacht hatte.

Um ein Uhr mittags erschien die Schwester mit dem zugedeckten Teller und überraschte ihn dabei, wie er diese

Mappe voller Existenzen studierte. »Heute gekochte Kartoffeln«, verkündete sie daraufhin herrisch, als wollte sie sagen: »Beschäftigt Euch mit wichtigeren Dingen!«

Antonio blickte auf wie jemand, der aus einer anderen Zeit und von einem anderen Ort kommt. Dann studierte er weiter die bizarren Verschlingungen des Schicksals. Hochzeiten und Unglücksfälle, Taufen und Verhängnisse: Es war nicht leicht, sich dem Zauber von so viel Leben zu entziehen.

In einem Extraheft hatte der Meister Zeitungsausschnitte aus dem Jahr 1880 gesammelt, es war das zwanzigste Jubiläum des Zugs der Tausend, und aus dem Jahr 1885, da war's ein Vierteljahrhundert, zusammen mit den Entwürfen der Briefe, die er an Bürgermeister und Bibliothekare geschrieben hatte, um ihnen den Kauf des Albums anzubieten. *Da der dreißigste Jahrestag näher rückt ... Im Vertrauen darauf, dass dieses Schreiben ... 460 Lire ... ein überaus günstiger Preis ... bequeme monatliche Subskription ...* Beim Durchblättern wurde Antonio schwindelig, wie jemandem, der in einen Abgrund blickt und sich nicht davon lösen kann.

»Hier ist der Ofen!«, sagte die Schwester dann wütend und zeigte auf die Blätter. Sie schlug die Tür zu und ging wieder nach oben, um Säume nachzunähen und Mäntel zu wenden.

War das der Fehler des Meisters? Weiter an die Helden zu glauben? Die Welt mit dem Vertrauen eines Zwanzigjährigen zu betrachten? Sich zu weigern, erwachsen zu werden? War das die Schuld, die ihn jetzt, alt, allein, krank und mit den Gläubigern im Nacken an den wackeligen Sessel im Hinterzimmer fesselte?

Aus Amerika berichtete der Meister Wunderdinge. Aus Mailand erzählte er Wunderdinge. Seine Briefe waren Feuerwerke, Explosionen der Lebendigkeit, Meisterwerke des Optimismus. Das Modellalbum in Händen erriet Antonio alles, was Alessandro Pavia ihm verschwiegen hatte: das Warten auf den Briefträger, die Enttäuschung, die Leidenschaft, die zur Besessenheit wird, die bitteren Blicke der Frau, die bösen Worte, die Schulden, die Schulden, die Schulden. So hoch, dass man den Überblick verlor. Das Abendessen aus Spülwasser und Kartoffelschalen. Die Brosche im Pfandhaus (beim Gedanken an diesen Moment kniff Antonio die Augen zusammen). Und der Meister immer über das Album gebeugt, jeden Tag, alle Tage. Der Koffer mit den Negativplatten, den er durch die halbe Welt mitschleift, und die Welt, die nicht versteht und woandershin läuft. Die Besessenheit, die zur Krankheit wird. Und das, während die Leute – *seine* Leute – sterben. Im besten Fall werden sie zu Stein, wie Mazzini. Oder zur Reiterstatue, wie Garibaldi. Aber alle anderen? Seine tausend Cafetiers, Bauern, Buchhalter, Erdarbeiter, Seeleute, Journalisten und Metzger? Seine *Helden*? Auch sie alle tot. Sogar um Seine Majestät Vittorio Emanuele musste er trauern, der Republikaner Alessandro Pavia. Ganz zu schweigen von dem Schmerz, den ihm der Garibaldiner Francesco Crispi bereitet haben musste, der als Premierminister das Heer gegen die Landarbeiter hetzte. Und welche Bedeutung hatte dann noch die Revolution der Silbersalzgelatine oder die erstaunliche Belichtungszeit der Kodak Nr. 1, wenn die Welt, *seine* Welt, zugrunde gegangen war?

›Scheißkerl‹, dachte Antonio. ›Alter, verblendeter Scheiß-

kerl.‹ An den langen, stillen Nachmittagen erhob er sich
ab und zu vom Tisch, machte ein paar Schritte im Laden,
das Album an einer Seite mit Heiligenbildchen aufgeschla-
gen. Sie erinnerten ihn an die heiligen Christophorusse,
die Pater Blitz ihm manchmal schenkte. Leben, in einem
Augenblick der Größe aufgespießt wie Insekten an einer
Stecknadel. Er sah den Meister, der sich die Augen verdarb,
während die Größe im breiten Strom der Zeit davonglitt,
ein Glitzerkörnchen, verloren im Sand, im Schlamm. Und
er, der sich mit der Erinnerung quälte und sich abmühte,
Fotografien zu ordnen. Als ginge es um Verwandte, Vet-
tern, Brüder. Wer würde schon vierhundertsechzig Lire für
das Familienalbum eines anderen ausgeben?

»Blödes, gescheitertes Arschloch.«

Oder: »Du hättest mich um Hilfe bitten müssen.«

Oder: »Du hättest mir die Wahrheit schreiben müssen.«

Es waren sinnlose, schmerzhafte Gedanken. Er brauchte
nicht mit dem verrückten Auge durch den Sucher des mo-
dernsten Cinégraph Français zu blicken, um zu begreifen,
dass der Meister im Sterben lag. Der Meister, der nicht um
Hilfe bat, der sich weigerte, ins Krankenhaus zu gehen,
den Laden, die Platten der Tausend, das Modellalbum, den
wackeligen Sessel zu verlassen. Der Meister, der ihn nicht
um Hilfe gebeten hatte, weil er nicht glaubte, dass er Hilfe
brauchte. Die Welt höchstens: Mit der Welt hatte es nach
Meinung des Meisters eine böse Wendung genommen.
Der Meister, der ihm die Wahrheit geschrieben hatte: *seine*
Wahrheit.

»Das hättest du mir nicht antun dürfen, nicht mir.«

Solche Momente. Dann trat Antonio zu der kleinen Tür

und betrachtete ihn. Schwer atmend, mit geneigtem Kopf und hängender Lippe. Er schob ihm ein Kissen in den Nacken, zupfte die Decke auf den Knien zurecht. Er wärmte ihm die Hände.

»Sprich wenigstens mit mir«, flüsterte er. Doch Pavia schwieg. Vielleicht hörte er nichts, die Krankheit schritt rasend schnell voran. Vielleicht tat er nur so.

Mailand, Samstag, 7. Mai 1898

Mai, und Mailand ist atemberaubend. Seit zwei Jahren überkommt Antonio Casagrande immer das gleiche Gefühl, wenn er auf das Pflaster der Via San Tomaso hinaustritt. Eisen, Glas, Gummi, Kohle, Petroleum, Elektrizität, Geschwindigkeit. Unmöglich, sich daran zu gewöhnen, er jedenfalls hat es noch nicht geschafft, seit er im Haus Nr. 6 über dem Tabak- und Kolonialwarengeschäft eingezogen ist, das heute geschlossen ist. Seltsamerweise.

Er lebt im zweiten Stock, in der großen Wohnung der Witwe Cantù, einer kinderlosen Frau um die siebzig, die ihn und weitere vier Untermieter – alles Männer – gegen ein bescheidenes Entgelt mit dem Nötigsten versorgt: Wäsche einmal die Woche; Frühstück mit Milchkaffee und einer Scheibe Brot; Abendessen mit wässriger Brühe, Omelette aus zwei Eiern und Apfelkompott. Was das Mittagessen betrifft, folgt die Witwe Cantù einer erprobten Routine: je einen Teller pro Kopf, gibt es für die Untermieter montags Reis; dienstags Pasta; mittwochs Reis; donnerstags Gnocchi; freitags Fisch; samstags Reis; sonntags Braten oder gesottenes Rindfleisch mit Beilage. Außerdem steht es den Untermietern frei, das Menü mit Salami, Käse oder Nachspeisen anzureichern, wobei es unhöflich wäre, diese nicht mit der Witwe Cantù und dem Dienstmädchen Marietta zu teilen. Damenbesuch ist im Haus nicht gestattet. Bügeln kostet extra, einen bestimmten Betrag pro Stück. Bettwäsche wird alle vierzehn Tage gewechselt, Handtücher einmal pro Woche. Eine Ausnahme bildet der Herr Fotograf, der gegen einen kleinen Aufpreis über zwei Räume verfügt: ein Schlafzimmer mit einem schmalen Bett, Nachttisch, zweitürigem Schrank, Krug und Waschschüssel, und eine Kammer mit kleinem Fensterchen, das ein roter Vorhang verdunkelt.

Mai, und der Himmel über Mailand ist spiegelblank. Das Licht überflutet die Gehsteige, die Haustüren, die Fenster, die Klingelbretter aus Messing. Der süßeste Monat. Sommer liegt in der Luft. Bei all diesem Licht könnte sich Antonio fast einbilden, hinter der Ecke zur Via Dante würde Mailand zu Genua und empfinge ihn mit schimmernder Bläue. Willkommen daheim, du Vagabund! Wo hast du dich die ganze Zeit herumgetrieben?

Nach einer Parfümerie, die geschlossen ist, ein Lebensmittelladen, auch geschlossen, und ein Café mit umgedrehten Stühlen auf den Tischen. Die Reflexe auf den Schaufenstern blitzen melancholisch. Der grausamste Monat: vor Augen die rechteckige Silhouette des Castello Sforzesco, aber keine Straße bergab zum Meer, keine aufgekrempelten Hosen und Füße im Wasser, kein Verweilen auf der Mole bis spät, im Glanz der Wellen, im langen, entkräfteten Licht eines Sonnenuntergangs, der nicht enden will. Denn Mailand rennt. Auch wenn heute alles stillzustehen scheint. Die Verkäufer eilen nicht hin und her, und man sieht keine Angestellten mit Aktentasche unter dem Arm.

›Ein Samstag, der wie ein Sonntag wirkt‹, denkt Antonio und geht Richtung Largo Cairoli. Der Lärm kommt von dort.

In einem Monat hat er Geburtstag. Dreiundvierzig. Er hat zu zählen aufgehört, denn hier hat die Zeit einen anderen Rhythmus, und außerdem wüsste er nicht, mit wem er feiern sollte. Die Witwe Cantù ist nicht der Typ dafür, und die anderen vier Untermieter – ein Buchhalter, ein Ingenieur im Bauamt, ein Versicherungsangestellter und ein Beamter der Königlichen Post, Junggeselle wie er – erscheinen nur zum Essen. Aber schnell, denn Mailand fliegt. Die Geleise durchschneiden die Straßen, die Trambahnen sausen, die Dampflokomotiven bewegen sich schnaufend vorwärts. Man muss nur eine von vorn auf einen 35 Millimeter breiten Zelluloidfilm bannen, und der Schauder im Saal ist gesichert. Mailand ist ein Zug, der auf die Zuschauer zurast. Eine Stadt, wie gemacht für die kleine Jumelle Sigriste, die Antonio Casagrande um den Hals trägt. Zwölf Platten, Format 9x12, entworfen, um galoppierende Pferde zu fotografieren. Unfassbare Belichtungszeiten. Beim richtigen Licht sogar nur eine Tausendstelsekunde. Zum Beispiel beim Licht von Mailand im Mai.

Nach Alessandro Pavias Tod hatte er sich bei der Witwe Cantù einquartiert. Anfangs nur für einige Tage, die Zeit, um ein feierliches Begräbnis in jungfräulicher Erde und ohne Pfarrer zu organisieren. Anschließend hatte er den Laden des Meisters abgebaut, um die Gläubiger zu befriedigen. Nur die Trompete und das blausamtene Etui hatte er für sich behalten. Aus den Tagen waren Wochen geworden. »Interessiert Euch eine Partie albuminiertes Papier?«, »Pa-

triotische Drucke?«, »Negativplatten in bestem Zustand?«
Die Fotografen, an die er sich wandte, Profis oder große
Ateliers, merkten, dass er sich auskannte, und so entwickelte sich eines aus dem anderen.

Sie begannen, ihm Arbeit weiterzugeben. Ein Porträt,
eine Vedute, ein Bild für Zeichner, die für Periodika arbeiteten. Vor allem Lokalberichterstattung. Das Kind, das heroisch aus dem Naviglio-Kanal gerettet wurde, die Einweihung eines neuen Gebäudes, der Star auf der Durchreise,
das Auftauchen einer Königlichen Hoheit in der Stadt. Die
Zeichner arbeiten mit Fantasie und Sachverstand, wollen
aber Details, die nur die Fotografen einfangen können: wie
viele Pferde die Kutsche des Königs hat, wie viele Volants
die Robe der Sopranistin, welche Form die Turbine, die
Hunderte von mechanischen Webstühlen antreibt.

Die Welt ist hier, Pavia hatte recht. Und jeden Morgen
erwachen Hunderte von Journalisten, bereit, von ihr zu
erzählen. Antonio hat den Eindruck, dass ihn jemand mit
beiden Händen anschiebt und dabei flüstert: »Lauf, lauf!«
Zu jeder Zeit, auch im Morgengrauen und bei Sonnenuntergang, auch wenn es dunkel ist. Man braucht nur eine
Handvoll Magnesiumpulver, Kaliumchlorat und Antimonsulfid, einen Docht aus Schießbaumwolle und ein bisschen
Mut. Ein Blitz und los, klicken, entwickeln, drucken und
ausliefern. Die Rotationsmaschinen schlucken kilometerweise Papier, pressen, drucken mit Tinte und in Farbe Tausende von Exemplaren pro Stunde und schneiden sie nach
Maß zu. Und nicht immer können die Zeichner Schritt halten. Schließlich hat die x-te technische Teufelei Wunder gewirkt, und die Mailänder Zeitungen füllen sich mit echten

Fotografien. Im Vergleich ist Genua ein verschlafenes Tier, das im Dunkel der Gassen, im Lichtspalt zwischen den Kanten, im vielfarbigen Marmor, im Gestank nach Fisch und Pisse immer noch wie nach einer übermäßigen Völlerei den Glanz der Vergangenheit verdaut.

In der Nähe des Largo Cairoli ist der Lärm zu einem metallischen *ran ran* geworden. Ein eiliger Passant läuft quer über die Fahrbahn und hält sich den Hut vors Gesicht gegen den Nordostwind, grau wegen der Schornsteine von Ponte Seveso. Doch heute früh gibt es keinen Rauch, auch das ist seltsam. Es heißt, es habe einen Befehl zur Schließung der Fabriken gegeben. Eine Pferde-Trambahn erfüllt die Luft mit dem schweren Getrampel der Tiere und ihrem stechenden Geruch. Antonio sucht die passende Einstellung. Das Profil von Garibaldi im Sattel und das Vordach aus Glas und Eisen des Konzert-Cafés Eden müssen erkennbar sein. Wenn er es schafft, das Castello Sforzesco auch noch aufs Bild zu bekommen, umso besser. Die Abonnenten des »Corriere« wollen keine allgemeinen Informationen, sie bestehen darauf, die Orte zu erkennen.

Von der Stelle aus, die er gewählt hat, sind die Kanonen das Problem. Im Druck würden sie aussehen wie kaum deutbare, lange, dunkle Flecken. Also geht Antonio zehn Schritte weiter, sodass er sowohl die großen Räder als auch die auf Menschenhöhe ausgerichteten Lafetten von der Seite aufnehmen kann. Die Bronze glänzt und zeichnet kleine Schatten auf den obersten Rand der Geschütze. Er hält die kleine Kamera in den Händen, reguliert die Schärfe, hofft, dass ihm die Aufnahme gelingt. Er stellt sich schon die Bildlegende vor:

Absperrung am Beginn der Via Dante. Piazza Duomo
ist gesichert.

Er wartet auf den richtigen Augenblick: dass die Artilleristen reglos wie Zinnsoldaten dastehen, dass die Trambahn vorbei ist, dass die Gruppe Frauen am Ende der Straße um die Ecke biegt und aus dem Bild verschwindet. An dem Punkt drückt er ab. Momentaufnahme aus Mailand. Beim *klick* des Auslösers ist ihm, als beginne die Stadt sich wieder zu bewegen.

Das *ran ran* wird intensiver, dann schwächer. Instinktiv dreht sich Antonio zum Ursprung des Geräuschs um, einige Straßen weiter südlich, nah am Dom. Er nimmt wieder die Via Dante, die Geschäfte sind nun alle verrammelt, und in den Zwischengeschossen und den höheren Etagen sind die Rollläden heruntergelassen. Drei Männer in Arbeitskleidung gehen im Gänsemarsch an den Mauern entlang. Ein Kind mit einer Glasflasche in der Hand sitzt im Schneidersitz vor der versperrten Tür des Milchladens, wo die Untermieter der Witwe Cantù anschreiben lassen. Antonio überholt den geschlossenen Schreibwarenladen, wo es ausgezeichnetes, feinkörniges Druckpapier gibt. An der Kreuzung mit der Via Meravigli wird das *ran ran* stärker. Antonio bleibt abrupt stehen, befühlt mit feuchten Fingern das Gehäuse aus Holz und Leder der Kamera, dann macht er sich entschlossen auf den Weg. Hier sind mehr Leute, und der Strom geht in die Gegenrichtung. Männer, Frauen mit Kindern an der Hand eilen Richtung Dom. Ein Friseur schließt die Läden an seiner Vitrine. Als eine Trambahn vorbeifährt, stieben die Passanten auseinander, einige springen rasch auf. Das *ran ran* ist jetzt dröhnend laut. Die Leute beschleunigen, rennen. Antonio flüchtet unter einen großen Torbogen, er widersteht der Versuchung, die wilde Flucht zu fotografieren. Er ist sicher, dass die Jumelle Sigriste sich eignen würde, aber den Abonnenten des »Corriere« interessieren nicht die rennenden Leute, ihn interessiert die Ursache.

Er muss nicht lange warten. Das *ran ran* schwillt immer stärker an, ein rhythmisches Knirschen von Absätzen auf dem Pflaster, von aufgepflanzten Bajonetten, ein Hämmern von Patronentaschen auf Hüften. Beim Vorbeimarschieren registriert Antonio jede Einzelheit; das Wehen der Fahnen, die blendend weißen Gamaschen auf dem dunkelgrauen Drillich, das glänzende Schwarz der Kinnriemen. Er könnte nicht sagen, ob es sich um ein Bataillon, ein Regiment, eine Brigade oder eine Division handelt. Er hat keine Erfahrung, die Königliche Armee hat auf sein blindes Auge verzichtet. Sie scheinen sehr viele zu sein, und stumm. Das *ran ran* ist ein mechanischer Wind, der sie einhüllt und vorwärtstreibt. Antonio hält den Atem an. Eine Aufnahme von hier aus – ein Risiko angesichts der geringen Helligkeit unter dem Bogengang – würde nur ein Gewirr von Händen, Riemen, Knöpfen, Gewehren zeigen. Und ein Bild von hinten, wenn sie vorbei sind, würde auch nichts hergeben.

Er macht sich wieder auf den Weg. Die Via Mercanti ist ein Menschenmeer. ›Wenn die Fabriken offen wären, wären diese Leute nicht hier‹, denkt Antonio. Auf der Piazza Cordusio bewegt er sich zwischen schreienden Grüppchen. Sie sagen, die Piazza Duomo sei abgeriegelt, man komme nicht durch, nicht einmal ein Gemüsehändler mit seinem Karren, nicht einmal eine Wäscherin, die saubere Wäsche abliefern muss, niemand. Er erreicht die Baustelle des brandneuen Palasts der Assicurazioni Generali, nutzt das Gerüst und gewinnt mindestens einen Meter.

Von oben gleicht die Piazza einem brodelnden Topf.

Gefährliche Zusammenrottung im Zentrum.

Bildlegenden zu erfinden hilft ihm, sich zu konzentrieren. Er drückt auf den Auslöser, ist aber nicht zufrieden. Das Foto gibt die Verlorenheit nicht wieder. Worauf warten die alle? Sie scheinen sich unwohl zu fühlen, am falschen Platz. Um diese Zeit, gewohnt, anderswo zu sein. Bei der Arbeit. Oder hastig von einem Ende der Stadt zum anderen unterwegs ins Büro, in die Fabrik.

Rasch springt er hinunter und nimmt die Via Orefici. Eine schmale Straße, im Vergleich zur Via Dante. Abfall, Schlamm, Nutten. Überall Leute. Zu Dutzenden drängen sie zum Dom, nervös, rempeln sich an. Das *ran ran* kommt stoßweise und lässt alle verstummen. Antonio stellt sich auf eine Steinbank. Von dort kann er mit der kleinen Kamera die Hälfte des riesigen Domgebäudes einfangen. Links glitzert die Madonnina, am Bildrand. Darunter ein Wald aus Hüten, Mützen und Kopftüchern.

Via Orefici: Die Menge drängt zum Domplatz hin.

Er sucht nach dem richtigen Winkel, bis er im Sucher zwei Frauen mit Krankenschwesterhauben sieht. Eine Brünette, die Haare in der Haube verborgen, und eine Blondine mit langem Zopf, der ihr über den Rücken fällt. Beide tragen einen dunklen Mantel über dem Kittel, der unter dem Saum hervorschaut und sich vom Uniformgrau der Jacken abhebt. Er drückt ab. Neun Aufnahmen bleiben ihm noch, bevor er heimgeht, entwickelt und sich in die Redaktion des »Corriere« begibt. Er wird die Bilder mitnehmen, die er gestern am Spätnachmittag vor den Verhaftungen in der Galleria Vittorio Emanuele gesammelt hat: die Bersaglieri auf der Freitreppe der Kathedrale, die auf der Piazza Duomo verteilten Trupps, die Kavallerie zu Füßen der Statue von Vittorio Emanuele (eine schöne Komposition mit dem aufgerichteten bleiernen Ross), dazu die improvisierten Tränken und die auf ihre Säcke geworfenen Fußsoldaten unter den Arkaden, die aufs Essen warten. Ein wenig dunkel, diese Fotos, weil es schon spät war, aber doch ziemlich beeindruckend für die Abonnenten des »Corriere«, die gewöhnt sind, die Piazza von den Tischchen des Café Campari aus zu genießen.

Die zwei Krankenschwestern kämpfen sich voran, drängen sich mit den Schultern in das Grüppchen, das ihnen den Weg versperrt, die Brünette voraus, gleich dahinter die Blondine. Oben auf dem Dom glänzt die Madonnina. Antonio drückt erneut ab.

Krankenschwestern, die versuchen, das Ospedale Maggiore zu erreichen.

Oder dramatischer:

Versuchen, sich Durchlass zu verschaffen. Ob sie noch rechtzeitig eintreffen?

Das *ran ran* kommt wieder näher. Für einen Fotografen sind die zwei Frauen in Schwarz-Weiß in diesem Durcheinander von Körpern ein echter Glücksfall. Antonio beugt sich vor, um sie in die Mitte des Bilds zu rücken. Trotz ihrer Anstrengungen gelingt es den beiden nicht, die Sperre zu überwinden. Die Soldaten haben dichte Reihen gebildet, heißt es. Sie drohen mit dem Bajonett, heißt es. Das *ran ran* kommt immer näher. Nun dreht sich die Blonde um. »So ist's fein, dreh dich noch etwas weiter zu mir«, murmelt Antonio.

Krankenschwester bahnt sich einen Weg durch die Menge.

Er hat alle Zeit, sie durchs Objektiv zu betrachten und die Schärfe zu regeln.

Bewegungslos im Gedränge, lässt die Blondine den Blick schweifen, das Gesicht angespannt, die Lippen zusammengekniffen, während das *ran ran* einen schaudern lässt. Sie ist sehr schön, so ernst, wie eine Heilige aus dem Mittelalter, das Weiß des Häubchens wie ein Heiligenschein, der das Chaos überstrahlt. Antonio ist bereit abzudrücken.

Vielleicht hat sein Foto diesmal ein anderes Schicksal. Vielleicht wird es einem wichtigen Zeichner anvertraut, der eine denkwürdige Skizze davon anfertigt. Und der Graveur arbeitet sorgfältig, kalkuliert den Druck auf die Radiernadel, würdigt die ganze Perfektion. Und es wird ein großer Druck, wer weiß, womöglich sogar ganzseitig. Und vielleicht passt es nicht in den »Corriere«, besser eine dieser Zeitschriften voller Abbildungen, »L'Illustrazione italiana«

zum Beispiel. Auch wenn es, in der Zeitung gedruckt, nicht mehr die Lebendigkeit der Tönung ins Goldene aufweisen wird, die Halbtöne zwischen Violett, Purpur und Trester, die er immer erhält, indem er Metallsalze mit Lösungsmitteln mischt. Das ist der Lauf der Welt, denkt er. Die Schönheit, die Seidigkeit mancher Nuancen gehen für immer verloren. Er hört zu fantasieren auf, als ihr Blick das Objektiv trifft.

Alles geschieht in Sekundenschnelle.

Die blonde Krankenschwester sieht ihn wanken. Unwillkürlich dreht sie sich um, doch hinter ihr ist nichts, was diesen schlaksigen Typen mit einem Kasten um den Hals erschreckt haben könnte, nur eine undurchdringliche Mauer von Rücken. Sie sieht, wie er von der Steinbank heruntersteigt, sich setzt, atmet.

Antonios Finger sind so verschwitzt, dass er fürchtet, die Kamera könnte ihm entgleiten. Er trocknet erst die eine, dann die andere Hand an den Rockschößen ab. Sie denkt, dem Mann sei schwindelig geworden, doch nun erhole er sich, also beginnt sie wieder, einen Spalt im Gedränge zu suchen.

Antonio zwinkert unterdessen, er kann nicht abschütteln, was er in einer flirrenden Unschärfe gesehen hat, als die Blondine im Sucher sein verrücktes Auge kreuzte: Arme, Beine, der schwarze Rachen der Galleria Vittorio Emanuele, Eingeweide auf dem Pflaster, die riesige, schreckliche Fassade des Doms, das bleierne, aufsteigende Pferd Vittorio Emanueles, und Flüche. Geruch nach Ballistit. Nach Kohlsuppe. Und Blut, Ströme von Blut. Auf dem Zopf, auf der Wange, auf der schneeweißen Haube.

Das *ran ran* entfernt sich. Das Geschrei rundherum nimmt nicht ab. Antonio hebt erneut den Blick. Die Krankenschwestern sind nun etwas weiter rechts. Die Brünette geht voraus. Die Via Orefici gleicht einer Mauer, aber wahrscheinlich hat sie einen Durchlass gefunden. Er sieht, wie sie die Blondine an der Hand nimmt, vorwärts zieht, vielleicht werden sie die Absperrung überwinden. Von dort zum Domplatz ist es ein Katzensprung.

»Nein«, schreit Antonio stumm, dann springt er ruckartig auf. Er muss sie aufhalten.

Elf Jahre zuvor hatte das Parlament einen hohen Zoll auf Getreide aus dem Ausland gebilligt. Blitzschnell waren die Speicher der italienischen Grundbesitzer leer und ihre Taschen quollen über. Schiffe voller Getreide machten aus Genua den größten Importhafen. Die Staatskasse nahm Millionen ein. In elf Jahren nicht weniger als dreihundertfünfundsechzig, zum großen Teil dazu genutzt, die Armee zu finanzieren, Eritrea militärisch zu besetzen und die Kontingente auszubilden, die am Amba Alagi und in Adua von den Äthiopiern aufgerieben worden waren. Für viele Italiener wurde unterdessen der Hunger zum ersten Gedanken am Morgen und zum letzten vor dem Einschlafen.

Die Emigration nahm zu, bis sie sich 1896 verdoppelte. *Annus horribilis,* ein schreckliches Jahr: Die anhaltende Dürre und die Fröste im folgenden Frühjahr vernichteten ein Drittel der Ernte. Der Brotpreis stieg unaufhörlich. Anfang 1898 überfielen in Süditalien ausgelaugte Bauern die Zollhäuschen und die Kornspeicher. Drei Monate später führte der Getreideimport aus Amerika zum Ausbruch der Feindseligkeiten zwischen den Vereinigen Staaten und Spanien. Die Vorräte schmolzen rasch dahin, Spekulanten kauften alles auf. Das Brot erreichte den astronomischen Preis von fünfundvierzig, ja fünfzig und sogar sechzig Centesimi pro Kilo. In Mailand verdiente eine Arbeiterin bei Pirelli für elf Stunden Arbeit achtzig Centesimi. Die erfahrensten eine Lira, also zwei Laib Brot von anderthalb Pfund. Der Arbeitstag eines sizilianischen Feldarbeiters war nicht mehr wert als die sechzig Centesimi, die nötig waren, um ein Kilo Brot auf den Tisch zu stellen. Ohne Zubrot.

Die Proteste explodierten wie Böller, in den ländlichen Gegenden der Lombardei, in Faenza, Neapel, Bari, Foggia, Molfetta. Bäckereien und Mühlen wurden geplündert, Kommunalbüros angezündet. Am 30. April forderte der Kriegsminister die Kommandanten der Armeekorps auf, bei der Niederschlagung größte Härte walten zu lassen. Die Regierung handelte unverzüglich: Am 3. Mai bevollmächtigte sie die entsprechenden Minister, wo nötig den Belagerungszustand auszurufen; am 4. Mai hob sie zeitweilig die Zölle auf Getreide auf (allerdings nicht auf Mais) und rief mit sofortiger Wirkung den Jahrgang 1873 zu den Waffen. Freitag, 6. Mai, waren dreiundzwanzig Provinzen offiziell dem Kommando der Militärs unterstellt.

In Mailand konnte der Generalleutnant Fiorenzo Bava Beccaris, Piemonteser, siebenundsechzig, Kommandeur des dritten Armeekorps, auf zweitausend Mann Infanterie, sechshundert Mann Kavallerie und dreihundert Artilleristen zu Pferd zählen. Schon am 30. April hatte er die

Befehlshaber der lombardischen Garnisonen angewiesen, eventuelle Tumulte im Keim zu ersticken.

Am 4. Mai befahl der Kommandant der Garnison von Mailand, Generalleutnant Graf Luchino del Majno, vierhundert Mann der Truppe sollten sich ab neunzehn Uhr bereithalten, das heißt, wenn die Arbeiter aus der Fabrik kamen.

In der Nacht des 5. Mai kursierte die Nachricht von bevorstehenden Unruhen. Majno versetzte vier Bataillone Infanterie und vier Schwadronen Kavallerie in Alarmzustand. Bava Beccaris rief das 5. Regiment der Alpini in die Stadt zurück und teilte den Offizieren dann mit, dass die Soldaten Kugelpatronen erhalten sollten und die Truppe nach gegebenem Befehl schießen würde.

Freitag, 6. Mai, beginnt frühmorgens wie irgendein Tag. Gegen sieben Uhr nehmen im Gebiet von Ponte Seveso die Fabriken Grondona, Stigler, Vago, Elvetica und Pirelli den regulären Betrieb wieder auf. Allein bei Pirelli arbeiten tausendzweihundert Arbeiter, tausenddreihundert Arbeiterinnen und etwa zweihundert Angestellte und Sekretärinnen. Sie produzieren Ventile, Fahrradreifen, Bälle, wasserdichte Stoffe, Material zur Beschichtung von Unterseekabeln. Um halb eins läutet es zur Mittagspause, und Hunderte von Personen strömen auf die Straße. Das zweite Bataillon der 57. Infanterie ist in der Nähe stationiert. Die Arbeiter haben eine Stunde Zeit. Sie essen im Freien, auf den Bänken, unter den Laternen. Zwei junge Männer verteilen sozialistische Flugblätter, auf denen die Ursachen für die Verteuerung des Brotes erklärt werden. Die Polizei schreitet ein und verhaftet sie. Die Arbeiter protestieren. Beim Läuten um halb zwei kehren die meisten in die Fabrik zurück, während einige auf der Straße bleiben und weiter protestieren. Nicht nur Arbeiter, auch Arbeitslose. Einer der Aktivisten wird freigelassen, der andere bleibt im Gefängnis.

Gegen achtzehn Uhr, bei Schichtende, bekommt die Demonstration Zulauf. Der sozialistische Abgeordnete Filippo Turati spricht zu der Menge: »Es ist nicht der richtige Moment, sie sind darauf eingestellt, uns zu vernichten. Wir müssen den Tag der Revolution selbst wählen!« Er wird ausgepfiffen. Eine Demonstrantengruppe trifft auf eine Polizeipatrouille. Ein Tumult entsteht. Die Wachen weichen in die nahe Polizeistation aus. Die Aufständischen werfen Steine auf die Fensterscheiben. Die Schutzleute stürmen mit gezogener Waffe heraus und schießen ohne Vorwarnung. Das zweite Bataillon der 57. Infanterie verlässt den Standort vor Pirelli, erreicht die Demonstranten und eröffnet das Feuer. Es sterben zwei Arbeiter und eine Wache, getötet von der Kugel eines Kollegen. Vierzehn Menschen sind schwer verletzt. Und das ist nur der Anfang.

»Signorina!«

Antonio packt die Blondine am Arm. Daran, wie sie die Augen aufreißt, erkennt er, dass er ein entsetztes Gesicht macht. »Hören Sie mich an«, fügt er leiser hinzu und lässt sie los. Die Kollegin tritt aus der Mauer von Rücken heraus und stellt sich neben das Mädchen. Rundherum brodelt die Menge. Irgendwo jenseits der Sperre klingt noch das metallische *ran ran*. »Bitte«, sagt er.

Die zwei Krankenschwestern sind ratlos. Abgesehen von

dem blinden Auge hat er nichts Auffälliges. Er stinkt nicht, ist sauber und anständig gekleidet. Doch bei der Arbeit sehen sie viele Verrückte. Sie wissen, dass sich der Wahnsinn dort zeigt, wo man es nicht erwartet, und dass anfällige Geister an gewittrigen Tagen die Kontrolle verlieren. Die Blondine erkennt den Mann, der sie auf der Steinbank stehend fotografieren wollte. »Geht es Ihnen gut?«, fragt sie.

»Ihr müsst hier weg!«, erwidert er, leichenblass.

»Sie sollten sich lieber setzen. Kommen Sie, wir suchen einen ruhigen Ort«, fährt die Blondine fort. Jetzt packt sie ihn am Arm. Für Antonio ist es wie ein elektrischer Schlag, er macht sich los, geht um die beiden herum und stellt sich zwischen sie und den Platz.

»Ihr versteht nicht!« Er fasst sich an die Schläfe. Sein Kopf beginnt zu schmerzen.

»Hören Sie«, mischt sich die Brünette ein. »Danke für Ihr Interesse, aber es ist sehr spät.« Sie ist älter, bestimmt über dreißig. »Wir müssten schon längst im Ospedale Maggiore sein.« Die Blondine – im Vergleich ein junges Mädchen – nickt bei jedem Wort. Sie zieht das Mantelrevers über den weißen Kittel. Am Kragen trägt sie eine Anstecknadel in Form einer Schlange, die sich um einen Stock ringelt. »Diplom-Hebammen, sehen Sie?«, fügt sie hinzu. »Die Soldaten werden uns schützen.«

»Die Soldaten werden dich umbringen«, erwidert Antonio und starrt sie an. Sein blindes Auge beginnt zu tränen. Vielleicht wegen der Aufregung des Moments, oder wegen des Ballistits in der Luft. Rabiat wischt er es mit der Manschette seines Hemds ab. Er wirkt wirklich verrückt.

Die Brünette presst die Lippen aufeinander. Dann macht

sie ihrer Kollegin ein Zeichen. »Der Herr hat ganz recht, besorgt zu sein, es ist ein schlimmer Tag.« Sie sieht sie vielsagend an, wie manchmal bei einer schwierigen Geburt, wenn man die Gebärende mit einer gnädigen Lüge beruhigen muss. »Jetzt gehen wir wieder nach Hause und schließen uns ein.«

Die Blondine spielt mit. Sie blickt ihre Kollegin an, betrachtet die Sperre, blickt Antonio an und sagt: »Ja, gut.« Dann dreht sie sich um und geht Richtung Castello Sforzesco. Die Brünette nickt ihm grüßend zu und folgt ihr.

Antonio sieht sie davongehen. Das Herz klopft ihm bis zum Hals. Irgendetwas sagt ihm, dass es zu leicht war. Sein Kopf ist nicht klar, die Gedanken überschlagen sich wie Wellen im Sturm, der Todesschrecken sitzt ihm noch in den Knochen. »Wo wohnt Ihr?«, schreit er.

Die beiden drehen sich um und winken ihm. Sie kämpfen sich weiter durch den Menschenstrom.

Eine Gewehrsalve in der Ferne wirkt wie eine eiskalte Böe. Die Menschen um ihn erstarren und ziehen die Schultern hoch. Jemand beginnt zu rufen. Das *ran ran* kommt und geht. Sein Herz ist immer noch in Aufruhr. Auf der Steinbank, wo er vorher gestanden hatte, sitzt eine Frau mit drei Kindern. Zu ihren Füßen zwei Wäschekörbe. Er muss sich beruhigen, die Stirn trocknen, mit dem Taschentuch über den Hals fahren. Ist sein verrücktes Auge etwa zum ersten Mal zu etwas gut gewesen? Hat es die junge Hebamme etwa vor dem sicheren Tod gerettet? ›Und was für ein Tod‹, denkt er. Er muss lachen, das sind die Nerven. Die weißen Häubchen verschwinden in der Menge und tauchen wieder auf. Noch irgendwo eine Salve. Antonio lässt die

Frauen nicht aus den Augen. Er hat den Eindruck, dass sich die beiden ab und zu umdrehen und schauen, ob er noch dasteht, ihnen noch mit den Augen folgt. Dann hebt er die Hand, um sie zu beruhigen. Dann plötzlich sind sie verschwunden. Er stellt sich auf die Zehenspitzen. Wo sind sie hin? Er hat ein ungutes Gefühl. Haben sie etwa die Häubchen abgenommen? Um ihn zu täuschen? Wollen sie etwa doch unbedingt hier entlang? Blöde Weiber! ›Weit können sie nicht sein‹, denkt er. Eine Hand auf der Kamera, marschiert er los in Richtung Castello, lässt den Blick über die ganze Breite der Via Orefici wandern. »Nicht hier entlang, nicht hier entlang«, murmelt er.

Die Nacht davor, die von Freitag, 6., auf Samstag, 7. Mai war mit Hausdurchsuchungen, Handschellen und marschierenden Schwadronen irgendwie vergangen. Bei Tagesanbruch, während Kaffeeduft Antonio Casagrande und die anderen vier Untermieter der Witwe Cantù weckte, nahmen die Mailänder Arbeiter ihren Dienst an der Drehbank, an der Presse, am Arbeitstisch nicht auf. Die Tore der Fabriken waren verrammelt. Wer hatte das entschieden? Die Fabrikbesitzer? Der Präfekt? Die Polizei? Die Militärs? Jedenfalls befanden sich Hunderte, Tausende von Menschen auf den Straßen zwischen Ponte Seveso, Porta Venezia, Porta Garibaldi und Porta Tenaglia. Zu Fuß, weniger als eine Stunde vom Domplatz, dem Herzen der Stadt, entfernt.

Sie blickten einander an. Die gleichen Gesichter, die gleichen Lumpen. Nach der anfänglichen Ratlosigkeit kam die Wut hoch. Was tun? Heimgehen kam nicht in Frage, zu viel Energie lag in der Luft. Also besser das tun, was andere mit den gleichen Gesichtern und den gleichen Lumpen in allen dreiundzwanzig dem Kommando der Militärs unterstellten Provinzen taten: protestieren.

Bis sie sich formiert hatten, war es zehn Uhr. In Achterreihen besetzten sie die ganze Straße. Richtung Dom. Erhobene Fäuste. Sprechchöre. Die Zigarrenarbeiterinnen eröffneten den Zug, Arm in Arm. Wir wollen Brot! Wir wollen Brot!

Um halb elf erhielt General Bava Beccaris eine Depesche, die Regierung erteile ihm Vollmacht. Er solle einstweilen, während er auf die offizielle Mitteilung warte, die öffentliche Ordnung wiederherstellen.

Der General machte das, was Generäle immer machen: Er beorderte den Generalstab rund um einen Plan von Mailand. »Die Aufständischen sind hier, hier und hier«, sagten sie zu ihm und deuteten mit dem behandschuhten Finger auf die Karte. »Hier, hier und hier haben sie Barrikaden gebaut.« Na ja, Barrikaden. Balken, Leitern, Schubkarren, Bänke. Für die Kavallerie eine Lappalie. Für die Infanterie ein Kinderspiel. Und sie hatten keinen festen Stützpunkt. Keine Waffen, nur Steine und Ziegel. »Nicht mal '48 waren sie so arm dran, hahaha.« Sie lachten, wie junge Leute lachen. »Nicht mal zu Zeiten der Österreicher, verdammte Scheiße!« Junge Angeber.

Den General dagegen schauderte. Nicht wegen der ungehörigen Worte aus dem Mund eines Untergebenen, er mochte es, wenn die Soldaten sich wie Soldaten benahmen. Es war diese Anspielung auf die Österreicher. In letzter Zeit passierte ihm das öfter. Ein Wort schleuderte ihn zurück in die Vergangenheit, zum Beispiel dahin, als er vierzehn war, in Turin, auf der Militärakademie. Dann vierundzwanzig, auf der Krim, Zweiter Unabhängigkeitskrieg, Schlacht von San Martino, Trompeten, Blut, Pferdemist und Tapferkeitsmedaille. Und dann fünfunddreißig, Dritter Unabhängigkeitskrieg, mit dem Grad eines Majors. In Custoza dekoriert, sapperlot! Er schluckte. Falls er wankte, war es unmerklich, ein Trommelwirbel, den nur er wahrnahm. Das Alter, das den Schritt beschleunigte, *bum, bum, bum,* das näher kam, ihn belagerte, ihm die Medaillen von der Brust reißen wollte.

»Contenance, meine Herrn!« Er schlug mit der Faust auf den Tisch. Dann verscheuchte er die Melancholie und konzentrierte sich auf die Karte. Er zeichnete eine imaginäre Linie um den Dom. »Einkreisen und verteidigen«, befahl er mit Stentorstimme. Mit dem Finger zeigte er auf eine Reihe von Wegen, die vom Zentrum aus fächerartig zu den Toren führten, wo die Arbeiter protestierten. »Manövrieren und besetzen«, fügte er hinzu und sah den Untergebenen der Reihe nach blitzschnell in die Augen. »Um jeden Preis«, schloss er.

Um zwölf Uhr mittags lag die offizielle Ernennung zum Königlichen Kommissar auf seinem Tisch. Der General forderte bei der Garnison in Como ein Bataillon und zwei weitere Schwadronen an. Zu Pferd erreichte er den Dom. Schritt die Truppe ab. Er war zufrieden, seine Befehle waren exakt ausgeführt worden, Piazza Duomo war endlich das, was er sich erhofft hatte: eine große Kaserne. Kein einziger Zivilist. Gut gemacht. Auch wenn einige Abteilungen auf sich warten ließen. »Höhere Gewalt«, flüsterte der Ordonnanzoffizier. Die unweit errichteten Barrikaden, etwa hundert Meter entfernt, verlangsamten die Operationen.

Aber sie verhinderten sie nicht, dachte der General.

Die zwei Hebammen drehen sich immer wieder um. Von dem Fotografen keine Spur. Die Hauben abzunehmen war eine Glanzidee, jetzt können sie sich frei bewegen, ohne dass dieser Verrückte sie behindert. An der ersten Ecke haben sie die Via Orefici verlassen und laufen jetzt durch ein Spinnennetz von Gässchen. Alles viel ruhiger, wenige Leute unterwegs, schwer vorstellbar, dass die Schwadronen sich auf die Grüppchen stürzen könnten.

Die beiden haben vor, das Ospedale Maggiore unter Umgehung der Piazza zu erreichen. Hastig überqueren sie die Via Torino, die breite Straße, die am Dom herauskommt und so voll ist, als ob Jahrmarkt wäre. Sie nehmen die kleine Via Speronari, dann Via Giardino, dann noch eine, die verbarrikadiert ist. Herausgerissene Schienen, ein Fensterladen, eine Haustür ohne Griff, ein Reklameschild, das einlädt, einen Amaro zu trinken, ein umgestürzter Karren mit den Rädern nach oben. Niemand zu sehen, nur die Stille wird ab und zu unterbrochen von Feuergarben irgendwo jenseits der Häuserblocks. Ein einzelner Schuss – ein Hinterhalt? Eine Exekution? – lässt sie blass werden. Die Brünette zieht die Haube aus der Manteltasche und setzt sie auf, als wäre sie ein Helm oder ein Amulett. Die Blonde macht es ebenso. Sie versuchen, den Berg von Hindernissen zu übersteigen, aber er ist wackelig und sie rutschen ab. Sie versuchen, darum herumgehen, aber die Balken sind festgeklemmt. »Hier geht's nicht durch!«, brüllt jemand von oben. Die Fensterläden sind alle geschlossen. Drei Etagen höher, auf dem Dach, haben zwei Jungen einen Stoß Ziegel aufgeschichtet und sind bereit, sie auf die Soldaten zu werfen.

Die Hebammen kehren um und wählen eine Parallelstraße, wo das Gedränge der Via Torino nicht hinkommt. Sie fühlen, dass Dutzende Augen sie hinter den geschlossenen Läden beobachten. Die Brünette nimmt die Blondine an der Hand. »Nur Mut«, sagt sie. Plötzlich ein Schrei und hastige Schritte. Sie sehen Mutter und Sohn rasch in einen Hauseingang verschwinden. Das Pflaster ist schwarz von Blut. »Hier will ich nicht durch«, sagt die Blondine.

Antonio hat unterdessen lang und breit die Via Orefici abgesucht. Von den zwei Frauen keine Spur. Das beruhigt ihn, er denkt, dass er seine Pflicht getan hat, die Blondine unversehrt und in Sicherheit ist. Schließlich ist er zum Fotografieren hier. Es ist Zeit, die Arbeit zu vollenden. Piazza Duomo wäre ideal, mit diesen ganzen Pferden, den aufmarschierten Bersaglieri und Artilleristen. Schade, dass man nicht hinkommt. Auch in der Via Torino herrscht zu viel Gedränge, er könnte angerempelt werden und die Aufnahme vermasseln. Er schlüpft in die Nebenstraße, wo man die Barrikade errichtet hat, die kurz vorher die zwei Frauen am Weitergehen gehindert hat. Das Reklameschild erweckt seine Aufmerksamkeit. Er tritt näher, bis er es fast berührt. Der Name des Amaro ist mit flammenden Lettern geschrieben, aber er ist nicht ganz lesbar, nur die Eigenschaften leuchten auf dem aschgrauen Hintergrund – APERITIVO! TONICO! DIGESTIVO! –, und Antonio hat den Eindruck, dass plötzlich mitten in diesem infernalischen *ran ran*, in dieser Hölle aus Blei und Schießpulver, elegante Damen in feinen Kleidern im Tanzschritt und mit verträumtem Blick vom Himmel herabschweben, am Arm von Kavalieren mit Schnauzbart und Pomade im Haar. Er stellt sich vor, wie sie sich verbeugen, den Hut ziehen, Handküsse, Walzerreigen, Seidenrascheln. Und drückt ab. Wenn doch ein gut gemachtes Foto nur den Zauber wiedergäbe … Aber nein: gedruckt wird die Aufnahme von der Straßensperre nur eine Mauer in Grauschattierungen sein, stumm und massiv.

Kein Platz für Manöver des Heeres.

Ginge Antonio dagegen ein Dutzend Meter zurück und knipste noch einmal, würde die Barrikade armselig wirken.

Der Schrott kann die vorrückende Infanterie nicht aufhalten.

Der Standpunkt ist wichtig. Wieder das *ran ran*. In diesem Augenblick merkt er, wie wehrlos er sich bei diesem Geräusch fühlt. Er wünschte sich ein Versteck, eine unterirdische Höhle, eine echte Pariser Barrikade wie zur ruhmreichen Zeit der Kommunarden, wie in *Die Elenden.* »Knips«, sagt er laut zu sich selbst, um sich Haltung zu geben. »Jetzt mach schon, zum Donnerwetter!« Als er abdrückt, hebt er den Blick. Dort oben sind keine schönen, herumwirbelnden Damen, sondern nur ein paar kleine Jungen.

Kinder flüchten aufs Dach.

Oder:

Aufständische, mit Ziegeln bewaffnet.

Der Standpunkt ist alles. Es schlägt zwei Uhr. Zeit, in die Wohnung der Witwe Cantù zurückzukehren, sich in der Kammer mit dem roten Vorhang einzuschließen und zu entwickeln. Er stellt sich vor, dass die Chronisten schon über ihre Artikel gebeugt sind. Das *ran ran* dröhnt laut. Die beiden Hebammen fallen ihm wieder ein, und es ist wie ein Erwachen. Er stellt sie sich vor, allein, verloren in der Stadt voller Soldaten und Barrikaden. ›Noch eine Runde‹, denkt er und biegt in die Via Torino ein.

Auf dem Domplatz ist eine Art provisorisches Hauptquartier errichtet worden, wo die Offiziere im Schatten eines großen Zelts Meldung erstatten.

»Die Demonstrationen sind aufgelöst, die Aufständischen zerstreut, die Verhaftungen vorgenommen worden«, erklären sie. Doch lautes Geschrei stört die Versammlung. Es kommt aus der südwestlichen Ecke, Richtung Via Torino. Der General zuckt nicht mit der Wimper. Sind wir nun im Krieg oder nicht? Hat man je ein geräuschloses Schlachtfeld gesehen?

»Die Kavallerie hat hier, hier und hier angegriffen.«

Doch die Offiziere sind verdrossen. Er schaut sie an und merkt es. Ihnen fehlt die Erfahrung. Haufenweise Übungen, gewiss, aber kein echter Krieg. Schwadronen, mit dem Bauch zu Boden geworfen. Wirbelnde Klingen zwischen Staubwolken. Trupps, die mit gesenktem Bajonett vor-

preschen. Kanonen. Gewehre mit Vorderlader. Die Stich-
flammen der Sprengkapseln mit Knallquecksilber. Don-
nerschläge, dass man den eigenen Atem nicht mehr hört.
Das ist etwas anderes als so ein bisschen ordinäres Gegröle.
Dennoch, wer macht eigentlich diesen ganzen Lärm?

»Leute«, antworten sie. Leute, die vorbeiwollen. Sieht
nicht so aus, als wären sie bewaffnet, doch wer kann das
wissen? »Der Platz ist gut geschützt«, versichern sie. »Die
Soldaten zeigen keine Anzeichen von Schwäche, General.
Obwohl sie seit Stunden die Stellung halten.«

Es schlägt zwei Uhr. Der Rapport geht rasch voran, es
sind Tage, an denen jede Minute kostbar ist. Die Infanterie bewegt sich nach Plan, die Artillerie ist in Stellung, der
Lärm flaut nicht ab. »Konzentrieren und verteidigen«, wiederholt der General, bevor er sich verabschiedet. »Und die
Garnison Südwest abziehen.«

Die Offiziere sehen sich verblüfft an. Haben sie recht
verstanden? Die Garnison Südwest ist die, die den Platz
schützt. Soldaten, die die Menge in Schach halten. Wie soll
man die *jetzt* demobilisieren? Die Garnison Südwest ist die
vorderste Front. Via Torino ist die vorderste Front.

»Essenszeit, meine Herrn. Meine Soldaten haben ihre
Ration verdient.«

Wie kann man verteidigen und *gleichzeitig* abziehen?

Es ist eine stumme Frage. »Mit jedem Mittel«, erwidert
der General, dann ruft er seinen Burschen, steigt aufs Pferd,
gibt ihm die Sporen und reitet davon.

Es schlägt zwei Uhr. Als sie in die Via Torino einbiegen,
fängt die Blondine an zu zittern. Da sind unglaublich viele

Leute, und sie bekommt keine Luft. Die Freundin hilft ihr, sich auf eine Stufe zu setzen. »Atme«, sagt sie. Die Jüngere hört nicht zu. »Los, mit mir zusammen, einatmen, ausatmen …«

»Ich muss doch nicht gebären.« Sie lacht, ist aber blass und erschrocken.

Antonio überrascht sie von hinten. »Warum seid Ihr nicht zu Hause?«, fragt er schroff. Er vermutet gesperrte Straßen, obligatorische Umwege. »Soll ich Euch begleiten?«

Die Blondine steht entschlossen wieder auf. »Habt Ihr denn keine anderen Sorgen?«, ruft sie aus.

»Anna«, sagt die andere, doch die Junge empört sich weiter. »Hört auf, uns zu belästigen.« Sie blickt sich um, das Gedränge in der Via Torino nimmt noch zu. »Gehen wir lieber die Via Orefici, da war weniger los«, sagt sie zu ihrer Kollegin.

»Das lasse ich nicht zu«, sagt Antonio.

»Das geht Euch gar nichts an«, erwidert die Junge.

»Anna, beruhige dich«, mischt sich die Brünette ein.

»Fängst du jetzt auch noch an? Der Herr belästigt uns.« Plötzlich schreit sie laut: »DER HERR BELÄSTIGT UNS!«

In dem Durcheinander fällt der Wortwechsel niemandem auf. Der Menschenauflauf wird bald größer, bald weniger. Jemand ruft: »Platz da! Platz!« Zwei Typen tragen einen Verletzten auf den Armen. Das Gesicht blutverschmiert. Wütend, wie sie ist, bemerkt die Junge sie gar nicht, ihre Kollegin hingegen folgt ihnen mit dem Blick.

»Signorina, ich bitte Sie, hören Sie auf mich. Ich begleite Euch nach Haus«, beharrt Antonio. Seine Stimme klingt, als wollte er gleich weinen. Er macht den Fehler, sie an der

Hand zu nehmen, und es ist wie ein Streichholz anzünden. Die Junge reißt sich empört los und brüllt: »Rühren Sie mich nicht an!«

»Ich kann nicht zulassen, dass Sie in die Via Orefici zurückkehren«, sagt Antonio und vertritt ihr den Weg. Sie weicht ihm aus. »Hätten Sie uns nicht aufgehalten, wären wir schon längst im Ospedale und nicht in diesem ... diesem ...« Sie zeigt auf das Gewühl, das Durcheinander, den Krach. Dann sieht sie die Freundin an und sagt: »Ich gehe.«

Die Brünette ist fassungslos. Vielleicht ist es die Menge, das *ran ran*, das ihre Kollegin kirre macht, vielleicht sind es die Gewehrsalven, das verwüstete Gesicht des Verwundeten. Sie hat das Gefühl, dass der Fotograf recht hat, dass es besser ist heimzugehen, und zwar schnell. Es ist nur ein Gefühl, nicht stark genug, um die Freundin umzustimmen, aber ausreichend, um ihr nicht zu folgen.

»Sehr gut. Ade.« Die Blondine taucht in der Menge in der Via Torino unter.

Antonio schaut zu, wie sie sich zwischen den Rücken verliert, sich mit den Ellbogen durchkämpft. Anfangs fühlt er sich ruhiger. Wie dem auch sei, er hat sie daran gehindert zurückzugehen. Das Wichtige ist, die Via Orefici zu meiden. Sie weiß es nicht, wird es nie wissen, aber mit seinem verrückten Auge hat er ihr das Leben gerettet. Er sieht die andere Hebamme an. »Seien Sie beruhigt, Ihrer Freundin wird nichts zustoßen. Ich heiße Antonio Casagrande.« Er reicht ihr die Hand.

»Caterina Colombo«, erwidert sie. Weiter vorn blinkt weiß die Haube der Freundin, wenige Schritte von der Piazza entfernt. Das Stimmengewirr der Massen klingt nun wie das Keuchen eines riesigen Tieres. Dann verstummt es auf einmal, als hielte die Bestie den Atem an. Antonio sucht eine Anhöhe, steigt hinauf, um nachzusehen, was vor sich geht. Über die Köpfe hinweg sieht er die aufgereihten Soldaten, die Statue des Königs zu Pferd, gleich dahinter die Galleria Vittorio Emanuele und rechts die Fassade des Doms. »Nein, nein, nein, nein«, sagt er. Es riecht nach Suppe. Das schnürt ihm die Kehle zu. Er schafft es nicht einmal, den Gedanken zu formulieren. Ein donnerndes Getöse dröhnt in seinen Ohren. Schwierig, eine Gewehrgarbe von einer Kanonensalve zu unterscheiden. Er packt Caterina an den Schultern. Die Mauer aus Menschenrücken vor ihnen zerbröckelt, die Körper weichen zurück, drücken, stolpern, fallen. Er zerrt die Hebamme in den Schutz eines Hauseingangs. Ganz nah pfeifen die Kugeln vorbei, bohren sich in die Wände, die Putzbrocken zersplittern mit einem metallischen Knall. Dann wieder Stille. Dann herzzerreißende Klagelaute. Was immer es gewesen ist, Gewehre oder Kanonen, jetzt ist es vorbei. Und Caterina zittert. »Gehen wir weg hier«, sagt er zu ihr.

Sie schüttelt den Kopf. »Ich will es sehen.« Also begleitet Antonio sie zum Domplatz, sie voorneweg und er hinterher. Sie begegnen einem Handwerksburschen mit von einem Gewehrkolben gespaltener Stirn, einer Frau, die sich den Bauch hält, während das Blut wie ein rotes Band über ihren Rock läuft, Verletzten, die sich verstört vorwärtsschleppen. Sie steigen über die ersten Leichen.

Auf dem Platz erkennt Antonio alles wieder. Arme, Beine, Gedärm. Nur dass jetzt alles gestochen scharf ist, klar und schneidend. Wie konnte er das nicht verstehen?

Von der Via Orefici aus sieht man die Galleria nicht. Man sieht sie nicht! Man sieht ja kaum den Domplatz, von der Via Orefici aus. Wie konnte er das vergessen? Fotograf sein und nicht einmal den Bildausschnitt erkennen! Er umkrallt die Kamera so fest, dass seine Fingerspitzen schmerzen. Warum hat er die zwei Frauen nicht ihrer Wege gehen lassen? Sie hätten das Krankenhaus erreicht, wären in Sicherheit gewesen!

Caterina kniet auf dem Boden, über die Freundin gebeugt. Sie rückt ihr die Haube zurecht, streichelt ihr die verschmierte Wange, schließt ihr die Augen, dann senkt sie den Kopf und spricht schweigend ein Gebet. Antonio sieht sie verzweifelt an. Hätte er die beiden doch nur gehen lassen. Wäre er ihnen doch nur nicht gefolgt, um sie zu zwingen, ihre Route zu ändern. Das blinde Auge pulsiert so stark, dass er es sich am liebsten herausreißen würde. Hätte er doch nur darauf geachtet, was er wirklich im Sucher gesehen hat.

Er beginnt, zwischen den Leichen umherzuirren. Abgerissene Ohren, aufgeschlitzte Bäuche, Gehirnmasse. An der Uniform erkennt er einen Straßenbahnschaffner, einen Metzger an der Schürze. Er zählt. Eins, zwei, zehn, fünfzehn, dann gibt er es auf, es sind zu viele. Eine Handvoll Soldaten hält mit aufgepflanztem Bajonett die Stellung. Antonio fühlt ihre Blicke auf sich. ›Schießt‹, denkt er. ›Bitte erschießt mich.‹ Die übrigen Soldaten stehen an zum Essenfassen. Der Geruch nach Suppe dreht ihm den Magen um. Caterina hat ihn eingeholt, sie steht neben ihm. »Ihr habt mich gerettet«, sagt sie gerade.

Antonio schüttelt den Kopf.

»Ihr habt mich gerettet«, wiederholt sie.

Der Fotograf blickt sie an, dann betrachtet er das Blutbad. Brechreiz würgt ihn. Unaufhaltsam. Die Frau zieht ein Taschentuch heraus und reicht es ihm.

»Ich war es«, sagt Antonio, die Arme vor der Brust gekreuzt. Das verrückte Auge brennt wie die Hölle. »Ich habe sie getötet.«

Das Schlachten dauerte drei Tage. Am Samstagnachmittag gab es Zusammenstöße an der Porta Garibaldi, am Largo La Foppa, in der Via Palermo. Im Gebüsch der Grünanlagen an der Porta Venezia lauernd, schoss das 5. Regiment der Alpini aus nächster Nähe auf die flüchtenden Demonstranten. Um die militärischen Manöver zu erleichtern, war ein Fahrverbot für elektrische Straßenbahnen und Pferdebusse erlassen worden. An allen Ecken verkündeten Plakate, was jeder vor Augen hatte: Die Stadt war im Belagerungszustand. Versammlungen verboten, telegrafische Kommunikation verboten, Waffen müssen abgegeben werden, Ausgangssperre. Anzeige beim Militärtribunal bei Nichtbeachtung. Gegen dreiundzwanzig Uhr war alles dunkel und still. Die Soldaten lagerten auf dem Domplatz.

Am folgenden Morgen, Sonntag, 8. Mai, herrschte in Mailand Bestürzung und Schrecken. Menschenleere Straßen. Keine Zeitungen. »Il Secolo«, »L'Italia del Popolo«, »La lotta di classe« und »L'Osservatore Cattolico« beschlagnahmt. Die Redaktionen durchsucht, die Journalisten eingesperrt. Auch die in der Stadt anwesenden sozialistischen und republikanischen Abgeordneten verhaftet. Die Diebe nutzten die Lage, um Schaufenster zu zertrümmern und sich die Taschen mit Krimskrams zu füllen. Die Soldaten stürmten die Wohnungen, suchten nach Flugblättern, Revolvern, Hitzköpfen. Die Carabinieri durchforsteten Speicher und Keller, brüllten und prügelten. Die Kugeln trafen auch zufällig, auch Alte, auch Kinder. Die Truppen marschierten bis zur Linie der Stadttore und ließen keinen herein, der von außen kam. Man verzichtete auf die drei Trompetenstöße vor dem Angriff. Die Kanone feuerte unentwegt, an der Porta Ticinese, auf der Brücke der Via Vigevano und an der Porta Garibaldi. Um 17.40 telegrafierte General Bava Beccaris dem Ministerpräsidenten: Der Aufstand wurde niedergeschlagen. Am Montag, 9. Mai, kamen dennoch frische Truppen zur Ablöse. Die Militärs erreichten die Vorstädte. Der General war zufrieden, Mailand war endlich, was er gehofft hatte: eine große Kaserne. In der Nähe der Porta Monforte schossen das 7. und das 47. Regiment von den Wällen. Das Kapuzinerkloster, fälschlich für ein Nest von Aufständischen gehalten, wurde umzingelt. Um die Mittagszeit die erste Gewehrsalve, dann schlugen vier Granatkartätschen eine Bresche in die Umfassungsmauer. Mit aufgepflanztem Bajonett stürmten die Soldaten in einen großen Raum voller Bettler mit Tellern in der Hand, die für die Suppe Schlange standen. Achtundzwanzig Mönche wurden verhaftet. Zur Sicherheit, hieß es. Die Empörung war allgemein. Barone, Herzöge und Kirchenfürsten protestierten, aber der General blieb eisern: Krieg ist Krieg, sapperlot! Während die achtundzwanzig Geistlichen in Ketten in die Präfektur überführt wurden, ordnete er die Wiedereröffnung der Fabriken für den folgenden Tag an. Er verbot jedoch die Zirkulation von »Fahrrädern,

Dreirädern, Tandems und ähnlichen Fortbewegungsmitteln«. Damit die Aufständischen – falls noch welche übrig waren – kein leichtes Leben hätten.

Dienstag, 10. Mai, begannen die Betriebe also wieder zu arbeiten. Die Truppe zog langsam ab. Piazza Duomo war ein Saustall. Die Straßenkehrer desinfizierten mit heißem Wasser und Chlorkalk. Man zählte die Toten. Unter den Ordnungskräften, zwei: eine Wache, getötet von den eigenen Leuten, und ein Soldat. Hingerichtet wegen Ungehorsam, hieß es. Unter den Aufständischen, mehrere Hundert: Arbeiter, Eisenbahner, Metzger, Bäcker, Handschuhmacher, Hufschmiede, Verkäufer, Lastenträger, Schreiner, Angestellte, Gemüsehändler, Näherinnen, Weberinnen, Wäscherinnen, Leute, die an der Tür und am Fenster standen, Kinder. Niemand machte sich die Mühe, die genaue Zahl zu bestimmen, niemandem gelang es.

Mailand, Sommer 1898

Die diplomierte Hebamme Caterina Colombo, dreizehn Jahre Erfahrung, die zwei Schuljahre nicht mitgezählt, begreift sofort, wenn jemand vor ihr einen Nervenzusammenbruch erleidet. Was da gerade mit dem Fotografen Antonio Casagrande passiert, sieht ganz danach aus. Einen Schritt von der Leiche ihrer Kollegin Anna entfernt, irrt der Fotograf zwischen den gemarterten Körpern umher, die selbst den zynischsten General verstummen lassen würden, und schlägt sich mit der flachen Hand auf das blinde Auge. »Ganz ruhig«, sagt sie und packt ihn am Handgelenk, doch Antonio macht sich los und fängt wieder an. Er hört ihr nicht zu, vielleicht sieht er sie gar nicht.

Verzweiflung, Blut und Tod beeindrucken sie nicht, sonst könnte sie diesen Beruf nicht ausüben. Sie ist das Schlimmste gewöhnt. Es gibt zwei Arten von Frauen, die dort gebären, wo sie arbeitet, auf der Entbindungsstation Santa Caterina alla Ruota des Ospedale Maggiore – Frauen, die dazu »gezwungen« sind, dort zu gebären: die einen haben keine Wohnung mit einem Tisch, wo sie gebären können, und die kommen dann hungrig und womöglich mit einer Krankheit da unten und dem Kopf voller Läuse, sodass man sie zuallererst in einen Zuber mit Seifenwasser stecken und ordentlich rasieren muss. Die sterben gewöhnlich nicht. Gewiss, es kann passieren, dass sie das Kind ertränken und sich mit Rattengift umbringen, aber später, auf der Straße, wenn sie plötzlich wieder allein sind.

Dann gibt es die Gebärenden, die zwar eine Wohnung haben, aber schlecht dran sind. Erstgebärende mit so schmalen Hüften, dass man sich wundert, wie der Ehemann sie überhaupt schwängern konnte. Alte, die seit ein paar Jahrzehnten werfen wie Kühe und völlig erschöpft sind. Schwindsüchtige junge Mädchen, die kaum atmen können. Gespenster mit Babys im Leib, die schon verloren sind. Mädchen mit einer kleinen Leiche, die in ihrem Bauch verwest und sie infiziert, tödlich blutarm und aufgeschwemmt. Die sterben alle, und auf schlimme Weise. Caterina begleitet sie bis zum Ende, auch wenn das nicht wirklich ihre Aufgabe wäre. Dafür gibt es Helferinnen.

Sie fürchtet sich also vor nichts. Auf die Raserei des Fotografen antwortet sie mit der entschlossenen Miene, mit der sie eine Steißgeburt angeht, oder wenn die Nabelschnur wie eine Schlange um den Hals des Babys gewickelt ist. Sie rückt das Häubchen zurecht, schiebt die in der Aufregung herausgerutschten Strähnen unter das Gummiband. Sie schafft Stille in sich, weg mit dem Stöhnen der Sterbenden, weg mit dem »Präsentiert das Gewehr« der Korporale, weg mit dem Getrampel der Soldaten, genauso wie sie, wenn sie mit der Hand hineingreifen und drehen und ziehen muss, die Schreie der Gebärenden nicht mehr hört. Sie nimmt den Mann am Arm und führt ihn unter die Bogengänge. In einer geschützten Ecke legt sie ihm die Hände auf die Schultern und sieht ihm in die Augen. »Jetzt sagt mir, wo

Ihr wohnt.« Antonio keucht. Er ist sehr blass. Vielleicht ist es nicht nur eine Nervenkrise, denkt die Frau.

»Los, die Adresse!«

Eine Träne quillt aus dem verrückten Auge. Der Fotograf wischt sie mit der Manschette weg, aber es bildet sich gleich eine neue. Er überragt die Frau um eine gute Handbreit, und doch fühlt er sich in dem Augenblick wie das Kind aus dem Pammatone.

»Wo. Wohnt. Ihr.«

Mit dem Kinn deutet er Richtung Castello Sforzesco.

»Gehen wir«, sagt Caterina. Ein langer Blick auf Anna, dort auf dem Pflaster, dann geht sie los. Die Lebenden versorgen, die Toten können warten. Rundherum ein Durcheinander von Verletzten, Leuten, die auf den Armen davongetragen werden, Frauen, die nach Söhnen und Ehemännern suchen. Caterina hält ihn an der Hand. Ab und zu drückt sie fester, wie sie es mit einem erschrockenen Kind machen würde. Die zwei erreichen Via Orefici, dann die fast leere Piazza Cordusio. Der Angriff hat die Menge versprengt, wie ein Absatz einen Ameisenhaufen zermalmt. Manche biegen in die Seitenstraßen ein, einige flüchten Richtung Castello. »Geht's besser?«, fragt Caterina.

Antonio antwortet nicht. Sein Blick ist stumpfsinnig. Seine Verstörtheit von vorhin hat sich in Kopfweh verwandelt, eine Ahle in der Mitte der Schläfe, neben dem verrückten Auge.

»Lasst uns durch«, drängt die Frau, und sie gehen die Via Dante hinauf. An der Kreuzung mit Via San Tommaso kommt der Fotograf wieder zu sich. »Die Vermieterin duldet keine Frauen im Haus«, sagt er. Immer wieder rollt eine

Träne über seine Wange, aber er hat es aufgegeben, sie zu trocknen, und hat einen großen feuchten Fleck am Kragen.

»Welche Haustür?«, erwidert Caterina.

Zwei Etagen weiter oben beobachtet die Witwe Cantù sie zwischen den Lamellen der Fensterläden. Ihr Untermieter scheint wackelig auf den Beinen zu sein.

»Keine Frauen. Die Abmachungen sind klar«, sagt sie hinter der Tür, sobald sie es klingeln hört.

»Macht auf!«, antwortet Caterina.

Die Witwe öffnet die Tür gerade so weit, dass sie Caterina in die Augen schauen kann. »Die Abmachungen sind klar«, wiederholt sie gereizt. Die Haube der Hebamme und der Kittel, den man unter dem Mantel erahnt, beeindrucken sie kein bisschen.

»Geht beiseite.«

Mit einer übertriebenen Bewegung tritt die Witwe Cantù einen Schritt zurück, als hätte die andere sie gestoßen. »Was für ein Benehmen«, schimpft sie.

Caterina ignoriert sie und schaut sich um. Noch nie war sie in einer so großen Wohnung. »Gibt es Hühnerbrühe?«, erkundigt sie sich.

»Er wird sich doch nicht mit den Aufständischen eingelassen haben?«, erwidert die Witwe Cantù.

»Besser, wenn Ihr ein Eigelb drantut.«

»Marietta!«, kreischt die Vermieterin. Das Hausmädchen erscheint in der Küchentür.

»Marietta, Signor Casagrande fühlt sich nicht wohl.«

Antonio kneift die Augen zusammen. Der Kopfschmerz ist eine glühende Klinge.

»Eine Tasse Hühnerbrühe, bitte«, wiederholt Caterina zum Hausmädchen gewandt.

»Aber vorher zeigt mir das Zimmer von Signor Casagrande. Er muss sich hinlegen.«

Die Witwe Cantù hebt die Augenbrauen, strafft die Schultern, reckt den Hals, den Chignon hoch auf dem Kopf: »Wie könnt Ihr Euch erfrechen, Befehle zu erteilen?«

»Am besten im Dunkeln«, fügt Caterina hinzu.

»Es geht mir gut«, sagt Antonio mit erstickter Stimme. Das verrückte Auge tränt nicht mehr, aber es pulsiert, als wollte es aus der Augenhöhle herausspringen.

Im Zimmer ist es schon dämmrig. Die Witwe Cantù hatte beim ersten Durchzug der Soldaten die Fensterläden schließen lassen. Caterina hilft Antonio, die Jacke auszuziehen, nimmt ihm die Krawatte ab, hilft ihm, sich aufs Bett zu setzen, geht in die Hocke, macht seine Schnürsenkel auf und befreit ihn von den Schuhen.

»Holt auch noch ein paar Kissen, bitte.«

Marietta bewegt sich lautlos in ihren Filzpantoffeln. Sie bringt zwei Kissen. Antonio lehnt sich mit geschlossenen Augen zurück.

Das Hausmädchen verschwindet in der Küche, die Witwe Cantù eilt hinterher. Man hört sie hantieren. »Auch etwas frisches Wasser und einen Lappen«, sagt Caterina, aber der Fotograf hört ihre Stimme nur gedämpft. Hat sie das Zimmer verlassen? Wird sie wiederkommen? Draußen schwillt das *ran ran* an und ab wie eine Brandung. Der hämmernde Kopfschmerz erschlägt die Gedanken. Das Bett ist ein Nest. Der nasse Lappen eine Liebkosung. Der Geruch nach heißer Brühe rührt ihn.

Caterina verlässt die Wohnung der Witwe Cantù erst, als der Mann eingeschlafen ist. Sie kehrt zur Piazza Duomo zurück, erkundigt sich, wohin Annas Leiche vermutlich gebracht worden ist, macht sich zu Fuß in die äußerste Vorstadt auf, wo Annas Verwandte leben. Als sie ihnen die Nachricht überbringt, kommt ihr ihre eigene Stimme seltsam vor. Sie kann nicht fassen, dass es wirklich passiert ist. Gegen Abend ist sie wieder in der Via San Tommaso. Antonio schläft einen unruhigen Schlaf, der Kopfschmerz weckt ihn dauernd auf.

Am nächsten Tag, einem Sonntag, betritt Caterina das Ospedale sehr früh. Es wäre nicht ihre Schicht, doch sie hält es für angebracht, sich ans Werk zu machen. Die Ärzte sind alle damit beschäftigt, eingeschlagene Köpfe zu zusammenzuflicken und Kugeln zu entfernen. Sie kümmert sich um eine schwangere junge Frau mit anhaltendem Fieber und um die Geburt eines Siebenmonatskinds. Bei Sonnenuntergang, die Haube gut sichtbar aufgesetzt, wagt sie sich hinaus in die menschenleere, vom Militär besetzte Stadt. Es ist fast sieben, als sie in der Wohnung der Witwe Cantù vorstellig wird. Antonio liegt noch im Bett. Er hat gegessen, getrunken, geschwitzt und reichlich uriniert. Er habe Stuhlgang gehabt, versichert er ihr errötend, aber die Kopfschmerzen lassen ihm keine Ruhe. Sie bleibt, bis es Nacht wird, und tauscht ihm den nassen Lappen auf der Stirn aus.

Am zweiten Tag, Montag, ebenfalls gegen Abend, nach einer Zwillingsgeburt, die sie neun Stunden unentwegt in Atem gehalten hat, trifft Caterina den Patienten noch sehr blass an, aber schon auf den Beinen. Bei dem strengen Verhör der Hebamme gibt die Witwe Cantù an, ihr Untermieter habe zwei reichhaltige Mahlzeiten vertilgt: Pasta mit Butter, gebratene Niere mit Marsala, drei ganz frische Eier und Rotwein. »Mindestens ein Viertel.« Die Alte mustert sie und fügt dann honigsüß hinzu: »Studiert Ihr etwa Medizin?«

Antonio entschuldigt sich mit den Augen. Er fragt sie nach der Lage in der Stadt, sie erzählt von weiteren Straßenkämpfen und weiteren Toten. Die Witwe Cantù schnauft ungehalten. Sie lässt sie nie mehr als ein paar Sekunden allein, kommt und geht mit Bettwäsche, Decken, einer Blumenvase und sogar Mariettas Staubwedel, mit dem sie Hausmädchen spielt. Antonio und Caterina unterhalten sich mit Blicken: »Wie geht es Euch?«, »Und Euch?«, »Es tut mir leid.«

Am dritten Tag, Dienstag, wieder gegen Abend, als die Arbeiter grüppchenweise aus den Fabriken kommen, die an diesem Morgen auf Befehl des Generals wieder geöffnet worden sind, geht Caterina in einen Milchladen und lässt sich ein schönes Stück Parmesan einpacken. Damit begibt sie sich zur Wohnung der Witwe Cantù, die an der Schwelle lauert.

»Signor Casagrande ist wieder gesund. Er hat mich beauftragt, Euch für Eure Anteilnahme zu danken. Es tut mir leid, dass Ihr Euch bis hierher bemüht habt, aber wie schon gesagt, Frauen haben hier keinen Zutritt.«

Caterina mustert sie wie bestimmte Angehörige, die sich nur um den Anstand sorgen. »Er wird doch hoffentlich nicht ausgegangen sein.«

»Er ist eben eingeschlafen. Ruhe ist die beste Medizin. Ist das Parmesan?«, fragt die Witwe Cantù.

Caterina mustert sie, wie sie bestimmte Ärzte mustert, die nur ans Honorar denken, aber sie hat nicht die Kraft zu streiten, nicht heute. Es war ein höllischer Tag: ein Kaiserschnitt, bei dem nur der Fötus überlebt hat, eine unstillbare intrauterine Blutung und ein Baby, das ohne Augen geboren worden ist. In den Fluren des Krankenhauses sagt man, die Reiterei habe die Gebärenden zu Tode erschreckt, die Kanonen hätten ihr Blut vergiftet, das Stampfen der Soldaten habe die Babys, die auf die Welt kommen sollten, erstickt. Quatsch, aber vielleicht auch nicht. Sie drückt der Alten das Päckchen in die Hand und geht ohne ein Wort.

Antonio erwacht am folgenden Morgen. Er fühlt sich gekräftigt, sogar hungrig. Die Witwe Cantù erwähnt den Besuch der Hebamme nicht.

Nach dem Frühstück verzieht sich der Fotograf in sein Dunkelkämmerchen und entwickelt die Aufnahmen, die er mit der Jumelle Sigriste gemacht hat. Sobald die Abzüge fertig sind, packt er sie ein und geht mit dem Umschlag unter dem Arm los, die Kamera um den Hals. Im Lauf weniger Stunden entdeckt er, dass seine Bilder nicht eine der Zeitschriften interessieren, die General Bava Beccaris verschont hat. Entweder haben sie schon welche und überlegen mit Bedacht, ob und wann sie sie verwenden sollen, oder sie wollen keinen Ärger. Der Direktor hänge an seinem Posten, erklären sie, und auch die Journalisten hätten Familie. Und außerdem gehe das Leben in Mailand schnell weiter: Warum er nicht eine Runde drehe auf der Jagd nach Kuriositäten und Spinnern?

Er betritt eine billige Osteria hinter dem Domplatz und bestellt einen Teller Suppe mit weißen Bohnen. Ein einziger

Tisch ist dicht besetzt und lärmt, doch als er hereinkommt, wird es auf einmal still. Ihm ist, als hielten die Personen den Atem an. Fürchten sie die Jumelle Sigriste? Glauben sie, er arbeite für die Polizei? Er nimmt den Riemen ab, stellt den Apparat auf den Tisch und spürt, wie die Spannung langsam sinkt wie Wasser nach einer Sturzwelle.

Während er auf das Essen wartet, holt er die Fotos heraus und ordnet sie auf dem Tisch an. Die anderen Gäste bleiben auf Distanz. Er konzentriert sich: die Grüppchen auf dem Platz, die Kanonen auf dem Largo Cairoli, die Barrikaden, die Menschenmengen auf der Piazza Cordusio und dann sie, Anna, die einen Durchlass im Gedränge sucht. Die besten Aufnahmen seit damals, vor ungefähr dreißig Jahren, als Alessandro Pavia ihm seine erste Platte in die Hand drückte mit den Worten: »Hier ist die Schwefelsäure und hier das Kaliumdichromat. Nur Mut! Übung macht den Meister!« Seine gelungensten Bilder. Und keiner will sie haben.

Vielleicht ist das ein Zeichen, denkt er. Vielleicht sollte er aufhören. Sich irgendeine Arbeit suchen. Sich zur Ruhe setzen. Ein bisschen Geld hat er auf der hohen Kante. Wirt, zum Beispiel. Cafetier. Ausgewählte Kundschaft, nicht die, die er hier um sich hat. Mailand ist ganz Fernet, Cordiale, Kaffee mit Sahne. Für diejenigen, die es sich erlauben können, natürlich. Dieselben, die eine Illustrierte abonnieren würden. An einem Tischchen sitzend, würden sie ihren Wermut schlürfen, die Zeitschrift Seite für Seite durchblättern und die zerlumpten Menschen betrachten, die Antonio so fotografiert hat wie noch nie: fulminante Lichtschnitte, Augen wie Onyxkiesel, fiebrig, in Grautönen geflickte Jacken, durchgelaufene Schuhe in Bronzefarben. Im Vordergrund die schöne Anna. Niedergemetzelt. Und er war schuld, er, der Fotograf, der dachte, er könne sie retten. Sie dem Tod entreißen. Wenn das kein Zeichen ist. Es ist an der Zeit aufzuhören. Die Jumelle Sigriste, die Säuren, die Silbersalze, die Erfahrung der letzten dreißig Jahre an den Nagel zu hängen. Ein neues Leben anzufangen. Hinter einem Zinktresen, den Lappen in der Hand und die Schürze um den Bauch, wird sein verrücktes Auge niemanden mehr umbringen.

»Quatsch«, erwidert Alessandro Pavia in seinem Kopf. Seit er tot ist, hört Antonio ihn oft.

Die Suppe kommt. Der Fotograf schiebt die Bilder zusammen und macht auf dem Tisch Platz. Da sie kochend heiß ist, kippt er ein halbes Glas Roten hinein, zum Abkühlen. So macht man das zwischen der Piazza Fontane Marose, Soziglia und dem Sestiere di Prè. Rundherum zweifelnde Blicke.

»Sollen sie doch zum Teufel gehen, hahaha.« Die Stimme des Meisters dröhnt in ihm. »Und hör schon auf zu jammern. Du scheißt dir ja in die Hose.« Der Ton der Jugend, der Donner, der das Hafenbecken und die Nutten erschütterte.

In seinen letzten Augenblicken dagegen sprach Alessandro Pavia nicht. Drei Tage, bevor er starb, verweigerte er das Essen. »Heiß«, sagte er zu der kalten Suppe. Es war das erste Wort nach dem »Hau ab«, mit dem er ihn begrüßt hatte. Und es war kein Gespräch, bloß die Reaktion auf etwas, das auf seiner Zunge geschmerzt hatte.

Anfangs verstand Antonio nicht, wollte ihn unbedingt weiter füttern, bis Alessandro Pavia auf den Teller schlug und ihn umkippte. Der ehemalige Assistent kniete sich hin, um aufzuwischen. Da tastete Pavia mit dem Handrücken zitternd nach seinem Gesicht. Das Zittern hörte auf, die Fingerknöchel verweilten reglos auf der L-förmigen Narbe.

»Junge ...«

Antonio erstarrte, auf Knien. Hatte der Meister beschlossen, mit ihm zu sprechen?

»Junge, ich habe es nicht geschafft ...«

Schluss, nichts weiter. Die kürzeste Rede, die Alessandro Pavia in seinem langen Leben voller prahlerischer Predigten je gehalten hatte. Doch in dem mächtigen Schweigen, das seine Worte eingeleitet hatten, blieb die Hand unbewegt auf Antonios Gesicht liegen, auf dem Schmiss, mit dem Michele Casagrande ihn lebenslang gezeichnet hatte. Narben, die tausend Bescheinigungen aufwiegen. *Pammatone. Findelkind.*

Jetzt hätte er ihn gern hier, den Meister. Hier am Tisch, nicht nur im Kopf. Auch krank, zornig, von sich selbst enttäuscht. Auch *gescheitert.* Er würde ihm diese Handvoll *perfekter* Bilder zeigen. »Was soll ich tun?«, würde er ihn fragen. Mit dem Finger tastet er nach der L-förmigen Narbe. Er hätte ihn gern neben sich, denn für einen langen, herrlichen Moment hat der Meister alle Antworten gewusst.

»L wie Lampe, Leber, Linse, Lupe, Lob. A-E-I-U-O. Die Vokale. Wiederhole.«

Denn eine Zeit lang hat er auch die Fragen erraten.

»Laster, Leere, List, Lore, Lues. A-E-I-O-U. Wiederhole.«

Die Suppe mit weißen Bohnen ist gut. Mit dem Wein

schmeckt sie wie zu Hause. Hätte er Pavia neben sich, würde er ihm sagen, er solle sich nicht quälen, denn alle probieren es, niemand schafft es, so ist das Leben: ein Scheitern.

Und er würde ihm sagen, dass die Suppe ihn an die erinnert, die Giuse für sie zubereitete. Ist das nicht schön? Ist das nicht das *Einzige*?

Und er würde ihm sagen, dass der Meister bei ihm nicht gescheitert ist. Dass sein Leben, hätte der Meister ihn an jenem Tag im Zimmer des Vorstehers nicht gewählt, kein Leben gewesen wäre.

Findelkind.

Pammatone.

Fotograf.

Rasch löffelt er die Suppe aus, hängt sich die Kamera wieder um den Hals, bezahlt und geht. Er lächelt vor sich hin. ›Der Meister weiß auch als Toter alle Antworten‹, denkt er.

Es dauert den ganzen Nachmittag, bis er findet, was er sucht. »Das ist kein sehr gefragter Artikel«, rechtfertigt sich der Verkäufer im vierten Geschäft. Er muss sich ziemlich anstrengen, um diesen Kunden zufriedenzustellen. Gewöhnlich ist das Sache der Ehefrauen, der Mütter. Nadel, Faden und ein Stück robuste Baumwolle genügen. Doch diese hier ist reine Seide. »Für eine *grande soirée*. Eine *Parade*.« In der Tat kostet sie ein Vermögen. Antonio bezahlt, ohne zu feilschen. Wenn er weiter fotografieren will – wenn er weiter sein Leben leben will –, braucht er sie.

Am Ende einer langen Reihe von Tagen ohne Pause findet ihn die diplomierte Hebamme Caterina Colombo daher an den Eingang zur Entbindungsstation von Santa Caterina alla Ruota gelehnt. Die Hände in den Taschen, wartet der Fotograf Antonio auf sie, die Schultern entspannt, keinerlei Eile im Blick, mit der Miene dessen, der genau da ist, wo er sein will.

»Guten Abend, Caterina.«

Als warte er schon das ganze Leben auf sie, denkt die Hebamme, dann verscheucht sie den Gedanken. Die schwarze Binde über dem Auge verblüfft sie.

»Es ist eine interessante Geschichte«, verspricht er. »Wollt Ihr sie hören?«

Die Zeit vergeht. Das verrückte Auge in Sicherheit unter der Binde, beginnt Antonio Casagrande wieder Fotos zu schießen, sie im Kämmerchen bei der Witwe Cantù zu entwickeln und an Zeichner und Illustrierte zu verkaufen. Er arbeitet erneut mit ein paar großen Fotoateliers zusammen. Wenn es sein muss, investiert er einen halben Tag für ein Porträt daheim bei dem Kunden. Abends wartet er vor dem Eingang des Krankenhauses, und sie gehen gemeinsam bis zu der Mansarde in der Via Meravigli, wo Caterina allein lebt. Sie erlaubt ihm nicht, mit hinaufzukommen: Die anderen Hausbewohner würden sie nicht mehr grüßen.

»Honorige Leute«, sagt er.

»Geschwätzige Leute«, erwidert sie und verzieht die Lippen auf ganz besondere Art, halb lächelnd, halb spöttisch.

Der Fotograf entdeckt viele Dinge. Dass sie gern schnell geht. Dass sie Abenteuerromane liest. Dass sie ihre Kleider selbst näht. Dass sie an ihrem freien Tag die Straßenbahn nimmt und bis zum Stadtrand hinausfährt, wo die Felder beginnen, um Heilkräuter zu suchen: Zitronenverbene, Malve, Salbei oder Weißdorn, je nach Jahreszeit. Dass sie sie gern auf dem Dach trocknet, auf einer winzigen Terrasse ausgebreitet. Dass sie sie anschließend zerbröselt und in kleinen Säckchen, die sie aus Stoffresten näht, an die Gebärenden verteilt.

»Zitronenverbene hilft der Verdauung. Malventee ist gut gegen Husten. Weißdorntee stärkt das Herz.«

»Eine Drogistin.«

»Eine Hexe.«

Er mag dieses Lächeln zwischen Fröhlichkeit und Impertinenz.

Er entdeckt, dass sie keine Familie hat, und ist so überrascht, dass er mitten im Gewühl der Stadt, die zum Abendessen heimeilt, stehen bleiben muss.

»Ich bin auch ein Waisenkind«, sagt er.

»Ich bin kein Waisenkind.«

Er vertraut ihr Dinge an, die er den Genueser Signorine, mit denen Madame Carmen ihn verheiraten wollte, niemals gesagt hätte. Er erzählt ihr nicht nur von seinem verrückten Auge, sondern auch vom Pammatone, vom Vorsteher, vom Meister, vom Dachboden an der Piazza Valoria, von dem Altan über dem Meer, Garibaldis Hand, der Brosche des Königs, dem Modellalbum, den Garibaldinern aus Borgo di Dentro und Primo Leone. »So etwas wie ein bester Freund.« Sogar von Madame Carmen erzählt er ihr, von ihren beunruhigenden Witwenschleiern, von Famagusta, die an der französischen Krankheit gestorben ist, und auch von den erotischen Fotos, so als spräche er mit einem Mann. Er berichtet ihr von der Sturmnacht, in der sein verrücktes

Auge wie durch Zauberei Madame Carmens harte Schale aufbrechen und die Zärtlichkeit darunter zum Vorschein kommen sah. Er verbirgt ihr nichts, schämt sich für nichts, das war ihm noch nie passiert, und nie hätte er geglaubt, dass es passieren könnte.

Sie hört ihm zu. Manchmal wird ihr Lächeln breiter, und die Wangen kräuseln sich in kleinen, zarten Fältchen, wie Seidenrüschen. Es sind lichte Augenblicke. Antonio fragt sich, ob die Jumelle Sigriste schnell genug ist, um sie einzufangen.

Die Zeit vergeht. Am Montag, 16. Mai, darf man auf Befehl von General Bava Beccaris wieder Fahrrad fahren, aber nur im Zentrum. Die beiden sehen sich weiterhin. Es erstaunt sie nicht, als er ihr eines Abends ein Sträußchen Ranunkeln, Minze und Sauerklee hinhält und fragt: »Passen die für einen Liebestrank?«

»Ihr seid zu alt«, antwortet sie.

»Was habt Ihr denn verstanden? Nicht für mich: für die Witwe Cantù.«

So bringt er sie zum Lachen, mit harmlosen, kleinen Späßen. Am darauffolgenden Montag, 23. Mai, tritt im Erdgeschoss des Castello Sforzesco im Saal zwischen dem Wachturm und dem Turnverein der Sonderkriegsgerichtshof zusammen. Antonio fotografiert, und am Ende des Tages erzählt er ihr, was er gehört hat. Der erste Prozess ist gegen ein Dutzend Männer, die am Freitagabend, 6. Mai, auf dem Domplatz verhaftet wurden. Barengo Antonio, dreiundzwanzig Jahre alt, vorbestraft wegen Müßiggang, Herumtreiberei, Diebstahl und Wehrdienstverweigerung, ist angeklagt, den Beamten zugerufen zu haben: »Feiglinge, elende; heute Abend habt ihr gewonnen, aber morgen werden wir ja sehen.« Cipellini Giovanni dagegen, dreiundvierzig Jahre alt, hat die Soldaten angeblich mit diesem Satz beleidigt: »Ihr Hungerleider, ihr lebt doch auf Kosten der Arbeiter.« In seiner Tasche wurden eine Ausgabe der Zeitung »Klassenkampf« und ein anarchistisches Flugblatt gefunden. Den Ersten haben sie zu sieben Jahren, sieben Monaten und fünf Tagen Haft verurteilt.

»Und den anderen?«

»Zu zwei Jahren.«

Es überrascht sie nicht, dass Antonio die Bitterkeit dieser Tage mit ihr teilt. Und auch nicht, dass er die Unterhaltung jeden Abend ein bisschen auszudehnen versucht, indem er Umwege vorschlägt, weil er der diplomierten Hebamme Caterina Colombo un-be-dingt etwas zeigen muss. Ein kleines Karussell, einen Getränkekiosk, einen riesigen, blühenden Fliederbusch. Am 3. Juni verabschiedet der Kommunalrat eine Tagesordnung, die General Bava Beccaris Beifall zollt. Am 6. Juni verleiht seine Majestät Umberto dem General das Kreuz des Großoffiziers des Militärordens von Savoyen. An diesem Abend hat Antonio ein Tütchen mit bunten Zuckerstäbchen dabei, die sie schweigend auf einer Bank sitzend lutschen. Am nächsten Abend überredet er sie, an einem Tischchen des Konzert-Cafés Platz zu nehmen, in dem eine bekannte Soubrette auftritt. Er kauft auch zwei Karten für das Teatro Gerolamo, das soeben nach den Unruhen wieder geöffnet und Kinovorführungen im Programm hat. Er benutzt Wörter wie »Kinetoskop«, »Zelluloid«, »Fotogramm«, und sie lässt sich betören. Es wundert sie nicht, dass das kurze Gespräch vom Ospedale nach Hause sich Abend für Abend in einen Spaziergang bis zu den Wällen verwandelt, und, warum nicht, den Naviglio entlang bis zur Porta Romana, um den Sonnenuntergang auf dem Wasser zu betrachten. In diesen Augenblicken ist die Stadt wunderbar. So schön, dass man den Gestank nach Ballistit vergisst, das Blut auf dem Pflaster, die zweiunddreißig in weniger als vierzehn Tagen geführten und abgeschlossenen Prozesse. So schön, dass man die diplomierte Hebamme Anna Barbieri vergisst, mit knapp zweiundzwanzig Jahren ermordet, während sie versuchte, das Krankenhaus zu erreichen.

»Welch ein Licht heute Abend.«

Und es ist keine Überraschung, dass sich ihre Schultern berühren, als sie sich bei diesen Worten an der Balustrade über das schimmernde Wasser beugen. Dass ihre Finger sich streifen. Dass Antonio Casagrandes Geruch von Nahem so gut ist. Auch dass er sie in diesem Augenblick küsst, überrascht sie nicht, oder dass sie diesen langen, tiefen Kuss so genießt. Es überrascht sie nicht: Es erschreckt sie zu Tode.

Deshalb verschwindet Caterina Colombo. Am nächsten Tag wählt sie am Ende der Schicht einen Hinterausgang, dann einen anderen in den folgenden Tagen. Sie kennt das Ospedale, die Krankensäle, die Zimmer der Wöchnerinnen, die Schleichwege, die Abkürzungen, sie weiß, wie sie ihre Spuren verwischen kann. Auf dem Heimweg geht sie durch abgelegene Gassen, und einmal in der Mansarde angelangt, tut sie so, als sei sie nicht zu Hause, wenn er heraufsteigt und klopft.

Die Zeit vergeht unaufhaltsam. Am 16. Juni wird General

Bava Beccaris zum Senator des Königreichs ernannt. Ebenfalls am 16. Juni, beim neunundfünfzigsten Prozess innerhalb von drei Wochen, sind Journalisten, Direktoren von Zeitschriften und eine Frau angeklagt, Anna Kuliscioff, die Ärztin der Armen, Lebensgefährtin des sozialistischen Abgeordneten Filippo Turati und Gründerin der Zeitschrift »Critica Sociale«. Antonio ist sich ziemlich sicher, dass Caterina sie kennt. Was gäbe er nicht dafür, mit ihr sprechen zu können. Die Urteile kommen im Sturmschritt, rasch, exemplarisch, grausam wie Husaren. Drei Jahre und tausend Lire Bußgeld für Don Albertario, den Direktor des »Osservatore Cattolico«; zwei Jahre und hundert Lire Bußgeld für Frau Dr. Kuliscioff; eine Unmenge, ohne jede Scham, für alle anderen. Die Zeit vergeht, aber nicht für ihn. Während der Sommer explodiert, kann er immer noch nicht begreifen, dass Caterina so spurlos verschwunden ist, ohne ein Wort. Was ist denn passiert? Was hat er Schlimmes getan? Hat er sie etwa beleidigt? Könnte er doch wenigstens mit ihr sprechen!

Er beschließt, ihr einen Brief zu schreiben. Er strengt sich an. *Liebste Caterina.* Nein. *Caterina, Liebste.* Nein. *Meine liebe Caterina.* Nein. *Mein Liebling.* Nein, nein, nein. Auf dem Papier klingt alles lächerlich, übertrieben, falsch. Er ist ja nicht mehr zwanzig, sie sind nicht mehr zwanzig. Er hat die vierzig überschritten, sie ist dreiunddreißig geworden. Der Fotograf tut das einzig Sinnvolle: Er geht zur Haustür in der Via Meravigli, klingelt bei den Nachbarn, gibt sich als Verwandter aus und lässt sich öffnen. Vor der Mansardentür wartet er auf sie. Eine Stunde, zwei, es ist ihm egal. Die Hebamme kommt gegen Abend. Sie bemerkt ihn erst, als sie den Treppenabsatz erreicht. »Ihr könnt hier nicht herumstehen«, sagt sie.

Als er sie in ihrem engen, leichten Baumwollkleid sieht, müde nach dem harten Tag, als er sie sieht, nachdem er sich so nach ihr gesehnt hat, fühlt Antonio einen Schauder unten an der Wirbelsäule. Er senkt den Blick. »Ihr habt mir keine Wahl gelassen«, erwidert er.

»Ihr hättet am Eingang des Krankenhauses auf mich warten können.« Ihr Gesicht ist hart, die Stimme tief. Er hat Mühe, sie wiederzuerkennen.

»Das habe ich versucht. Jeden Tag.«

»Ich habe Euch nicht gesehen.«

»Seid ehrlich. Lügen passt nicht zu Euch.«

Caterina schaut weg. Sie knöpft ihren Kragen auf. Im Sommer bekommt man auf dem Dachboden keine Luft. Sie zieht ein Taschentuch heraus und beginnt, sich die Stirn zu trocknen. »Was wollt Ihr?«

»Mit Euch sprechen. Verstehen.«

»Findet Ihr, das ist der passende Ort?«

»Dann lasst mich herein.«

»Macht Euch nicht lächerlich.«

Antonio strafft die Schultern. Er zückt die Uhr. »Ich warte seit mehr als zwei Stunden auf Euch. Ich gehe hier nicht weg.«

»Ich habe Euch nichts zu sagen.«

»Das glaube ich Euch nicht.«

Mit Trippelschritten misst Caterina den Treppenabsatz aus, hin und zurück, das Taschentuch in der Faust zerknüllt. »Ich kann nicht … Dann gehe ich eben … Seid so freundlich, lasst mich in Ruhe.« Das Weinen sitzt ihr im Hals.

Er schlägt mit der Hand gegen die Tür. »Ich kann nicht!«, sagt er.

Sie erstarrt vor Schreck. »O Gott, macht leise.«

Ein Stockwerk tiefer geht eine Türe auf. Ein Mann im Schlafrock schaut heraus. »Gibt's Probleme, Signorina Colombo?«

»Nein, nein, ein Cousin ist zu Besuch. Ich fand erst den Schlüssel nicht, aber hier ist er.« Sie wedelt mit der Hand.

Die Mansarde ist sehr eng und heiß. Die Sonne knallt durch ein einziges Fenster im Dach. Ein Tisch mit zwei Stühlen und eine Vase verwelkter weißer Rosen mit stechendem Geruch. Ein Sessel in lebhaften Farben. Ein kleines Bücherregal. Ein schmales Bett, die Überdecke mit einem Geflecht roter Nelken bestickt. Hinter einer weit offen stehenden Glastür ein zweiter Raum, der nach einer winzig kleinen Küche aussieht. Eine schmale, niedrige Tür, die zum Dach führt.

Caterina greift nach einem Stuhl, steigt hinauf, rüttelt am Griff des Dachfensters und stößt es auf. »Endlich ein bisschen Luft. Setzt Euch. Ich bringe Euch etwas zu trinken.« Ohne ihn anzusehen, verschwindet sie in der Küche. Ihre Hände zittern. Still tritt Antonio zu ihr, nimmt ihr das Glas ab, stellt es in die Spüle, ergreift ihre Finger und führt sie an die Lippen.

»Sprich mit mir.«

Sie kneift die Augen zusammen. Er küsst weiter ihre Finger. »Ist es meine Schuld?«

Sie schüttelt den Kopf.

»Warum weinst du dann?«

Er nimmt sie in die Arme, flüstert ihr Worte ins Ohr, die sie nicht versteht, von Schluchzern geschüttelt. So verharren sie, aneinandergeschmiegt, sie mit den Ellbogen am Körper, die Fäuste unterm Kinn, bis Antonio zu flüstern aufhört und sie nicht mehr weint. Sie lösen sich nicht. Er beugt sich herunter, nimmt die Wärme des Atems wahr, den Geschmack der Tränen. Er drückt sie ganz sanft, als wäre sie ein Kristallfigürchen, der Oberkörper so schmal, dass er sonst zerbrechen könnte. Er liebkost sie mit den Lippen. Sie weicht nicht zurück. Er wandert abwärts, streift ihren Hals, den zarten Teil zwischen Ohr und Schlüsselbein. Sie lässt ihn machen, bietet ihm ihre Kehle, streckt die Arme aus, tastet mit den Fingern nach seinem Gesicht, seinen Schultern, und da wissen beide, dass sie nicht mehr aufhören können, es ist einfach unmöglich.

Er macht einen Schritt rückwärts, stößt an die Spüle, das Glas rollt bis zum Rand. Er legt die Jacke ab, zieht das Hemd über den Kopf, den Gürtel aus den Schlaufen. Sie löst ihre Haare, lässt Kleid und Höschen fallen, steht im Unterrock da. Sie küssen sich wieder, gierig, zum Teufel mit dem Glas, zum Teufel mit den Nachbarn, Hände auf den Hüften, auf dem Busen, auf der nackten Brust, mehr, mehr, bis er sie hochhebt, zum Bett trägt, auf die Tagesdecke legt. Er knöpft seine Hose auf und wirft alles in eine Ecke, einschließlich Schuhen.

Mit den Fingern fasst sie den Saum des Unterrocks, kreuzt die Arme, bäumt sich auf und zieht ihn über den Kopf. Dann macht sie ihm ein Zeichen, und er nimmt die Binde von dem verrückten Auge. Caterinas nackter Körper explodiert in einem milchigen Schimmer. Ihm stockt der Atem. Eine lange Narbe, knotig wie die Kordel eines Büßerhemds, läuft quer über ihren Unterleib und endet in einem verwachsenen kleinen Stummel, ein Röschen aus Fleisch direkt über dem Schamhügel.

»Jetzt weißt du es«, sagt sie mit den Augen. Dann schließt sie sie, wirft den Kopf zurück und alles beginnt von vorn, keuchend, überwältigend, Antonio verloren im makellosen Weiß dieses Halses auf dem Rot der Nelken.

Es ist ein Sommer wie alle anderen. Die Temperatur steigt noch, die seltenen Wolkenbrüche erfüllen die Straßen mit dampfender Feuchtigkeit. Mailand verlangsamt seinen Rhythmus nicht. Der Sondergerichtshof arbeitet von früh bis spät. Während der Sitzungen werden etliche ohnmächtig vor Hitze. Schweißtriefend verlesen die Richter die Urteile, aber sie unterbrechen nicht, vertagen nicht. Sie sind Soldaten, ans Feldlager gewöhnte Leute, und keine Bürokraten, jetzt sind sie an der Reihe, die letzte Schlacht der von General Bava Beccaris geführten Kampagne. Also marsch. Hundertneunundzwanzig Prozesse, achthundertachtundzwanzig Angeklagte, sechshundertachtundachtzig Verurteilte, davon ein Drittel minderjährig. Sechzehn Jahre für die Abgeordneten Turati und De Andreis, acht Jahre für den Anarchisten Pietro Gori. Am Ende der Kampfhandlungen beträgt die Beute vierzehnhundertfünfunddreißig Jahre und einen Tag Gefängnis.

Die Nachrichten sickern nur nach und nach durch, eine Wunde, die, immer wieder aufgerissen, immer wieder eitert. Caterina und Antonio eilen vom Krankenhaus zur Mansarde, schließen sich in der glühenden Hitze ein, reißen das Dachfenster auf, warten auf die Sterne, während sie etwas essen und sich lieben. Wenn er die Tür öffnet, um zu gehen, sagt sie: »Gewöhn dich bloß nicht dran«, oder: »Am besten kommst du nicht wieder.« Am nächsten Abend kommt Antonio mit einer Flasche Wein, einer Platte gebackener Meeresfrüchte, und sie lieben sich. Sie sagt: »Ich bin nichts für dich.« Am nächsten Abend kommt er mit einem Obstkorb, und sie lieben sich.

»Die Nachbarn munkeln«, sagt sie Ende Juni zu ihm. Auf der Suche nach Kühle sind sie aufs Dach gestiegen. Die zum Trocknen ausgebreitete Kamille duftet nach Gras und Honig. Der Mond ist ganz nah.

»Die Witwe Cantù ist begeistert. Weißt du, was sie spart, wenn abends einer weniger mitisst?«

»Heute früh hat mich ein Paar aus dem zweiten Stock aufgehalten. Ein Haus voller anständiger Leute, blablabla.« Der Mond ist wirklich nur einen Schritt entfernt.

»Dann suchen wir uns eben eine neue Bleibe. Mit einem Kämmerchen für die Fotos und vielen Grüßen an die Witwe Cantù und deine honorigen Nachbarn«, antwortet Antonio.

In dem Moment leuchtet vor den Augen der diplomierten Hebamme Caterina Colombo das auf, was der halb blinde Fotograf sofort erkannt hatte: die Zukunft.

»Nein«, antwortet sie.

»Warum nicht?«

»Weil du nicht weißt, was auf dich zukommt.«

Als Caterina Colombo zum ersten Mal mit eigenen Augen den glitschigen Kopf eines Neugeborenen aus der geweiteten Vagina einer Frau herausrutschen sah, war sie noch keine zehn Jahre alt, und es war etwas ganz anderes, als der Katze zuzuschauen, während sie Junge kriegt. Das zu beobachten hatte sie sich gezwungen in den Monaten vor der ersten Verabredung mit dem Schicksal, auf das ihre Mutter Eugenia, die Gevatterin Eugenia, sie schon vorbereitete, seit sie sie auf die Welt gebracht hatte.

Zu der Zeit hatte das kleine Mädchen innerlich wenige, aber solide Gewissheiten angesammelt: das Alphabet, die Regeln der Silbentrennung, die Verbkonjugationen, das Einmaleins, und nichts von dem, was sie aus dem Winkel heraus beobachtete, den die Gevatterin Eugenia ihr zugewiesen hatte (»du fasst nichts an und rührst dich hier nicht weg«), nichts besaß die vorhersehbare Eleganz eines korrekt gesetzten Apostrophs, nichts erinnerte an das verlässliche Verfahren beim Malnehmen mit Übertrag.

Die Frage, die sie sich stellte, sobald auf den Kopf des Neugeborenen erst die eine, dann die andere Schulter folgte und dann schlagartig der Rest des Körpers (falls man bei so viel Schleim von schlagartig sprechen kann), die Frage lautete: »Wozu schreiben lernen? Wozu die Vokale, die Konsonanten, die Grundrechenarten? Wozu, wenn es mein Schicksal ist, mit der einen Hand in die Fruchtblase der Frauen zu greifen und mit der anderen zu schieben und zu drücken und dann hinterher den Arm voller Jauche, Blut und Scheiße zu haben? (Ja, Scheiße!) Wozu soll es gut sein, herausfinden zu können, was sechsunddreißig durch vier macht, wenn das Einzige, was sie im Leben finden muss, der Mut ist, die pulsierende Schlange durchzuschneiden, die aus dem Bauch des Kindes herauskommt und in der Mutter endet, im Dunklen, wer weiß wo?«

Stumme Fragen natürlich. Und auch nicht so klar formuliert. Eher ein Unbehagen beim Denken, eine Übelkeit, die den Magen befällt. In der Tat war der kleinen Caterina beim Anblick ihres ersten Neugeborenen-Kätzchens speiübel geworden. Aber dann übergab sie sich doch nicht, und auch deshalb kam sie zu dem Schluss, dass Gevatterin Eugenia recht hatte: Auch sie war dazu geboren, Kinder auf die Welt zu holen.

Ehrlich gesagt hatte gerade Gevatterin Eugenia darauf bestanden, sie zur Schule zu schicken. »Das Kind soll Lesen, Schreiben und Rechnen lernen.« Caterina Colombos Vater war ein Hufschmied mit groben Pranken, es war nicht ratsam, ihm gegenüber auf etwas zu bestehen. »Die Kleine muss hingehen.« Schon setzte es Ohrfeigen. Drei Jahre Prügel. Bis Caterina Colombo am Ende der Grundschule ein Zeugnis zum Einrahmen heimbrachte und die Gevatterin Eugenia mit ihrer Ausbildung begann.

Neue Gewissheiten kamen daraufhin zu denen hinzu, die Caterina schon in der Schule angesammelt hatte.

Flacher Bauch heißt ein Junge.
Die heilige Anna ist die Schwester der Gebärenden.
Die Geburt richtet sich nach dem Mond.
Die Geburt endet nicht mit der Geburt.

Sie häuften sich Tag für Tag, Woche um Woche, und bildeten einen Schatz, den Caterina nur mit der Mutter teilte.

Mutterkorn-Absud fördert die Wehen.
Vor der Geburt Marsala oder Cognac, hinterher Hüh-
nerbrühe.
Butter hilft weiten.

In ein paar Jahren kam sie auf alle Bauernhöfe der Ebene zwischen Bereguardo, Trivolzio und Torradello, am linken Ufer des Ticino, drei Stunden zu Fuß von Pavia entfernt. Gevatterin Eugenia nahm die Tochter auch mit, wenn sie die Schwangeren untersuchte, die Wöchnerinnen tröstete und auf Heilkräutersuche über die Felder ging. Caterinas Gewissheiten wuchsen wie das Getreide rundherum.

Manchmal kommt die Nachgeburt sofort heraus,
manchmal erst nach zwei Stunden.
Das Kind entscheidet selber, wann es kommen will.
Salbei hilft bei Monatsschmerzen.
Melisse ist gut gegen Erbrechen.
Oleander und Petersilie führen zu Fehlgeburt.

»Lieber Kräuter als das Eisen«, fügte Gevatterin Eugenia an jenem Tag hinzu. Mit zwölfeinhalb sah Caterina die Mutter das Eisen benutzen und verstand.

Mit dreizehn, auf einem Hof gleich hinter ihrem eigenen Zuhause, erlebte sie mit, wie ein Kind in Steißlage zur Welt kam. Die um den Geburtstisch versammelten Frauen stimmten eine Litanei an. Gevatterin Eugenia rief Caterina zu sich. Vorsichtig drehte sie den kleinen Körper so, dass er ihr den Rücken zuwandte. »Ganz sacht«, sagte sie. Die Gebärende presste, das Kind glitt langsam heraus. Gevatterin

Eugenia stützte es mit dem Unterarm, die Beinchen seitlich. Die Litanei schwoll an.

»Jetzt schau genau zu. Du musst die Ellbogenbeuge suchen«, sagte sie und hob einen Finger, gekrümmt wie ein Haken. Sie schob die Hand hinein, ergriff eins der Ärmchen und streckte es am Oberkörper des Neugeborenen aus. Dann machte sie es mit dem anderen ebenso. Der Körper war draußen, der Kopf drin.

»Und jetzt warten wir.«

Keine Zeit vergeht langsamer als die des Wartens. Die Litanei übertönte die Klagelaute. Keine Zeit ist unerträglicher. Caterina rang die Hände.

»Geduld, Caterina.«

Die Frauen begannen mit dem Rosenkranz. Beim fünften Avemaria war der Kopf immer noch nicht draußen. Sie beteten weiter. Er kam nicht heraus.

»Geduld und Vorsicht«, flüsterte Gevatterin Eugenia ihr zu. »Wenn er es nicht allein schafft, muss man ihm helfen. Schau gut zu.« Sie zeigte ihr die offene Hand, dann formte sie mit Zeige- und Mittelfinger ein V und fuhr ihr damit über die Nasenflügel. »Alles klar? So putzt du ihm die Nase. Er muss atmen können.«

Caterina nickte, und Gevatterin Eugenia griff sanft mit der offenen Hand in die Vagina und tastete nach dem Gesicht des Neugeborenen. Die Mutter schrie. Beim *Gloria* war der Kopf draußen. Der Säugling öffnete die schleimverklebten Äuglein und wimmerte leise. Caterina sah Gevatterin Eugenia an, als sei sie die vom Himmel herabgestiegene heilige Anna.

Das Schlimmste dagegen passierte in dem Sommer, als

sie vierzehn wurde. Gevatterin Eugenia wurde gerufen, und man sagte ihr, die Schwangere habe hohes Fieber. Sie erwiderte, sie habe die Familie ja gewarnt, sie hätten sie schon vorige Woche ins Krankenhaus bringen müssen, sie sollten den Arzt holen. Zuletzt trafen sie alle gleichzeitig ein, der Doktor, die Hebamme und Caterina. Die Frau atmete mühsam. Er sagte, das Kind sei tot, es bringe die Mutter um, man müsse es schnellstens herausholen. Caterina wurde blass.

Der Doktor ließ die Schwangere mit gespreizten Beinen auf den Tisch legen, ein Kissen unter dem Gesäß. Aus seiner Tasche holte er eine Art Zange mit zwei Greifarmen, die am Kreuzungspunkt durch einen hervorstehenden Dorn verbunden waren. Tiefe Stille trat ein. Die Frauen hielten die Gebärende fest.

»Das Problem ist der Kopf«, flüsterte Gevatterin Eugenia ihrer Tochter zu.

Der Mann schob das Instrument in die Vagina und begann, es zu bewegen. Caterina hielt den Atem an. Die Schwangere verlor das Bewusstsein. Man hörte ein Geräusch, wie wenn jemand einen großen, reifen Pfirsich zerquetscht. Aus der Frau rann eine rote Flüssigkeit, gemischt mit fahlgrauem Material. Als der gemarterte kleine Körper herauskam, war die Mutter seit mehreren Minuten tot.

In jener Nacht hatte Caterina entsetzliche Träume. Am nächsten und auch am übernächsten Tag weigerte sie sich, ihre Mutter auf dem gewohnten Rundgang zu begleiten. Sie kochte, wusch die Wäsche, erledigte alle Hausarbeiten, den Kopf voller Gedanken. Am dritten Tag setzten bei einer Cousine ersten Grades die Wehen ein.

»Heute machst du es, und ich schaue zu«, sagte Gevatterin Eugenia zu ihr, während sie die Tasche packte.

Wieder trat das Schicksal auf, diesmal in Gestalt einer kräftigen jungen Frau mit breiten Hüften und einer eisernen Gesundheit, die zum dritten Mal gebar. Caterina hob den Blick von ihrer Flickarbeit und erkannte es. Die schlimmen Gedanken waren wie fortgeblasen, wie Wolken an einem windigen Tag.

Auf dem Weg, der quer durch die Felder zur Behausung der Schwangeren führte, wiederholte sie laut die Anweisungen – die *Gewissheiten* –, die sie von der Mutter gelernt hatte. Die Frauen im Haus, Tanten, Cousinen, Schwägerinnen, Nichten feierten sie, als ob sie das Kind bekommen hätte.

Sie war ja schon in dem Alter, in dem sie durchaus ein Kind hätte empfangen können. Gott bewahre, natürlich. Mit vierzehn! Gevatterin Eugenia hatte ihr gleich alles gründlich erklärt, als die Menstruation noch weit weg war. Eine zukünftige Hebamme muss alles wissen, Mann und Frau, Penis und Vagina, der Geschlechtsakt, und ohne drum herumzureden. Neue Anweisungen, andere *Gewissheiten,* wie schön! Aber ekelhaft, hatte die kleine Caterina damals gedacht.

Mit gerade vollendeten fünfzehn Jahren, als Gevatterin Eugenia mit hohem Fieber zu Bett lag, hatte Caterina ihr erstes Kind ganz allein auf die Welt geholt. Sechs Monate später, bei einer Zwillingsgeburt, hatte Gevatterin Eugenia nur zweimal eingreifen müssen, und es waren Lappalien. Caterina fühlte sich erwachsen. Am Morgen, wenn sie sich über der Schüssel das Gesicht wusch, betrachtete sie ihre Brust. Zwei kegelförmige Knubbel drückten gegen den

Stoff des Nachthemds. So hart, so seltsam. Sie fragte sich, wann sie sich wohl in die weichen, runden Busen verwandeln würden, die die Gebärenden ganz natürlich vor ihr entblößten. Ob sie sich verwandeln würden. Sie musterte ihre Vulva und fragte sich, wie lange die Schamhaare wohl brauchen würden, um sich zu kräuseln.

Das Blut kam einmal im Monat mit seinen Hirngespinsten und Krämpfen. Diese eklige Geschichte, wie die Kinder in den Bauch der Mutter gelangen, schien ihr jetzt weniger unangenehm zu sein, mehr beunruhigend. »Interessanter«, das war es. Sie behielt die Männer im Auge, wie sie ihre Frauen in den Wehen anschauten, bevor sie hinausgejagt wurden, um ihren Schreck anderswo auszuleben. Wenn Jungen da waren, beobachtete sie sie heimlich. Sie suchte auch in ihnen die Zeichen der Kindheit, die zu Ende geht. Schultern, die sich kräftigen, Kiefer, die markanter werden. Sie malte sich Romanzen aus, mit sich selbst als Hauptperson. So vergingen ein paar Jahre, bis um die siebzehn herum die Liebe alle ihre genauen *Anweisungen*, ihre schönen *Gewissheiten* und ihre ruhige *Zukunft* durcheinanderwirbelte und über den Haufen warf.

»Dann bin ich also nicht der Erste?«, unterbricht Antonio sie lächelnd.

Caterina löst sich aus der Umarmung und tritt auf die kleine Terrasse hoch über der Stadt. »Da gibt es nichts zu lachen«, sagt sie. Mailand pulsiert im Mondschein. »Es ist keine schöne Geschichte. Sie geht nicht gut aus.«

Er war fünfundzwanzig und hieß Angelo Boito. An einem Aprilabend traf er mit einem Einspänner, den er selbst lenkte, im Dorf ein, in einem lila changierenden Frack, mit zwei glänzenden Ledertaschen und ein paar Reisekoffern, an denen mit Ankerschrauben voluminöse goldene Schlösser angebracht waren. Er suchte für ein paar Wochen ein Untermietzimmer, einen ruhigen Ort, wo er seine Nummern proben konnte: Im Mai würde er auf der berühmten Bühne des Teatro Fraschini in Pavia debütieren. Das sagte er. Die Nachricht machte die Runde. Der Hufschmied meldete sich, und so geschah es, dass Caterina sich von einem Tag auf den anderen zum Frühstück, Mittag- und Abendessen plötzlich einem Zauberer gegenübersah.

»Ein echter Zauberer«, sagte der Hufschmied verträumt. Er hatte grobe Hände und ein Spatzenhirn.

Morgens verkroch sich der Zauberer in dem Zimmerchen, das der Hufschmied ihm zugewiesen hatte, nicht ohne das Federbett, das fabelhafte Fassungsvermögen des Einbauschranks und den herrlichen Blick auf das Unterholz zu rühmen. Man hörte ihn klappern, klopfen, plätschern. Nach dem Mittagessen unternahm er einen langen Spaziergang. Auch von Weitem, mit flatternden Rockschößen, ahnte man, dass er vor sich hin murmelte wie einer, der Gedichte auswendig lernt. Ein paar Abende pro Woche gab er eine halbstündige Vorstellung für die Familie und die Nachbarn. Er ordnete die Stühle an, schob den Tisch ans eine Ende des Zimmers, breitete eine Damastdecke darüber und legte seine Utensilien bereit. Töpfchen, Bällchen, einen Hut mit starrer Krempe, bunte Taschentücher, Spielkarten. Dann verschwand er in seinem Zimmer und kam im Frack, mit Gamaschen und Zauberstab zurück.

Vor dem bunt gemischten Publikum beschrieb er jedes

Mal wieder von vorn mit immer anderen Anekdoten die »Kunst der Taschenspielerei« und wirbelte dabei mit den Fingern, wie der Musiker auf den Tasten der Ziehharmonika tanzt. Er ließ Geldstücke verschwinden und fand sie doppelt und dreifach in den Taschen der Anwesenden wieder. Er redete und verbrannte unterdessen einen Zwirnsfaden und hörte nicht zu reden auf, bis er den Zwirnsfaden wieder in Händen hielt. Er verbeugte sich, vollführte Pirouetten, wippte in den Knien, drehte sich auf den Absätzen, und die Frackschöße zeigten das leuchtende Futter. Die Kühnsten forderte er beim Knobelspiel heraus. Er packte irgendeinen Krimskrams ein, versiegelte das Päckchen mit Siegellack, sammelte sich mit geschlossenen Augen, legte das Päckchen in die Hände eines beliebigen Kindes, »ein unschuldiges Kindlein, meine Damen und Herren, eine reine Seele«, berührte es dreimal mit der Spitze des Zauberstabs, rezitierte einen seiner Sprüche, *et voilà*, das Päckchen war leer, der Inhalt verschwunden.

Caterina sah vom anderen Ende des Raums aus zu, an den Türpfosten gelehnt, misstrauisch, wachsam. Dem Hufschmied gefiel der Zauberer, sie war auf der Hut. Das glaubte sie jedenfalls.

Eines Abends bat er sie, ihm zu assistieren. Auf den Tisch hatte er eine Schüssel mit Wasser gestellt, in der ein kleines, weiß gestrichenes Blechtier mit dunklem Schnabel schwamm. Der Mann begann eine Geschichte über Schwäne zu erzählen, die schöne Mädchen lieben und Männer verabscheuen. Er platzierte Caterina ans eine Ende der Schüssel, gab ihr ein gebogenes Stäbchen in die Hand, ebenfalls aus Metall, das an eine winzige Angelrute erinnerte, und befestigte ein Brotkügelchen an dem Angelhaken. Der Metall-schwan schaukelte friedlich in der Mitte der Schüssel.

Zuerst zeigte der Zauberer ihr, wie sie das Stäbchen be-wegen sollte, wie sie sich »langsam, ganz langsam« dem Schwan nähern sollte. Caterina fühlte, dass der Mann sie berührte, am Rücken, auf der Schulter, und errötete, als er sie vorwärtsschob, zur Mitte der Schüssel hin, seine Hand auf der ihren.

Als das Stöckchen dem Tier nahe kam, hob es den Schna-bel und schwamm darauf zu, erst langsam, dann schnel-ler, bis es das Brotkügelchen erreichte. Das Publikum klatschte. Der Zauberer lachte, faselte etwas von »Materie«, »Anziehung«, »Abstoßung« und andere Dummheiten, ließ aber ihre Hand nicht los und hörte nicht auf, sich an sie zu drücken. Und während er sprach und mit der anderen Hand gestikulierte und Caterinas Schönheit rühmte und den armen verliebten Schwan verspottete und lauthals nach einem Freiwilligen rief, »ein Mann muss her, meine Herr-schaften, ein echter Mann!«, um des Schwans Abscheu zu demonstrieren, »nein, Ihr nicht, Ihr auch nicht, lieber der Herr dort hinten«, da drehten sich alle um, um zu sehen, wen die Wahl getroffen hatte, und währenddessen nahm er ihr mit einer zarten Bewegung die Rute aus den Fingern, steckte sie in die Tasche, holte eine zweite, identische her-aus und drückte sie ihr in die Hand.

Caterina öffnete den Mund zu einem perfekten »o«, der Zauberer schloss ihn ihr wieder, indem er ihr mit einem Finger über die Lippen fuhr. Für einen langen Moment sah er ihr direkt in die Augen.

Das genügte. Caterina war verloren. Im Bett, eine Stunde

später beim Einschlafen, hätte sie nicht genau erzählen können, was passiert war. Die Übergabe der neuen Angel an den großen, dicken Mann, der flüchtende Schwan, das Gelächter des Publikums, alles war in einen feinen, warmen, einladenden Nebel gehüllt, von dem sie sich gerne einlullen ließ. Mit ein wenig Vernunft hätte sie leicht ihre schulischen *Gewissheiten* und den Stecknadel-Magneten, den die Gevatterin Eugenia in ihrem Nähkörbchen verwahrte, zusammenbringen und sich so den billigen Trick erklären können, den alle beklatscht hatten. Doch sie versuchte es gar nicht. In ihr war etwas passiert, und an jenem Abend hatte sie den Blick nicht mehr von dem Zauberer abwenden können: als er sich vom Publikum verabschiedete, als er seine Sachen einsammelte, als er Tisch und Stühle wieder zurechtrückte, als er Lob und Vorhersagen eines außerordentlichen Erfolgs auf der berühmten Bühne des Teatro Fraschini in Pavia entgegennahm. Als er sich in Hemdsärmeln, die der Pomade entgangene Strähne über den dunklen Augen, für die Nacht zurückzog. Er war der Magnet geworden, sie ein feines, kleines Blechvögelchen.

Mit siebzehn verliebt man sich in Nichtigkeiten, das hätte Gevatterin Eugenia wissen müssen. Über bestimmte Dinge wusste sie alles, was es zu wissen gab. Und doch bemerkte sie nichts. Ihr hätte auffallen müssen, wie Caterina nach jenem Abend begann, sich die Haare hochzustecken, wie sie während der Vorstellungen eine Locke um den Finger wickelte, wie lange sie brauchte, um sich fürs Frühstück, das Mittag- und das Abendessen fertig zu machen.

Es hätte sie misstrauisch machen müssen, wie der Zauberer ihre Tochter bei Tisch *nicht* ansah, wie er während der

Mahlzeiten *nicht* mit ihr sprach. So viel Vorsicht, zu viel. Sie hätte aufpassen müssen, wenn der Zauberer Caterina rief, um den Hut zu halten, aus dem ein meterlanges Band herauskam, es hätte ihr auffallen müssen, wie seine Hand auf der ihren verweilte. Sie hätte sich Fragen stellen müssen, als sich Caterina eines Nachmittags weigerte, sie zu einer Schwangeren zu begleiten, weil sie plötzlich Kopfschmerzen hatte, und die zwei allein zu Hause geblieben waren. Sie hätte über die Tochter wachen müssen. Aber sie tat es nicht, denn sie hatten noch nie einen Künstler kennengelernt und waren alle in ihn vernarrt.

Angelo Boito und Caterina Colombo warteten eine Vollmondnacht ab und brannten mit dem Einspänner durch. Um keinen Lärm zu machen, hatte er die Räder mit Lumpen umwickelt. »Mama, Papa, verzeiht mir. Das Schicksal ruft mich auf die Bühne, an der Seite eines großen Mannes. Ich hab Euch lieb«, schrieb das Mädchen in ihrer schönen Schrift einer Einserschülerin.

Sie reisten durch Norditalien. Angelo Boito trat fast jeden Abend auf. Das mit dem Teatro Fraschini war ein Märchen, doch Caterina machte sich keine Sorgen. Die Tennen, die Dorfplätze, die Patriotischen Gesellschaften, die Bauernhöfe schienen ihr durchaus respektable Bühnen zu sein. Die Dachkammern und Heuschober, in denen sie ein Nachtlager fanden, waren ihr recht. Es dauerte sieben Monate, dann wurde sie schwanger.

Mailand schläft. Auf der winzigen Dachterrasse spürt man den Atem der Stadt. Die Kamille verströmt ihren beruhigenden Duft. Ein leichter Wind weht, Caterina ist hinuntergegangen, um einen Schal zu holen. Dem Fotografen ist, als sei er anderswo und als fehle etwas. Genua, der Dachboden an der Piazza Valoria 4, so als wäre auch er wieder siebzehn Jahre alt. Der Sommer, in dem sie Mazzini versteinerten. Der Meister war auf und davon, man musste den Nachfolger ertragen. Was weiß man denn schon in diesem Alter, denkt er. »Wach auf, kleiner Hering«, sagte Madame Carmen zu ihm, und er hatte keinen, ja wirklich nicht den blassesten Schimmer, aus welchem Traum er aufwachen sollte.

Caterina kommt in ein kariertes Tuch gewickelt zurück. Er findet sie wunderschön. Man verliebt sich immer in Nichtigkeiten. »Weißt du, was fehlt?«, fragt er sie.

Sie lächelt ihr doppeldeutiges Lächeln. Ist es möglich, dass dieser Mann immer noch da ist? Dass er noch keine Ausrede gefunden hat, um auf Nimmerwiedersehen zu verschwinden?

»Das Meer, das Meer fehlt.«

Ist es möglich, dass er vom Meer spricht? »Ich hätte aufpassen müssen, Antonio.«

»Mit siebzehn?«

»Ich war blind. Blinder als du.«

Angelo Boito verschwand nachts, vielleicht war es eine schlechte Angewohnheit. Er ließ ihr etwas Geld da und eine von den Papierblumen, die er aus dem Ärmel seines Fracks zu ziehen pflegte. Caterina weinte eine Woche, dann nahm sie ihre Sachen, bezahlte die Rechnung der Spelunke, in der sie gewohnt hatten, und kehrte nach Hause zurück.

Ihrem Vater unter die Augen zu treten war das Schwierigste, was sie je in ihrem kurzen Leben hatte tun müssen. Es war spät, sie saßen beim Abendessen. Die Teller flogen.

Gevatterin Eugenia ging dazwischen und verhinderte, dass der Mann seine Tochter totschlug. Er schloss Caterina in das Zimmer ein, in dem der Zauberer gewohnt hatte. »Morgen früh will ich dich hier nicht mehr sehen. Du bist nicht mehr meine Tochter.«

Gevatterin Eugenia weckte sie zwei Stunden nach Mitternacht.

»Mach dich fertig«, sagte sie.

Zu Fuß brachen sie auf, Richtung Norden. Bei Tagesanbruch nahm ein Wagen sie mit. Sie hatten Glück, er fuhr nach Mailand. Als es ganz hell geworden war, erreichten sie die Peripherie, das Stadtviertel Porta Romana um die Mittagszeit und die Entbindungsstation von Santa Caterina alla Ruota zehn Minuten später.

Gevatterin Eugenia fragte nach dem Direktor der Hebammenschule. Sie erklärte, dass sie sich im Krankenhaus von Pavia kennengelernt hatten. Der Arzt erinnerte sich, eine Frau wie sie vergaß man nicht so leicht.

»Das ist meine Tochter. Sie ist jetzt achtzehn Jahre alt. Hier ist ihr Abschlusszeugnis der Grundschule. Ihr hattet mir gesagt, das brauche man«, sagte sie und reichte ihm ein Blatt.

»Und die Bescheinigung?«, fragte der Direktor. Das kommunale Führungszeugnis war nötig, um ein junges Mädchen an der Schule einzuschreiben.

Die Frau errötete nicht bei der Frage, senkte den Blick nicht. »Sie kennt den Beruf«, antwortete sie.

»Ihr verlangt sehr viel, Gevatterin Eugenia.«

»Zu Hause kann sie nicht bleiben.«

Er war ein intelligenter Mann, Katholik, Garibaldiner. In

ganz Europa berühmt für seinen Mut, die Tradition herauszufordern, und die Umsicht, mit der er es tat. Zwischen
einem gefallenen Mädchen und einem gefallenen Mädchen
mit Hebammendiplom wählte er letzteres.

»Zwei Jahre, Unterricht jeden Tag, keine Mucken, kein
Besuch. Beim ersten Verstoß gehst du dahin zurück, woher
du gekommen bist. Wenn es so weit ist, wirst du hier entbinden«, sagte er, zu Caterina gewandt.

Sie nickte, das Gesicht in Flammen.

»Das Kind wird drüben aufwachsen«, fügte er hinzu und
nickte zur Abteilung der Findelkinder hinüber. »Du kannst
es in der Freizeit sehen.«

Am nächsten Tag besuchte Caterina zum ersten Mal den
Unterricht. Die Hebammenschule gefiel ihr sofort. Gewissheiten häuften sich auf Gewissheiten. Die Tage vergingen wie im Flug, es blieb keine Zeit, um zu trauern, so ist
die Jugend, voller Zukunft.

Das Essen war reichlicher als daheim, das Bett im In-
ternat weicher als das, an das sie gewöhnt war, der Bauch
wuchs, die Mitschülerinnen verwöhnten sie. Die Oberste
Hebamme scharte die anderen Mädchen um sie. Eine echte
Schwangere ist besser als eine Puppe. Ein echtes Becken,
ein echter Beckenboden, eine echte Vulva sind viel besser
als Reproduktionen aus Wachs. Ein echter Fötus ist besser
als eine Gummipuppe. Sie folgte dem Unterricht. Sie *war*
der Unterricht. Und der Bauch leistete ihr Gesellschaft.
›Lieber Bauch‹, dachte sie, wenn sie lange, stumme Gespräche mit ihm führte. ›Lieber Bauch, Junge oder Mädchen,
das ist mir gleich. Lieber Bauch, wir haben das ganze Leben
vor uns.‹

Das Problem tauchte im achten Monat auf. Die Oberste Hebamme untersuchte sie, dann rief sie den Direktor, der sagte: »Warten wir ab.« Keine Zeit ist schmerzlicher als das Warten. Drei Tage später begann Caterina, Blut zu verlieren. Sehr viel Blut.

Der Direktor war in ganz Europa dafür berühmt, dass er Bäuche aufschneiden konnte, als reichte Gott persönlich ihm das Skalpell. Er schnitt auf, zog das Kind heraus, nähte wieder zu. Sah sich vor ihm jemand mit der Notwendigkeit konfrontiert, einen Kaiserschnitt zu versuchen, rettete er das Kind und opferte die Mutter. Vorausgesetzt, das Kind war stark genug, um zu überleben. Der Direktor kannte die Art, beide zu retten.

»Also nehmen Sie mir die Gebärmutter heraus«, sagte Caterina, die Finger auf dem gewölbten Bauch.

»Gebärmutter und Eierstöcke.«

Die Oberste Hebamme fuhr ihr mit einem Taschentuch über die schweißnasse Stirn.

Vierundzwanzig Stunden später betrachtete Caterina auf dem Tisch in der Mitte des Anatomiesaals die Medizinstudenten im letzten Semester, die zu dem Anlass herbeigeeilt waren. Es geschah nicht häufig, dass der Direktor seine berühmteste Operation wiederholte. Ihre ahnungslosen, gelangweilten Gesichter, von unten nach oben gesehen, widerten sie an. Der Geruch nach Karbolsäure war ekelerregend. Sie zählte fünf Assistenten: drei über sie gebeugt, der vierte hinter dem Direktor, der fünfte mit dem Chloroform. Sie wandte den Blick von den Instrumenten ab und überließ sich erleichtert der Narkose.

Beim Aufwachen verabreichten sie ihr Chinin, Laudanum, Süßmandelöl-Extrakt. Etwas später gab es eine kleine Feier mit Weißwein und trockenen Keksen. Das Neugeborene, ein Mädchen, schlief in der Wiege neben ihrem Bett. Sie nannte sie Eugenia.

Die Erinnerung ist wie eine Ohrfeige, die Caterina zwingt, sich aus Antonios Armen zu lösen und aufzustehen. Die kleine Terrasse auf dem Dach der Via Meravigli ist plötzlich ein Gefängnis. Sie streift das Tuch ab, tritt an den Rand. »Hast du jetzt verstanden? Ich bin nichts für dich, ich tauge für niemanden, ich kann keine Kinder bekommen.«

Er steht ebenfalls auf, stützt die Ellbogen auf das Geländer. Im Osten zieht am Himmel das Licht herauf. Das Meer, das Meer fehlt, das Meer und sonst nichts. »Und deine Tochter?«, fragt er.

»Dreizehn Tage hat sie durchgehalten«, antwortet Caterina. »Die schönsten meines Lebens.«

Borgo di Dentro, Weinlese 1898

Der Zug trifft fahrplangemäß um 18.32 Uhr in Borgo di Dentro ein. Rauch umhüllt das Gleis, wo Primo Leone seit einigen Minuten wartet, unentschieden, ob er den Hut aufbehalten oder in die Hand nehmen soll. Es ist so unendlich lange her, dass er Antonio Casagrande zum letzten Mal gesehen hat, das macht ihn befangen. Nicht vor der Person, vor dem Augenblick. Wird er ihn wiedererkennen? So viel Leben, dazwischen. Die in regelmäßigen Abständen gewechselten Briefe haben in Primo Leones Kopf ein genaues, aber immaterielles Bild gezeichnet, als sei ihm die Form der Seele des Freundes ganz klar, nicht aber die des Körpers.

Die Dampfbahn hält schnaufend, die Türen öffnen sich wie Münder.

Hut auflassen? (bedeutet Vertrautheit, Freundschaft, Familie)

Hut abnehmen? (Hochachtung, Respekt)

Fast zwanzig Jahre sind seit dem letzten Treffen vergangen. Auf dem Dachboden hoch über dem Hafen war Angela Maria Bruni gerade seit sechs Monaten seine Frau. Sie strahlte, ihr Schwangerenbauch war die Sonne, und während der Fotograf lachte und knipste, hätte sich niemand dort oben die drohende Nacht vorstellen können.

Die Krankheit. Den Tod. Und dazwischen drei Kinder. Zu viel Leben. Primo berührt mit der Hand seine hageren Wangen, das knochige Kinn. Werden sie einander wiedererkennen?

Die Passagiere eilen davon mit dem Schritt von Menschen, die am liebsten schon daheim wären. Der Samstag ist ein Tag wie jeder andere: Aufstehen im Dunkeln, losfahren, arbeiten und dann endlich nach Hause, aber mit etwas mehr Luft. Unter den Letzten sieht Primo Antonio aussteigen und zieht sich spontan hinter einen Vorsprung zurück. Im Lauf der Jahre hat er die Fähigkeit entwickelt, die Welt nicht frontal anzugehen. Er beobachtet, wie der Freund auf den Stufen des Zugs einen Koffer, eine kleine Reisetruhe und eine Ledertasche auslädt, die ihn an die des Landarztes erinnert. Zuletzt sieht er, wie der Fotograf einer weiblichen Hand die Rechte hinstreckt. Dann ein Schnürstiefelchen. Ein an den Hüften gerafftes Reisekleid mit tailliertem Jäckchen. Sein Freund Antonio kommt nicht allein. Primo atmet tief durch, vergisst den Hut, wo er ist, auf dem Kopf, und tritt auf ihn zu.

Aus der Nähe ist es ein Schock. Es ist Antonio, gewiss, der Junge, der ihm vor so langer Zeit, während sie Giuseppe Mazzinis Mumie nachjagten, geholfen hat zu verstehen, dass er nicht, wie sein Vater Domenico, für die vorderste Front geboren war, dass er anders war. Und dass im großen Reigen des Lebens für alle Platz ist.

Doch der Mann, den Primo jetzt vor sich hat, ist auch ein Spiegel. Die Zeichen im Gesicht, die Ringe unter den Augen, die dicker gewordene Haut, die schütteren Schläfen, der massige Oberkörper. Sie drücken einander die Hand, dann fallen sie sich spontan in die Arme. Primo Leone weiß plötzlich mit jeder Faser, dass er gealtert ist, und wie sehr, begreift er nun besser als jeden Morgen, wenn er sich rasiert. »Das Leben macht uns fertig«, denkt er.

Primo neigt zum abstrakten Denken, doch rundherum ist die Cascina Leone ein fröhliches Durcheinander konkreter Notwendigkeiten: Trauben lesen, Bäume beschneiden, Obst ernten, Maiskolben entblättern, Mist ausbringen, Kaninchen füttern, Eier einsammeln, Wäsche waschen, Fußböden kehren, Mehlteig kneten, Polenta rühren. Mitten in all dem Treiben werden Antonio und Caterina freudig empfangen wie Verwandte, man zeigt ihnen den Gemüsegarten, den Stall, den Hühnerhof, die Küche und schleppt sie dann treppauf und treppab durch alle Zimmer und Kabuffs, Abstellkammern, Speisekammern und Rumpelkammern, aus denen das Haus besteht.

Antonio hatte es viel kleiner in Erinnerung. Staunend durchquert er dreißig Jahre Abtragungen, Grundlegungen, Zwischenwände, Verstärkungen, Aufstockungen und Gebälk. Räume über Räume. Der Traum des Garibaldiners Domenico Leone – dreiundsechzig, Republikaner – in Form von Kalk und Backsteinen. Die Baustelle ist immer in Betrieb, entsprechend dem Grundsatz, wonach jeder, der auf die Welt kommt, ein Recht auf einen Platz am Tisch und ein Bett hat, und sei es auch in einem Treppenverschlag. Domenico Leone nennt es »Sozialismus«.

»Vorsehung«, antwortet ihm die fromme Luigina Pareto, achtundfünfzig, ein Vetter Erzpriester, die zur Madonna della Guardia betet und seit mindestens vier Jahrzehnten Domenico Leones angetraute Gattin ist. Ihrer Meinung nach muss ihr Haus so groß sein, dass jeder, der anklopft, einen Teller Suppe und einen Strohsack bekommen kann.

Daher sind sie an jenem Abend bei Tisch elf Personen. Domenico, Luigina, Primo und Primos drei Kinder, jedes auf einem wackeligen Hocker: Anita, achtzehn, Giuseppe Garibaldi, sechzehn, Nino Bixio, fünfzehn. Ihre Mutter ist gestorben. Außerdem Anitas beste Freundin Giulia Masca mit ihrem Verlobten Pietro Ferro, auch beide achtzehn. Sie teilen sich ein Bänkchen ohne Rückenlehne. Und dann ist noch Teresa da, ein schwangeres junges Mädchen, einfach Teresa, ohne Nachnamen, ohne Erklärungen. Schüchtern, mit kindlichen Schultern, der Bauch triumphierend. Caterina und Antonio bekommen als Ehrengäste die »Sessel«, das heißt, die einzigen Stühle mit Armlehnen. Und das hellste Zimmer.

Primo hatte sich zu dem Thema nicht geäußert. Solche Fragen berühren ihn nicht. Zwischen Domenico und Luigina dagegen hatte es Streit gegeben. Zur Schlichtung hatten sie sich in eine Kammer eingeschlossen. Das Problem waren die Eheringe am Finger der Gäste. Das Fehlen der Ringe. Für ihn ein bourgeoises Symbol. Für sie ein Versprechen vor dem Allerhöchsten. Schließlich hatten sie sich darauf geeinigt, den Gästen ein Zimmer mit zwei weit auseinander stehenden Betten und einem großen Wandschirm in der Mitte zu geben. Er ganz sicher, dass es ein Kinderspiel sein würde, sie zusammenzuschieben, sie überzeugt, dass die Versuchung dadurch beträchtlich gemindert war.

Zuerst aber alle beim Abendessen. Töpfe auf dem Feuer, von Hand zu Hand gehende Teller, Aroma nach Knoblauch und Lorbeer. Die Tür auf die laue, nach Trompetenstrauch und Stechapfel duftende Spätsommernacht geöffnet. Mit vollem Mund und leuchtenden Augen geführte Gespräche. Es kommt nicht oft vor, dass so interessante Leute in der Cascina Leone Station machen.

Nein, Fotografieren ist nicht schwer. Aber man braucht Leidenschaft.

Hebamme, wie meine Mutter.

Als ich ein Junge war, musste man immer alles dabeihaben, sogar die Dunkelkammer.

Mit Diplom, ja.

Leute, die die Welt gesehen, den Fortschritt erfahren, historische Ereignisse erlebt haben.

Mit dem Meister haben wir Garibaldis Hand fotografiert.

Im Ospedale Maggiore? Dreizehn Jahre.

Jetzt ist das System ganz anders.

Jetzt ist das alles ganz anders.

Leute, die Geschichten zu erzählen haben.

Und Mailand?

Und die Soldaten?

Und die Kanonen?

Und die Genossen?

Am Ende des Berichts über die Tage von Mailand schiebt Domenico Leone seinen Stuhl zurück und erhebt sich. Mit großen Schritten geht er zur Wand gegenüber. Dort hängt sein rotes Hemd, als wäre es ein Wandteppich. Daneben ein beinerner Rosenkranz, ein Madonnenbildchen, ein Rähmchen mit der Visitkarte, die Alessandro Pavia vor dreißig Jahren aufgenommen hat. »Sagt Ihr mir, was es genützt hat«, sagt er, die Hand auf dem Bauch. Große Stille tritt ein.

Primo ist unterdessen verschwunden. Er kommt mit dem Akkordeon zurück und spielt die Internationale, dann eine schnelle Polka. Luigina nimmt ihren Mann an der Hand, zieht ihn hinaus auf die Tenne, und sie beginnen zu tanzen. Giulia Masca und Pietro Ferro folgen. Die anderen klatschen, auch Teresa, mit glühendem Gesicht. Seit sie erfahren hat, dass Caterina Hebamme ist, und noch dazu mit Diplom (was immer das bedeutet), starrt sie nicht mehr auf ihren Teller, sondern sieht sie gespannt an. Sie macht den Mund nicht auf, das tut sie nie. Sie benutzt die Zeit von der Suppe bis zum Hühnerklein, den gebratenen Zucchini, den Pfirsichen in Weißwein und Primos Polka, um Kraft zu sammeln. Beim Tischabräumen findet sie endlich den Mut, neben Caterina stehen zu bleiben und ihr ins Ohr zu flüstern: »Helft Ihr mir bei der Geburt?«

Ihre Stimme ist so dünn, dass Caterina sich den Satz wiederholen lassen muss.

»Helft Ihr mir?«

»Wir sind auf der Durchreise. Gibt es in Borgo di Dentro denn keine Hebamme?«

»Ich will jemand auf der Durchreise«, antwortet das Mädchen mit der Resolutheit der wahrhaft Schüchternen. Sie greift sich mit der Hand an den Hals, zieht ein Goldkettchen mit einem winzigen Kreuz aus dem Kragen und zeigt es ihr. »Ich kann Euch bezahlen.«

›Noch eine‹, denkt Caterina.

»Wenn es Euch lieber ist, kann ich es versetzen und Euch das Geld geben.«

Die Qual der gefallenen Mädchen. »Steck es weg«, antwortet Caterina. Wenn es in Borgo di Dentro eine amtliche

Geburtshilfe gibt, und die gibt es bestimmt, ist die von der Gemeinde bezahlte Hebamme verpflichtet, ein Register der Geburten zu führen. Das ist Gesetz. Und in dem Geburtenregister muss die von der Gemeinde bezahlte Hebamme verzeichnen, wer, wie und wann. »Freunde brauchen nichts zu bezahlen, Teresa.«

Das Mädchen schiebt die Kette wieder in den Ausschnitt und senkt den Blick. »Luigina hat recht, es gibt die Vorsehung.«

Wenn aber bei der Geburt oder gleich danach eine Komplikation aufträte; wenn zum Beispiel die Temperatur, mit dem Thermometer fünfzehn Minuten unter der Achsel gemessen, achtunddreißig Grad überstiege, hätte die von der Gemeinde bezahlte Hebamme die Pflicht, den Arzt zu rufen. Das ist die *Sonderregelung zur Ausübung der Geburtshilfe in den Gemeinden des Königreichs.*

»Es brauchte jemand auf der Durchreise. Und hier seid Ihr«, fährt das Mädchen fort.

Wenn aber bei der Wöchnerin die Temperatur über achtunddreißig stiege und kein Arzt da wäre, müsste die von der Gemeinde bezahlte Hebamme bei der städtischen Behörde Anzeige erstatten.

Anzeige.

Bei der Behörde.

»Du musst dich für nichts schämen«, sagt Caterina.

Das Mädchen schüttelt den Kopf. »NEIN. NEIN. NEIN. Versprecht mir, dass Ihr bleibt, Ihr werdet Euch wohlfühlen, wir sind wie eine Familie.«

Bei Unterlassung wird die Hebamme mit einer Geldstrafe von bis zu fünfhundert Lire bestraft. Hinzu kommt in schweren Fällen noch eine Gefängnisstrafe. Das ist das Gesetz, die von der Gemeinde bezahlten Hebammen kennen es auswendig.

»Du heißt nicht Teresa, stimmt's?«

»Viel besser als eine Familie.«

Das hatte Caterina sofort begriffen. »Geh dich jetzt ausruhen. Versuche zu schlafen. Schlafen ist wichtig. Morgen untersuche ich dich.«

Einige Wochen davor, gegen Anfang Juli, war die erdrückende Last der Vergangenheit wie Nebel, der sich bei Tagesanbruch lichtet, von Caterina gewichen. Es gab sie, aber es gab auch Leben, das gelebt werden wollte. Und so verbrachten Caterina und Antonio nach der Liebe die Abende auf der Terrasse in der Via Meravigli damit, Pläne zu schmieden, Möglichkeiten zu erwägen, Alternativen zu verwerfen.

»Kinder werden überall geboren«, wiederholte Caterina.

»Und Fotografen braucht man auch überall«, antwortete Antonio.

Mailand schied also aus. Dessen waren sie sich sicher, ohne dass sie es aussprechen mussten. Tag für Tag wurden maß- und gnadenlose Urteile verkündet. Sie fühlten sich unwohl, wenn sie Straßen überquerten, in denen die Schwadronen gewütet hatten. Sie mieden die Alleen der Angriffe zu Pferd, wandten den Blick von den Fassaden ab, die von Kugeln durchlöchert waren, hielten sich vom Domplatz fern. Das Bild der auf dem Pflaster niedergemetzelten Anna war eins mit den Arkaden, den Cafés, den in den Himmel ragenden Fialen.

Doch die Stadt zu verlassen erwies sich als mühsamer als erwartet. Nach ihrer Kündigung bei der Verwaltung des Ospedale Maggiore weinte Caterina den ganzen Nachmittag. Und nachdem Antonio das Inventar seines Fotomaterials erstellt und entschieden hatte, was verkauft und was umgezogen werden sollte, überkam ihn, als er die vereinbarte Summe für eine alte Kamera mit Platten und Stativ kassiert hatte, eine Missstimmung, die stundenlang anhielt. Die Witwe Cantù, fand er an jenem Abend beim Essen, war doch eine hochanständige Person, die gestreckte Suppe schmackhaft, der miese Tischwein passabel. Der Gefangene hängt an seiner Zelle, dachte er.

Er reagierte die Spannung ab, indem er Caterina mit der kleinen Jumelle Sigriste fotografierte. Aber nicht in der Stadt, draußen, in den Vororten, auf den Wiesen voller Luzerne, Klee und Katzenminze, wo sie den Kragen ihres Kleids aufknöpfte, die Ärmel zurückschob und mit dem Körbchen am Arm ins hohe Gras vordrang. Die Schmetterlinge tanzten, die Heuschrecken vollführten akrobatische Sprünge. Er sah zu, wie sie sich bückte, die Blättchen zwischen den Fingerspitzen rieb, schnupperte, aussortierte, pflückte. Sie wurde wieder zum kleinen Mädchen. Eins mit der Luft, der Erde, den Pflanzen.

Eines Nachmittags, es war Ende August und sie hatten schon die Fahrkarten für den Zug, der sie fortbringen sollte, verlangte Caterina von ihm, er solle die Binde abnehmen und sie so fotografieren.

»Ich muss es wissen«, sagte sie. Die Spatzen erfüllten die Luft mit Geschrei.

Sie hat Antonios Sehergabe nie bezweifelt. Sie weiß, dass

er kein Scharlatan ist. Sie hat Erfahrung mit Scharlatanen. Sie weiß, dass er kein Geisteskranker ist, sie kennt sich da aus. Sie weiß, dass das Leben eine einzige Überraschung ist. Kerngesunde Neugeborene, weiß und rot wie Äpfel, sterben plötzlich an obskuren Krankheiten. Nach der Wissenschaft der Ärzte und der Erfahrung der Hebammen zum Tod verurteilte Wöchnerinnen blühen wieder auf. Mit Wissenschaft und Erfahrung kann das Leben nichts anfangen. Das Leben *geschieht*. Antonio sieht den Tod? Das kam ihr nicht erstaunlicher vor als die Tatsache, dass das Gras wächst, die Vögel fliegen, die Insekten summen, das Herz schlägt.

»Keine Gespenster zwischen uns«, fügte sie hinzu, setzte den Korb auf dem Boden ab und stellte sich in Positur, das Kinn leicht erhoben, die Arme an den Seiten.

Antonio dachte, dass es richtig war, aber schwierig. Er wollte sie nicht sterben sehen. Er wollte nicht riskieren, sie sterben zu sehen.

»Los, Antonio, ich hab keine Angst.«

Das stimmte natürlich nicht. Caterina war zu vertraut mit dem Tod, um ihn nicht wenigstens ein bisschen zu fürchten.

Der Fotograf, der noch nie im Krieg gewesen war und in diesen Tagen gelernt hatte, diejenigen mit Misstrauen zu betrachten, die von Berufs wegen zu den Waffen greifen, empfand beim Abnehmen der Binde das gleiche Entsetzen wie der Soldat, der beim Vorrücken den feindlichen Bajonetten die Brust bietet.

»Ich darf die Augen nicht zumachen, stimmt's?«

Antonio schüttelte den Kopf. Seine Kehle war ausgetrocknet. »Schau ins Objektiv«, antwortete er. Er betrachtete sie, ohne die Kamera zu benutzen. Nach dem Abnehmen der Binde musste er sich erst wieder an den plötzlichen Glanz gewöhnen, den sein verrücktes Auge der Realität verlieh. Er versuchte sich einzuprägen, was er sah: das leuchtende Grün des Klees, den entschlossenen Ausdruck, das doppeldeutige Lächeln, die aus der Frisur herausgeschlüpfte Locke, die schlanke Figur, den Wind auf der Haut, die schmalen Handgelenke, die bloßen Unterarme, die Härchen, die in der Sonne schimmerten.

»Ich bin bereit.«

Für seine Magie brauchte er ein Instrument. Wie ein Taschenspieler den Zauberstab oder ein Priester das Weihwasser. Ohne den Fotoapparat war sein verrücktes Auge blind.

»Lass mich nicht warten!«

Zu schwierig. Wenn er mit dem verrückten Auge durch den Sucher der Jumelle Sigriste geschaut hätte und die Krümmung der Linsen, die Präzision der Objektive seine Fähigkeit zur Entfaltung gebracht hätten, wenn Antonio sie hätte sterben sehen, wäre nichts mehr gewesen wie vorher. »Ich schaffe es nicht, Caterina.«

Und sie? War sie wirklich bereit? Wer war es denn je? »Keine Gespenster«, brüllte die Frau, die Arme hebend. Mit gestreckten Ellenbogen stand sie da, die Finger gespreizt vor dem Himmel.

Antonio Casagrande senkte den Kopf und blickte durch den Sucher. Sofort hob er den Blick. Dann schaute er noch einmal, länger. Wieder hob er den Kopf, atmete tief, schaute erneut und blieb so, regungslos, ohne ein Wort.

Zuletzt sank er auf die Knie, die Kamera zwischen den Fingern. Die Erde war weich, das Gras duftete nach Sonne. Mit einem Satz war Caterina neben ihm.

Er schüttelte den Kopf.

Sie hielt sich die Hand vor den Mund.

»Nichts«, sagte er.

»Nichts?«

»Nur du. Hier. Jetzt.«

»Keine Gespenster?«

»Keine Gespenster.«

Caterina erhob sich wieder und ließ den Blick über die grüne Weite schweifen. Sie war erleichtert. »Jetzt können wir wirklich losfahren«, sagte sie.

»Ja«, antwortete Antonio stumm. Freude überwältigte ihn. Nicht nur, dass er sie nicht hatte sterben sehen. Er hatte auf einmal verstanden, was ihm immer entgangen war. Dass sein Blick ein kurzer Blick ist. Dass er nur diejenigen sterben sieht, die vor ihm gehen. Das Kind aus dem Pammatone, Paolino aus Borgo di Dentro, Famagusta, Anna, die Hebamme. Er hat Caterina nicht sterben sehen, weil er sie nicht sterben sehen wird. Ganz einfach. Er wird zuerst gehen. So ist es. Sie wird ihn überleben. Einfacher geht es nicht.

Er lächelte in sich hinein. Zum ersten Mal war das Findelkind aus dem Pammatone für seine Gabe dankbar. Das Leben gab ihm zurück, was es ihm bei der Geburt weggenommen hatte. Er trat zu ihr, drückte sie an sich. Antonio Casagrande würde keinen einzigen Tag auf der Welt ohne Caterina verbringen. Was wollte er mehr?

Auch am Sonntagmorgen beginnt das geschäftige Treiben in der Cascina Leone früh. Die Tiere machen am Tag des Herrn keinen Unterschied, man muss füttern und Käfige säubern. Man muss für das Mittagessen vorsorgen, denn die Frauen gehen in die Messe, doch davor kneten sie den Teig für die Pasta. Die Männer sind alle draußen, im Stall und auf den Feldern, Primo und Antonio im Wald mit der kleinen Hündin. Im Haus bleiben nur Caterina und Teresa.

Die Hebamme fordert das Mädchen auf, ein sauberes Nachthemd anzuziehen. Unterdessen richtet sie ein Zimmerchen her, verrückt die Möbel, putzt den Boden, schiebt den Tisch in die Mitte, ins hellste Licht. Sie schrubbt die Tischplatte mit Wasser und Seife, trocknet sie sorgfältig, breitet ein frisch gewaschenes Laken darüber, bindet sich eine weiße Schürze um, wäscht sich noch einmal die Hände und hilft Teresa, sich hinzulegen.

»Knie hoch«, sagt sie und legt ihr die Hand auf den Bauch.

Teresa ist nervös.

»So ist's recht. Stütz die Fersen auf.«

Sobald sie die Finger der Hebamme spürt, presst sie die Beine zusammen.

»Ganz ruhig, du wirst nichts spüren.«

Das Mädchen hat die Augen geschlossen und atmet schwer, die Schenkel verkrampft, die Finger um die Tischkante geklammert. So als hätte sie noch niemand je berührt, denkt Caterina. Niemand, von dem sie es sich gewünscht hätte.

»Mach die Augen auf, Teresa. Ich tue dir nicht weh. Das verspreche ich dir.«

Das Mädchen nickt, sehr blass, lässt die Augen aber geschlossen.

»Jetzt atme. Denk an was Schönes.«

Teresa gehorcht. Caterina legt ihr eine Hand oben auf den Bauch. »Sag mir, woran denkst du?« Mit der anderen Hand fasst sie dem Mädchen wieder zwischen die Beine.

»Kirschen.«

»Magst du gerne Kirschen?«

»Die Marmelade.«

»Ah, verstehe. Beim Marmeladekochen wandern mehr Kirschen in den Bauch als in den Topf.«

»Mit meiner Mama und meinen Schwestern haben wir immer welche gekocht.«

Caterina schiebt zwei Finger hinein. Sie hält inne, wartet, bis Teresa wieder zu atmen beginnt.

»Wie viele Schwestern hast du denn?«

»Drei.«

Was sie sieht, und was sie innen spürt, gefällt Caterina gar nicht.

»Älter oder jünger als du?«

»Eine ältere und zwei jüngere.«

Nein, wirklich nicht. Caterina muss eine schwierige Frage stellen und sucht nach einem neutralen Ton. »Hat eine von ihnen schon mal entbunden?«

Teresa erstarrt.

»Ich bin gleich fertig. Atme schön, komm, atme. Bravo, so ist's recht.«

»Meine große Schwester.«

»Deine große Schwester hat schon entbunden?«

Teresa nickt. »Jetzt ist es genug, bitte«, fleht sie.

»Ja, ich bin fertig, du kannst dich anziehen.«

Teresa rutscht vom Tisch herunter und verschwindet in ihrem Zimmer. Sie fragt nichts.

Sie weiß es, denkt Caterina, während sie die Schürze abnimmt. Manchmal geschieht es, dass die Schwangere schon vorher weiß, was auf sie zukommt. Es könnte auch der Schwester schon passiert sein. Wenn die beiden sich ähneln. Jedenfalls beunruhigt sie die Sache. Sie wird mit Luigina darüber sprechen.

Gleich nach dem Mittagessen nimmt sie sie an der Haustür beiseite. Die anderen sind auf der Tenne, posieren vor dem Objektiv der Jumelle Sigriste. Zum Mittagessen sind auch Giulia Masca und Pietro Ferro wiedergekommen, als wären sie Verwandte.

»Man muss einen Arzt rufen. Meiner Ansicht nach wird er sie ins Krankenhaus schicken.«

»Teresa will weder den Doktor noch ins Krankenhaus.«

»Ihre Hände sind zu stark geschwollen. Auch das Gesicht. Und ihr Becken ist so schmal wie bei einem Kind.«

»Teresa ist ein Kind, auch im Kopf.«

»Genau.«

»Bevor sie sich von einem Arzt untersuchen lässt, bringt sie sich um.«

»Wenn das Baby mit dem Rücken nach vorn kommt, zerreißt es Teresa, auch innen.«

»Sie hat es schon einmal mit Gift versucht.«

Auf der Tenne herrscht ein ständiges Hin und Her auf der Suche nach Licht. Teresa ist nicht dabei. Nach dem

Mittagessen wollte sie sich lieber hinlegen. Sie hat wieder Kopfschmerzen, und außerdem hat die Untersuchung sie verängstigt.

»Sie möchte bestimmt kein Foto, arme Seele. Sie schaut sich nicht mal im Spiegel an. Auch den Bauch nicht«, sagt Luigina.

»Wer ist der Vater?«

»Das hat sie nicht einmal dem Pfarrer verraten. Er hat uns gebeten, sie zu verstecken.«

»Verstecken.«

»Das hat er gesagt.«

»Und ihre Mutter?«

»Sie ist vor zwei Jahren gestorben. Die Mädchen sind jetzt allein.«

Luigina lässt die Gruppe auf der Tenne nicht aus den Augen. Domenico im Mittelpunkt, Primo neben ihm, die Enkel davor in der Hocke. »Allein mit dem Vater.«

Caterina senkt den Blick. Die Leones amüsieren sich, Anita gibt einem der Brüder einen Klaps, dann lacht sie. »Der Vater«, murmelt sie.

»Es gibt solche Männer. Ehrlos. Herzlos.«

Die Hebamme ringt die Hände. Antonios Anweisungen dringen nur gedämpft zu ihr durch. *Rückt zusammen. Schultern gerade. Aber nein, doch nicht so. So seht ihr aus wie Stockfische.* Der Fotograf zieht die Binde an. Er will nicht wissen, was auf seine Freunde zukommt, denkt Caterina.

»Wenn wir von Ärzten reden, läuft sie weg, ganz bestimmt. Und was soll aus ihr werden, allein da draußen?« Mit dem Kinn deutet Luigina auf das weite Tal, den Wildbach, die Straße nach Borgo di Dentro hinunter, die prallen Weinberge. Die Welt.

Caterina verschränkt die Arme. »Sie will ja nicht einmal eine Hebamme von hier.«

»Sie hat Angst, dass jemand es weitererzählt. Dass er sie findet. Oder dass die Carabinieri ihn ins Gefängnis stecken. Wir wissen nicht genau, was in ihrem Kopf vorgeht. Sie spricht nicht. Werdet Ihr bis zur Geburt hierbleiben?«

»Ihr könnt Euch nicht vorstellen, was sie erwartet. Ihr Becken ist zu schmal. Da ist kein Platz.«

»Ich hatte vier Geburten.«

Vier Geburten, aber nur den einen Sohn, rechnet die Hebamme. *Primo,* der Erste, ist ein Name voll guter Vorsätze.

»Die Vorsehung ist nicht immer leicht zu verstehen. Also, werdet Ihr bleiben?«, fährt Luigina fort.

Vor dem Objektiv der Jumelle Sigriste sind sie jetzt zu dritt: Anita, Giulia und Pietro. Arm in Arm, lachend, ein Bild der Jugend. Der Weg zur Hölle ist mit guten Vorsätzen gepflastert.

Caterina nickt. Sie werden sogar noch einige Tage länger bleiben. Die Geburt endet nicht mit der Geburt. Sie sieht, wie Antonio die Binde festzurrt und dann knipst. Sie hätte auch gern so eine Binde. Sie hätte auch gern nichts gesehen und nichts gewusst.

Die Tage vergehen, die Weinlese kommt näher. Es gibt keinen herrlicheren und gefährlicheren Moment im Jahr. Wird es regnen? Wird Hagel den Jahrgang zerstören? Immer

kürzere Tage werden in der Hektik der Vorbereitungen ver-
längert. Die Nächte verbringt man mit zehrendem Warten.
Und die gesamte Familie Leone ist beteiligt, die Alten, die
Jungen, die Frauen.

Zwei Stunden Dunkelheit und eine halbe Stunde Licht:
Mehr verlangt Primo Leone nicht. Er wartet, bis der Mond
aufgeht, und verschwindet mit der kleinen Hündin im Wald.
Nach dem Mittagessen verzieht er sich in sein Zimmer, das
Fenster weit geöffnet, die Tür geschlossen und vor sich eine
Partitur. Er übt.

Antonio Casagrande liegt auf dem Bett. Er hört Primo
die Noten singen, lässt sich von den Gedanken davontra-
gen. Döst vor sich hin. Auch er war an der Bahnstation be-
troffen. Im ersten Augenblick hat er ihn für Domenico, den
Garibaldiner gehalten. Jetzt beobachtet er den Freund, der
sich über die Tintenschnörkel beugt. Die Jahre sieht man
auch von hinten. »Demnach ähnle auch ich meinem Vater?
Und es gibt einen Kerl, der irgendwo mit meinem Gesicht
herumläuft?« Er verscheucht das Bild. Er hat keinen Vater.
Er weigert sich, Sehnsucht zu empfinden.

Primo macht unterdessen unbeirrt und hoch konzentriert weiter. Die Melodie malt ihr Muster in die Luft. Keine
wirkliche Musik, eher nur die Idee.

»Machst du das jeden Tag?«, fragt Antonio, als Primo
eine halbe Stunde später die Partitur zuklappt.

»Immer. Vor allem, wenn ich keine Zeit zum Spielen
habe. Ich muss mich bereithalten.«

»Wofür?«

»Um die Kapelle zu dirigieren.« Er macht eine Verbeu-
gung, dann eine Bewegung, als hielte er den Taktstock in

der Hand. »Wenn sie mich fragen.« In dem Augenblick ist er wieder vierzehn. »Falls sie mich fragen.«

»Warum sollten sie dich denn nicht fragen?«

»Es wäre das erste Mal.«

»Es gibt immer ein erstes Mal.«

»Das erste Mal, dass sie einen Bauern fragen.«

Aus der Küche hört man Geschirr klappern.

»Die Welt verändert sich.«

»So heißt es.«

»Glaubst du nicht?«

Beim Spülen trällern die Frauen einen Schlager, der gerade Mode ist.

»Die Welt ändert sich immerzu«, antwortet Primo. Er legt die Partitur auf einen Stoß Hefte.

»Also glaubst du es nicht.«

»Ich muss es glauben. Warum sollte ich sonst üben?«

»Man weiß ja nie. Und außerdem macht es dir Spaß.«

»Sieht man das?«

»O ja. Ist es kompliziert?«

Primo lächelt breit, schlägt die Partitur wieder auf und beginnt zu erklären. »Das ist das Notensystem, da zählen die Linien, aber auch die Zwischenräume. Das ist der Violinschlüssel, wo der Kringel endet, ist das g, alles andere ergibt sich daraus. Und das sind die Noten, hier ein c, hier ein e.« Er zieht eine andere Partitur aus dem Stoß. »Dieser Kringel ist eine ›ganze Note‹, der Fliegenschiss mit Strich dran ist eine Viertelnote. Den Strich nennt man ›Hals‹. Ist am Hals ein Fähnchen dran, ist es eine Achtelnote, und mit zwei Fähnchen eine Sechzehntelnote, danach kommt die Zweiunddreißigstel- und die Vierundsechzigstelnote.«

Und beim Erklären singt er, klopft mit dem Finger auf den Tisch, hält inne, zählt, beginnt von vorn.

»Und das hast du dir alles selbst beigebracht?«

Primo macht eine Handbewegung, als wollte er sagen ›ja, na und?‹, dann legt er wieder los: »Das hier ist ein ›Bindebogen‹, da muss man die Dauer der Noten summieren. Das ist eine ›Pause‹. Man meint, da passiert nichts, aber auch das Nichts passiert, hat einen Anfang und ein Ende. Dreiviertel, Vierviertel, adagio, andante, mosso, largo. Eine erstaunliche Kräfteentfaltung mit nur einem Ziel: die Zeit zu kontrollieren«, schließt Primo.

Antonio runzelt die Brauen.

»Das Leben kannst du nicht kontrollieren. Aber alles, was in der Partitur steht, alles, was passieren soll, passiert. Ist das nicht wunderbar? Ist es nicht … tröstlich?«

Antonio beginnt zu verstehen. Nicht die Musik. Die Besessenheit. Die Zelle, die sein Freund sich ausgesucht hat.

»Und damit nicht genug. Du kannst es hundertmal wiederholen, und es klingt hundertmal verschieden. Wenn es regnet, reagiert die Klarinette auf eine bestimmte Weise. Wenn die Sonne scheint, ist der Ton anders. Alles, was sein soll, wird sein, aber nie gleich.« Die Zelle passt zu einem freiheitlichen Geist, der Käfig, der zum Fliegen einlädt.

»Ich habe dir was mitgebracht«, sagt Antonio daraufhin. Er verlässt das Zimmer und kommt mit Alessandro Pavias Trompete in der Hand zurück. »Weißt du noch?«

Primo mustert das Instrument, dann öffnet er den Schrank, holt eine alte Blechschachtel, in der einmal Kekse waren, heraus und kippt den Inhalt aufs Bett. Eine Rohrflöte, ein mit Bindfaden verschnürtes Päckchen Briefe, ein Album 10x12, eine Ansichtskarte vom Lago Maggiore, ein Querbinder, eine Seite aus dem »Corriere delle Valli«, eine Handvoll Rohrblätter, ein Säckchen mit Murmeln. »Das hast du gemacht«, sagt er und hält ihm ein Foto hin.

Es zeigt Primo Leone als Kind. Allein steht er auf dem draußen aufgestellten Podest und bläst in Alessandro Pavias Trompete.

Antonio lächelt. »Es war das erste Mal«, sagt er. »An dem Tag, als der Meister deinen Vater fotografiert hat.«

»Behalte es«, sagt Primo.

Antonio tritt ans Fenster, er will das Foto im vollen Licht betrachten.

Kind mit Trompete.

Oder, noch besser:

Ein sehr ernstes Spiel.

Immerzu denkt er sich Bildunterschriften aus. Der Ausdruck des kleinen Musikanten verblüfft ihn. In dem gesammelten Blick steht schon die Zukunft geschrieben. Die demonstrative Einsamkeit und der Wunsch, dennoch *da zu sein.* Ein – plumper, rührender, gelungener – Versuch, den Mann darzustellen, der er werden würde. »Du warst schon ganz du selbst«, sagt er.

Gilt das auch für Antonio? Was gäbe er darum, ein Bild von sich als Kind zu haben. Es mit dem Auge des Fotografen zu betrachten, es mit der richtigen Unterschrift zu versehen, vielleicht erschiene ihm sein Schicksal lesbar, einleuchtend.

»Du warst wirklich schon du selbst«, wiederholt er verblüfft. ›Alles steht schon geschrieben‹, meint er damit. Und diese atemlose Suche nach seinem Platz auf der Welt, das Gefühl, sich im Leben ständig neu erfinden, sich unter Schmerzen gebären zu müssen, ist nichts als eine Illusion.

»Du im Visitkarten-Format, Primo.«

Wer weiß, was der Fotograf Alessandro Pavia in dem halb blinden Kind aus dem Pammatone gesehen hatte. Welche Bildunterschrift er sich vorgestellt hatte, was er erraten hatte, als er ihn aus dem Haufen auswählte.

»Es ist ein französisches Patent. Der Meister hatte es teuer bezahlt.« Die Erinnerung rührt ihn. »Die anderen Fotografen haben es von ihm abgeschaut und fertig. Alessandro Pavia ist ein Dummkopf, pflegten sie zu sagen.«

Primo dreht unterdessen die Trompete hin und her. Er probiert die Tasten aus, poliert das Mundstück mit einem Taschentuch, hält es an die Lippen. »Ein ehrlicher Mann«, erwidert er.

Mit Primos Augen gesehen, denkt Antonio, erscheint das Leben weniger grausam. Er weiß ganz sicher, dass er einen guten Lehrmeister hatte: Das Foto, das er in der Hand hält, *Kind mit Trompete,* hat das richtige Licht und eine vorbildliche Tönung. »Warum hängst du es nicht auf?« Die ganze Frage würde lauten: »Warum hängt dieses Bild nicht in der Küche neben dem deines Vaters?« Aber das ist eine Dummheit, Antonio weiß es. Nicht alle boxen sich durch, jeder sucht sich seinen Raum. Primo Leones Raum ist eine Blechschachtel, die einmal süße Kekse enthalten hat, versteckt im Schrank eines von innen abgeschlossenen Zimmers voller Partituren, Musikinstrumente, Bürsten und Schäufelchen für die Trüffelsuche.

In der Küche singen die Frauen immer noch. Die kleine Hündin entwischt Luiginas Aufsicht und kratzt mit den Krallen an der Zimmertür.

»Meine Liebste«, sagt Primo. Er öffnet einen Spalt, und sie stürmt auf seine Knie zu und wedelt wie verrückt. »Also hast du beschlossen, aus Mailand wegzugehen und nach Hause zurückzukehren.«

Antonio hat Mühe zu antworten. Ist der Trakt der Findelkinder im Pammatone ›Zuhause‹? Alessandro Pavias Dachboden an der Piazza Valoria Nr. 4; das Loch im Vico Indoratori, wo er gewohnt hat, als er für den Nachfolger arbeitete; das Sofa bei Madame Carmen; das Dachgeschoss über dem Hafen, das er sich mit dem Geld der ersten erotischen Fotos hat leisten können; Lady Violets *Boudoir:* Sind diese Orte ›Zuhause‹? »Sagen wir, ich gehe wieder dahin, wo ich geboren bin, mit Caterina.«

»Großartige Frau«, antwortet Primo. Er nimmt die Klarinette von der Wand und hängt die Trompete auf. »Danke, ein wundervolles Geschenk.« Die kleine Hündin fängt an, mit flinker Zunge seinen Absatz zu polieren.

»Wie ist es, wenn man Kinder hat?«, fragt Antonio unvermittelt. Auch diese Frage stimmt nicht ganz, er hätte ihn gern gefragt, wie es ist, jemandes Kind zu sein. Die Hündin rollt sich auf den Rücken und reibt sich an den Bodenbrettern.

Primo kitzelt sie am Bauch, und sie japst vor Vergnügen. »Ich habe es nie bereut. Habt ihr Pläne?«

»Caterina kann nicht.«

»Das weiß man nie.«

»Sie kann tatsächlich nicht.«

»Ist das schlimm für dich?«

Mit einem Sprung kommt die kleine Hündin wieder auf die Füße, stürzt sich auf ein Trüffelbürstchen, hält es zwischen den Pfoten fest und kaut an den Borsten.

»Für sie ist es schlimm.«

»Nicht gut. Und wann fahrt ihr weiter?«

»Das hängt von Teresa ab. Caterina hat versprochen, ihr zu helfen.«

»Dann haben wir ja etwas Zeit. Vielleicht lösen wir es. Und behalte das Foto. Auch du warst schon ganz du selbst.«

»Was lösen wir?«

Die kleine Hündin horcht auf, schaut Antonio an, dann ihr Herrchen.

»Caterinas Problem.«

Anfang September dreht sich das Kind in die richtige Richtung. Teresa spürt etwas, sagt aber nichts. Sie verbringt den größten Teil des Tages im Haus. Das Kopfweh gönnt ihr keine Pause. Füße, Hände und Gesicht schwellen schmerzhaft an. Caterina behält die Kleine im Auge. Eines Morgens überrascht sie sie, wie sie mit einem Lappen die Maisstrohmatratze säubert, die nachts nass geworden ist. »Lass mal sehen.« Der Fleck riecht nicht nach Urin. »Hast du Wehen?«

Die Kleine nickt.

»Seit heute Nacht?«

Sie antwortet nicht.

»Seit gestern Abend?«

Die Kleine nickt erneut. Sie ist völlig verängstigt. Eine Kontraktion zwingt sie, die Lippen zusammenzupressen. Caterina legt ihr eine Hand oben auf den Bauch und wartet, dass es vorbeigeht. »Zieh dir ein sauberes Nachthemd an. Sonst nichts. Dann bleib in deinem Zimmer. Laufe herum, setz dich, leg dich hin, was du willst. Das Einzige, was du nicht darfst, ist Stuhlgang haben. Wenn du den Drang verspürst, rufe mich, verstanden? Ich komme gleich wieder.«

Die Männer sind seit Tagesanbruch auf dem Weinberg. Neumond ruft Weinernte und Kinder. In der Küche sind sie noch zu dritt: Luigina, Anita und Caterina. Die Hebamme verteilt die Aufgaben. Den Männern Bescheid sagen, damit sie sich fernhalten. Wasser erhitzen, bis es zu kochen beginnt. Viel Wasser, nicht nur ein Töpfchen. Teresa wird in der Küche entbinden, also den Fußboden mit heißem Wasser und Seife schrubben. Die Tischplatte abwaschen. Die Platte der Anrichte säubern und mit einem Tuch abdecken. Sie meint es sehr ernst. Man braucht auch eine Flasche, ein Schälchen und eine Schüssel. Alles ausspülen. Gründlich. Wieder und wieder. Und saubere Wäsche. Große und kleine Tücher, viele, so viele wie möglich.

»Wieso sauber? Wenn sie doch …«, sagt Luigina.

»Frisch gewaschen!«, erwidert Caterina.

Luigina hebt die Augenbraue. In Borgo di Dentro hat man noch nie eine Hebamme gesehen, die so auf Seife fixiert war.

Während die Frauen alles vorbereiten, werden Teresas

Wehen häufiger. Caterina läuft zwischen der Küche und dem Zimmer des Mädchens hin und her. Sie beruhigt sie, streichelt sie, lässt sie ein Gläschen Marsala trinken. Eine Stunde später kommen die Wehen im Abstand von weniger als drei Minuten. Das Kind hat es eilig. Die Hebamme holt ihre Ledertasche und ordnet auf der Platte der Anrichte an, was sie braucht: Schere, Nagelscherchen, Feile, Bürste, Stethoskop, Thermometer, einen Irrigator mit Kanüle, einen flexiblen Gummikatheter, fünf Tütchen mit der Aufschrift BORSÄURE. Luigina reißt die Augen auf.

In dem großen Topf auf dem Ofen kocht das Wasser. Teresa hat eine so heftige Kontraktion, dass man ihr Schreien bis in die Küche hört. Caterina füllt die Flasche mit heißem Wasser, löst den Inhalt von zwei Tütchen darin auf, gießt die Lösung in das Schälchen und legt die Kanüle, den Katheter und die Schere hinein. Dann rollt sie die Ärmel ihres Kleids hoch und beginnt, sich in der Schüssel zu waschen, mit heißem Wasser und Seife, Finger für Finger, Handfläche, Handrücken, Handgelenk, Unterarm, bis zum Ellbogen. Sie bürstet ihre Fingernägel, schneidet sie ganz kurz, glättet sie mit der Feile und spült sie noch einmal im Seifenwasser. »Jetzt ihr«, befiehlt sie Luigina und Anita.

Luigina möchte etwas einwenden, schweigt aber. Was weiß sie schon über Diplomhebammen? Vielleicht liegt es daran, dass sie aus der Großstadt kommt, jedenfalls hat Signorina Colombo nicht viel gemein mit den Wehmüttern, die sie kennt. Sie gleicht einem Arzt im Rock.

Teresa fängt wieder zu jammern an. Es klingt wie leises Miauen. Die Hebamme bindet sich eine Latzschürze um, geht sie trösten, kommt in die Küche zurück, füllt die

Schüssel mit antiseptischer Lösung und taucht Hände und Unterarme hinein. Luigina kann sich nicht mehr zurückhalten. »Was, noch mal?«, murrt sie.

»Ja, ihr müsst euch auch desinfizieren«, antwortet Caterina kurz angebunden, das Gesicht vor Angst verkrampft. Luigina bemerkt es sofort.

»Alles in Ordnung? Anita, schenk Caterina auch einen Schluck Marsala ein.«

Kein Marsala, es geht ihr gut, es ist ja nicht ihre erste schwierige Geburt. Aber diesmal packt sie eine ungewöhnliche Furcht vor dem, was gleich geschieht, als würde es ihr Vermögen übersteigen. »Geduld und Vorsicht«, antwortet sie. Das sagte Gevatterin Eugenia immer. Was hat jetzt ihre Mutter hier zu suchen? Warum fällt sie ihr ein?

Das Mädchen steht in der Tür. Sie keucht, das Gesicht schmerzverzerrt. Die Hebamme vergisst ihre Furcht und geht lächelnd auf sie zu. Sie nimmt sie an der Hand, stützt sie bis an den Tisch, hilft ihr hinauf. Anita reicht ihr ein Kissen, Luigina hebt ihre Knie hoch und schiebt ihr ein zusammengerolltes Laken unter das Becken.

»Alles wird gut, Teresa.« Caterina sucht ihren Blick. »Sag es zusammen mit mir. Alles. Wird. Gut.«

»Alles. Wird. Gut«, wiederholt Teresa. Sie ist ein folgsames Mädchen.

Die Hebamme lässt ihre Hand los und nimmt vor ihr Platz. Sie macht Luigina ein Zeichen, die daraufhin unten noch ein sauberes Tuch ausbreitet. Dann winkt sie Anita, die ihr die Schüssel reicht. Auf dem Tisch liegend, so klein und schmal, wie sie ist, wirkt der Bauch riesig. Ein Kind, das die Welt gebiert. Wieder eine Kontraktion, lange, schmerzhaft. Die Hebamme wartet, bis sie vorbei ist. »Jetzt werde ich mal nachsehen«, sagt sie. Mit einem Lappen wäscht sie vorsichtig die großen, geschwollenen, rötlichen Schamlippen, die Innenseite der Schenkel, den Damm. Dann beginnt sie zu tasten.

Teresa hat die Augen geschlossen, den Kopf zurückgeworfen. Zwei dicke Tränen rinnen zu den Ohren. Caterina strafft die Schultern. Was sie sieht, macht sie sprachlos. Ist es möglich, dass dieses Mädchen, dieses Kind …? »Es ist so weit«, flüstert sie. Luigina hält sich die Hand vor den Mund. Anita erbleicht. »Die Wehen haben gestern Abend eingesetzt, sie hat es niemandem gesagt.«

Luigina beugt sich zum Ohr des Mädchens hinunter. »Du bist sehr tapfer. Sehr, sehr tapfer.« Dann, zur Hebamme gewandt: »Ich hole die Butter.«

Butter. Gevatterin Eugenia benutzte sie, um die Austreibung zu unterstützen. Wieder ihre Mutter. Was ist mit mir los, fragt sich Caterina. Seit die Frau sie verlassen – sie *ihrem Schicksal überlassen* – hat dort in der Hebammenschule, wo sie die meiste Zeit damit verbrachte, die – abergläubischen – *Gewissheiten* zu verlernen, die Gevatterin Eugenia sie gelehrt hatte, seitdem hat Caterina Colombo sich gezwungen, sie aus ihrem Gedächtnis zu streichen. Und es ist ihr gelungen. Bis heute. »Keine Butter. Erhöht die Infektionsgefahr«, antwortet sie mechanisch.

Luigina hebt gottergeben die Hände.

Nur einmal in all den Jahren hat Caterina sich gewünscht, ihre Mutter bei sich zu haben. Sie stand selbst kurz vor der Geburt und malte sich aus, Gevatterin Eugenia würde kommen und sagen: »Lasst mich nur machen.« Sie stellte sich die ganze Szene vor: Sie auf dem Operationstisch, die Medizinstudenten gedrängt auf den Rängen des Anatomiesaals, der Direktor mit dem Skalpell in der Hand und Gevatterin Eugenia, die sich durchdrängt und sie rettet. Die törichte Fantasie eines törichten jungen Mädchens. Warum drängt sich Gevatterin Eugenia jetzt in ihre Gedanken? »Einen Augenblick«, sagt sie zu Luigina. Sie entfernt sich ein paar Schritte. Atmet. Als müsste sie das Kind gebären.

Sie betrachtet die zwei Helferinnen, die der Zufall – die Vorsehung, würde Luigina sagen – ihr beschert hat. Luigina ist eine starke Frau, Anita ähnelt ihr. Etwas Besseres konnte ihr nicht passieren. Dann mustert sie das Mädchen – das Kind –, das mit gespreizten Beinen daliegt. ›Mama‹, denkt sie. Sie atmet noch einmal tief, versucht, sich zu konzentrieren. ›Mama. Mama.‹ Wäre Gevatterin Eugenia doch nur hier. Zu zweit würden sie es schon schaffen mit diesem Becken, das zu schmal zum Gebären ist, mit den geschwollenen Händen, dem aufgedunsenen Gesicht.

Wieder kommt eine Wehe. Am Ende will Teresa aufstehen. »Ich muss aufs Klo«, wimmert sie.

»Nein«, antwortet Caterina. Sie hat sich wieder im Griff. »Hör mir zu. Wenn die nächste Wehe kommt, presst du wie beim Stuhlgang. Solang die Wehe dauert, presst du. Jetzt bleib liegen und entspanne dich. Atme. So ist's gut.«

Anita trocknet Teresa die Stirn, flüstert ihr etwas ins Ohr und lächelt. Sie ist ein wundervoller dunkler Typ, doch im Augenblick ist sie weiß wie ein Leintuch.

»Lasst uns beten«, sagt Luigina.

Caterina hört gar nicht hin. Sie leitet Teresa bei den Wehen an. Die Kleine ist ein guter Soldat, wenn man sagt, atme, atmet sie, wenn man sagt, presse, presst sie. Luigina und Anita beten das Avemaria. Teresa beißt die Zähne zusammen.

Das Kind bewegt sich. Die Mutter spürt es, aber auch die anderen. Ganz, ganz langsam gleitet es in den Beckenraum, eingezwängt zwischen Kreuzbein und Schambeinkamm, bahnt es sich einen Weg, indem es den Hals vorbeugt, bis das Kinn das Brustbein berührt. Es nutzt die Rundung des Kreuzbeins, wendet das Gesicht dem Steiß zu.

»Es ist so weit«, sagt Caterina.

Luigina betet lauter. Ohne es zu merken, passt sie ihren Rhythmus Teresas Atem an. Das Kind bewegt sich, der Vorgang ist komplex, Drehen und Verschieben in einem, eine Spirale, eine Endlosschraube. Die millimeterweise Revolution eines Planeten, der in den infinitesimalen Raum geschleudert wird. Luigina beginnt mit dem *Salve Regina*. Im Strudel werden die kleinen Halswirbel wieder zusammengedrückt. Das Kinn hebt sich. Die zarten Schädelknochen verformen sich. Das Gehirn dehnt sich aus, der Nacken wird schmaler. Anita hält den Atem an. Die Zeit überschlägt sich, aus äußerster Langsamkeit wird Jetzt. Teresa schreit laut.

»Der Kopf, der Kopf!« Luigina klatscht in die Hände.

Caterina beginnt wieder zu atmen. Sie hält den glitschigen Kopf, hat aber das Gefühl, dass es gar nicht nötig ist. Das Kind fährt fort in diesem urweltlichen Sich-Winden, drückt auf den Damm der Mutter, benutzt ihn als Stütze, um eine Schulter herauszuschieben, dann die andere Schulter, dann den Bauch, die Arme, die zur Faust geballten Hände, die Finger, die sich nacheinander strecken, die verkrusteten Pobacken, die Beine, die Füße. Die erste Luft dringt in seine Lunge. Das Wimmern lässt alle verstummen.

Ein Junge.

Klein.

Winzig.

Vollkommen.

Die Hebamme fängt sich als Erste. Sie wischt dem Neugeborenen die Augen aus, untersucht es in allen Teilen, hört das Herz ab, durchschneidet die Nabelschnur, versorgt die Wunde, legt es Teresa auf die Brust und deckt beide mit einem frischen Laken zu. Noch einmal wäscht sie sich die Hände, dann setzt sie sich wartend daneben.

Sie ist völlig erschöpft.

Teresas Augen sind noch schreckensgeweitet. Luigina erklärt ihr, wie man einen Säugling anlegt. »So, siehst du, so«, sagt sie, doch das Mädchen schaut gar nicht hin.

Das Warten dauert nicht lange. In einer halben Stunde kommt alles heraus, was noch kommen muss. Die Plazenta ist vollständig und gesund. Anita hilft Teresa vom Tisch herunter, begleitet sie mit dem Kind zum Bett. Luigina tritt auf Caterina zu und umarmt sie. »Danke.«

»Es hat alles allein gemacht«, antwortet die Hebamme.

»Es wollte eben unbedingt auf die Welt kommen.« Luigina strahlt.

Caterina schließt die Augen und sieht noch einmal den kleinen Kopf, die schmalen Schultern, den gestreckten, feinen Körper vor sich. Wie eine Schlange gleitet er durch Teresas Engpässe, windet sich entschlossen durch die unwegsamen Biegungen dieses unreifen Körpers. »Tja«, antwortet sie. »Um jeden Preis.«

»Was habt Ihr denn? Seid Ihr nicht froh? Das Kind hat den Weg gefunden.«

»Es ist … als hätte es gewusst.«

»Was gewusst?«

»Dass es keinen Weg gab. Es ist so klein. Und doch gesund, glaubt mir. Völlig gesund.« Sie kennt ja aus der Praxis die unendlich vielen Formen, in denen Leben und Tod sich verflechten, sie wundert sich über nichts, und kann doch nicht fassen, was sie gesehen hat.

Luigina lächelt über das ganze Gesicht. Heilige, Madonnen, Wunder: In ihrer inneren Welt hat jedes Ding seinen Platz und umgekehrt. »Warum quält Ihr Euch, wenn alles gut gegangen ist?«

Caterina ist nicht überzeugt. »Die Geburt endet nicht mit der Geburt«, sagt sie mit Gevatterin Eugenias Worten.

Genua kann warten. Während die Weinlese in vollem Gang ist und es überall in der Cascina Leone nach Most duftet, malt sich Caterina Colombo in ihrer Fantasie aus, was Antonio Casagrande ihr Abend für Abend in der Via Meravigli auf der Terrasse erzählt hatte. Die Olivenbäume, die steilen, gepflasterten Straßen, die Gassen, der Fischgeruch, das Treiben am Hafen, die Seeigel-Verkäufer, das spiegelglatte Meer, das die Stadt mit Licht überflutet, der Glanz der Fassaden und die scharfen, schwarzen Schattenschnitte. Der ideale Ort für einen Fotografen und, so hofft sie, für eine Geburtshelferin.

Luigina hat unterdessen wieder die Macht im Haus. Sie zwingt Teresa, im Bett zu bleiben. Die ersten zwei Tage lässt sie Anita an der Türe Wache halten, damit sich nicht die Katzen hineinschleichen, denn dann würde die Milch wegbleiben. Sie wählt das fetteste der weißen Hühner, die braunen, schwarzen und rötlichen zieht sie gar nicht in Betracht, dreht ihm den Hals um, rupft es, sengt es über der Flamme ab, nimmt es aus und kocht es in Wasser mit Sellerie, Karotten und Zwiebel. Sie nötigt Teresa, die Brühe zu trinken und ein paar zarte Bissen zu essen.

Caterina untersucht sie morgens und abends. Die Schwellung geht nicht zurück. Das Kind ist lebhaft, aber die Milch reicht nicht, man muss zufüttern. Am Morgen des vierten Tages überlässt Primo die Rebenreihen den anderen, geht zu einem unweit gelegenen Bauernhof und kommt mit einer Ziege mit prallem Euter zurück. Anita melkt sie. Luigina erhitzt die Milch, verdünnt sie mit etwas Wasser, taucht einen Stoffzipfel hinein und tröpfelt dem Kind die Flüssigkeit vorsichtig zwischen die Lippen.

Vorsehung bedeutet: sich kümmern.

Sozialismus ebenso.

Die Leones sind bereit, Mutter und Kind bei sich aufzunehmen. Wo sechs satt werden, werden auch acht satt, haben sie sich gedacht, als der Pfarrer sie bat, Teresa zu verstecken. Und außerdem finden sie, dass Gottvater ihnen noch etwas schuldig ist. Primo hat er drei Geschwister genommen. Luigina und Domenico, drei Kinder. Wer weiß, ob der Allerhöchste nicht beschlossen hat, die Rechnung mit einigen Jahren Verspätung zu begleichen, und zwar in der überraschenden Form eines hochschwangeren Mädchens?

Doch Teresa erholt sich nicht. Die Kopfschmerzen lassen sie keinen Augenblick los. Sechs Tage nach der Geburt steigt das Fieber. Caterina bittet Luigina, den Arzt zu rufen. Teresa hört es und beginnt zu weinen, verweigert das Essen und schiebt das Kind weg. Keine Ärzte, müssen sie ihr versprechen.

Die Männer sind den ganzen Tag auf dem Weinberg beschäftigt, Antonio lernt alles über Pflücken, Auslese, Keltern und Gärung, Anita und Luigina kommen nur zum Kochen heim, um die Mittagszeit erscheinen auch die Tagelöhner. Teresa bräuchte Ruhe. Caterina lässt eine Liege ins Zimmer des Mädchens stellen und bleibt Tag und Nacht bei ihr. Sie überredet sie zu trinken, zu essen, das Kind anzulegen. Wenn das Mädchen zu müde ist, wiegt sie das Neugeborene, wickelt es, wenn es Zeit ist, flößt ihm die Ziegenmilch ein, wie Luigina es vorgemacht hat. Das Kind blüht und gedeiht, Teresa geht es immer schlechter. Neun Tage nach der Geburt wird sie kurz ohnmächtig. Sie fasst sich gleich wieder, aber die Temperatur ist beinahe bei achtunddreißig Grad.

»Lass mich doch den Arzt holen«, fleht Caterina und drückt ihr die Hand.

Teresa hört nicht zu. Sie betrachtet das Kind in der Wiege, die Primo neben dem Bett aufgestellt hat. Es ist wach, hebt die Händchen und greift mit den Fingern nach wer weiß welchen mysteriösen Wesen. »Nehmt Ihr es«, erwidert sie.

»Du erholst dich bestimmt, Teresa. Lass mich den Doktor rufen. Danach wird es dir gutgehen.«

»Ihr versteht mich nicht. Ich will es nicht.«

Und ob sie versteht. Das kommt vor. Da hilft nur Warten. Manchmal überlegt die Wöchnerin es sich doch noch anders, und das Neugeborene erhöht nicht die Zahl der Kinder, die von der öffentlichen Fürsorge ernährt werden. Als Luigina zur Abendessenszeit einen Teller Brühe mit Eigelb bringt, sieht sie, dass Teresa völlig erschöpft ist. »Nach der Weinlese veranstalten wir eine herrliche Taufe, Teresina«, sagt sie, um die Kleine aufzumuntern.

»Sie nimmt es«, antwortet das Mädchen mit einem Blick auf Caterina.

Luigina missversteht sie: »Da hast du ja eine gute Patin ausgesucht. Hast du dir auch schon einen Namen überlegt?«

Teresa schließt die Augen. Das Fieber ist noch weiter gestiegen.

Die Hebamme legt Luigina eine Hand auf den Arm, ruft sie aus dem Zimmer. »Es steht sehr schlecht. Ruft den Arzt, hört auf mich.«

Von drinnen kommt wiederholt ein abgehacktes Geräusch. Sie hasten hinein, das Kopfteil des Bettes schlägt gegen die Wand. Teresa hat Krämpfe. Das Kind beginnt zu weinen. Luigina trägt es hinaus, vertraut es Primo an, kommt mit Anita wieder herein. Die Krämpfe dauern an, Teresa hat Schaum vor dem Mund, die Pupillen sind geweitet. Caterina polstert das Fußende des Bettes mit einem Lappen, damit sie sich nicht verletzt, wenn sie mit den Fersen am Rand aufprallt. Anita versucht, ihr die Arme festzuhalten, aber die Hebamme bremst sie. »Das ist noch schlimmer«, sagt sie. Die Minuten, eine, zwei, drei, vergehen nie.

»Anita, such deine Brüder. Sie sollen den Doktor holen!«, sagt Luigina.

Primo schaut zur Tür herein und zieht sich sofort wieder zurück, damit das Kind nichts sieht.

Plötzlich hören die Krämpfe auf. Teresa überläuft ein Schauder, die Lippen zittern. Caterina tupft ihr zart den Mund ab, beugt sich hinunter, sucht den Herzschlag.

Anita steht erschüttert an der Tür. »Lauf! Schnell!«, drängt die Großmutter.

Teresa rührt sich nicht. Ihre Augen sind offen, doch Caterina ist sich sicher, dass das Mädchen nichts sieht. »Warte, Anita«, sagt sie.

Wenige Augenblicke sind so voller Leben wie die, in denen der Tod über die Schwelle tritt. Mit leiser Stimme, kaum hörbar, flüsternd, muss der Körper für die Aufbahrung vorbereitet werden, man muss Maß nehmen für den Sarg, den Schreiner benachrichtigen, den Pfarrer wegen der Beerdigung, das Kleid aussuchen, die Haare kämmen, die Hände mit dem Rosenkranz falten, weinen, beten und auch die letzten Rebenreihen abernten, denn ein Unwetter naht, und das Leben schert sich nicht um den Tod. Und natürlich muss man sich um das Kind kümmern. Wer kann das in all der Verstörung besser als eine Hebamme? Genua kann warten.

Caterina verhält sich, als ob sie noch in der Entbindungsstation des Ospedale Maggiore wäre. Teresas Zimmer wird zum Kinderzimmer, der Fußboden gebohnert, jede Oberfläche desinfiziert. Frühmorgens untersucht sie es: Augen, Herz, Atem. Sie kontrolliert, dass Bettchen, Deckchen und Windeln sauber sind. Es ist ihr ein echtes Anliegen: Wenn nötig, geht sie selbst zum Waschbrunnen. Sie lernt, die Ziege zu melken, und füttert das Kind, wie sie es aus dem Krankenhaus kennt. Sie schneidet eine ihrer Gummikanülen zurecht, macht ein Löchlein hinein und bastelt so eine Art Schnuller, den sie auf ein Fläschchen aufsetzt, an dem das Kind saugen kann. Sie lässt es ein Bäuerchen machen, dann legt sie es in die Wiege und geht hinaus, als hätte sie noch zehn weitere zu versorgen.

Doch nach und nach, während die Tage vergehen und der Schmerz der Trauerfeier in der Erinnerung verblasst und die Weinlese beendet ist, vergisst Caterina Colombo alle Regeln, die sie in dreizehn Jahren Praxis und zwei Jahren Schule gelernt hat. Immer öfter bleibt sie neben der Wiege sitzen, bis das Kind einschläft. Oder sie schaut alle zwanzig Minuten nach, dann alle zehn, bis sie beschließt, es lieber nicht allein zu lassen, denn man weiß ja nie. Sie lässt an der Wiege vier kleine Räder anbringen, um es mit auf die Tenne an die frische Luft zu nehmen. Doch das ist noch nicht genug. Sie bittet Luigina um ein Stück Stoff, fabriziert sich damit ein Tragetuch, bindet es um und hat das Kind schließlich immer an der Brust. Ständig schnuppert sie an ihm, genießt diesen ganz besonderen Geruch nach Rosen und Buttermilch, den Neugeborene verströmen, die feine, elastische Haut, die Patschhändchen, die weichen Füßchen, den Blick, der immer lebendiger wird. Wenn jemand anderer es auf den Arm nimmt, wird sie unruhig und holt es sich mit einer Ausrede zurück. Eines Nachmittags, im Licht eines herrlichen Sonnenuntergangs, kommt Antonio mit der Jumelle Sigriste in den Hof und betrachtet sie durch den Sucher, das Kind auf der Schulter, die Haare im Wind. Caterina erstarrt. »Nein, das Kind nicht. Wenn du es fotografieren willst, zieh die Binde an.« Genua wartet weiter. »Die Geburt endet nicht mit der Geburt«, wiederholt sie, als der Fotograf ihr vorschlägt, die Reise fortzusetzen.

Die Taufe ist schon so gut wie mit dem Pfarrer abgesprochen, man muss nur noch ins Pfarrhaus, um die Sache zu regeln. Nach der täglichen halben Stunde Solfeggio knöpft Primo sich Antonio vor. »Geh du hin«, sagt er.

Der Fotograf begreift nicht.

»Gewöhnlich ist es Sache des Vaters. Geh du, Antonio.«

Antonio Casagrande ist verblüfft. Primo legt den Zeigfinger auf die Lippen, hakt den Freund unter, führt ihn in die Küche und macht ihm ein Zeichen: »Schau.«

Caterina sitzt im Sessel und wendet ihnen den Rücken zu. Sie summt etwas und füttert das Kind mit dem Fläschchen mit Gummischnuller.

Antonio bleibt die Luft weg. Er spürt einen Stich, als hätte seine Frau ihn gerade vor die Tür gesetzt. Zum ersten Mal empfindet er die ungewöhnliche Nähe zwischen den beiden. »Ich hatte nichts begriffen«, sagt er.

»Männer sind begriffsstutzig«, erwidert Primo, »aber Kinder verstehen sofort.« Dann zeigt er noch mal hin: »Schau. Schau doch.«

In dem Moment strafft Caterina die Schultern, verschiebt leicht den Arm, der den Kopf des Kindes hält und schneidet eine lustige Grimasse. Antonio merkt es daran, wie sich ihre Wange kräuselt. Die Lippen des Kindes sind angespannt, es saugt mit aller Kraft, die Augen tief in ihre versenkt.

»Besser, ihr heiratet. Besser für den Pfarrer, meine ich«, sagt Primo.

Antonio zieht sich hinter den Türpfosten zurück, er

muss durchatmen, überlegen. Dann tritt er wieder neben Primo. »Sieh sie dir an. Sieh doch.« Sie stillt ihn, er saugt. Wo hat er die Jumelle Sigriste abgelegt? Er will den Augenblick festhalten. Dazu dienen die Fotografien, so hatte er es Primo als Kind unter dem Nussbaum erklärt. Er betrachtet sie, kann die Augen nicht abwenden, betrachtet sie und sieht sich selbst in der Reihe im Zimmer des Vorstehers.

»Mich. Nimm mich.«

Er fühlt, dass etwas in ihm schmilzt. Er sieht, wie Caterina den Kopf senkt und zwei Worte murmelt, und sieht auch Alessandro Pavia, den regentriefenden Oger, den Blaubart, sieht ihn, wie er mit Donnerstimme sagt: »Was schert mich der Zuschuss! Ich brauche einen Assistenten, kein Almosen!«, und dann: »Er, ja, er, zum Donnerwetter! Wie oft soll ich es noch sagen?«

Das Bild ist so deutlich und hell. Ein Augenblick plötzlicher Bewusstheit. Vielleicht läuft irgendwo zwischen Sottoripa und Porta Soprana, oder mitten auf dem Meer, auf der Brücke eines Dampfers oder in der Kombüse einer Brigantine, oder zwischen den Ruinen Roms oder den Bananenstauden in Timbuktu oder den Wolkenkratzern in New York, vielleicht läuft irgendwo ein Typ mit seinem Gesicht herum. Aber was geht ihn das an? Wenn es ein Gesicht gibt, das Antonio Casagrande gern jeden Morgen im Spiegel wiederfinden würde, dann das von Alessandro Pavia. Das bedeutet, Sohn zu sein. Das ist es. Ein Zufall. Ein Segen. Er legt dem Freund die Hand auf die Schulter. »Weißt du, was ich dir sage?«

Primo Leone lächelt. In seinem Winkel der Welt, umschlossen von Wald, Erde und Notenpapier, hat er gelernt, den Paukenschlag des Schicksals zu hören, wenn es sich bemerkbar macht.

Auch Antonio lacht. Mit volltönender, tiefer Stimme wirft er hin: »Ich brauche einen Assistenten, zum Donnerwetter!«

Genua, September 1906

Hochelegant in ihrer sportlichen Aufmachung, den Handschuhen mit Knöpfchen am Handgelenk, dem Lederhelm und der großen Brille, nimmt Rosa Bernard, Witwe Morel, um Punkt zehn Uhr auf dem Beifahrersitz neben dem Chauffeur Platz. Der offene Wagen erwartet sie vor dem Haupteingang des Grand Hotel Savoia.

Der alte *Concierge* schließt den Wagenschlag. Seine Uniform hat etwas Steifes, als hinge sie auf einem Bügel, aber seine Augen glitzern, bevor er höflich den Kopf senkt. Die Frau bemüht sich, ihn sich mit vollem Haar vorzustellen, so wie er einmal ausgesehen haben musste, dann lässt sie das Trinkgeld in seine Finger gleiten, das sie, seit sie vor drei Tagen eine Suite mit Meerblick bezogen hat, niemals vergisst. Dieses Männchen mit dem lebhaften Blick und hundert Jahren auf dem Buckel macht sie neugierig, er kommt ihr irgendwie bekannt vor. Sollte er ein *Habitué* des Bordells im Vico Falamonica gewesen sein? Das Alter würde passen. Und wenn er sie erkannt hätte?

Während das Auto die steile Via Balbi hinabfährt, lächelt Rosa Bernard, Witwe Morel, in sich hinein. Die hohen Häuser drohen mit ihren verrammelten Toren, den bröckelnden Wappen, den düsteren, stummen Fassaden. Sonnenblitze setzen die Scheiben der obersten Etagen in

Brand. Sie fantasiert oft, dass jemand sie erkennt. Wie herrlich, im Blick der anderen den Triumphmarsch zu lesen, der sie aus den schwarzen Gassen, nein, noch vorher aus dem Ziegengestank auf die funkelnden Boulevards und nun zurück nach Genua geführt hat – als Grande Dame.

Der Wagen ist ein deutsches Modell, hat einen Frauennamen und ein Flair, das an die Meere des Südens erinnert. Eine Mercedes hätte sich gar nicht schlecht gemacht zwischen ihren Famagustas, Galatas und Samarkandas. Der richtige Name für eine dunkelhaarige, schmachtende Schöne, so passend wie ein Spitzenkorsett. Auch die Messinghupe hat den hellen durchdringenden Klang eines lachenden jungen Mädchens. »Ich komme, ich komme.« Wer weiß, an wen der Konstrukteur dachte, als er die perfekte Rundung der Motorhaube zeichnete, den weichen Schwung der Kotflügel, die Kurve des Verdecks. Ingenieure sind ja auch Männer, denkt Rosa Bernard, Witwe Morel.

Der Wagen erreicht die Piazza De Ferrari, fährt an der Statue von Garibaldi entlang, biegt in die Via xx Settembre ein, überholt die Pferdefuhrwerke, weicht den Handkarren aus, überquert holpernd die Gleise der elektrischen Straßenbahn. Die weiten Uferauen des Bisagno-Flusses sind so luftig wie manche Plätze in Paris. An der Mündung angekommen, legt Rosa Bernard dem Chauffeur die Hand auf den Arm, er solle am Straßenrand anhalten und mit laufendem Motor auf sie warten. Sie steigt aus, geht bis zum Meeresrand, lässt den Schaum ihre Stiefelchen belecken, nimmt die Brille ab und kann sich gar nicht sattsehen. Dann setzt sie die Brille wieder auf, kehrt um, und sie fahren weiter.

Ein gutes Stück folgt die Straße der kurvenreichen Küste.

Es ist eine einzige Baustelle, Palisaden werden hochgezogen, Dekorateure, Stuckateure, Mosaikleger kommen und gehen. Rosa Bernard, Witwe Morel, zwickt sich in die Unterlippe. In die Entwicklung der Immobilienstruktur der Stadt hat sie einen nicht unerheblichen Teil ihres beträchtlichen Vermögens investiert. Angesichts all des Eifers errät sie die Zukunft: Seepromenade, Badeanstalten mit bunten Kabinen und Sonnensegeln; auf der anderen Seite Gärten, Palmen, Araukarien, Orangerien aus Glas und Eisen. Dahinter, ein wenig versteckt, Villen mit geschwungenen Linien, blumengeschmückten Balustraden, aufragenden Zinnen. ›Die Schönheit ist eine Luxusnutte‹, denkt sie. ›Sie geht nur mit Reichen.‹

Die Armen wohnen weiter vorne, wo die Häuser wieder schnörkellos sind, sparsam gebaut, mit verblassten Fassaden, niedrigen Dächern, die Fenster werden kleiner, und auch die Straße wird enger und klettert bergan. Der Mercedes, der den verstorbenen Monsieur Morel ins Ministerium brachte, ist auf geraden Strecken perfekt, doch hier wäre es ein Wahnsinn, Gas zu geben zwischen den Fußball spielenden Kindern, den Katzen, Hunden und Maultieren, den Straßenbahnschienen und dem Meer, das bei jeder Biegung erscheint und dann wieder hinter dem Berg verschwindet.

Als das Auto den Felsen überholt hat, von dem aus der echte Garibaldi sechsundvierzig Jahre zuvor mit tausendsiebzig Freiwilligen in See gestochen war, erreichen sie eine Handvoll dicht gedrängter Häuschen in einer runden Bucht. Die Frau lässt den Chauffeur an einem Weinladen anhalten, tritt in den dunklen Verkaufsraum, fragt nach dem Weg und kommt mit einem Zettel und einem gezeichneten Plan zurück. »*Là-haut dans les montagnes.*« Sie zeigt auf den Weg, der kaum breiter ist als das Auto. Eine *Creuza*, im lokalen Dialekt.

›*Merde*‹, denkt der Chauffeur, schweigt aber. Wenn immer möglich, spricht er nicht. Er heißt Jacques, ist zweiundzwanzig, versteht wenig, kann nur Französisch, und auch das schlecht. Italienisch, kein Wort. Trotz allem hat er es geschafft, das Auto allein von Paris nach Mailand zu fahren. Sie waren zeitig aufgebrochen, und während Jacques am Steuer des Mercedes Simplex 28/32 PS Lausanne erreichte, am Seeufer entlanggondelte, wie Napoleon am großen Sankt Bernhard die Alpen überquerte, Aosta eroberte und schwungvoll durch die Ebene rauschte, genoss sie den Speisewagen, die karmesinroten Divane und das luxuriöse Abteil des Orientexpress, der sie von der Gare de l'Est durch den nagelneuen Simplontunnel – ein Juwel der modernen Technik, an dem noch die Fahnen der Einweihung und der Geruch nach Magnetit von den frischen Grabungen hingen – nach Mailand brachte. »*Jacques! Tu m'étonnes!*«, hatte sie ihn begrüßt, als er sie erschöpft, aber pünktlich am Bahnsteig 3 der Stazione Centrale empfing.

Jetzt verengt er die Augen zu Schlitzen, legt den Gang ein, umfasst das Lenkrad fest mit den Fingern und nimmt mit kriegerischem Gehabe die *Creuza* in Angriff. Braver Junge, denkt sie. Sie hat einen Plan für ihn. Rosa Bernard, Witwe Morel, hat für alle einen Plan.

Nach der atemberaubenden Fahrt bergan mündet der Weg in eine Pflasterstraße ein, die noch weiter hinaufführt, aber sanfter, in weiten Kehren, zwischen mit Strohblumen und Mastixsträuchern betupften Hängen, das Meer bald im Rücken, bald vor Augen. Nach zehn Minuten erreichen sie einen Weiler. Wenige Häuser rund um eine Piazzetta, Kirche, Metzger, Bäcker, Rathaus mit Trikolore, Grundschule und eine Terrasse, auf der Jacques den Wagen anhält. Beugt man sich hinaus, ist es, als befinde man sich auf einer steinigen Insel im silbrigen Grün der Olivenhaine.

»*Attends-moi.*« Rosa Bernard steigt aus, nimmt erneut die große Brille ab, nähert sich zwei Bäuerinnen, die einen Korb Wäsche tragen, und fragt sie in reinstem Genueser Dialekt nach dem Weg.

Die beiden zeigen auf ein Sträßchen und ein blau gestrichenes Gittertor am Ende. Sie setzt die Brille wieder auf, steigt wieder ein, sagt schnaubend »*Au-delà*«, und Jacques fährt weiter. Das Sträßchen erweist sich als Sackgasse. Vor dem blauen Gittertor berührt Rosa Bernard noch einmal den Arm des Chauffeurs, dann steigt sie aus. Man erkennt einen Hof mit einem Tisch und einer Bank. Neben dem Torpfosten ist ein Schildchen mit zwei Namen und einem Klingelknopf. Sie hebt schon die Hand, dann ändert sie ihre Meinung.

»*Sonnez, Jacques. Sonnez!*« Mit erhobenen Händen feuert sie ihn an. Der fröhliche Klang der Hupe durchbricht die Stille. »Ich komme. Ich komme.«

Am Haus öffnen sich Fensterläden einen Spalt, jemand späht heraus und zieht sich dann in den Schatten zurück.

»*Encore, Jacques, encore!*«

Aus einem Fenster im ersten Stock beugt sich Antonio Casagrande. »Sie wünschen?«, ruft er der alten, wie eine Pilotin gekleideten Dame zu, die dort vor dem Gitter gestikuliert. Rosa Bernard hört ihn nicht. Im Rhythmus der Hupe klatscht sie in die Hände und lacht. Antonio saust hinunter, läuft durch den Hof und kommt atemlos am Tor an. »Madame Carmen? Seid Ihr es?!«

Jacques hört zu hupen auf, sie schiebt die Brille auf den Helm und lächelt breit. »Kleiner Hering! Wie bist du denn an diesem verpissten Ort hier gelandet?«

Bis vor drei Jahren hatte Antonio den berühmten Felsen von Quarto nur auf Fotos gesehen. Alessandro Pavia bewahrte in einem Leinenbeutel ein paar Drucke davon auf und breitete sie ab und zu im Dachboden an der Piazza Valoria auf der Werkbank aus. Dann legte er Bilder von Garibaldinern dazu, wobei er immer die jüngeren im roten Hemd auswählte, und auch die vier oder fünf Fotos von Garibaldi, von denen er noch die Negativplatten besaß. »Ohne die geht es nicht.«

Lag alles wohlgeordnet vor ihm wie die Tarot-Karten vor einer Wahrsagerin, zog er einen Schemel heran, setzte sich, das Kinn auf die Fäuste gestützt, der Rauschebart wallte über den Tischrand. Er studierte die einzelnen Teile. Seufzte. Verschob sie. Schweigend verfolgte er den Traum, aus diesem Wirrwarr ein einziges Bild zu komponieren: *Die Tausend lichten die Anker*. Dutzende sollten davon gedruckt werden, oder vielmehr »Hunderte von Exemplaren, zum Donnerwetter!«, großformatig auf albuminiertem Papier.

»Eine Fotomontage. Schreib. Zwei Wörter, zusammengesetzt, ›Foto‹ groß und ›montage‹ klein«, sagte er eines Nachmittags.

Es war Ende Februar 1867. Neben dem Meister sitzend, legte Antonio das Heft auf die Knie und buchstabierte Silbe für Silbe. Er machte fast keine Fehler mehr. Vier Monate nach seiner Ernennung zum Assistenten kam die Schrift ihm wie ein Zaubernetz vor, mit dem man, warf man es im großen Meer der Wirklichkeit aus, die ganze Welt einfangen konnte.

»›Montage‹ mit ›g e‹.«

»Also ein Gemälde?« Der Junge dachte an die von Engelchen umflatterten Madonnen, die über die Findelkinder im Pammatone wachen.

»Ach was, Gemälde!« Der Meister schnaufte ungehalten. »Sei vernünftig. Glaubst du etwa an Engel? An Heiligenscheine und Flügelchen?« Er rollte die Augen. Die Ungläubigkeit in Person. »Schau doch mal hier. Das sind reale Dinge und lebendige Menschen!« Er fegte mit seiner großen Hand über den Tisch und begann von vorn. Als Erstes der Hintergrund. Der *Felsen von Quarto, von Westen her gesehen,* mit dem dunklen Buckel des Bergs von Portofino vor dem Weiß des Himmels. Oder alternativ: der *Felsen von Quarto, von Osten her gesehen,* mit der kleinen, stillen Bucht und gleich dahinter die Stadt. »Wähle«, befahl er dem Jungen.

Antonio witterte eine Falle. Schüchtern deutete er auf die zweite Aufnahme, bereit, seine Meinung sofort zu ändern. »Richtig. Der Ausschnitt ist abwechslungsreicher, bewegter.« Und der *Felsen von Quarto, von Osten her gesehen* eroberte die Mitte des Tisches. »Machen wir weiter. Es war Nacht. Die Nacht vom 5. auf den 6. Mai 1860. Wie stellen wir die Nacht dar?«

»Mit dem Mond?«, warf Antonio hin. Ein gespensti-
scher heiliger Antonius mit einem fetten Mond, der über
einer düsteren Wüste sein gelbes Licht ausgoss, hatte eine
Zeit lang seine Träume vergiftet.

»Hmmm. Der Mond braucht einen schwarzen Hintergrund. Aber unmöglich ist es nicht. Braver Junge.« Es
folgte ein Klaps auf den Hinterkopf. »Also hör zu. Nacht.
Mond. Draußen auf dem Meer zwei Schiffe. Schreib, Ein-
zahl ›Schiff‹, Mehrzahl ›Schiffe‹, mit zwei ›f‹. Das eine heißt
Piemonte, das andere *Lombardo.* Am Ufer warten schon
die Beiboote, um die Männer hinzubringen.«

Aus einer Schublade zog der Meister das Bild einer Scha-
luppe mit Schaum um den Bug und legte es mit einer Wel-
lenbewegung – *platsch platsch platsch* – neben den Felsen
von Quarto.

»Und Garibaldi?« Antonio hatte Feuer gefangen.

»Gute Frage. Wo tun wir den hin? Meiner Ansicht nach
beobachtet der General die Operationen von oben, so hat
er alles unter Kontrolle. Zum Beispiel hier. *Avanti miei
prodi!*«

Nachdem sie einen Garibaldi mit geschwellter Brust und
stolzem Blick in Stellung gebracht hatten, verschob der
Meister die Fotos der Freiwilligen, so als wollten sie sich
wahrhaftig ins Meer stürzen. »*Avanti! Avanti! Hier wird
Italien gemacht!*«

Antonio verpasste kein Wort. Wie wunderbar! Die
Erzählungen von Pater Blitz fielen ihm wieder ein. Die
Geschichte von den *Tausend, bereit in See zu stechen,*
begeisterte ihn genauso wie als Kind die von Franziskus
von Assisi, der den Vögeln predigt, den Leprakranken heilt,

den Sultan von Babylon bekehrt. »Und dann?«, fragte er mit erhobenem Bleistift.

Dann geht Garibaldi in Marsala an Land. *»Zu den Waffen! Zu den Waffen!«*

»Und dann?«

Dann leitet Garibaldi den Angriff bei Calatafimi. »Cala-ta-fi-mi. Schreib. Das ist in Sizilien. An Sizilien erinnerst du dich, oder?«

»Und dann?«

Dann schließt Garibaldi einen Pakt mit den Bauern. Was für einen Pakt? Auch Franziskus schließt einen Pakt mit dem Wolf von Gubbio: Wenn die Bewohner ihm zu fressen geben, wird er sie nicht fressen. Aber die Bauern? Zu kompliziert. »Und dann?«

Dann schließt Garibaldi einen Pakt mit dem König. »Aber als der General ihn trifft, auf einem schönen schwarzen Pferd mit dampfenden Nüstern, und auch der König auf einem großartigen, jedoch weißen Pferd, als sie sich am Ende tatsächlich treffen, ist das eine echte Sensation!«

»Was passiert denn?«

»Tja, was passiert. Es passiert, dass der König dem General die Hand reicht. ›Ehre meinem ersten Soldaten‹, sagt er.«

»Und Garibaldi?«

»Garibaldi erwidert den Gruß, nimmt aber den Hut nicht ab. Um es gleich klarzustellen.«

»Was klarzustellen?«

»Dass er sich von niemandem herumkommandieren lässt, auch nicht vom König.«

Der Meiser gestikulierte, ereiferte sich, ahmte die Stimmen Seiner Majestät, des Generals, der Ordonnanz und sogar des teuflischen Premierministers nach. So viel temperamentvolle *Meisterlichkeit* begeisterte Antonio grenzenlos. Geschichten, ja, aber über wahre Begebenheiten und lebendige Personen. Märchen für Erwachsene. Mit der Fingerspitze tastete er nach der Narbe an seiner Wange (»leck mich am Arsch, Michele Casagrande«). Zu einem schönen Bart hatte er es noch nicht gebracht, aber eines stand fest: Er, ein Waisenjunge, auf einem Auge unheilbar blind und Opfer aller *Michelecasagrandes,* die das Pammatone verpesteten, er war jetzt kein Kind mehr! Endlich!

Auch deswegen hatte der Fotograf Antonio Casagrande keine Zweifel, als Ende Mai 1903 die Nachricht eintraf, dass die Hebammenstelle auf den Höhen von Quarto frei geworden war und dass der Name der diplomierten Hebamme Caterina Colombo, verheiratete Casagrande, die schon zwischen Sottoripa und Porta Soprana regulär praktizierte, auf der Liste der berechtigten Anwärterinnen an erster Stelle stand.

Er dachte nicht an das, was er sich geduldig aufgebaut hatte, nachdem sie Ende 1898 die Cascina Leone verlassen hatten. Sein florierendes Geschäft, spezialisiert auf Porträts, Gruppenbilder, kommerzielle Kataloge und journalistische Reportagen. Das helle Atelier im Zentrum, Traum jedes Fotografen, der die fünfzig überschritten hatte, das schöne, emaillierte, eiserne Schild, die zwei Aufnahmezimmer, den großen rückwärtigen Raum zum Entwickeln, das Büro, wo eine Sekretärin die Termine für ihn ausmachte. Wenn es auf der Welt einen Ort gab, der für das Waisenkind aus dem Pammatone endlich zum *Zuhause* werden konnte, dann musste dieser Ort lotrecht über dem Felsen von Quarto liegen. Bevor er eine endgültige Entscheidung traf, wollte er ihn aber mit der Familie besichtigen.

Er mietete eine Kutsche und fuhr den Weg, der drei Jahre später, im September 1906, Madame Carmen ans Ziel bringen sollte. Er suchte einen Winkel, wo die Klippen einladender wirkten, breitete eine Decke aus, stellte den Korb mit Essen darauf, setzte sich neben Caterina, rief das Kind zu sich und erzählte ihm in allen Einzelheiten die außerordentliche Geschichte von Giuseppe Garibaldi, der in der Nacht vom 5. auf den 6. Mai 1860 mit tausendsiebzig Freiwilligen von Quarto in See gestochen war.

»Hier, Papa?«

»Genau hier.«

Dabei hatte er ein angenehmes Gefühl von Ordnung und Notwendigkeit. So als würde die brennende Schmach der fernen Kindheit die Gegenwart nicht beeinträchtigen, sondern erwärmen.

»Hast du sie selbst gesehen?«

»Aber nein, ich war noch ein Kind, kleiner als du jetzt«, antwortete Antonio, dann lächelte er über das Staunen seines Sohnes. Sich mit fünf Jahren Papa als Kind vorzustellen ist genauso aufregend wie ein Zauberkunststück.

Caterina strich unterdessen Butterbrote. Sie achtete weder auf die Unterhaltung, noch spürte sie den Atem des Meeres. Sie fühlte nur die Umarmung der Hügel hinter ihr. Pfade, Wege, vereinzelte Häuser. Die Hebammenpraxis war irgendwo dort oben.

»Und dann?«, wiederholte das Kind.

Marsala und Calatafimi, die Bauern und Ihre Majestät.

Antonios Worte stiegen unversehrt aus dem Brunnen der Zeit auf.

»Und dann?«

Dann sprach das Meer in seiner verführerischen Sprache, doch Caterina ließ sich nicht bezirzen. In der salzigen Luft roch sie andere Düfte.

Thymian gegen Blasenentzündung. Lavendel gegen Schlaflosigkeit. Rosmarin bei Blutungen.

»Und dann?«

Sie dachte wieder daran, wie sie als Kind Gevatterin Eugenia begleitete. Regen, Sonne und die endlose Ebene. Andere Pflanzen, gewiss, aber das gleiche üppige Grün. Damals endete die Zeit der Märchen, und die aufregende Zeit der *Gewissheiten* begann. »Machen wir's«, sagte sie.

Das Kind verstummte. Die Mutter sprach in dem unwiderruflichen Ton, wie wenn jemand an die Tür klopfte, um sie zu einem Notfall zu rufen.

»Bist du sicher?« Auch der Vater war ernst geworden. »Sicher« bedeutete, keine Stadt mehr, weder Kino noch Konzert-Café, noch Schaufenster, Bummel über die Mole oder Fahrten mit der Straßenbahn; kein Fortschritt.

Das Kind hielt den Atem an.

»Sicher« bedeutete, dort zu arbeiten, wo noch niemand je eine diplomierte Hebamme gesehen hatte, sondern nur weise Frauen. Und wo man der Gebärenden ein schmutziges Laken unterlegte, da es ja sowieso gleich schmutzig wurde. Und zum Weiten benutzte man Butter und betete das Avemaria.

»Sicher«, antwortete Caterina.

Während Antonio dem Chauffeur winkt, er solle in den Hof fahren, schaut Caterina mit Schürze heraus, die Haare zusammengebunden und das glühende Gesicht von jemandem, der einen Topf auf dem Feuer hat. Madame Carmen wartet neben dem Tor.

»Meine Mutter hat zu tun. Kommt später wieder.« Ein Kind mustert sie finster, die Lippen zusammengepresst, die Knie schwarz von Erde. »Wisst Ihr nicht, dass es Mittagessenszeit ist? Kommt später wieder.«

Madame Carmen ist verblüfft. Sie nimmt die Brille und den Helm ab, zieht auch die Handschuhe aus.

»Habt Ihr nicht gehört? Kommt. Später. Wieder.«

»Rosa Bernard.« Sie hält ihm die Hand hin.

Das Kind ignoriert sie und verschwendet auch keinen Blick auf das Auto, das unter tausend Vorsichtsmaßnahmen in den Hof rollt. »In einer Stunde«, fügt es hinzu, dann verschränkt es schroff die Arme. »In ZWEI Stunden.«

Madame Carmen hatte keine Fanfare erwartet, aber auch keine Gewehre im Anschlag. Sie zieht die Hand zurück und schiebt die Handschuhe in die Taschen ihres weiten Reiserocks. »Ich bin nicht wegen deiner Mutter hier. Du bist Alessandro, stimmt's?«

Das Kind schaut noch finsterer. »Ich kenne Euch nicht. Woher wisst Ihr, wie ich heiße?«

»Dein Vater hat es mir geschrieben. Ich kannte deinen Großvater Alessandro gut.«

Das Hin und Her im Hof geht weiter, Jacques möchte gern mit dem Kühler zum Tor hin parken, aber zwischen Geranientöpfen, Bank, Tisch und Holzschuppen zu rangieren ist nicht einfach.

»Er war nicht mein Großvater.«

»Komisch, du bist ihm nämlich ähnlich«, antwortet Madame Carmen. »Genauso ein Arschloch.«

Das Kind wird knallrot. »Ich, ich …«

»Jetzt fangen wir zwei noch mal von vorne an. *Rosa Bernard.*« Sie streckt ihm die Hand hin.

Alessandro will sie drücken, doch die Frau dreht den Handrücken nach oben. »Damen muss man die Hand küssen, hat man dir das nicht beigebracht?«

Das Kind verzieht angeekelt das Gesicht. Madame Carmen bleibt ernst. »Schäm dich. Du bist schon sechs und kannst keinen Handkuss.«

»ACHT! Ich bin acht!«

»Dann ist es wirklich sehr schlimm. Also noch mal. *Rosa Bernard.*« Wieder hält sie dem Jungen die Hand vor die Nase. Er ergreift sie, küsst sie mit spitzen Lippen und wischt sich dann mit dem Unterarm über den Mund.

Madame Carmen fängt an zu lachen. »Pass auf, du musst die Hand nicht wirklich küssen. Es reicht, so zu tun.«

Die Alte hat ihn reingelegt. Wütend schlägt Alessandro die Augen nieder.

»Mach nicht so ein Gesicht. Siehst du den hölzernen Kasten dort auf dem Rücksitz?«

Das Kind zuckt die Achsel.

»Wenn ich du wäre, würde ich mal nachschauen.«

Alessandro wirft einen Blick auf den Wagen, dann starrt er wieder auf die Spitze seiner Sandalen. Das Auto interessiert ihn nicht. Diese Genugtuung wird er der Alten nicht geben.

»Und? Hast du den Kasten gesehen?«

»Ich bin ja nicht blind.«

»Da drin ist ein Geschenk für dich.«

»Ein Geschenk?«

»Ein Geschenk.«

»Für mich?«

»Für dich. Aus Paris.«

»Aus Paris.«

»Aber jetzt kannst du es nicht ansehen. Dazu muss es dunkel sein.«

»Dunkel.«

»Hör auf, mir dauernd alles nachzusagen. Du bist nicht der Typ, der was nachsagt.«

Alessandro weiß nicht, was er denken soll. Wer ist diese Alte? Was will sie von ihnen?

Inzwischen hat Jacques sein Manöver beendet. Er stellt den Motor ab, steigt aus, salutiert vor dem Fotografen. »*Merci, monsieur.*«

»Gemach, gemach«, erwidert Antonio und zeigt auf die Bank. Dieser steife Kerl macht ihn leicht verlegen, ist aber auch lustig.

»Kleiner Hering! Wie lange muss ich noch warten?«, sagt Madame Carmen. Dann, zu dem Kind: »Sei so lieb, geh und ruf deine Mama, sag ihr, dass Rosa ... Sag, dass ich hier bin.«

Antonio fühlt, dass seine Augen feucht werden, als Madame Carmen ihm beide Hände hinstreckt. »Wie lange ...«

»Willst du damit sagen, dass ich alt bin? Schau dich doch mal an! Was für ein Bauch, was für eine Glatze.«

»Ich freue mich, Euch zu sehen.«

»Lass das Getue. Ich bin zum Feiern hier, nicht zum Weinen.«

»Was feiern wir?«

»Monsieur Morels unbeschwertes Hinscheiden aus diesem Tränental.«

»Oh.«

»An einem schönen Junitag. Im Kreise seiner Angehörigen und seiner geliebten Gattin etc. etc.«

»Mein Beileid.«

»Aber nicht doch, wozu? Hast du eine Ahnung, mein kleiner Hering, wie viel Geld ich geerbt habe?«

»Da ist die Mama«, mischt sich das Kind ein.

Caterina Colombo lächelt. »Madame Carmen? Willkommen. Kommt herein, wir wollten uns gerade zu Tisch setzen. Ihr Chauffeur selbstverständlich auch.«

»Sie heißt Rosa Morel«, flüstert das Kind.

»Ich habe mehr Namen als die Muttergottes«, erwidert Madame Carmen, während sie Caterina in die Arme schließt. »Ich warne Euch. Jacques spricht nur Französisch, aber er isst wie ein Kosak. JACQUES, NOUS SOMMES INVITÉS À DÉJEUNER!«

Wer nur hier und da ein bisschen nascht, ist Madame Carmen. Ein Häppchen Brot, ein halbes Glas Rotwein, einen späten Pfirsich. Als sie sich aus dem sperrigen Reisemantel befreit hat, ist von der beleibten Frau von einst wenig übrig, so als wäre mit zunehmendem Alter der Appetit geschwunden. Nur der kleine Frischkäse, den Caterina zum Schluss serviert, scheint sie zu interessieren.

»Alessandro kümmert sich um zwei Ziegen. Er säubert den Stall, melkt sie und bringt die Milch zu einem Hirten. Zur entsprechenden Zeit führt er auch die Tiere hin, zum Ziegenbock. Auf diese Weise haben wir immer frischen Käse.«

»Darf ich sie sehen?«, fragt Madame Carmen das Kind. »Die Ziegen, meine ich.«

Alessandro schaut zur Mutter, dann steht er vom Tisch auf und geht los. Die Tiere leben auf einem eingezäunten, terrassierten Abhang, den man über einen schmalen Pfad erreicht. »Es ist rutschig«, sagt das Kind.

Madame Carmen geht, als kennten ihre Füße in den Schnürstiefelchen den Weg. Das Kind sieht, wie sie das bärtige Maul liebkost, über das struppige Fell streicht, sich mit dem Oberkörper über den Zaun beugt, ein paar Büschel fransiges Gras ausreißt. Die Ziegen fressen ihr aus der Hand. »Das tut ihnen gut«, sagt sie.

Alessandro kneift die Augen zusammen. Er weiß nicht recht, ob er ihr vertrauen kann.

»Warte.« Die Frau rafft ihren Rock bis zu den Knien, steigt über den Lattenzaun, pflückt einen ganzen Armvoll von dem Kraut, klettert wieder hinein, sucht einen glatten Stein, setzt sich und ruft die Ziegen mit einem Singsang, den das Kind nicht verstehen kann. Die Tiere antworten, nähern sich, fressen noch mehr. Eine Weile schaut das Kind zu, dann beschließt es, den Bretterverschlag auszukehren, der eine Ecke des Pferchs einnimmt. »Dem Hirten bringe ich auch die Ziegenlämmer«, sagt es.

»Aber lieber würdest du sie behalten.«

»Hier haben nur zwei Ziegen Platz.«

Madame Carmen blickt über die Olivenbäume ins Weite. »Du könntest sie aber auch braten.«

Alessandro schüttelt den Kopf.

»Ich esse auch kein Lamm«, fährt sie fort.

Das Kind hält inne, sieht sie an und kehrt weiter. »Mama konnte mich nicht stillen. Zum Glück gab es in der Cascina Leone eine Ziege.«

»Deswegen isst du kein Ziegenlamm?«

Das Kind zuckt noch einmal die Achsel, aber weniger schroff. *Vielleicht. Wer weiß.* Plötzlich würde es ihr gern zeigen, wie gut es melken kann, aber jetzt ist nicht die richtige Zeit. »Die Milch habe ich heute früh zum Hirten gebracht«, sagt es.

Als sie das Kraut verfüttert hat, steigen sie wieder zum Hof hinauf, das Kind einen Schritt voraus. In der Sonne sitzend, liest Caterina in einer Zeitschrift für medizinische Geburtshilfe. Jacques, in Hemdsärmeln, zeigt Antonio den Motor des Mercedes.

»Fotograf!«, ruft Madame Carmen »Die Sonne sinkt. Hol deine Ausrüstung. Ich brauche ein Foto von Jacques. Fünf Abzüge. Auch sechs.«

Antonio verschwindet im Haus und kommt mit der Kamera um den Hals zurück. »*Jacques, remets ta veste*«, sagt Madame Carmen. Dann tritt sie neben Antonio. »Schau, ob du es hinkriegst, dass er intelligent aussieht«, flüstert sie. Das Kind verpasst keine Silbe.

»Dann besser mit Mütze«, antwortet Antonio.

»*Le chapeau.*«

Den Mützenschirm über dem leeren Blick, kerzengerade in der Mitte des Hofs, gibt Jacques gar keine schlechte Figur ab. »Ich werde die Fotos an einige Bekannte in Paris schicken«, sagt Madame Carmen. »Ich will ihm einen guten Posten verschaffen.«

»Dann müsst Ihr Euch einen anderen Chauffeur suchen«, erwidert der Fotograf.

»Wie altmodisch du bist.«

Jacques steht immer noch reglos da. »*Terminé!*« Madame Carmen winkt ihm mit dem Arm.

»Ihr wollt doch nicht …«

»*Terminé, terminé*«, wiederholt Madame Carmen, und Jacques entspannt sich. Er nimmt die Mütze ab, zieht die Jacke aus, dann lässt er den Kopf kreisen, um die Halsmuskeln zu lockern, und reckt die Arme über den Kopf. Als sei er eben stundenlang gefahren. »Mach nicht so ein Gesicht, kleiner Hering. Wenn Jacques es gelernt hat …«

Alessandro dämmert es. Ungläubig hält er sich die Hand vor den Mund.

»Ihr seid unverbesserlich. Wisst Ihr eigentlich, wie alt Ihr seid? Ihr solltet vorsichtiger sein«, gibt Antonio zurück.

»IHR wollt selber fahren?«, mischt sich das Kind ein, abgrundtiefes Staunen in den Augen.

»Würdest du ein Foto mit mir machen?«, erwidert Madame Carmen.

Alessandro überlegt kurz, dann nickt er. Caterina erhebt sich von der Bank und überlässt ihnen den Platz. Die Frau sagt zu dem Kind, es solle auf ihren Schoß klettern.

»Aber ich bin doch kein Kleinkind mehr.«

»Du wirst doch keine Angst haben, oder?«

Von wegen. »Ich habe bloß Angst, Euer Kleid zu ruinieren«, antwortet er beleidigt.

»Unsinn. Komm her.« Caterina hält sich abseits, macht Antonio ein Zeichen, als wollte sie sagen: »Schau, schau sie an!« Das Kind lehnt sich nur ganz leicht an Madame Carmens Beine.

»Jetzt komm schon, stell dir vor, du sitzt bei deiner Großmutter auf dem Schoß.«

»Seid Ihr meine Großmutter?« Das Kind dreht sich ruckartig um.

»O Gott, nein! Tu einfach so!«

Alessandro schließt die Augen. Er kennt nur eine einzige Großmutter, nämlich die in seinem Schulbuch, die auf der Seite der Wörter mit CH abgebildet ist, wie reCHnen, KirCHE, koCHen, KuCHen und KaCHel, sie hat einen schneeweißen Knoten, eine runde Brille und strickt ein JäckCHen. Sie ist keine richtige Großmutter, mehr so wie die aus Rotkäppchen, und Madame Carmen ähnelt ihr überhaupt nicht.

»Schaffst du es, so zu tun als ob? Ich glaube kaum.«

Aber sicher schafft er das. Er atmet tief durch und klettert auf Madame Carmens Knie.

»Los, lächeln«, sagt der Fotograf.

Langsam, ganz langsam entspannt Alessandro sich. ›Gar nicht so schlecht‹, denkt er. Ihr Busen ist weich, kuschelig. Und sie riecht gut, nach Veilchen und Talkumpuder.

Er dagegen duftet nach Gras. Er hat die zarte Haut der Kinder, aber zugleich ahnt man, noch kaum wahrnehmbar, den herben, stechenden Geruch der bevorstehenden Pubertät. Madame Carmen überläuft ein Schauder, ein stilles, kleines Beben. Je lockerer sich Antonios Sohn in ihre Arme schmiegt, umso höher reckt die Frau das Kinn und versteift sich. Als sie zum letzten Mal ein Kind dieses Alters auf dem

Schoß hielt, hieß sie nur Rosetta, und der Kleine war ihr jüngerer Bruder. Ist es Wehmut, die sie da im Hals kratzt?

Der Fotograf geht ein paar Schritte, um sie drei viertel aufzunehmen. Die hohe Frisur und die marmorne Haltung erinnern ihn an die Wohltäterinnen im Pammatone. Deshalb sucht er einen anderen Winkel, damit das Licht ihre Züge weicher macht und Alessandros dunkle Augen sich leuchtend von ihrer hellen Bluse abheben. »Bleibt so«, sagt er, als er sicher ist. Er schiebt die Hand in die Tasche, zieht die Binde heraus, setzt sie auf, stellt scharf und knipst. Dann nimmt er die Binde wieder ab und verzieht sich ins Haus, um sofort mit dem Entwickeln zu beginnen.

Der Nachmittag vergeht rasch. Madame Carmen erzählt von Paris, Caterina von Mailand, Jacques verschwindet ein paar Stunden lang, kommt mit erdigen Schuhen und einem Korb Pilze zurück. Mit einem Wortschwall, halb auf Französisch, halb im Dialekt der Ardennen, überreicht er sie der Hausherrin.

»*Jacques, tu m'étonnes vraiment*«, sagt Madame Carmen. Dann, zu Caterina gewandt: »Er stammt aus dem Gebirge.«

Der Chauffeur verbeugt sich und zieht sich zum Rauchen ins Auto zurück. Der Sonnenuntergang flammt auf, die Schatten werden länger, die Glut der Zigarette gleicht einem in den Garten gefallenen Stern. Antonio kommt mit einer Decke und einer Petroleumlampe zurück. »Morgen bringe ich Euch die Abzüge ins Grand Hotel«, sagt er.

Madame Carmen erhebt sich. »Danke, kleiner Hering. Es ist spät, ich werde erwartet.« Dann winkt sie Jacques. »*Allons-y!*«

Der Chauffeur wirft den Stummel weg. Die Frau geht zum Auto, nimmt Helm, Handschuhe und Brille vom Rücksitz. Caterina und Antonio warnen sie, die Dunkelheit ist hier oben undurchdringlich, Jacques solle in den Kehren aufpassen. Vielleicht versteht er sie, mit den Händen zeichnet er eine kurvige Straße, dann ein steiles Stück bergab, dann eine Gerade, das Meer, die Stadt.

Madame Carmen schweigt.

Alessandro zittert.

»Willst du mir etwas sagen?«

Das Kind schluckt und schüttelt den Kopf.

»Ich glaube, doch.«

Alessandro fixiert sie. »Kommt uns bald wieder besuchen, Madame Carmen«, sagt er.

»Du hast Charakter. Aber wenn ich dir einen Rat geben darf: Wenn dich etwas interessiert, dann zeig es.« Sie wirft einen Blick auf den Rücksitz. »Jacques hilft dir, sie ins Haus zu tragen.« Und während Caterina und Alessandro dem Chauffeur mit der geheimnisvollen Kiste aus Paris den Weg zeigen, stehen Madame Carmen und Antonio auf einmal allein am Auto. »Schöne Familie. Das freut mich für dich. Ich wusste, dass du es schaffen würdest«, sagt sie.

»Ihr wisst mehr über mich als ich selbst.«

Durchs offene Fenster hört man Alessandro pfeifen vor Begeisterung.

»Die Waisenkinder wollen alle das Gleiche.«

Caterina schaut heraus. »Zu viel! Es ist zu viel!«, sagt sie.

Madame Carmen tut, als hörte sie es nicht. »Genug geplaudert, kleiner Hering. Wir müssen übers Geschäft reden. Du glaubst doch nicht etwa, dass ich nur wegen zwei Fotos hier heraufgekommen bin.«

»Papa, komm rein und sieh dir das an!«, brüllt Alessandro, bevor er wieder im Zimmer untertaucht. Eben hat Jacques einen Blechkasten aus der Kiste gezogen, mit einer Kurbel, einem Türchen auf einer Seite und einem dicken, einem Objektiv ähnlichen Rohr auf der Seite gegenüber. »Eine Linse?«, fragt das Kind.

Der Chauffeur lächelt und antwortet nicht. Er öffnet das Türchen. Im Bauch des Metallkastens befindet sich ein kleiner Brenner, von einem bauchigen Glas geschützt. Jacques blickt sich um, er sucht etwas.

Das Kind verlässt das Zimmer und kehrt mit einer Flasche Spiritus zurück. »Gut gemacht«, flüstert Caterina ihm zu. Jacques füllt den Brenner, zündet den Docht an, schließt das Türchen wieder, richtet das Rohr auf die größte Wand. Ein Lichtkreis verschluckt die Regale, die Töpfe, das Geschirr. Der Chauffeur zieht aus der Kiste drei kleine Holzschachteln heraus und stapelt sie auf dem Tisch, dann geht er ans Fenster und schließt die Läden. Der Lichtkreis wird heller. Caterina lächelt. Alessandro hält den Atem an.

»Eine Laterna magica. Was kann man dem Sohn eines Fotografen anderes schenken?«, sagt Madame Carmen in dem Augenblick. Im Hof ist ein leichter Wind aufgekommen. Antonio betrachtet sie im Schatten. Nie war sie ihm mehr wie eine Hexe vorgekommen. »Warum seid Ihr zurückgekehrt?« Unterdessen zieht Jacques aus der ersten Holzschachtel ein Rähmchen mit vier bunten Glasbildern und schiebt es in die Gleitschiene der Laterne. Riesig, leuchtend hell erobert das Bild eines pausbäckigen kleinen

Jungen auf einem Schaukelpferd die Küchenwand. Caterina klatscht in die Hände, Alessandro stößt noch einen Pfiff aus. Jacques trällert ein rhythmisches Liedchen, es handelt von *pas, trot* und *galop,* und dreht dazu an der Kurbel, die das Rähmchen bewegt. Der pausbäckige Junge galoppiert hin und her, hin und her … Hingerissen hebt Alessandro die Hand zum Mund. Er mustert die gestapelten Schachteln voller bunter Glasscheibchen, vier Bilder pro Rahmen. Zehn, hundert, tausend Figuren. Es nimmt ihm den Atem. Er reicht Jacques ein Rähmchen, und wieder überschwemmt der Lichtzauber die Töpfe, die irdene Karaffe, den Schöpflöffel, die Fleischgabel.

Vulkan mit Rauchfahne. Lackblaues Meer. Quellende Wolken. Pulcinella verspeist eine Bratwurst.

Noch ein Rahmen.

Der wilde Saladin zerhackt die Feinde mit dem halbmondförmigen Krummsäbel. Die Köpfe rollen, eins, zwei, drei.

»Versuch mal das hier«, sagt das Kind.

Der Löwe. Der Tiger. Die Giraffe. Der Elefant.

Noch mehr.

Jacques trällert weiter.

Der Canal Grande. Der Schiefe Turm von Pisa. Das Kolosseum. Pompeji.

Der Soldat mit dem roten Hemd, die blaue Mantille, die tadellose Uniform, der grüne Mantel.

Durchs Fenster fällt Licht in den Hof, pulsiert wie ein klopfendes Herz. Der Fotograf schaut zur Küche hinüber. Seine Augen glänzen feucht. Madame Carmen quetscht ihre Frisur in den Lederhelm.

»Noch mehr, noch mehr«, sagt das Kind.

Der Berg. Das Meer. Der See. Der Fluss.

Die Trompete. Die Trommel. Das Akkordeon. Das Becken.

Kleines Mädchen auf der Schaukel mit wehenden Haaren. Auf und ab, auf und ab.

Das Kind ist sprachlos. Caterina legt ihm eine Hand auf den Kopf. Es war noch nie so glücklich.

»Mach dir keine Sorgen, kleiner Hering. Er wird seinen Weg finden. Wie wir alle.«

Hexen können Gedanken lesen, Antonio muss aufpassen.

»Reden wir lieber über dein verrücktes Auge«, fährt die Frau fort, während sie die Handschuhe überstreift.

»Inwiefern?«

»Wie man es gewinnbringend nutzen kann. Komm morgen allein. Ich brauche ein richtiges Foto, eins ohne Binde. Ich muss unbedingt wissen, wie viel Zeit mir noch zum Leben bleibt.«

»Ich weiß nicht …«

»Du hast mich ganz genau verstanden.« Madame Carmen setzt die Brille auf, schließt den Gürtel in der Taille. »Mich interessiert nicht *wie*. Was du da siehst, kannst du für dich behalten. Mich interessiert nur *wann*.«

In der Küche flackert weiter das Licht.

»Ich muss mich drauf einstellen.«

»Einstellen? … Worauf?«

»Ich bin gerade sechsundsiebzig geworden.«

»Ihr seht jünger aus.«

»Dummheiten.«

»Ich verstehe immer noch nicht.«

»Wie lang werde ich noch leben? Fünf Jahre? Zehn? Seien wir pessimistisch, sagen wir fünfzehn.«

Antonio Casagrande schaut weiter zum Fenster hinauf. Ein Schwarm Nachtfalter tanzt im Rhythmus des Projektors. »Ich kann Euch nicht helfen. Ich bin nicht so ...«

»Ich sehe, dass du nervös wirst.«

»Ich möchte nicht, dass sie rauskommen. Solche Reden eignen sich nicht ...«

»Für Caterinas Ohren? Du erstaunst mich, kleiner Hering. Willst du damit sagen, dass sie nichts weiß? Dass ihr Geheimnisse voreinander habt?«

»Caterina weiß alles.«

»Aber sie will nicht, dass du deine, sagen wir so, deine Fähigkeiten einsetzt?«

»Sagen wir so, ja. Und außerdem kann ich Euch sowieso nicht helfen. Ich habe nur konfuse Visionen. Wann das, was ich sehe, passiert, kann ich nicht sagen.«

Madame Carmen streicht ihren Reiserock glatt. »Kurz gesagt, nützen sie einen Scheißdreck.«

»Und außerdem ist ja nicht gesagt, dass ich etwas sehe«, fügt Antonio hinzu. Dann verstummt er. Auf einmal hat er keine Lust, ihr zu erzählen, was er entdeckt hat. Nämlich dass sein verrücktes Auge kurzsichtig ist und nur diejenigen sterben sieht, die vor ihm sterben werden. Und wenn er sie ohne Binde im Sucher betrachtete und nichts sähe? Bei Madame Carmens Alter hieße das nur eins: dass dem Fotografen wenig Zeit bleibt. Und was würde dann aus Alessandro? Nein, darüber wird er nicht sprechen, niemals. Weder mit Madame Carmen noch mit irgendwem sonst.

»Hör zu, kleiner Hering«, sagt sie und nimmt seine Hände. »Mein Vermögen übersteigt meine Kräfte.«

»Schönes Problem«, erwidert er giftig.

»Geld ist eine ernste Angelegenheit.«

Antonio zieht seine Hände zurück. Er denkt an den Meister, an das stinkende Feldbett am Corso di Porta Romana, an die im Pfandhaus versetzte Anstecknadel des Königs.

»Ich möchte es nicht vergeuden, kleiner Hering.«

Er schaut sie an. In ihren Augen, ihrem Tonfall liegt eine Dringlichkeit, die seine Bitterkeit verscheucht. »Genießt die Zeit, die Euch bleibt, Madame Carmen.«

»Dir entgeht das Eigentliche.«

»Klärt mich auf.«

»Ich habe mein Leben damit verbracht, Geld zu machen.«

»Das ist Euch großartig gelungen.«

»Wenn mein Geld zu nichts nütze ist, habe ich mein Leben weggeworfen.«

»Was habt Ihr denn vor?«

»Noch habe ich nichts entschieden. Aber ich glaube, ich werde eine Bank gründen.«

»Ein Bank?«

»Sind wir hier nicht in der Stadt der Geldverleiher?«

»Ich kann Euch nicht folgen. Eine Bank macht Geld. Also werdet Ihr immer reicher werden.«

»Meine nicht.«

»Eine Verlustbank.«

»Nicht direkt. Du siehst nur einen Teil der Angelegenheit.«

»Ihr seid zu schlau für mich.«

»Eine Bank für Huren. Wenn eine Hure Geld braucht, leihe ich ihr welches.«

»Und werdet dabei immer reicher.«

»Du irrst dich. Die Welt liebt Huren. Huren gibt es nie genug. Und mein Geld ist sehr viel, aber endlos reicht es nicht. Jetzt habe ich keine Zeit, es dir zu erklären. Ich muss einen Herrn treffen, der mein Buchhalter werden könnte.«

»Der wird bestimmt überrascht sein.«

»Die Idee muss noch perfektioniert werden. Dafür bräuchte ich dein verrücktes Auge. Wenn es nur etwas präziser wäre.«

»Bedaure.«

Alessandro taucht am Fenster auf. »Das musst du unbedingt sehen, Papa«, schreit er ins Dunkel.

»Aber Caterina hat ganz recht. Gut, dass du in der Familie die Binde aufsetzt. Lieber nichts wissen.«

»Meint Ihr?«

»Warum sich das Leben schwer machen? Solange du lebendig bist, bist du lebendig. Auch wenn der Schweinehund immer gewinnt.«

›Nicht unbedingt‹, denkt Antonio. Aber er sagt nichts. Madame Carmen würde es nicht verstehen.

»Los, Papa, jetzt komm endlich!«

»JACQUES, ALLONS-Y! Bis morgen, mein kleiner Hering. Lebe heiter, du hast alles, was man sich wünschen kann.«

Selbst Caterina würde es nicht verstehen. Sie am wenigsten von allen.

»Es ist ein Wunder, Papa!«

»Das Glück, Antonio. Hörst du nicht, dass es dich ruft?«

Niemand darf es erfahren. Sie würden versuchen, ihn aufzuhalten, und es wäre die Hölle.

Noch schlimmer als jetzt schon.

Es ist ein Geheimnis. Das ist der schwierigste Teil. Dass es ein Geheimnis ist.

In dem Zimmer, das die Leones ihnen vor acht Jahren zugewiesen hatten, war Caterina unerbittlich gewesen: »Schwöre, dass du bei ihm nie deine Magie anwendest.«

»Magie.« Als sagte sie das Normalste auf der Welt. Sie hatte sich aufgesetzt, die Schultern ans Kopfteil des Bettes gelehnt, die Haare zerzaust und das Hemd verknittert von der hastigen, heftigen Liebe, die in diesen entscheidenden Tagen die einzige Art zu sein schien, einander nahe zu sein.

»Schwöre es. Sonst nehmen wir es nicht mit.« Der Mond schien auf ihren Hals und ihren Busen. Sie glich einer Statue.

»Sonst bleibt das Kind hier.«

Und Antonio hatte geschworen. Denn Caterina wollte das Kind, und Antonio wollte sie. Sie und das Kind.

Er verstand sie. Caterina weiß, was der Tod ist. Sie begegnet ihm dauernd, leugnet ihn nicht. Sie ist mutig. Auf der Wiese am Stadtrand von Mailand hatte sie Antonio herausgefordert, sich in Positur gestellt und die Magie verlangt – darauf bestanden. Für sich. Doch wie viel Mut braucht es, um den gleichen Zauber auf einen Sohn anzuwenden? Kann man leben mit dem Gedanken, ihn eines Tages sterben zu sehen?

Er versteht sie, doch sie kann ihn nicht verstehen. Caterina besitzt diese Gabe nicht. Sie kann nicht vorausblicken und erkunden, was sie erwartet. Sie muss nicht die Versuchung im Zaum halten, mit dem verrückten Auge durch den Sucher zu schauen. Sie fühlt nicht jeden Morgen beim Aufwachen und in jeder schlaflosen Nacht, dass sie in die Zukunft blicken *muss*.

Caterina genoss vielmehr die Gegenwart, die so unerwartet und erstaunlich war. Sie wog das Neugeborene, maß es mit dem Schneidermaßband, verglich die Ergebnisse mit der Tabelle, die sie aus einer ihrer Zeitschriften ausgeschnitten hatte, vermerkte die Fortschritte, jubelte innerlich über dieses Wunder aus Ziegenmilch und Gemüsebrei. Nichts freute sie mehr, als mit der Fingerkuppe über den glänzenden Zahnfleischrand zu fahren, den kleinen Zahn zu fühlen, der dagegendrückt, und zu entdecken, dass er in einem Meer von Speichel den Durchbruch geschafft hatte. Ihr Herz zersprang schier vor Freude bei jedem Versuch des Kleinen, sich aufzurichten, einen Schritt zu tun, einen Laut zu artikulieren. Sie ging ganz auf in diesem Glücksmoment. Und Antonio war bei ihr, bei allen beiden. Aber er war auch anderswo.

Beim ersten Mal nutzte er ihre Abwesenheit aus. Später bereute er dieses Wagnis unendlich. Sie lebten schon in Genua. Er wusste, dass Caterina wegen einer schwierigen Geburt stundenlang fort sein würde. Alessandro war gerade ein Jahr alt geworden.

Antonio setzte ihn in den Kinderhochstuhl, schnallte ihn mit den Gurten fest, lenkte mit einem Püppchen seine Aufmerksamkeit auf das Objektiv, und als das Kind den Blick hob, schaute er mit seinem verrückten Auge durch den Sucher der Jumelle Sigriste und wurde ohnmächtig.

Er lag eine halbe Stunde auf dem Boden, vielleicht auch länger. Das Kind war eingeschlafen, mit hängendem Kopf und einem Speichelfaden auf dem Lätzchen. Antonio erinnerte sich an nichts. Die Kopfschmerzen dauerten zwei Tage.

Einige Monate später versuchte er es erneut, wieder waren sie allein, wieder setzte er Alessandro in den Kinderstuhl. Diesmal wurde er nicht ohnmächtig, doch was er sah, zwang ihn, den Blick abzuwenden und Luft zu holen. Ein Lichtblitz hatte sein verrücktes Auge getroffen, das nicht aufhörte zu pulsieren und zu tränen. Das Kind sah, dass er schwankte, erschrak, begann zu weinen. Bei ihrer Rückkehr fand Caterina die beiden schlafend im Ehebett.

Irgendetwas hatte er gesehen. Er fand keine Ruhe, bis es ihm gelang, das Experiment zu wiederholen. Beim dritten Mal dauerte die Vision ein wenig länger. Bevor er zusammenbrach, konnte Alessandro gerade noch Eisengeklapper hören und sah etwas leuchtend Rotes. Was es war, hätte er nicht zu sagen vermocht.

Die Experimente gingen weiter. Jedes Mal, wenn Caterina beim Weggehen ankündigte »Wartet nicht auf mich, es wird spät«, sagte Antonio seine Termine ab und widmete sich seinem heimlichen Vorhaben. Kurz vor Alessandros zweitem Geburtstag wurde die Lage allmählich ernst. Um die Toten von Mailand und die schändliche Medaille für General Bava Beccaris zu rächen, hatte der Anarchist Gaetano Bresci gerade König Umberto I. umgebracht. Auf den Straßen herrschte eine düstere Stimmung. Caterina war angespannt. Das Kind sprach schon ziemlich gut, es hätte ihr alles erzählen können. Da beschloss Antonio, ein Spiel daraus zu machen.

»Das Foto-Spiel?«

»Willst du nicht mein Assistent sein?«

»Was heißt ›Assistent‹?«

»Du hilfst mir, reichst mir die Sachen.«

Sie begannen damit, Puppen zu fotografieren. Antonio scharwenzelte um sie herum, Alessandro wurde eifersüchtig, wollte unbedingt auch fotografiert werden, und der Fotograf setzte seine Experimente fort. So ging es einige Wochen, dann wurde aus dem Foto-Spiel das Heimliche Spiel. Die Puppen wollten nicht mehr fotografiert werden, man musste sie heimlich überraschen und vor allem niemandem etwas davon sagen.

»Nicht einmal der Mama?«

»Nicht einmal der Mama.«

Kurz, es war gefährlich. Und die Visionen immer ermüdender. Die Kopfschmerzen dauerten Tage um Tage. Bevor Caterina misstrauisch wurde, beschloss Antonio zu pausieren.

Sobald sie in das Dorf über Quarto umgezogen waren, fing er wieder damit an. Caterina besuchte die umliegenden Bauernhöfe, um sich vorzustellen und die Wege und Abkürzungen zu erkunden. Unter dem Vorwand, dem Sohn die Grundbegriffe der Kunst beizubringen, besorgte sich Antonio einen alten Apparat mit Stativ. Er benutzte ihn als Modell, schlüpfte unter das schwarze Tuch, hob die Binde und versuchte, den Bildersturm auszuhalten. Er drückte nie ab, wollte nicht, dass Caterina sich Fragen stellte. Mit acht Jahren wusste Alessandro eine Unmenge Dinge über feuchtes Kollodium, Tönung und albuminiertes Papier. »Ist es nicht langsam Zeit, eine moderne Kamera zu benutzen?«, fragte sie eines Abends.

Alessandro nickte nachdrücklich.

Wie sollte man ihnen widersprechen? Der alte Apparat landete beim Trödler, und Antonio musste seine Experimente erneut einstellen.

Ab und zu, wenn der Gedanke ihn wieder quälte, schloss er sich in die Dunkelkammer ein und prüfte im roten Licht die in jahrelangen Versuchen gesammelten Notizen. Er hatte zwei Listen angelegt, um Ordnung in den Wirrwarr von Empfindungen zu bringen, sozusagen die Sinneswahrnehmungen scharf zu stellen, die ihn jedes Mal überwältigten, wenn sein verrücktes Auge im Sucher der Kamera dem Blick des Sohnes begegnete. Die erste Liste enthielt häufig wiederkehrende, bleibende Eindrücke.

Töne: Eisengeschepper, Schreie, ein Klingeln.

Gerüche: Schweiß, Wald.

Gegenstände: wehendes rotes Tuch; Zigarettenstummel; eine ununterscheidbare Masse (von Körpern?).

Die zweite Liste versammelte Einzelheiten, die nur manchmal und immer undeutlich aufgetreten waren.

Geräusche: Hufe auf dem Pflaster; jemand sagt »scheint lebendig« oder vielleicht »wirkt lebendig«.

Farben: grün, grell rot (wie bei Sonnenuntergang?), ein bräunlicher Glanz (Bronze?).

Gegenstände: Funken, Stativ, Knospen, Geröll, die Zahl 39.

Während der Visionen hatte Antonio das Gefühl, ein roter Faden verbinde Bilder, Geräusche und Gerüche. Eine

Art Geschichte, mit der bizarren, aber überzeugenden Folgerichtigkeit der Träume. Doch wenn er die zwei Listen so mit Abstand betrachtete, im Purpurlicht der Dunkelkammer, nahm er keinerlei Verbindung wahr. Dann überfiel ihn eine große Trostlosigkeit.

Er schloss die Augen. Auch durch die hauchdünnen Lider nahm er das Rot wahr. Ihm schien, als habe er den richtigen Ort gewählt, den, wo sich das Unsichtbare zeigt. Wieder konzentrierte er sich auf die Listen mit der gleichen Aufmerksamkeit, mit der er das Entwicklungsbad beobachtete. Aber es geschah nichts. Zusammenhanglose Teile, Bruchstücke einer unlesbaren Fotomontage. Innerlich hörte er Pavias Stimme: »Echte Sachen und lebendige Personen!« Ein Märchen für Erwachsene. Aber ein schwarzes Märchen. Das seine.

Luft, er brauchte Luft.

Das Kind war derweil in der Schule oder beim Spielen im Hof oder beim Lernen in der Küche, den Kopf über das Heft gebeugt, oder unten im Ziegengehege. Antonio Casagrande wusste nicht wo, wie, wann, doch er war sicher, er würde ihn sterben sehen. Es war, als reiße ihm jemand das Herz aus dem Leib und werfe es in den Staub.

Quarto dei Mille, Mai 1915

Am Morgen des 5. Mai 1915 ist der Himmel über Quarto so weiß wie ein Schweißtuch. Jacques mustert die tief hängenden Wolken und überlegt, ob er das Autoverdeck zumachen soll. Es ist nicht kalt, und Madame Carmen liebt den Luftzug, doch er denkt, dass er ihr nicht guttut. Sie hat sich noch nicht ganz von dem schweren Winterfieber erholt, ihre Stimme von einst ist nur noch ein Flüstern. Die Haut, Seidenpapier. Fünfundachtzig Jahre sind ja kein Scherz.

Der Chauffeur verengt die Augen zu Schlitzen. Auch seine Großmutter, auch *mémé* Louise forderte die Tramontana der Ardennen mit unbedecktem Kopf heraus, bevor sie »in den Himmel flog« (Jacques war gerade der Schnurrbart gewachsen). »Es ist der Wind, der sie fortgetragen hat«, beschließt er innerlich. Dann hebt er das Verdeck und sichert es so, dass es während der Fahrt nicht aufgehen kann. Aus dem Kofferraum nimmt er ein viereckiges Kissen und legt es auf den Rücksitz, in die Mitte. Was noch? Die Wachstuchplane, falls es zu schütten anfangen und das Verdeck nicht ausreichen sollte. Und einen kleinen Imbiss: eine Flasche frisches Wasser, eine Flasche Wein, Gläser, Brot und eine Salami. Auch eine Decke.

Er hat keine Ahnung, wie lange die Zeremonie dauern

wird. Auch worum es sich handelt, ist ihm nicht recht klar, obwohl Madame Carmen ihm die Einladung gezeigt hat, die die Kommune von Genua der *Gentilissima Rosa Bernard, Witwe Morel* zusammen mit einem Freibillett übersandt hat. In dem goldverzierten Umschlag steckte auch eine Karte mit der Aufschrift EINWEIHUNG DES DENKMALS DER TAUSEND (das hat Madame Carmen ihm vorgelesen), und daneben das Bild eines nackten Jünglings, der eine rote Fahne schwenkt und eine Gruppe anführt … sind es Kinder? Soldaten? Schwer zu sagen. Jacques hatte an den Rattenfänger von Hameln gedacht, und dass sie vielleicht ein Theaterstück besuchen würden.

Jedenfalls vertraut er Madame Carmen. Wenn sie sagt *on-y-va,* fährt man los. Wenn es ein Problem gibt, weiß sie die Lösung.

Dank des Fotos in Chauffeurpose im Hof von Antonio Casagrande und einer Flut von Empfehlungsschreiben auf dem Briefpapier des *Grand Hotel Savoia – Genua* hatte sie eine hervorragende Stellung in Paris für ihn gefunden. Achtes Arrondissement, großer Palast an der Avenue George V., bedeutende Familie, er Bankier, sie Bankiersgattin, Zwillingsmädchen mit Zöpfen, ein Fiat mit vier Gängen, der Tauben und Passanten erschreckte, wenn er mit siebzig Stundenkilometern über die Boulevards rauschte. Was wollte er mehr?

Doch der Bankier rief ihn beharrlich Gilles oder Gilbert, manchmal auch Joseph; die Frau des Bankiers war hochmütig und ungeduldig; die Zwillinge waren teuflisch. Nach drei Monaten wurde Jacques immer schwermütiger.

Er verwechselte die Termine, fuhr die Zwillinge zum

Ballettunterricht, wenn er sie zur Modistin hätte bringen sollen, polierte die Messing-Scheinwerfer nicht gründlich genug, erschien empörend zu früh oder mit unverzeihlicher Verspätung. Vorwürfen begegnete er mit undurchdringlicher Stummheit. Kurz, er hatte sich vor die Tür setzen lassen. Es war Anfang Juli 1907, der Sommer triumphierte. Das Geld der Abfindung in der Tasche, war er in Hemdsärmeln unter den blühenden Linden spaziert und hatte sich einen Augenblick gefühlt wie der glücklichste Mensch der Welt.

Ein säuerlicher Brief der hochmütigen Bankiersgattin hatte Madame Carmen inzwischen in Kenntnis gesetzt. Sie stopfte ein paar vornehme Kleider in einen Koffer, stieg in den Zug und kehrte nach Paris zurück. Mit der Ausrede, dass bestimmte Geschäfte noch in der Schwebe waren, doch in Wirklichkeit machte sie sich Sorgen. Und außerdem war es zwar nicht schwer, den Mercedes selbst zu fahren, aber doch sehr lästig.

Bei einem Höflichkeitsbesuch im Hause des Bankiers fragte sie nach dem Chauffeur. In diesem Prachtschloss hatte niemand eine Ahnung, wo Jacques abgeblieben war. »Jacques, sagt Ihr? Seid Ihr sicher?« Sie hätten geschworen, dass er Antoine hieß.

›Elendes Pack!‹, dachte sie, als sie verärgert fortging. Sie machte die Runde bei den anderen Familien, denen sie ihn empfohlen hatte. Er hatte sich nirgends gemeldet. Zuletzt fand sie ihn an einem Tisch der Volksküche in der Rue du Faubourg Montmartre, wo sie ihn viele Jahre zuvor aufgestöbert hatte, als Monsieur Morel einen Chauffeur brauchte und Madame Carmen die Schnösel nicht ertragen konnte, die die spezialisierte Agentur ihm unterjubeln wollte.

Jaques aß tief über den Teller gebeugt, so wie die Armen sich auf ihre Suppe konzentrieren. Er war abgemagert, die Jacke hatte zerschlissene Tressen und ein Loch am Ellbogen. Als er den Blick hob und sie vor sich sah, mürrisch und entschlossen, schenkte er ihr ein breites Lächeln. Er hatte auch einen Zahn verloren, der arme Jacques. Aber das unverwechselbare, törichte Licht in den Augen hatte er sich bewahrt.

»*Tu es trop … abelinóu.* Zu blöd, *mon ami*«, sagte Madame Carmen dann. Sie nahm ihn wieder mit nach Genua. Unterwegs informierte sie ihn, dass sie die Suite im Grand Hotel aufgeben und in die Nähe des Fotografen ziehen wolle. Sie setzte zu einer ausführlichen Erklärung darüber an, warum es vernünftig sei, in einem gottverlassenen Nest zu leben, und wie vorteilhaft ein angemessen abgelegener Sitz für die ein wenig unkonventionellen Geschäfte der brandneuen Banca Morel sei, als Jacques sie unterbrach. »*Bien, Madame.*«

Das war noch nie vorgekommen. Noch nie hatte sie gehört, dass er mit lauter Stimme seine Meinung darüber kundtat, was das Schicksal ihm bescherte. Sie staunte.

Jacques blickte aus dem Fenster des Zuges, den sie im Morgengrauen zusammen an der Gare de Lyon bestiegen hatten. Die Felder flogen rasch vorbei, gehüllt in einen feinen, schimmernden Nebel. »*Très bien, Madame*«, wiederholte er.

Seit jenem Augenblick waren fast acht Jahre vergangen. Die Bleibe, die Madame Carmen ausgesucht hatte, grenzte an Antonios Besitz. Es handelte sich um ein kleines, ziemlich heruntergekommenes, zweistöckiges Haus mit einem großen Hof davor und einer Menge Land dahinter. Die Umbauarbeiten dauerten Monate. Madame Carmen hatte das Dach richten lassen, Fenster und Eingangstür ausgetauscht, die Fassade neu gestrichen. Ein Gärtnerteam hatte den staubigen Hof voller Schutt in einen kleinen Park mit Buchsbaumhecken und weißen Kieswegen verwandelt, mit Marmorbänken, einer bunt verglasten Laube (ideal für vertrauliche Unterredungen), einer Trauerweide, einer Kletterrosen-Pergola und einem Springbrunnen mit Mosaik und einer Marmorskulptur, bestehend aus einem breitschultrigen Neptun im Kreise halbnackter Badenixen.

Wie der Park waren auch die vier Räume im Erdgeschoss für die Geschäfte konzipiert worden. Ein kleines Mahagonibüro für den Buchhalter und drei kleine Salons im *Boudoir*-Stil: gedämpftes Licht, damastbezogene Sofas und schwere Vorhänge, damit die Kundschaft der Banca Morel sich zu Hause fühlen konnte.

Für sich hatte Madame Carmen die Zimmer im ersten Stock reserviert und sie so kahl gelassen, wie sie waren, als sie das Haus zum ersten Mal besichtigt hatte. Ein Zimmer mit Waschbecken, Ofen, einem Tisch mit zwei strohgeflochtenen Stühlen; eine Abstellkammer mit einem Jutevorhang anstelle der Tür; ein Schlafkämmerchen mit einem schmalen Bett, einem Nachttisch und einem großen Schrank, in dem sie die Kleider verstaute. Faltenwürfe, Strass, Seidenschals, Stickereien, Handschuhe und drei oder vier hochmodische Hüte mit breiter Krempe. An Feiertagen dagegen, wenn niemand in der Bank vorstellig wurde, kleidete sie sich wie eine Bäuerin aus dem Dorf, mit Holzschuhen und Kopftuch.

Das rückwärtige Grundstück, das steil zum Meer hin abfiel, hatte sie in vier Stufen terrassieren lassen; die erste grenzte an Alessandros Ziegengehege. Mit der gleichen methodischen Hingabe, mit der sie den Buchhalter unterwies, die Anträge der Huren prüfte, Kreditlinien eröffnete und zinslose Darlehen gewährte, hatte sie den Gemüsegarten, den Hühnerhof, den Kaninchenstall, den kleinen Olivenhain, den Obstgarten mit Aprikosen-, Pfirsich-, Kirschund Pflaumenbäumen geplant. Zur Freude Alessandros waren die Ziegen nun eine echte Herde, es gab Plätze für die trächtigen Tiere, die Ziegenlämmer und den Ziegenbock. Jacques wohnte in einem Häuschen nebenan und kümmerte sich um alles: Einkaufen, Saubermachen, das Land, die Tiere und natürlich den Mercedes.

Für die Zeremonie hatte er ihn sorgfältig geputzt, einschließlich der strahlenförmigen Radkappen, und die Ledersitze eingefettet. Solche Gelegenheiten gab es nicht häufig: Madame Carmen empfing eine Unmenge Leute, aber seit einiger Zeit ging sie selbst ungern aus. Wenn die letzte Kundin fort war, der Buchhalter seine Papiere zusammenpackte und sich auf den Heimweg machte, stieg sie hinauf, um sich umzuziehen, und begab sich dann in den Stall. In aller Eile, würde man sagen, auch wenn die Beine nicht mehr so flink waren wie früher. Sie eilte mit dem Blick, mit der Energie eines kleinen Mädchens, das beim Läuten der Schulglocke unbeschwert auf die Straße stürmt und die Tafel, den Lehrer und die vier Grundrechenarten sofort vergisst.

Jacques ist zufrieden. Gründlich mit Lappen und Seifenwasser poliert, kann man mit dem Mercedes immer noch Staat machen. Die Wolkenfetzen wirbeln durcheinander, hoch oben ist es windig. Er wendet sich zum Haus, um eine zweite Decke zu holen.

»Wo willst du hin? Wir sind schon zu spät dran.« Madame Carmen tritt an Caterinas Arm aus der Tür, die andere Hand um einen Bambusstock geklammert, dünn und knotig wie ihre Finger.

Der Chauffeur macht auf dem Absatz kehrt, geht wieder zum Wagen und öffnet die Tür. Dann greift er nach dem Stock, reicht ihn Caterina, hebt Madame Carmen mit beiden Armen hoch und setzt sie auf das Kissen in der Mitte der Rückbank. Caterina und Alessandro quetschen sich rechts und links neben sie, während Antonio auf dem Beifahrersitz neben Jacques Platz nimmt.

Madame Carmen greift wieder nach ihrem Stock und klopft zweimal auf den Boden. »Fahr los, Jacques. Lass uns diesen Zirkus anschauen.«

Zehn Tage zuvor hatte der Kommunalrat von Genua dreißigtausend Lire für die Einweihung des Denkmals der Tausend bewilligt. Eine beachtliche Summe, sie entsprach einem Drittel der Kosten der Skulptur, die der Bildhauer Eugenio Barone für den Platz hinter dem Felsen von Quarto geschaffen hatte. Das ursprünglich für Sonntag, den 9. Mai geplante Fest wurde auf den 5. Mai vorverlegt, den fünfundfünfzigsten Jahrestag der Unternehmung. Um dem Ereignis, das beeindruckend werden sollte, die gewünschte öffentliche Aufmerksamkeit zu verschaffen, beschloss der Rat auch, Werbepostkarten drucken und zweitausend Wandplakate anschlagen zu lassen. Er ermächtigte zudem die Prägung einer Gedenkmedaille in drei Größen, die außergewöhnliche Beleuchtung der öffentlichen Gebäude und der Statuen von Garibaldi und Mazzini, das Auftreten von Chören und Kapellen in den Stadtvierteln und die Organisation eines Empfangs für dreihundertfünfzig geladene Gäste, der im Saal des Teatro Carlo Felice stattfinden sollte.

Das Areal rund um den Felsen wurde völlig umgestaltet. Man musste Raum schaffen, den Boden bereiten für den mehrstufigen Sockel aus Serpentingestein und sogar die Straßenbahnschienen verlegen. Das Aufstellen der Skulpturengruppe erforderte beachtliche Anstrengungen und absolute Geheimhaltung. Aus der Gießerei in Pistoia, die mit der Herstellung beauftragt worden war, kam zuerst die Basis, mit den Gliedmaßen der Freiwilligen von Quarto, die aus dem Metallblock herausragten. Dann folgte der mittlere Teil mit den unaufhaltsam nach Auferstehung strebenden Leibern, den gespannten Oberarmmuskeln, den die Dolchgriffe umklammernden Händen. Dann traf die breite, nackte Brust Garibaldis ein, mit gigantischen Schultern und reglosem Gesicht im Blau des Himmels, den Blick zum Meer gewandt. Zuletzt kam Viktoria, die Siegesgöttin. Ins Leere gereckt, krönten die Arme der Mädchengestalt das Haupt des Helden, während sie mit ihren Fittichen das Knäuel der Kämpfer beschützte. Kiloweise Kupferlegierung mit hohem Zinnanteil. Zentnerweise Bronze, die der salzigen Luft, den Sturmfluten und der sengenden Sonne trotzen konnte. Dazu die Neugier der Schaulustigen, die unvermeidlichen Komplikationen, der Perfektionismus des Künstlers. Kurzum, eine elende Arbeit.

Als dann die Statue mit einem flammend roten Vorhang verborgen worden war, nutzten die Arbeiter das natürliche Gefälle des Hügels, um die Tribüne zu errichten, die für die Ehrengäste reserviert war. Die Einzigen, die von der erhöhten Position aus mit einem Blick das Denkmal und den historischen Felsen, den kühnen, dreißig Meter langen Steg und die Ehrenloge würden bewundern können. Der Redner, den die Stadt eingeladen hatte, der Dichter Gabriele D'Annunzio, traf am Abend des 4. aus Paris ein, bereit, eine schwülstige, hochtrabende Ansprache vom Felsen von Quarto herab zu halten und später auf sämtlichen Bühnen, Podesten, Balkonen, Kanzeln und Kathedern zu sprechen, die in den folgenden Tagen darum wetteifern würden, ihn zu empfangen.

Jenseits der Alpen wütete unterdessen der Krieg. Am 28. Juni des Vorjahres war der habsburgische Thronerbe in Sarajevo ermordet worden. Österreich hatte Serbien den Krieg erklärt, und Russland hatte mit Unterstützung Frankreichs zur Verteidigung eingegriffen. Deutschland hatte sich auf die Seite Österreichs gestellt, Italien hatte seine Neutralität erklärt. Die Gefechte würden einige Wochen dauern, hieß es. Man sprach von einem Blitzkrieg.

Mitte September hoben die zwei feindlichen Lager entlang einer Linie Schützengräben aus, die von der Nordsee bis zur Schweiz reichte. Im Osten tobte der Konflikt zwischen der Ostsee und Galizien.

Aus Wochen wurden Monate. In Italien drängten die Industriellen zum Eingreifen, in erster Linie die Stahlbarone. Die Sozialisten und der Papst waren dagegen. Das Parlament betonte die Neutralität, die Regierung zögerte. Am 28. Dezember hielt der Journalist Benito Mussolini an der Volksuniversität in Genua eine Rede: »Man muss das Schwert ziehen und Blut vergießen. Denn Blut ist das, was die Geschichte in Bewegung hält, Blut ist die tragische Notwendigkeit des Menschengeschlechts und die Pflicht Italiens in diesem Augenblick.«

Die Monate vergingen. Niemand sprach mehr von Blitzkrieg. In den Schützengräben husteten die Soldaten im Rauch der Öfen. Der Schnee schmolz und verwandelte sich in einen See aus schwarzem Schlamm. Die Deutschen verwendeten Chlorgas. Der Frühling brach aus, gleichgültig gegen den Jammer. Die italienische Diplomatie traf ohne Wissen der Abgeordneten, der Senatoren und aller Italiener, aber mit dem Segen des Königs Abkommen mit einem der Kriegsteilnehmer. Es war eine Frage von Tagen, die Zeit, um das Parlament auszuhebeln.

Die ersten Einberufungsbefehle waren schon unterwegs, als sich im Morgengrauen des 5. Mai infolge der Hinweise der Genueser Stadtverwaltung die Veteranen, die Heimkehrer des Afrikafeldzugs, die Garibaldi-Gesellschaften, die Studentenvertretungen, die irredentistischen Gruppen mit den Fahnen Trients, Triests und Dalmatiens, die Arbeitervereine und die politischen Organisationen vor dem Palazzo Ducale versammelten. Am Hafen bestiegen Schulklassen das Schiff *Taormina*, das nach Quarto fuhr.

Der Termin war um zehn. Der Andrang war so groß, dass die Vorhut des Zuges erst um halb elf am Felsen eintraf. In der Ehrenloge saßen Vertreter des Parlaments, der

Städte Rom, Neapel, Turin, Florenz, Venedig und Pisa, außerdem der Genueser Bürgermeister, der Bildhauer und fünfzig alte Heimkehrer aus dem Feldzug der Tausend.

Der Bürgermeister von Sampierdarena, Sozialist, hatte die Einladung ausgeschlagen, weil sich die Veranstaltung als »ausgeprägt interventionistisch« ankündigte. »Danke für die Eintrittskarten, aber wir werden nicht dabei sein«, hatte Primo Leone an Antonio geschrieben. »Wir haben hier schon genug mit dem Krieg gegen die Reblaus zu tun.«

Die Aussicht vom ersten Rang der Tribüne ist auch für den atemberaubend, der, wie Madame Carmen, noch das vom Feuerwerk taghell erleuchtete Paris vor Augen hat. Die Farben vor allem: Das bleierne Meer, das lichte Grau des Himmels, das Rot der Tücher, die das Denkmal verhüllen, die grünblauen Fischerkähne, die Kajütboote mit ihren weißen Segeln, die Fähren und die anderen kleinen chromglänzenden Bötchen, die im Auf und Ab der Wellen knistern. Draußen auf dem Meer das Schiff *Taormina* mit den Schülern, die in ihren weißen und schwarzen Kitteln an der Reling stehen, und die zwei ruhmreichen, festlich beflaggten Dampfer der Tausend, die *Piemonte* und die *Lombardo*. Und dann noch Trikoloren, Banner, Standarten, Jubiläumsfahnen.

Madame Carmen umklammert mit der vom Stock freien Hand Caterinas Arm. Jacques steht gleich daneben, bereit, sie zu stützen und zum Auto zurückzubringen, falls die Sache sich zu lange hinziehen sollte.

Antonio Casagrande und sein Sohn Alessandro scharren ungeduldig. Beide tragen einen kleinen Fotoapparat um den Hals, sie haben schon einige Aufnahmen gemacht, würden aber gern den zugewiesenen Platz verlassen und sich frei bewegen.

Caterina weiß das, auch ohne hinzuschauen spürt sie ihre Unruhe. Wie ähnlich sie sich sind, denkt sie. Die Art, mit dem Riemen des Apparats zu spielen, Daumen und Zeigefinger an der Nasenwurzel aufeinanderzupressen, die Luft anzuhalten und dann einen gelangweilten Seufzer auszustoßen.

Doch es handelt sich nicht nur um die Gesten und die Haltung. Die beruhen auf Nachahmung. Caterina, die im Lauf der Jahre gelernt hat, in den verknitterten Gesichtszügen jedes Neugeborenen Mutter und Vater wiederzuerkennen, staunt immer wieder über die wundersame Ähnlichkeit zwischen Antonio und Alessandro. Die zwei haben sich mit Gewalt genommen, was das Leben ihnen nicht gewährt hat, denkt sie. Der Schnitt der Lippen, die Form der Schultern, sogar der Haaransatz hat sich dem unwiderstehlichen Wunsch anpassen müssen, sich ineinander zu spiegeln.

Am liebsten hätte der Junge die Pathé Filmkamera mitgenommen, die Madame Carmen ihm im vergangenen September zum sechzehnten Geburtstag geschenkt hat, doch der Apparat ist zu sperrig, um sich damit im Gedränge zu bewegen. Antonio hat versprochen, dass sie ein andermal wiederkommen würden. »Bei Sonnenaufgang. Wenn die Statue einen schönen, langen Schatten wirft. Sehr eindrucksvoll.«

»Mich interessiert nur die Straßenbahn«, sagt der Junge

und deutet auf die Schienen, die zu Füßen der Tribüne entlangführen. Hier führt die Linie Genua-Nervi vorbei. Heute ist die Strecke gesperrt, aber bald wird der Betrieb wieder regulär sein.

Antonio antwortet nicht. Diese Manie, Zeug aufzunehmen, das sich bewegt, teilt er nicht. Im Gegenteil. An der Fotografie liebt er gerade die Unbewegtheit, die es im Leben nicht gibt, die ist wirklich Zauberei, denn das Leben fließt dahin, die Zeit vergeht, die Dinge ändern sich, die Menschen sterben, das Leben hält niemals inne, und das Schöne ist, es zu überraschen und da an der Stelle festzunageln, für immer: Primo Leone, der mit neun Jahren in Alessandro Pavias Trompete bläst. Die sinnliche Famagusta, schon verdammt, gewiss, aber so strahlend und lebendig, mit dem gerade aufblühenden Busen und den zum Kuss gespitzten Lippen. Und Caterina, wie sie sich über den Rand des Naviglio Maggiore beugt, Caterina auf der Terrasse der Via Meravigli, Caterina auf einem Feld voller Luzernen und Klee. Für immer. Caterina in einem ewigen Mittag aus Thymian und Lavendel. Und Alessandro gleich nach der Geburt, nach der Entwöhnung vom Fläschchen, nach dem Aufwachen, am ersten Schultag, bei der Erstkommunion, auf Madame Carmens Schoß, zwischen den Ziegenlämmern. Für immer.

»Die Straßenbahn kommt von Westen. Unten in der Bucht macht sie diesen schönen, weiten Bogen, seht Ihr? Dann geht es bergauf, wenn ich mich aber unter die Statue stelle, müsste der Antriebswagen im Bild bleiben. Eine einzige Aufnahme wird nicht genügen, man braucht mindestens drei oder vier, von verschiedenen Punkten her.«

Das ist es, was Antonio am Kino am meisten hasst. Dass

alles gestellt ist. Ausschnitte von Leben, zusammengeklebte Stummel, die die Wirklichkeit nachäffen.

»Ich hab's schon alles hier, Papa.« Alessandro tippt sich an die Stirn. »Zwei Totalen, und zwei oder drei Aufnahmen von der Seite. Außerdem noch frontale.«

Das Gedränge ist riesig. Die beiden sind gezwungen, die Stimme zu heben.

»Könnt Ihr Euch die Wirkung vorstellen? Dass einem der Mund offen stehen bleibt!«

So von seinen Fantasien gepackt, erinnert Alessandro ihn an den Meister. Auf dem Tisch im Dachboden der Piazza Valoria fügte auch er Teile von Leben zusammen wie Frankenstein die Leichenteile. »Echte Dinge und lebendige Menschen!«, betonte er. Doch die Fotomontage *Die Tausend lichten die Anker* hätte nie das enthalten, was wirklich in der Nacht vom 5. auf den 6. Mai 1860 geschehen war. Es war höchstens ein Kinderspiel, nach dem Motto: *Ich wäre Garibaldi, du wärst Nino Bixio.*

Plötzlich geht ein Aufschrei durch die Menge. »Würdest du mein Assistent sein?«, brüllt Alessandro mit lachenden Augen.

Doch das Leben muss man auf frischer Tat ertappen, denkt Antonio Casagrande. Er fasst sich an die Stirn. Irgendetwas stört ihn, ein leichtes Unwohlsein, lauernde Kopfschmerzen.

Die Unmenge von Strohhüten, Melonen, Panamahüten, Hauben und Kappen, die unter ihnen wogt wie eine blühende Wiese, scheint zu erzittern in einem Windstoß, der sie entzweiteilt. Der Dichter schreitet hindurch, als Einziger mit bloßem Kopf, umgeben von einem Trupp in Zylinder und Uniform. Auf der Tribüne hört man Getrampel, alle treten vor, um besser zu sehen, und es öffnet sich eine Schneise.

»Lass uns hinuntergehen«, sagt Antonio. Er winkt Caterina, hebt den Fotoapparat. »Warte hier«, formt er mit den Lippen. Sie wird mit Jacques bei Madame Carmen bleiben.

Vater und Sohn erreichen die Esplanade zwischen der Ehrenloge und der Statue. Alessandro deutet auf die Stufen des Sockels. Sie füllen sich langsam, man muss sich rasch einen erhöhten Platz sichern. Antonio Casagrande erklimmt die rechte Ecke, Alessandro die linke. Es ist anzunehmen, dass es zumindest einem von beiden gelingen wird, den Redner abzulichten.

Am äußersten Rand der Bucht, zur Stadt hin, kündigt sich unterdessen der Kopf des Zuges an, mit der Kapelle und den im Voranschreiten der Fahnenträger schwankenden Bannern. Die Klänge des Königsmarsches mischen sich mit dem Stimmengewirr, den Möwenschreien, dem Schwappen des Wassers, bis die Sirenen der ankernden Schiffe die Blechbläser übertönen. In Wellen erhebt sich Applaus.

In wenigen Minuten nimmt der Menschenstrom die ganze Straße ein, ufert aus, schluckt jeden freien Raum, das Einfriedungsmäuerchen des Fahrwegs, die Straßenbahnschienen, die Allee, die zum Bahnhof von Quarto führt, und staut sich überall, über, unter und rund um Antonio Casagrande. Er macht Alessandro Zeichen, deutet auf die Loge. »Siehst du ihn?«, schreit er.

»Ich sehe ihn«, nickt der Sohn.

Antonio Casagrande dagegen ist von der Menge umschlossen. Die Kopfschmerzen werden stärker. Er fühlt, wie das verrückte Auge pulsiert und die Binde drückt. Er nimmt sie ab. Er könnte sowieso nur Schultern, Nacken und Haare fotografieren. Er verflucht sich, dass er die Tribüne verlassen hat, vielleicht hätten von dort oben ein paar schöne Panoramabilder herauskommen können. Alessandro befindet sich in einer besseren Position, er sieht ihn knipsen.

Jemand bittet um Ruhe und verliest dann das Telegramm des Königs. Antonio erfasst nicht alle Wörter, nur »schicksalhaftes Ufer«, »kühner Eifer«, »ruhmreiche Zukunft«.

Auch der Bürgermeister spricht, doch seine Rede geht in Wind und Lärm unter. Ein Trompetenstoß, und das rote Tuch gleitet an dem Denkmal herab. Fotografieren ist unmöglich, von da, wo Antonio steht, direkt unterhalb. Er fühlt, wie er angerempelt wird, schützt den Apparat mit beiden Händen. Klatschen, Pfiffe, wieder die Sirenen und der Königsmarsch. Der Lärm ist ohrenbetäubend.

Die Kopfschmerzen sind wie ein Schraubstock an den Schläfen, als Gabriele D'Annunzio von der Loge herabsteigt, die Menge teilt und die höchste Stufe des Sockels erobert, geschützt von Männern in Uniform, die viel größer und kräftiger sind als er. Fünf, sechs Schritte: Wären nicht all diese Leute dazwischen, könnte Antonio ihn berühren.

Rund um den Fotografen wird es still. Der Dichter ist bereit, das Wort zu ergreifen. Jetzt zu knipsen ist zwecklos, man würde nichts sehen, die Militärs umringen den Redner mit einem Schutzschild glitzernder Kragenspiegel.

Königliche Hoheit! Abwesend, aber im Geiste präsent, beginnt der Dichter. Dann macht er eine Pause. Antonio stellt sich vor, dass er den Blick über die Menge schweifen lässt.

Italiener jeder Generation, unsere Leute, unser Blut, Brüder.

Noch eine Pause. Antonio merkt überrascht, wie er den Atem anhält. Er mustert den Platz und die Tribüne, die Fahne der Universitätsstudenten, die Standarte eines Hilfsvereins auf Gegenseitigkeit. Hunderte von Augen, aufmerksam, hungrig.

Heute erlebt das Vaterland einen purpurnen Tag; und dies ist die Rückkehr zu einem neuen Aufbruch, o Völker Italiens.

Beifall brandet auf. Der Dichter wartet, bis er abflaut, dann spricht er weiter.

Wenn je die Steine schrien in den Träumen der Propheten, so ist es in Wahrheit diese Bronzestatue, die es gebietet. Sie ist ein über dem Meer errichtetes Gebot.

Die Kopfschmerzen werden heftiger. Antonio schließt die Augen, reibt sich die Lider.

Die Helden erheben sich aus ihren Gräbern, wiedererstanden aus ihrem zerrissenen Fleisch, wiederbewaffnet mit ihren Waffen, mit ihren Leichentüchern werden wir das Weiß unserer Fahnen erneuern.

Der Dichter braucht keine Pausen mehr. Das Beben der Menge unterbricht ihn ständig. Die Luft wird lauer. Ein Caproni-Doppeldecker setzt zum Sinkflug an, vom Himmel regnet es Tausende von weißen Blättern, die aussehen wie Schmetterlinge. Ein Jubelgesang auf Genua, die Tausend, D'Annunzio.

Die Tausend! Und in uns ward Licht.

Das verrückte Auge beginnt zu tränen, Antonio sucht sein Taschentuch, drückt es auf sein glühendes Lid.

Alles, was ihr seid, alles, was ihr habt, gebt alles für das flammende Italien!

Er öffnet die Augen wieder. Die Gesichter der Jugendlichen – es sind Jugendliche –, die vor ihm stehen, sind verzerrt, wie besessen. Sie schreien: »Es lebe Italien! Es lebe der Krieg!«

Der Redner hebt mit sakraler Geste die Hand.

Selig, die mehr haben, denn je mehr sie geben können, umso mehr werden sie brennen können.

Antonio sucht nach Alessandro. Er sieht, wie der Junge fotografiert, sein Sohn hat den Moment erfasst.

Selig die Zwanzigjährigen, die einen keuschen Geist, einen gestählten Körper, eine beherzte Mutter haben.

Die Menge erschaudert. Antonio meint es unter der Haut zu spüren. Er steckt das Taschentuch wieder ein. Atmet tief durch. Dann hebt er instinktiv die Kamera.

Selig, die voll Vertrauen gewartet und ihre Kraft nicht verschleudert, sondern mit der Disziplin des Kriegers bewahrt haben.

Er starrt mit dem verrückten Auge in den Sucher und richtet den Sucher auf die Menge.

Selig, die schweigend die hohe Notwendigkeit annehmen und nicht mehr die Letzten, sondern die Ersten sein wollen.

Er hört nicht mehr das Meer, die Möwen, den Beifall. Nur ein Wimmern. Durch das verrückte Auge dringt es ihm ins Gehirn.

Selig die Jugend, die nach Ruhm hungert und dürstet, denn sie wird gesättigt werden.

Er hält durch.

Selig die Barmherzigen, denn sie werden leuchtendes Blut zu stillen und strahlenden Schmerz zu verbinden haben.

Er hört nicht das Hurra, die zustimmenden Pfiffe. Nur Schreie, Flüche und das glitschige Geräusch eines Bajonetts, das sich in einem Bauch dreht. Er hält durch. Er sieht die jubelnd erhobenen Arme, die gereckten Fäuste fliegen wie Splitter unter dem Beil. Weg mit den wunden Füßen, weg mit den mit dreckigen Binden umwickelten Waden, weg mit den pulsierenden Eingeweiden. Er hält noch weiter durch. Er riecht den Geruch von Schlamm, Schweiß, Blut, Scheiße. Der Tod ist überall.

Selig, die reinen Herzens sind.

Ihm platzt der Kopf. Er wendet das verrückte Auge vom Sucher ab. Er bekommt keine Luft. Er fühlt sich winzig klein, ein Insekt, eine Ameise. Er hört auf zuzuhören. ›Ich müsste ihn töten‹, denkt er. ›Mich durchboxen, die Militärs überwinden, ihn an der Gurgel packen und zudrücken. Ihn samt seiner Todesworte erwürgen.‹

Das verrückte Auge beginnt wieder zu tränen.

Die Menge applaudiert, die jungen Männer umarmen sich, überall werden Hüte geschwungen.

Der Fotograf applaudiert nicht. Er fühlt den strengen Blick eines Nachbarn auf sich. Vielleicht kommt es ihm nur so vor. Jedenfalls blickt er ihn herausfordernd an, packt ihn an der Jacke, schreit ihm ins Gesicht: »Blind! Ihr seid alle blind!« Dann merkt er, dass Alessandro ihn beobachtet, und schämt sich. Der Nagel, der sich mitten in seine Stirn bohrt, lässt ihn wanken. Sein Sohn macht eine Geste, als wollte er sagen: »Was ist los?«

Antonio Casagrande sieht ihn unverwandt an, dann hebt er die Kamera, richtet den Sucher auf ihn und lässt zu, dass der Wirbel von Bildern, Geräuschen und Gerüchen ihn überwältigt. Schreie, Schweiß, ein unheimliches, metallisches Geräusch. Ein Klumpen aus Körpern. Das rote Tuch, die glitzernde Bronze, der gewohnte, unbegreifliche Karneval, den er schon tausendmal gesehen hat, wenn er Alessandro als Kind ins Visier nahm. Aber weder Schlamm noch Leuchtspurgeschosse, weder Bajonette noch Schützengräben im Schicksal seines Sohnes. Er klammert sich an die Idee wie an eine glühend heiße Klippe.

Er lächelt, während die Vision ihre Feuerzeichen in sein Gehirn ritzt.

Er lächelt, während die Leute rund um ihn weiter grölen. Er denkt an das Gemetzel, das sie erwartet. Alle. Aber nicht seinen Sohn.

Er bringt die innere Stimme zum Schweigen, die feige und heimtückisch flüstert: »Bist du sicher? Ganz, ganz sicher?«

Er hört nicht zu lächeln auf, als er den Fotoapparat um den Hals baumeln lässt und die Hände an die Schläfen presst. Was das unerträgliche Geheimnis von Alessandros Tod betrifft, hat er sich noch nie so erleichtert gefühlt.

Für den Dichter Gabriele D'Annunzio waren es endlose Tage. Am Abend vor der Zeremonie hatte er gleich nach seiner Ankunft aus Paris eine lange Rede an die Genueser gehalten (*Die Auferstehung des Vaterlands vollziehe sich!*). Dann sprach er erneut beim Empfang, den die Stadt Genua im Teatro Carlo Felice organisiert hatte (*Die Geschicke*

Italiens liegen heute in Italiens Hand). Am folgenden Tag, dem 6. Mai, sprach er im Palazzo Andrea Doria (*Lieber als das Wort würde ich wieder das Gewehr ergreifen, o Genossen*), danach noch im Palazzo San Giorgio, wo er eine Bronzeplakette bekam, und am 7. Mai auch in der Genueser Universität, und diesmal war die Plakette aus Gold (*Legt Feuer, meine jungen Genossen, legt kämpferisches Feuer. Seid die furchtlosen Brandstifter des großen Vaterlands!*). Er sprach zu den dalmatinischen Exilanten und erhielt ein Buch, das von der *Italianità* Dalmatiens handelte. Dann reiste er nach Rom, wo er am 12., 13., 14., 15., 16., 17. Mai zur Menge sprach und dann noch einmal am 20., als das Parlament – in der Zwickmühle zwischen der Gewalt der die Intervention fordernden Demonstranten und dem König – dem Premierminister Vollmacht erteilte und somit faktisch den Kriegseintritt autorisierte. Er sprach auf der Straße, zu den Studenten, im Haus der Künstler, von der Balustrade des Kapitols (*Dies ist das wahre Parlament!*), und alle diese Reden wurden sogleich verschriftlicht, geordnet, betitelt, mit Seitenzahlen versehen und umgehend vom Treves Verlag in einem Band mit dem Titel *Für das größere Italien* in hoher Auflage gedruckt. Außer den Worten des Dichters enthielt das Buch am Ende die sehr viel prosaischere Kriegserklärung an Österreich, datiert auf den 23. Mai und unterzeichnet vom italienischen Botschafter in Wien, Herzog Giuseppe Avarna di Gualtieri.

Der Dichter, dieses kahlköpfige Männchen mit spitzem Kinn, Hemdkragen und schneeweißen Überschuhen hat Madame Carmen kein bisschen beeindruckt. Und außerdem hieß es in Paris, er habe nicht die Gewohnheit, seine Rechnungen zu bezahlen. Was für die Bankerin, die Madame Carmen geworden ist, kein großes Verdienst bedeutet.

Eingezwängt zwischen Caterina und Jacques, hat sie wenig von der Rede gehört. Der Sinn ist ihr aber völlig klar. Bis zu diesem Augenblick war es ihr gelungen, die Post abzufangen und verschwinden zu lassen, die das französische Kriegsministerium an Jacques schickte, der nicht ahnte, dass er schon mindestens dreimal an die Front seines Heimatlandes beordert worden war. Doch nun, da Italien im Krieg und an der Seite Frankreichs an der Front ist, wird sich Madame Carmen nicht mehr auf das seelenruhige Desinteresse der Dorfbewohner verlassen können. Wenn die ersten Einberufungsbefehle die Höhen von Quarto erreichen, wird irgendwer petzen, die Polizei wird eingreifen, ihr kostbares Faktotum in die heimischen Ardennen zurückschicken und von dort ins Massaker. Und Madame Carmen hat nicht die geringste Absicht, sich einen anderen Chauffeur zu suchen.

Daher sendet sie am Tag nach der Zeremonie einem hohen Beamten der Präfektur, der zur Zeit des Bordells von Lady Violet bei ihr Stammkunde war, ein Billett mit einer Einladung. »Der Chauffeur, der Euch meine Zeilen überbringt, wird den ganzen Tag zu Eurer Verfügung stehen«, schreibt sie.

Der hohe Beamte lässt sich nicht bitten. Madame Carmen empfängt ihn am Gartentor, reicht ihm den Arm, führt ihn durch den Park und lässt ihn in der Laube mit den bunten Scheiben an einem schmiedeeisernen Tischchen Platz nehmen, wo auf einem Silbertablett zwei Gläser und eine Kristallflasche stehen, halb voll mit einer hellgelben Flüssigkeit. Einige Minuten plaudern sie über dies und das.

»Und die Schweiz? Ich habe dort gute Freunde. Industrielle aus Basel. Pharmazeutische Branche. Wird sie neutral bleiben? Was meint Ihr? Ich verstehe ja wenig von diesen Angelegenheiten«, wirft Madame Carmen hin. Dann bietet sie dem hohen Beamten ein zweites Gläschen Marsala an.

Der Mann trinkt genießerisch, in kleinen Schlucken. »Wer weiß«, antwortet er. Dann zieht er ein Taschentuch aus Batist heraus und wischt sich den mit Kölnischwasser parfümierten Schnurrbart ab. »Die Frage ist ernst«, sagt er. »Sie will gut überlegt sein.«

»Noch ein Gläschen?« Bedient werden gefällt manchen Männern mindestens so gut wie Frauen belehren, und Madame Carmen kennt die Vorteile der Geduld, die Macht der Gaumenfreuden und vor allem kennt sie den hohen Beamten. »Marsala aus Sizilien. Mein Jacques hat vorhin eine Kiste davon für Euch in den Kofferraum geladen.«

»Jacques?«

»Ihr habt ihn schon kennengelernt. Er stellt sich mir freundlicherweise auch als Chauffeur zur Verfügung, aber er ist meine rechte Hand. Ich wüsste nicht, was ich ohne ihn täte.«

Zu anderen Zeiten hätte sie anders gehandelt. Der Krieg ist eine Gelddruckmaschine. Vor einigen Jahren hatte sie durch Investitionen in eine Fabrik, die Eindecker für den Bombeneinsatz in Libyen baute, ein Vermögen verdient. Jetzt aber will sie nur Jacques retten. Um zu vermeiden, dass ihr Chauffeur an die Front abreist, ist sie bereit, eine beträchtliche Summe in dieselbe Tasche zu schieben, in die der hohe Beamte soeben sein Taschentuch gesteckt hat. »Klärt mich auf. Wenn die Schweiz neutral bliebe, wäre die Schweizer Staatsangehörigkeit eine Garantie …«, fängt sie wieder an.

Der hohe Beamte ist ein eingebildeter Schnösel, aber dumm ist er nicht. »Eine Garantie, ja«, antwortet er.

»Glücklich der, der sie hat!«, fährt sie fort. Der Ton ist frivol, der Blick ernst.

»Audentes fortuna iuvat«, gibt der Mann ebenso ernst zurück.

Den Mutigen hilft das Glück. Um in der großen Welt zu bestehen, hatte sie sich sogar etwas Latein aneignen müssen.

Dann holt der Mann sie auf den Boden der Tatsachen zurück. Die richtigen Papiere, mit den richtigen Stempeln, in diesen Zeiten … Es kostet sie so viel wie ein ganzer Keller voll Marsala, aber in ein paar Wochen wird Madame Carmen jedem, der käme, um sie wegen ihres Chauffeurs zur Rechenschaft zu ziehen, seine reguläre Geburtsurkunde zeigen können, ausgestellt vom Standesamt der kleinen Gemeinde Saint-Blaise, Kanton Neuchâtel, französische Schweiz.

Das Schwierigste ist, Jacques die ganze Geschichte einzurichten. Auf Nachfragen wird er behaupten müssen, er sei in der Schweiz geboren. Also zitiert Madame Carmen ihren Chauffeur am Morgen nach dem Gespräch mit dem hohen Beamten zu sich für die erste einer langen Reihe von Lektionen. Sie lässt ihn am Tisch Platz nehmen, holt aus einer Schublade den Atlas, mit dem Alessandro, als er noch zur Grundschule ging, mit ihr Erdkunde lernte, und nötigt

Jacques, die Grenzen Italiens, Frankreichs und der Schweiz auswendig zu lernen, und zur Sicherheit auch noch die von Österreich und Deutschland.

So von ihrem Rettungsplan in Anspruch genommen, fällt ihr gar nicht auf, dass Antonio Casagrande verschwunden ist. Gewöhnlich kommt er wenigstens einmal am Tag vorbei. Er setzt sich zu ihr auf die Bank im Obstgarten hinter dem Haus, sie unterhalten sich über die Vergangenheit, über die Kunden im Vico Falamonica. Über Typen wie den hohen Beamten, über das Leben in Paris.

Die Sache ist, dass ihn die Zeremonie in Quarto sehr mitgenommen hat. Beim Heimkommen musste er sich wegen der Kopfschmerzen im abgedunkelten Zimmer ins Bett legen. So geht es zwei Nächte und zwei Tage lang. Das Fieber will nicht sinken. Ab und zu schaut Alessandro herein. An den Türrahmen gelehnt, betrachtet er ihn minutenlang. Caterina macht sich Sorgen, doch der Fotograf weigert sich, einen Arzt zu konsultieren. »Erinnerst du dich nicht mehr an Mailand? Es ist wie Mailand«, sagt er.

Wenn man es nur vergessen könnte, denkt Caterina. Noch immer wacht sie manchmal nachts auf, schweißgebadet, die Arkaden des Domplatzes und das verquollene Gesicht von Anna, ihrer Kollegin auf der Entbindungsstation des Ospedale Maggiore, vor Augen. Dann verfällt sie in bitteres Grübeln. Unmöglich, wieder einzuschlafen.

»Es ist wie bei der Witwe Cantù. Du wirst sehen, es geht vorbei«, sagt er halblaut.

In der Nacht vom 7. auf den 8. Mai wacht er fieberfrei auf. Und hungrig. Caterina ist zu einem Notfall unterwegs. Alessandro steht wieder dort am Türrahmen, und dem

Fotografen ist, als hätte er sich nie wegbewegt. »Gehen wir deine Straßenbahn filmen?«, fragt er.

Zum Frühstück trinken sie nur rasch einen Kaffee, noch im Dunkeln. Nach drei Tagen Süppchen und verquirlten Eiern hat Antonio zwar genauso einen mächtigen Appetit wie der Junge, aber beide wollen im ersten Licht am Felsen ankommen. Als sie die Fotoausrüstung am Fuß der Statue ablegen, ist die Nacht gerade einem schimmernden Blau gewichen.

»Sie haben sie noch nicht abgebaut«, sagt Antonio, zur Tribüne gewandt. »Ich gehe rüber. Kommst du mit?«

Der Junge schüttelt verneinend den Kopf, den Blick auf die kleine Bucht gerichtet, aus der die Straßenbahn, von der Stadt kommend, herauffahren wird.

Das Stativ auf der Schulter und den Fotoapparat um den Hals, erklimmt Antonio die Tribüne und dann die höchste Stufe. Ein gläserner Mond kippt rundum eine Lichtpfütze aus. Kleine Schaumperlen zerplatzen auf der Klippe in einem Hauch von Salz und Moos. Auch der Hügel erwacht, verströmt seinen mediterranen Waldgeruch, von nächtlichem Getier aufgewühlte Erde, süßlicher Duft aufblühender Knospen.

»Jasmin«, denkt der Fotograf. Er atmet tief. Der erste Augenblick von Wohlbefinden nach all der Erschöpfung. Dann baut er Stativ und Apparat auf. Er richtet das Objektiv auf den dunklen Fleck der Statue und den dahinter im flüsternden Meer schillernden Felsen.

Unten, nicht weit von den Straßenbahnschienen, ist Alessandro ein schwarz-weißes Figürchen. Das Schwarz der Haare, der Hose, der Weste mit den Taschen voller

Werkzeug, Zange, Schere, Schraubenzieher. Das Weiß des Hemds, der Wange, der Finger, die das Stativ aufbauen und die Filmkamera festschrauben. Caterina hat recht, denkt der Fotograf, es ist, als sähe man sich im Spiegel. Dann lehnt er sich an das Geländer und wartet. Der Junge stellt den Klappstuhl auf, setzt sich, wartet ebenfalls.

Das dichte Blau verblasst.

Die Stille bröckelt nach und nach: der Schrei einer Möwe, die Räder eines Wagens in der Ferne, die Hufe eines Pferdes. Im Osten, über dem Berg bei Portofino, gleicht die Sonne einem feuerroten Pinselstrich.

Der Straßenbahnfahrer Giuseppe Parodi hat seinen Dienst auf der Linie Genua–Nervi pünktlich angetreten. Er liebt die Frühschicht, vor allem zu Beginn die Abfahrt an der Piazza De Ferrari, die erste Runde im leeren Wagon, später werden die Frauen aus Albaro zusteigen, ebenso die Köhler. Diese eine Fahrt ist ganz allein seine, als gehörte das Fahrzeug ihm und nicht der UITE, der Unione Italiana Tramways Elettrici, und als säße Giuseppe Parodi nicht dort, weil er sein Brot verdienen muss, sondern aus freier Entscheidung, aus Lust, dieses Wunderding aus Glas und Metall zu lenken, mit der grünen Schnauze, den gelben Streifen und den roten Karos. Als gehörte ihm auch die Stadt um diese Zeit, zu der alle noch schlafen, die Häuser mit den Fensterläden, geschlossen wie Augenlider, das Geräusch der Räder auf dem Pflaster, *tschuck, tschuck, tschuk, tschuck,* das metallische Rattern, das sich dann an der Küste mit der Stimme der Wellen vermischt. Heute Morgen ein Flüstern, das Meer hat einen leichten Schlaf.

Außerdem gefällt es ihm zuzusehen, wie es Tag wird. Wenn er Frühschicht hat auf der Genua–Nervi, fährt Giuseppe Parodi ihm entgegen, beschleunigt die Maschine bis auf zwölf Stundenkilometer und bremst dann vorsichtig, wenn es in Sturla auf und ab geht. Es ist wirklich wie Kino, denkt er, erst ist es dunkel, dann halb hell, dann erstrahlt die ganze Leinwand. Besser als Kino, weil auch Farben da sind. Die Sonne erst rot, dann orange, *tschuck, tschuck, tschuck, tschuck,* dann gelb, dann weiß, *tschuck, tschuck,* dann sieht er sie plötzlich nicht mehr, weil alles Sonne ist und den Fahrer blendet. Dann kneift er die Augen zusammen, zieht den Mützenschirm herunter und tritt zur Sicherheit kurz auf das Klingelpedal. Besser vorwarnen, auch wenn um diese Zeit weder Kinder da sind, die sich von der Hand der Mutter losreißen, noch kleine Jungen, die blind einem Fußball hinterherrennen, noch zerstreute Passanten, noch Säumige, die die Straße überqueren, ohne sich umzusehen.

Keine Menschenseele weit und breit.

Herrgott, ist das schön!

Die unbeschwerten Minuten am frühen Morgen sind das einzige Vergnügen an einem Tag voller lauernder Gefahren.

Alessandro ist glücklich. Schon länger träumt er davon, die Straßenbahn zu filmen. Wahrscheinlich, weil er sie so gern hat. Seit er fünfzehn ist, fährt er mindestens zweimal pro Woche damit ins Kino und zurück. An der Kasse des Splendor in Quarto kennen sie ihn gut, ebenso im Aurora in Sturla, im Cinematografo Reale im Stadtzentrum, im Cines-Theater mit seinen zweitausend Plätzen und dem vierzigköpfigen Orchester: im Cines hat er eines Abends mit der ganzen Familie *Cabiria* gesehen. Am nächsten Tag ist er dann allein wiedergekommen, und auch am übernächsten und noch eine ganze Woche lang, zuletzt hat die Kartenverkäuferin ihn umsonst hineingelassen.

Sie kennen ihn auch im Fulgor, im Ideal, im Stella, im Apollo im Wollweberviertel, sogar im nagelneuen Orfeo kennen sie ihn schon und vor allem im Vernazza, wo er sich dreimal *Aber meine Liebe stirbt nicht* mit der unfassbar schönen Lyda Borelli angeschaut hat und später *Fantômas* und *Florette e Patapon,* gedreht in Genua. Im Moderno hat er Filme *dal vero* mit Aufnahmen aus den Kolonien gesehen und wochenlang darüber gesprochen. Bei *Nerone e Agrippina,* den er viermal im Universale gesehen hat, war er sogar bei den Dreharbeiten am Strand von Pegli dabei, wo die Produktion einen Steg mit zwei antiken Kriegsschiffen nachgebaut hatte. Der Straßenbahnfahrer Giuseppe Parodi trifft ihn vor allem, wenn er Spätschicht hat. »Den Jungen vom Kino«, nennt er ihn bei sich.

Während der Fahrer am Eingang zur Bucht von der Sonne geblendet ist und der Junge mit Herzklopfen den Moment abwartet, um mit dem Drehen loszulegen, konzentriert sich Antonio auf das Motiv. Im hellen Licht scheint ihm der Ausschnitt schon perfekt zu sein. Von oben gesehen, erinnert die Statue wirklich, wie die Chronisten geschrieben haben, an den Bug eines Schiffes, das zum Stapellauf bereit ist. Der lange Schatten Richtung Westen lässt an einen leichten, schwebenden Schiffskörper denken, der zum Flug ansetzt. Doch irgendetwas stimmt nicht.

Es handelt sich nicht um das metallische *tschuck, tschuck,* das langsam näher kommt, das hört er gar nicht.

Und auch den Schwatz der zwei Bäuerinnen hört er nicht, einer jungen und einer alten, die soeben am Bahnhof Quarto ausgestiegen sind und auf den Felsen zugehen.

Der Fotograf wendet den Blick vom Sucher ab, zieht ein kleines Fernglas aus der Tasche und stellt es scharf. Direkt hinter der Statue flattert etwas Rotes im Wind. Es taucht auf und verschwindet wieder, es könnte ihm die Aufnahme verderben. Er vermutet, dass es sich um eine Plane handelt, die irgendwo hängen geblieben ist, wahrscheinlich am stacheligen Blatt eines Feigenkaktus. Der Abhang zum Meer ist voll davon.

Giuseppe Parodi beschleunigt unterdessen den Triebwagen in der Kurve der Bucht. Leer saust die Straßenbahn los wie der Wind. Der Fahrer weiß das und gibt acht. Zu entgleisen ist schließlich nicht so schwer.

Die zwei Bäuerinnen bleiben unter der Statue stehen. »Ist das Garibaldi?«, fragt die Jüngere.

Alessandro ist zufrieden. Er hat die Stelle erraten, den Triebwagen sieht man ausgezeichnet. Aber die Filme kosten. Der Junge ist unschlüssig, ob er schon anfangen soll, an der Kurbel zu drehen, oder lieber noch warten, bis die Schnauze näher herangekommen ist.

Antonio lässt das Fernglas sinken. Er schaut wieder durch den Sucher des Fotoapparats auf dem Stativ. Unscharf blinkt der rote Fetzen im Bildausschnitt. Vielleicht würde es sich lohnen, hinunterzusteigen und ihn zu entfernen. Und die beiden Bäuerinnen zu bitten, ein paar Schritte weiterzugehen. Er eilt zur Treppe der Tribüne. Sieht die Straßenbahn. Will Alessandro rufen, erkennt aber, dass der Junge schon drehbereit ist.

»Ja genau, das ist Garibaldi«, antwortet die ältere Bäuerin.

Antonio blickt wieder auf die Straßenbahn. Eben hat sie die Kurve am Ende der Bucht erreicht und will die Steigung in Angriff nehmen. Das verrückte Auge beginnt zu pulsieren. Vor dem offenen Meer leuchtet die Statue. Warmer Glanz umspielt das Knäuel aus Bronzekörpern. Das Auge drückt ohne Pause. Antonio presst Daumen und Zeigefinger auf die geschlossenen Lider. Licht überflutet den Wald hinter ihm, dringt durch die Äste eines großen, knorrigen Feigenbaums, zeichnet ein Muster zu seinen Füßen. Am Boden ein Häufchen Zigarettenstummel. Das *tschuck tschuck* kommt immer näher. Zigarettenstummel. Und das rote Tuch. Sein Herz setzt einen Schlag lang aus. Eiskalter Schweiß läuft sein Rückgrat hinunter. Die Linie Genua–Nervi ist die 39, wieso hat er nicht eher daran gedacht?

Er schluckt. Innerlich sieht er das, was er schon tausendmal gesehen hat, wenn er sein magisches Auge auf Alessandro als Kind richtete. Was er auch vor wenigen Tagen wieder gesehen hat, als er seinen Sohn nach der Rede des Dichters durch den Sucher betrachtete. Jetzt begreift er. Ihm stockt der Atem. Was so beißend riecht, ist sein eigener Angstschweiß. Er begreift, dass die Straßenbahn Alessandro überfahren wird. Wie, weiß er nicht, aber dass es geschehen wird, weiß er. Vielleicht wird der Fahrer einen Fehler machen, vielleicht wird der Junge schuld sein. Er ist ganz sicher.

Er widersteht der Versuchung, seinen Sohn zu warnen. Aus Mailand hat er seine Lehre gezogen. Dort hat er die Hebamme gewarnt, sie bewogen, einen anderen Weg zu wählen, sie von der Via Orefici abgebracht, sie verfolgt, in die Via Torino gedrängt. Und damit hat er sie verurteilt.

Das *tschuck, tschuck, tschuck* kommt immer näher.

Den Jungen zu warnen bedeutet, ihn zu verlieren. Es würde nichts nützen, wie es auch bei Anna nichts genützt hat, im Gegenteil.

»Er sieht aus wie lebendig«, sagt die junge Bäuerin.

Antonio schluchzt auf. Er zweifelt nicht mehr, falls er je Zweifel hatte. Schlagartig weiß er auch, was er tun muss. Er steigt von der Tribüne hinunter und geht auf den Triebwagen zu.

Giuseppe Parodi sieht ihn kommen, denkt, dass die Straße nicht mehr ihm allein gehört, dass sein Moment der Freiheit für heute vorbei ist. Der Mann nähert sich mit großen Schritten. Er scheint in Gedanken versunken zu sein, beachtet den Gehsteigrand nicht. Als hätte er die Straßenbahn nicht gesehen.

Weiter vorn, neben der Statue, sieht auch Alessandro, wie sein Vater die Geleise entlangläuft. Er schaut von der Filmkamera auf und seufzt. Die Aufnahmen sind zum Wegschmeißen. Warum hat sich sein Vater überhaupt von der Tribüne entfernt? Zuerst glaubt er, der Vater habe den Fotoapparat umhängen, wolle ebenfalls die Straßenbahn aufnehmen.

Zur Sicherheit betätigt Giuseppe Parodi kurz das Klingelpedal.

Der Junge schaut zur Tribüne hinüber, der Fotoapparat seines Vaters steht noch auf dem Stativ. Daraufhin ruft er ihn.

Antonio dreht sich nicht um. Das verrückte Auge pulsiert im Rhythmus seiner Schritte. Er geht jetzt in der Mitte zwischen den Gleisen und beschleunigt. Giuseppe Parodi tritt auf das Pedal und klingelt wie wild. Antonio erkennt den Klang und nickt. Der Junge lässt die Filmkamera stehen und stürzt davon. »Papa, Papa«, ruft er.

Antonio läuft noch schneller, rennt der grünen Schnauze des Triebwagens entgegen. Er sieht die Nummer 39, riesig und ganz nah, dann sieht er den Jungen aus dem Pammatone, der in den Wellen ertrinkt, sieht Paolino, vom Fieber verzehrt, Famagusta, von der französischen Krankheit gezeichnet, Anna, von den Soldaten erschossen, er sieht die jungen Burschen, die in wenigen Tagen zur Front aufbrechen werden. In allem, was er sieht, liegt etwas Unbegreifliches und Entsetzliches.

So etwas ist Giuseppe Parodi noch nie passiert. Er flucht und betätigt das Bremssystem. Der Abstand ist minimal. Die zwei Bäuerinnen schreien auf. Alessandro erstarrt. Der Kies spritzt, dass die Funken stieben, das metallische Kreischen schmerzt in den Ohren.

Zuletzt sieht Antonio den Tod, der ihn mit den blinden Augen einer stummen Statue betrachtet. Er begreift den Grund für dieses verrückte Auge, diesen Fluch, diese *Gabe*. »Hier bin ich«, sagt er. »Lass ihn laufen, nimm mich dafür.«

Quarto dei Mille, bei Sonnenuntergang

Als eine Prostituierte bei ihr vor dem Tor steht, begreift Madame Carmen, dass der Krieg wirklich aus ist. Seit Jahren hatte sie keine mehr gesehen. Sie mustert sie aufmerksam, beeilt sich, sie in dem ebenerdigen Zimmerchen Platz nehmen zu lassen, dem einzigen, wo noch ein kleiner Tisch und zwei verschiedene Stühle stehen. Das, was von der Banca Morel übrig geblieben ist.

Die Frau hat hochfliegende Pläne. Sie möchte die fünf über drei Etagen verteilten Zimmer ihres Bordells im Vico Lepre neu einrichten, frisches Personal einstellen, eine ausgewählte Kundschaft anstreben.

Durch den Schleier des grauen Stars kostet Madame Carmen die Süße der Erinnerung. Sie lobt das Vorhaben, ermutigt die Frau, groß zu denken, schlägt ihr Alternativen vor. Als sie zum Kern der Sache kommen und die Puffmutter um ein Darlehen bittet, verabschiedet sie sie mit ehrlichem Bedauern: »Es tut mir leid, ich kann nichts tun.«

Wie viele sie finanziert hat! Und wie vielen sie geholfen hat! Unerwünschte Schwangerschaften, Ammen, die versorgt, Familien, die unterhalten, Ärzte, die bezahlt werden mussten: Die Banca Morel lieh den Huren Geld in jeder Lebenslage. Der Zinssatz war überaus vorteilhaft. Der Buchhalter hatte die Anweisung, das Vermögen von Rosa Bernard, Witwe Morel, in kleinen Schritten wieder flüssig zu machen, nacheinander alle Besitzungen zu verkaufen und mit dem Erlös die Prostituierten zu unterstützen. Von der *Maîtresse* bis zur Anfängerin – die einzige Bedingung, um bei Morel einen Kredit zu bekommen, war, auf den Strich zu gehen. Und der geringe Gewinn aus den Zinsen sollte nach Abzug der Spesen nicht wieder investiert werden: Der Buchhalter sollte einfach noch mehr Nutten finanzieren, eine endlose Kette.

»Und wenn eine ihre Schuld nicht begleicht?«, hatte der Mann eingewandt.

»Damit muss man rechnen«, hatte sie geantwortet.

»Aber auf diese Weise werdet Ihr alles verlieren.«

»Genau. Aber es wird ganz langsam gehen, denn Huren sind verlässliche Menschen. Ich gestatte Euch nur, ein paar Zinsen zu erheben, weil ich nicht weiß, wie lange ich noch leben werde, versteht Ihr?«

Der Krieg hatte die Zeiten verkürzt. Der Buchhalter wurde eingezogen und der Schreibstube einer Abteilung des Heeres zugeteilt. Anstelle der Prostituierten wurden Familienmütter bei der Banca Morel vorstellig, Witwen mit kleinen Kindern auf dem Arm, Frauen, die es nicht schafften, mit den Lebensmittelmarken Mittag- und Abendessen auf den Tisch zu stellen.

Madame Carmen sagte nicht Nein. Um Geld verteilen zu können, verkaufte sie ihren Schmuck. Die protzigen Klunker aus ihrer Zeit als Lady Violet und die auserlesenen Stücke aus ihrer Zeit als Rosa Bernard. Alle, bis auf eines.

Anfang 1916 erschienen auch zwei Beamte des Polizeipräsidiums. Madame Carmen zog Jacques' gefälschte

Geburtsurkunde heraus. Die Polizisten zerrissen sie vor ihrer Nase und nahmen den Chauffeur mit. Sie suchte monatelang nach ihm und gab ihre letzten Ersparnisse für Schmiergelder aus, um Informationen zu bekommen. Sie erhielt nur ein Telegramm: *Gefallen bei der Verteidigung der Festung Verdun.*

Madame Carmen dachte, nur wer einen Sohn verliert, kann solch eine Qual empfinden. Sie annullierte die Zinsen für alle Mütter von Soldaten an der Front und trug wieder strengste Trauer wie zu den Zeiten des Bordells im Vico Falamonica.

Ende 1917 begannen auch Männer an die Tür der ehemaligen Banca Morel zu klopfen. Leute, denen ein Teil fehlte, ein Ohr, ein Auge, ein Bein oder ein Arm. Oder solche, die im Krieg den Verstand verloren hatten.

Madame Carmen dachte darüber nach und sagte auch diesmal nicht Nein. Sie erfand kleine Arbeiten für sie. Aus den Kräftigsten stellte sie einen Trupp zusammen, ließ sie das Büro des Buchhalters ausräumen und bezahlte sie mit dem Obst ihrer Bäume und dem Geld, das sie durch den Verkauf der Einrichtung verdiente. Die Laube mit den bunten Scheiben landete im Garten eines Fabrikdirektors, der Jagdbomber produzierte. Der Mann erzählte ihr, dass der große Dichter Gabriele D'Annunzio – »Kennt Ihr ihn?« – plane, die Österreicher zu demütigen, indem er mit einem dieser hochmodernen Flugapparate über Wien kreise. Madame Carmen erwiderte nichts.

Auch den Park gibt es nicht mehr. Alles verkauft, die Statuen, die Marmorbänke, sogar das schmiedeeiserne Gestell der Pergola. Die Kletterrosen überwuchern frei die

Umfassungsmauer. Madame Carmen ist nur das Nötigste zum Leben geblieben. Aber sie braucht sowieso nicht viel: ein wenig Obst, ein paar Oliven, etwas Ziegenmilch. Ab und zu weint sie ein bisschen, aber nur kurz. »Das ist das Alter«, sagt sie zu Caterina, während sie sich die Augen abtupft. Die Hebamme kümmert sich um sie. Sie passt auf, dass Madame Carmen nicht zu essen vergisst, hilft ihr beim Waschen, liest ihr Alessandros Briefe vor.

Aus dem Kind ist ein junger Mann geworden. Vor einigen Monaten hat er als Schiffsjunge auf einem Handelsdampfer nach Southampton angeheuert. Er will so lange in Großbritannien bleiben, bis er genug Englisch gelernt hat und sich eine Fahrkarte für das Schiff in die Vereinigten Staaten kaufen kann. Er hat eine Adresse in der Tasche. Die hat er von einem Amerikaner aus Los Angeles bekommen, einem Sergeanten des 332. Infanterieregiments, das im Hotel Miramare über dem Bahnhof an der Piazza Principe stationiert war. Alessandro streunte mit seiner Filmkamera dort in der Gegend herum, er wollte die Amerikaner beim Ausgang aufnehmen. Die beiden hatten sich angefreundet, der Sergeant war auch Filmemacher. »Komm nach Hollywood«, hatte er zu ihm gesagt.

»Und? Machst du es?«, hatte Madame Carmen gefragt.

Alessandro zögerte. In Madame Carmens Atlas kam Amerika viele Seiten nach Italien, nach Frankreich und sogar nach England.

»Ich mache es«, sagte er drei Tage später zu ihr. Zu ihr, noch vor seiner Mutter. Madame Carmen fühlte, wie etwas in ihr zerbrach. Keine Tränen, ermahnte sie sich. So ist das

Leben. Am Tag seiner Abreise schob sie ihm mit Gewalt ein Päckchen in die Tasche. »Pass gut darauf auf. Es gehörte deinem Großvater.«

In dem Augenblick war Alessandro sicher, dass er sie nicht wiedersehen würde. Ihm fiel ein, wie widerspenstig er mit acht Jahren bei ihrer ersten Begegnung gewesen war. »Er war nicht mein Großvater«, sagte er, sich selbst als Kind nachäffend. Er wollte die Zeit zurückspulen, für sie.

Madame Carmen begriff sofort. »Komisch, du ähnelst ihm nämlich«, antwortete sie. »Aber jetzt geh, ich habe zu tun.« Keine Tränen, nicht eine.

Der Junge fehlt ihr. Jahrgang '98, ist er dem Krieg knapp entgangen. Gott sei Dank. Sie stellt sich vor, wie er in Southampton durch die gleichen Sträßchen schlendert, in denen fünfzig Jahre zuvor auch Alessandro Pavia mit seiner dröhnenden Stimme und seinem republikanischen Bart unterwegs war. Sie sieht ihn auf dem Deck des Schiffes oder am Schreibtisch in einem amerikanischen Untermietzimmer. Sie sieht, wie er das Päckchen öffnet und ihm die Augen übergehen. Die Anstecknadel des Königs! Ein Händler aus Marseille hatte sie ihr angeboten, als Madame Carmen Rosa Morel hieß und in der vornehmen Pariser Gesellschaft Furore machte. Pavia war schon lange gestorben. Sie hatte nicht widerstehen können und die ungeheuerliche Summe bezahlt, die der Mann aus Marseille verlangte. Sie lächelt bei dem Gedanken. Sie stellt sich den Jungen vor, verloren in einer Großstadt, mit einer Adresse gerüstet, ein paar Klamotten über der Schulter, die Pathé Filmkamera umgehängt, in der Tasche die Anstecknadel Seiner Majestät, gebettet in das dunkelblaue Etui, das Antonio Casagrande verehrte wie eine Reliquie. Auf einer langen Reise braucht man einen mächtigen Talisman.

Auch Jacques fehlt ihr. Nach dem früheren Leben hingegen sehnt sie sich nicht. Seit sie alles verloren hat, fühlt sie sich frei. Die Tage vergehen gleichförmig. Sonne, Regen, Wind. Sie erträgt die Schmerzen des hohen Alters. Um zu jammern bräuchte sie Energien, die sie nicht mehr hat. Der schönste Moment ist der Sonnenuntergang, wenn der Fotograf sie besuchen kommt. Sie hakt sich bei ihm ein, und sie gehen zusammen in den Obstgarten hinter dem Haus hinunter. »Pass auf, Alter«, sagt sie zu ihm.

Sie setzen sich auf eine Bank, sprechen kaum, haben das Gefühl, dass schon alles gesagt ist. Manchmal kommen Erinnerungen hoch, oder sie betrachten die Ziegenlämmer. Er fotografiert weiterhin, weigert sich aber, die neuen Zelluloidfilme zu benutzen, und bleibt den Glasplatten treu. »Sie sind stabiler«, versichert er. Auch die neuen Fotopapiere taugen ihm nicht. »Zu grau«, wiederholt er. Er arbeitet nach alter Manier, albuminiertes Papier, Tönung, Schwärzung durch direkte Sonneneinwirkung. Bei der Vorstellung, man könne einfach per Knopfdruck fotografieren, fotografieren, ohne Fotograf zu sein, schüttelt er den Kopf. »Und der Reiz des Ganzen, Madame Carmen? Wo bleibt dann der Reiz?«

»Du bist alt, mein kleiner Hering«, erwidert sie. »Du bist schlimmer als dein Meister.«

Manchmal setzt sich Caterina zu ihnen. Ihre Tage sind lang. Während sie den Gebärenden beisteht, kommt es vor, dass sie sich selbst auf dem Operationstisch im Ospedale Maggiore wiedersieht. Oder sie erkennt in den Augen eines

Neugeborenen die Augen der verlorenen Tochter. Und wenn etwas schiefgeht, denkt sie immer an Teresa, die Kindfrau, die es geschafft hatte, ihr einen Sohn zu gebären. Eine Freude, in die sich ein wenig Bitternis mischt. Manchmal dagegen überraschen sie Blicke, die sie nicht mehr für möglich gehalten hätte. Den Säugling an der Brust, erschöpft von der Geburt, suchen die Wöchnerinnen ihre Augen, wie früher andere Gevatterin Eugenia angesehen hatten. Dann lächelt sie ihr halbes Lächeln, räumt die Instrumente auf und hat einen Augenblick den Eindruck, den Sinn ihres Auf-der-Welt-Seins zu erfassen.

Älter zu werden gefällt ihr jedenfalls, sie fühlt sich mit sich selbst im Reinen. »Was geschehen musste, ist geschehen«, sagt sie zu Madame Carmen. Beide haben verstanden, warum Antonio versucht hat, die Straßenbahn Nummer 39 aufzuhalten. Sie sind überzeugt, dass er dem Jungen das Leben gerettet hat. Keine Sekunde lang haben sie an einen Moment des Wahnsinns geglaubt. Diese Erklärung taugte nur für die Straßenbahngesellschaft. Der Junge dagegen weiß, dass sein Vater sich davor unwohl gefühlt hatte. Er hat an eine fieberbedingte Fehleinschätzung gedacht. »Ein Glück, dass der Fahrer prompt reagiert hat«, hat er nach dem Unfall tagelang wiederholt. Falls er die Wahrheit geahnt hat, hat der Wirbel der Jugend sie fortgeblasen.

Mit Glück hat das nichts zu tun, denkt Antonio. Er ist überzeugt, der Tod habe ihn gewinnen lassen. Er weiß nicht, warum, er macht sich keine Illusionen, dass es noch einmal geschehen könnte. Er weiß nur, dass er seine magische Fähigkeit in diesem Moment verloren hat. Das verrückte Auge hat aufgehört zu pulsieren. Wenn er damit durch den Sucher schaut, sieht er niemanden mehr sterben, nicht einmal die Kranken im Endstadium.

Doch Alessandro lebt. Für das Findelkind aus dem Pammatone ist es das, was den Sinn seines Auf-der-Welt-Seins ausmacht. Und auch Caterina lebt. Neben Madame Carmen auf der Bank sitzend, drückt sie ihm die Hand. Der Junge fehlt ihnen beiden. Um sich ihm nahe zu fühlen, fahren sie einmal in der Woche zum Splendor nach Quarto hinunter und sehen sich einen Film an. Was gerade läuft, ist unwichtig. Geduldig warten sie auf den Abspann und malen sich aus, irgendwann dort seinen Namen zu lesen.

Wenn eine leichte Brise vom Meer heraufweht, scheint der Obsthain vor Freude zu vibrieren. Madame Carmen denkt, dass die Bäume von allen Lebewesen die glücklichsten sind. Sie müssen nirgendhin gehen. Sie kennen keinen Verrat, keine Enttäuschung, keinen Ehrgeiz. Keinen Krieg. Wenn es Zeit ist, bekommen sie Blätter, Blüten und Früchte. Sie wissen nichts vom Tod, bis er sie einholt. »Selig die Bäume«, sagt sie.

»Ihr irrt Euch«, erwidert der Fotograf.

Die alte Frau zuckt die Achseln. Diese Geste passt nicht zu Madame Carmen, und gewiss nicht zu Rosa Bernard, Witwe Morel, aber auch nicht zu Lady Violet, Madame Amaranta oder zur Witwe Rosetta. Es rührt Antonio, als er sie immer häufiger dabei überrascht. Dann sieht er sie so wie vor vielen Jahren in der Küche des Vico Falamonica im Blitzlicht des Gewitters. Als kleines Mädchen. Unschuldig. »Selig die Menschen«, flüstert er ihr zu.

»Weil sie wissen, dass sie sterben?«, beharrt sie.

Im Westen flammt still der Himmel auf.

Caterina führt Antonios Hand an die Lippen. Sie denkt an Gevatterin Eugenia oder an die Mansarde in der Via Meravigli oder an Alessandro als Kind. »Weil sie wissen, dass sie leben«, erwidert sie.

Anmerkung der Autorin

Mir ist es unangenehm, am Ende eines in der Vergangenheit angesiedelten Romans anzukommen und keine Vorstellung davon zu haben, inwieweit der Autor oder die Autorin dem Rechnung getragen hat, was wir mit unvermeidlicher Ungenauigkeit als »historische Wahrheit« bezeichnen. Hier also eine Liste der Texte, die mich während des Schreibens begleitet haben.

Der Essay von Elena Taddia, *La vita appesa a un filo: medicina e bambini esposti nella ruota a Pammatone*, enthalten im Tagungsband *L'antico ospedale di Pammatone e il suo archivio dimenticato* von 2007, hat mir geholfen, die Lebensbedingungen der Waisenkinder in der Genueser Wohltätigkeitsanstalt zu begreifen. Erhellend war diesbezüglich auch der vom damaligen Verantwortlichen des Pammatone, Dr. Ettore Costa, verfasste Bericht *Rendiconto economico, medico e statistico relativo agli anni 1840–1844*, den man in voller Länge im Netz finden kann.

Um eine Vorstellung vom Schicksal der Garibaldiner nach dem Zug der Tausend zu bekommen, las ich den Essay von Eva Cecchinato: *Camicie rosse. I Garibaldini dall'Unità alla Grande Guerra*, Mailand-Bari, 2011.

Hinsichtlich der Entwicklung der fotografischen Technik habe ich besonders interessant gefunden: Lorenzo Scaramella, *Fotografia. Storia e riconoscimento dei procedimenti fotografici*, Rom, 2003; Italo Zannier, *Storia e tecnica della fotografia*, Mailand, 2009; Federica Muzzarelli, *L'invenzione del fotografico. Storia e idee della fotografia dell'Ottocento*, Turin, 2014.

In Alessandro Pavia habe ich mich Ende Juli 2018 verliebt, als ich das leichtfüßige Porträt las, das Maria Attanasio in ihrem Roman *La ragazza di Marsiglia* von ihm zeichnet. Ich begann mir auszumalen, dass der Fotograf der Tausend nach Borgo di Dentro fahren könnte, um seine erstaunliche Sammlung mit dem Bild des Garibaldiners Domenico Leone zu vervollständigen, dem Stammvater der Familie, um die sich mein voriger Roman *Bella Ciao* dreht. Ich fing sofort an, nach Informationen zu suchen, mir Szenen vorzustellen, mögliche Handlungsstränge zu verflechten. Narrative Notwendigkeiten rechtfertigen, zumindest in meinen Augen, die beträchtlichen Freiheiten, die ich mir bezüglich des biografischen Essays genommen habe, den M. Rachele Fichera in »Rassegna storica del Risorgimento« (Jahrgang CIV, Heft 1, Januar–Juni 2017) Alessandro Pavia gewidmet hat. Lange Zeit lag auf meinem Schreibtisch auch die Reproduktion des *Albums der Tausend*, die das römische Istituto per la storia del Risorgimento italiano veröffentlicht hat, herausgegeben von Marco Pizzo. Ab und an blätterte ich darin und war gerührt von so viel Leben.

Im Netz habe ich den 1872 von dem Arzt Giovanni Rossini verfassten Bericht über Mazzinis Tod gefunden, während *La mummia della repubblica. Storia di Mazzini imbalsamato* des Historikers Sergio Luzzatto (Turin, 2011) mir erläutert hat, was es über die Trauerfeierlichkeiten und den Versuch der Versteinerung des Leichnams zu wissen gab.

Was die Ereignisse von Mailand 1898 betrifft, beschränke ich mich darauf, die Texte aufzuführen, die mir am nützlichsten waren: Umberto Levra, *Il colpo di stato della borghesia. La crisi politica di fine secolo in Italia 1896/1900*, Mailand, 1975; Giovanna Ginex und Carlo Cerchioli, *I fotografi e i fatti del '98 a Milano*, in »Rivista milanese di economia«, Quaderni, 9, 1985; Paolo Pillitteri und Davide Mengacci, *Luca Comerio. Milanese. Fotografo, pioniere e padre del cinema italiano*, Mailand, 2011; Paolo Valera, *Le terribili giornate del maggio '98*, Bari, 1973 (Nachdruck der Ausgabe von 1913). Der hervorragende Chronist Valera war Augenzeuge der Ereignisse. Ihm verdanke ich unter anderem das unheimliche *ran ran* der marschierenden Truppen. Die *Relazione del generale Bava sulla sommossa di Milano del 1898* findet man im Internet.

Ein Klassiker über die Lage der Hebammen ist das Buch von Claudia Pancino, *Il bambino e l'acqua sporca. Storia dell'assistenza al parto dalle mammane alle ostetriche (secoli XVI–XIX)*, Mailand, 1984. Die besondere Geschichte von Caterina Colombo verbindet sich dann mit der des Arztes und Geburtshelfers Edoardo Porro, der Ende des 19. Jahrhunderts eine revolutionäre Operationstechnik erfand. Die entsprechenden Details stammen aus dem Band von Paolo Mazzarello, *E si salvò anche la madre. L'evento che rivoluzionò il parto cesareo*, Turin, 2015.

Meine Rekonstruktion der Einweihung des Denkmals in Quarto basiert hauptsächlich auf dem ganzseitigen Bericht, den der »Corriere della Sera« am Tag nach dem Ereignis publizierte, und auf den Beiträgen von Maria Flora Giubilei und Raffaella Ponte in der Zeitschrift »La Berio« (Jahrgang L, Nr. 1., Januar–Juni 2010). Als ich darüber schrieb, von März bis Mai 2020, waren seit Beginn der ersten Fassung zwei Jahre vergangen. Es war mitten im Lockdown wegen Covid-19, und der größte Teil der Texte, die ich brauchte, war praktisch unerreichbar. Ohne die großzügige Mitarbeit von Claudio Risso, Bibliothekar der Universitätsbibliothek von Genua, wäre es mir kaum gelungen, die Arbeit in dem mit dem Verlag vereinbarten Zeitraum zu vollenden.

Zum Abschluss wiederhole ich, was jeder weiß: Das Leben des Romanciers wird von Gespenstern heimgesucht, die nur er sieht, ist also sehr einsam. Deshalb möchte ich denen danken, die mich bei der Entstehung der Geschichte von Antonio Casagrande liebevoll begleitet und mir beim Verständnis geholfen haben, sodass ich mich weniger allein fühlte: Paola Bigatto, Stefania Fusero, Francesca Romagnolo, Annalisa Soria und außerdem Stefano Tettamanti, der zwar auch mein Agent ist, dessen richtiger Platz sich aber in den Zeilen findet, die den Freunden gewidmet sind.